# 아이리스

**LA "FLOR DE LIS"**
**by Elena Poniatowska**

# 아이리스

엘레나 포니아토프스카

구유 옮김

은행나무세계문학 에세이 • 8

은행나무

## 한국 독자들에게

제 소설에 관심을 보여주시고 좋게 평가해주신 한국의 독자들께 깊은 감사의 말씀을 전합니다. 여러분께서 보여주신 애정 어린 마음들을 돌려드리고 싶습니다.

멕시코에서 힘껏, 따뜻한 포옹을 보냅니다.

엘레나 포니아토프스카

Elena Poniatowska

셀리아와

그의 딸이자 나의 대녀,

히메나에게.

# 차례

**일러두기**

* 본문 하단의 각주는 모두 옮긴이의 것이다.
* 원문의 이탤릭체나 대문자가 강조의 의미일 경우 고딕체로 표기했다.
* 원문에 쓰인 스페인어 외의 언어는 모두 이탤릭체로 표기했다.

아이리스

1918년부터 가장 맛있는 집

우이차판 거리 17번지

이포드로모-콘데사 지구

타말을 만듭니다. 몰레, 살사 베르데, 살사 로하 중 선택 가능합니다.

전부 닭고기 사용.

달콤한 타말도 만듭니다.

코코아, 딸기 아톨레,

바닐라와 계피가 들어간 우유, 참푸라도도 있습니다.

오악사카식 타말은 주문받습니다.

세례식, 견진성사, 첫영성체 환영.

도매가로 저렴한 가격.

배달 가능

가족 모임용 식당

일요일엔, 멕시코의 자랑 안토히토.

아기 예수상 옷도 입혀드립니다.

친애하는 단골손님

A. 안드라데 마로킨 선생은 특별하게 모십니다.

쥐와 뱀과
두꺼비와 개구리와 거미와
이 모든 것과
다른 것들로
아이들은 만들어진다.

욕조 안에서 몸을 문지르며
리틀 룰루*가 노래한다.
(특별호, 1954년 1월)

* 1935년에서 1944년까지 미국에서 〈새터데이이브닝포스트〉에 연재되던 한 컷 만화. 큰 인기를 얻어 이후 독립적인 만화책과 만화영화로 만들어졌다. 어린 소녀 룰루의 일상을 다룬 이야기로, 작가 마저리 헨더슨 뷸의 유년 시절을 모티브로 한다.

오래된 옷장이 있는 방에서 나오는 엄마를 본다. 하얀색 긴 슈미즈를 걸치고 머리에는 세귀르 백작 부인의 그림책에 나올 법한 나이트캡을 쓴 모습이다. 엄마는 문을 닫다가 그대로 부딪히는 바람에 코를 부여잡는다. 문에 대해 내가 느끼는 공포는 나를 절대 떠나지 않을 것이다. 문은 언제나 무언가를 때리거나, 갈라놓거나, 나를 밖에다 내버려둘 것이다.

"공작 부인께는 부족한 게 없지." 공작 부인은 우리 할머니다. 다른 사람들, 그러니까 할머니의 네 아들—블라디미로, 에스타니슬라오, 미겔, 카시미로—과 네 며느리—알레한드라 공작 부인, 아나 공작 부인, 콘스탄사 공작 부인, 루스 공작 부인—도 모두 공작이다. 공작 열 명과 그들의 어린 공작들, 그리고 내 동생과 나는 신참이다. 공작, 공작, 공작, 공작 부인. 서재에서 커피 마시는 시간, 공작 부인의 허락을 받은 오늘의 메뉴를 소개하는 요리사가 차례차례 인사를 건네면 "*봉수아르, 셰프*" 하고 화답한다. 가장 어린 아이만 빼고. 다른 데 정신이 팔린 아이는 "*봉수아르, 공작님*" 하고 답한다. 그렇게 공작이 한 명 더 생긴다. 그림책 속 삽화에 등장하는 모자처럼 커다랗고 하얀 요리사 모자를 쓴 공작이다.

식당으로 들어가려면 응접실을 가로질러야 한다. 커다란 그림 안에서 펠리컨 한 마리, 칠면조 한 마리, 오리 몇 마리와 올가미에 걸린 메추리 몇 마리, 뿔닭 몇 마리를 본다. 혼더쿠터르의 그림이라는 것을 이제는 안다. 다른 그림에서는 부랑자가 한 명 보인다. 나머지는 내게 별 감흥을 주지 않는다. 다만 듬성듬성 턱수염이 나고, 붕대를 두른 이마 아래로 맹렬한 동시에 애원하는 표정이 드러난 그 부랑자만이 눈에 들어온다. 그가 털이 복슬복슬한 손을 뻗은 채 나를 쫓아온다. 내 목덜미를 움켜쥘 것이다.

모든 자리 앞에는 만년필로 쓴 차림표가 있다. 굵은 획과 가는 획을 조절하며 쓴 이 서체를 나중에 프랑스 공립 초등학교에서 배우게 되는데, 얼마나 애를 먹었는지 모른다. 잉크 방울이 처음에는 너무 굵게 나오는 탓인데, 도대체 잉크 방울을 어떻게 조절

할 수 있단 말인가? 주스 방울을, 턱수염에 맺힌 방울을, 치마 위로 흐르는 방울을, 뺨 위로 흐르는 짭짤한 방울을 어떻게? 동생도 나도, 우리는 찍소리도 하지 않았다. *"아이들은 눈에 보이기만 해야지, 소리가 들려서는 안 된다."* 우리 베스 할머니의 충고다. 할머니는 미국인이고, 프랑스어는 못한다. 치즈, 샐러드, 자동차 정도를 말할 줄 아는 게 전부인 할머니는 밤이면 〈내셔널지오그래픽매거진〉을 읽는다. 반백의 콧수염을 늘어뜨린 할아버지는 후식을 먹을 때 콧수염을 매만지는 버릇이 있다. 우리가 손가락으로 윗입술을 훔치면서 할아버지 흉내를 내면 손님들은 미소 짓는다. "꼭 토끼들 같구나." 정오에는 찾아오는 손님이 별로 없다. 경건하게 할아버지의 말씀을 들으러 오는 이들만 한두 명 있을까. 말하는 건 할아버지뿐, 거의 아무도 입을 열지 않는다. 엄마가 가끔 입을 열기도 한다. 우리 여자들이 지켜야 할 가장 중요한 것은 바로 예절이다. 접시 위에는 아무것도 남기지 말 것. 한번은 엄마가 소피아와 내 접시 위의 고기를 썰어주는 걸 깜박한 적이 있다. 그러자 우두머리 하인이 접시를 바꿔주면서 손도 대지 않은 우리 접시를 그대로 가져가버렸다. 엄마는 자신이 깜박했다는 사실에 웃고, 나는 엄마가 웃는 소리를 듣는다. 나는 엄마의 웃음이 좋다. 특히 엄마의 입이 좋다.

물이 무척 뜨겁다. 이렇게 뜨겁게 나온 적이 없었는데, 어쨌든 몸을 담근다. 마드무아젤이 아무것도 알아채지 못하게. 그가 미소 지으며 이리로 온다. 나한테 웃어줄 것이다.

마드무아젤은 이 사이가 벌어져 있다.

"물 괜찮으세요?"

"네."

"원래 목욕을 이렇게 하세요?"

"네, 네."

마드무아젤이 가까이 온다. 욕조 가장자리 위에 양손을 얹는다. 나는 그의 왼손에 시선을 고정한다. 그는 손목에 묶어서 약지에 끼워둔 베이지색 가죽 골무를 능숙하게 뺀다. 그러자 손가락이 시작되는 부분만 겨우 남은 뭉툭한 손가락이 보인다. 세면대 위에 골무를 올려두고 또 한 번 웃어 보이자, 다시 앞니 사이의 틈이 번쩍인다.

"등과 목을 밀어드릴게요……."

"제가 할 수 있어요, 마드무아젤."

"아니요, 못 하세요."

"진짜 제가 할 수 있다니까요."

"안 돼요, 마리아나 아가씨."

뭉툭한 손가락, 뭉툭한 손가락, 눈이 없는 손가락, 갈고리, 외눈박이 손가락, 하얀 달도 없이.

"비누랑 장갑 좀 건네주세요."

"저한테 없는데요."

"아가씨 발치에 있는걸요, 물속에 있어도 다 보여요. 서두르세요, 낭비할 시간이 없답니다."

나는 얌전히 팔을 뻗는다. 욕조에서 나오자마자 모자가 달린 커다란 하얀 수건으로 내 몸을 감싸준다.

"몸은 직접 말리세요, 그건 혼자 하실 수 있을 거예요."

나는 몸을 말리지 않고, 덜덜 떤다. 마드무아젤은 이제 내 동생에게로 향한다.

그사이 소용돌이치는 소리를 내며 욕조의 물이 빠진다. 나도 떠나고 싶다, 저 물처럼, 단번에. 마드무아젤이 돌아온다.

"아가씨 동생을 못 찾겠네요. 정말이지, 반항적이시라니까요. 몸을 말리셔야죠, 잠옷과 가운도 입으시고요."

소피아의 욕조는 폭풍이 지나간 자리 같다. 손으로 물을 할퀴고, 발길질하고, 물이 이리저리 튀고 타일 바닥 위로 소피아가 나동그라지는 소리가 들린다. "발뒤꿈치 정리해드릴까요?" 마드무아젤이 묻자 소피아는 다급하게 울부짖는다. "누누! 누누!" 흐느끼는 소리가 물결에 묻힌다. 일부러 물속으로 가라앉고 있나? 비명 소리를 잠재우려고 마드무아젤이 욕실 문을 닫는다. 마침내 둘이 욕실에서 나온다. 이마 위로 머리카락이 흘러내린 마드무아젤은 흥분한 모습이고, 소피아는 얼마나 소리를 질러 댔는지 얼굴이 시뻘게졌다. 내 눈 속 욕조에도 물이 가득 차 있다. 흐르고 흐르는데 잠글 수가 없다.

마드무아젤은 그런 나를 못 본 척한다. 혹시 보더라도 관심을 주지 않는 게 교육적이라고 여긴다. 마드무아젤이 벨을 울린다.

"주방에서 저녁 식사를 올려다 드릴 거예요."

누누라면 절대 그러지 않았을 것이다. 다른 하인들과 친구로 지내던 누누라면, 주방으로 내려가서 쟁반에 무엇이 담겼는지 확인하고, 요리사와 잡담을 나누며, 우리가 저녁을 먹기 전에 가운을 입고 놀 수 있는 시간을 주었을 것이다.

우두머리 하인이 쟁반 두 개를 들고 들어와서 동그란 탁자 위에 올린다. 탁자 위에는 소피아가 손바닥으로 탕탕 쳐가며 안간힘을 다해 맞추고 싶어 하는 나무 퍼즐 조각이 널브러져 있다. "거기가 아니지, 소피아, 보고 있기는 한 거야?" "여기가 맞아, 왜냐하면 내가 그러고 싶으니까. 여기가 맞아." 마드무아젤이 벨을 들어 올린다. 어제까지만 해도 그건 우리의 특권이었다. 아직 팔을 허공에 든 채로 그가 말한다.

"제 쟁반도 가지고 올라오세요. 아가씨들과 함께 식사하라고 공작 부인께서 명령하셨어요.”

소피아가 소리를 지른다.

“우리랑 같이 먹는다고? 왜? 왜? 불공평해!”

소피아는 발을 구르고, 머리를 쥐어뜯고, 마드무아젤은 그런 소피아를 바라보고, 우두머리 하인은 곧장 쟁반을 가지고 다시 올라온다. 소피아는 수프에 콧물을 흘리면서 지나치게 시끄럽게 군다. 마드무아젤이 경고한다.

“첫날부터 아가씨에게 벌을 줄 필요는 없었으면 하는데요.”

우리 셋은 음식을 먹거나 먹는 시늉을 한다. 마드무아젤 뒤랑은 이제 말이 없다. 슬퍼 보이기도 한다. 그를 기다리고 있는 건 수많은 이런 날들이다. “소피아 아가씨, 칼은 오른손으로 쥐어야지요. 마리아나 아가씨, 손으로 코 후비지 마세요. 아가씨들, 장갑 끼세요, 문을 쾅쾅 두드리지 마세요, 나태한 아가씨들, 별난 아가씨들, 별난 아가씨들, 별난 아가씨들…….” 소피아는 화가 잔뜩 나서 표독스럽게 나를 쏘아본다. 나는 멍해진다. “소피아, 내가 뭘 잘못했니, 가구에 발길질할 힘이 없는 게 잘못이니?” 그러자 마드무아젤이 애써 다정하게 묻는다.

“이야기 하나 들려줄까요?”

소피아가 소리를 지른다.

“싫어어어어어어어어어!”

"그러면, 마리아나 아가씨는 어때요?"

마드무아젤이 도움을 청하듯 내 쪽으로 몸을 돌리지만 나는 배신한다. 게다가, 우리에게 무슨 이야기를 들려줄 수 있단 말인가? 내가 듣고 싶은 딱 한 가지 이야기라면 그의 뭉툭한 손가락 이야기지만, 그 이야기를 해달라고 하기에 나는 너무도 겁쟁이다.

"됐어요, 저도 안 듣고 싶어요."

"그러면 가서 양치하고 잠자리에 들 준비 하세요. 곧 공작 부인께서 인사하러 오실 시간이니까요."

소피아가 분에 겨워한다.

"누누는 우리더러 밤에 양치하라고 한 적이 한 번도 없었어."

"누누는 시골 처녀였지요." 마드무아젤 뒤랑이 건조한 말투로 말한다.

창문 앞에 어깨를 맞대고 서서, 소피아와 나는 정원이 어두워지는 풍경을 본다.

"공작 부인께서 늦으시네요. 아가씨들은 잠자리에 드세요. 주무시기 전에 기도하시고요."

"우리 엄마는 제시간에 오는 적이 없다고." 소피아가 마드무아젤에게 말한다.

우리는 가운을 벗고, 조금, 아주 조금 소리 내 기도한다. 나는 차가운 이불 사이로 파고든다. 마드무아젤이 쭈뼛거리며 우리를 바라본다. 우리에게 가까이 다가올지, 잘 자라는 인사를 할지, 불을 끌지, 이불을 팽팽하게 당겨 잘 덮어줄지 몰라 한다. 우리 셋은 긴장한 상태고 마드무아젤은 베이지색 골무로 만든 가짜 손가락(내 생각에는, 그래봐야 낡은 장갑을 잘라 만든 천 쪼가리) 속 뭉툭한 해적 손가락과 두 팔을 축 늘어뜨린 채 풀이 죽은 모습이다. 아이들의 잔인한 적의를 홀로 마주하고 있다. 우리는 말없이 서로를 바라본다. 어린애 두 명과 어른 한 명, 우리 셋이 만드는 사막과도 같은 침묵 속에서 별안간 목소리가 들려온다. 숲속의 종소리 같은 목소리, 숲의 웅성거림 같은 목소리가 복도를 가로지른다. 늘 그러듯, 황급하게 온몸으로 문을 밀어붙이며 들어오는 바람에 문이 목소리의 주인을 가두어버린다. 살아 있는 그림이다.

"애들아, 벌써 자니? 예의 바르게 행동했겠지? 마드무아젤 뒤랑 말씀은 잘 들었고?"

엄마는 드레스가 바닥에 끌리도록 휘젓고 다니고, 정신없는 눈초리로 여기저기 묻는다. 우리를 위해 춤을 추는 것 같다. 글리산도 약간, 앙트르샤 몇 번. 뛰어올랐다가, 몸을 돌린다.

"그런데 얼굴들이 왜 그 모양이야? 우리 딸들이 왜 이렇게 심술이 나 있지? (엄마가 투덜거린다.) 기분이 안 좋니? 어머, 얼른 가야겠다! 너무 늦었잖아, 카시미로가 날 가만 안 둘 거야. 저녁은 맛있게 먹었니? (엄마는 대답을 기다리지 않는다.) 엄마는 가야겠다, 안녕 우리 아가들, 잘 자렴 내 사랑들. 애들 약은 먹었나요? 안 먹었으면, 저기 어딘가에 적혀 있을 거예요. 마드무아젤 보시라고 보모가 저기 어딘가에 적어두었을 거예요……."

소피아가 비명을 내지른다.

"누누, 누누, 우리 누누 데려오세요!"

"…… 소피아, 더 이상은 두고 볼 수 없었단다. 누누가 너희들을 망치고 있었잖니."

엄마가 소피아의 침대로 가서 입을 맞추고, 내게 돌아와 몸을 기울인다. 나는 엄마의 새하얗고 동그란 가슴을 본다. 우윳빛 새하얀 피부, 엄마의 향기, 내 찡그린 얼굴 위로 나뭇가지처럼 떨어지는 머리카락, 엄마의 목, 아, 꽃 같은 우리 엄마. 엄마는 나를 '우리 물망초'라고 부르며 재빨리 입을 맞춘다. 내가 아직까지도 손에 쥐고 있는 말이다. 그러고는 휘청거리며 가정교사에게 말한다.

"마드무아젤은 저를 따라오세요. 계단을 내려가면서 몇 가지 알려드릴 사항이 있어요."

나는 멀리서 엄마의 목소리를 듣는다. 드레스는 여전히 바닥에 끌린다. 문 하나가 닫힌다. 하나, 둘, 하나, 둘, 작고 푸른 맥박이 뛰는, 내 손아귀에 붙들린 물망초와 함께 나는 홀로 남겨진다.

✍

마드무아젤 뒤랑이 내게 말한다.

"읽는 법을 배우시고 나면, 책을 읽겠다고 구석에 숨으실걸요."

나는 책 위로 몸을 기울이고 있고, 아무것도 이해하지 못하지만, 구석에 웅크리고 앉아서 읽는 척을 한다. 그러면 나를 사랑해줄까 싶어서.

💼

우리는 라볼로 휴가를 떠난다. 마드무아젤 뒤랑과 그의 손목에 끈으로 묶인, 다른 색 가죽으로 덮인 뭉툭한 손가락과 함께다. 마드무아젤은 동생에게 매일 벌을 준다. 텅 빈 식당 한구석에서 내오는 후식조차 먹지 못하게 한다. 식탁보가 어찌나 빳빳한지 식탁들이 전부 창문 밖으로 날아갈 것만 같다고 나는 생각한다. 하얀 천의 입자는 모래처럼 굵고, 나는 엄지와 검지로 그 촉감을 느끼는 게 좋다. 진줏빛 냉기를 머금은 목이 긴 은잔에 담긴, 과자가 촘촘히 박힌 프랄린 아이스크림. 나는 혀로 개암 조각을 찾는 걸 좋아한다. 동생은 아무 말 없이 우리가 먹는 모습을 바라본다. 동생은 반항적이다. 그 애는 마드무아젤의 요강을 비우기를 거부한다. 반면 말을 잘 듣는 나는 층 화장실이 있는 복도 끝으로 가서 요강을 비운다. 우리 것을 비우고, 마드무아젤 것을 비운다. 나는 전부 다 한다, 그러면 나를 사랑해주겠지 싶어서. 나는 따귀를 맞지 않지만, 동생은 늘 맞는다. 눈으로 칼을 던지는 동생의 눈은 점점 새카매지는데, 색이 없는 내 눈은 보모들의 눈처럼 창백한 파란색이다. 동생의 눈구멍에는 뜨거운 불덩이가 있다. 동생은 플라멩코를 추듯 발로 바닥을 내리치며 들어온다. 가장 파티에 입을 옷으로 엄마는 그 애에게 플라멩코 의상을 입혔고, 내게는 네덜란드 전통 의상을 입혔다.

우리는 삽과 양철통을 들고 바닷가로 나간다. 우리는 파테를 만든다. 모래로 양철통을 가득 채우고 뒤집어엎는다. 우리는 하얀 팬티 차림으로 물에 뛰어든다. 따스하게 밀려오는 바다를, 나는 무릎을 꿇고 맞이한다. 소금기를 머금은 물이 눈에 들어간다. 물 너머로 나는 엄마를 본다. 엄마의 미소를, 마음이 다른 곳에 가 있는 듯한 엄마를 본다. 엄마를 안아주고 싶다. 엄마가 거품으로 부서진다.

☘

베르통 거리의 가로수 주위와 센강을 따라 배수구가 설치되었다. 아, 배수구는 어찌나 놀라운지! 세월이 더 흐르기 전까지 센강에 얽힌 기억은 없다. 내가 기억하는 것은 베르통 거리가 센강까지 이어지고 내가 그걸 무척 좋아했다는 것이다. 마드무아젤과 동생을 기다려야 하는 모퉁이까지 전속력으로 내달릴 수 있다. "또 똥을 밟으셨네요." 똥이야말로 거리의 나쁜 점인데, 거리는 개똥으로 가득하고, 개똥이 구두에 들러붙는 바람에 프랑스인들은 '*메르드**'라고 투덜거린다. 낮잠 시간, 침실에서 동생이 제안을 꺼낸다.

"강아지놀이 할래?"

우리는 할 수 있는 만큼 카펫을 덮어가며 여기에 한 덩이 저기에 한 덩이 똥을 싼다. 그러고는 각자의 구식 침대에서 잠이 든다. 방에 들어온 마드무아젤 뒤랑이 비명을 지른다.

"이건 정말이지 어머니께서 아셔야 해요. 일어나세요, 아가씨." 마드무아젤이 동생에게 명령한다. "그리고 아가씨는, 가서 물과 비누를 가져오세요." 내게는 으름장을 놓는다.

나는 그가 우리에게 존댓말을 하지 않았으면, 이따금 안아주었으면 하지만, 동생은 내게 도대체 언니는 뭐가 문제냐고 한다. 우리는 공작이라고.

✳

누누는 풀을 먹인 흰옷 전부, 그의 얼굴과 어릴 적 우리 얼굴처럼 둥그런 밀짚 차양 모자, 흰 스타킹, 산처럼 넓은 품, 유모의

* 똥, 빌어먹을 등의 뜻을 가진 단어.

가슴, 누구든 차가운 코를 흥 하고 풀 수 있게 언제나 준비되어 있던 삼베 손수건, 널따란 앞치마에 달린 주머니—실, 아스피린 한 알, 머리 끈 두 개, 열쇠고리, 루르드에서 온 작은 묵주, 비닐에 싸인 사탕 하나, 1센트 동전 하나가 담긴 놀라운 보물 상자—를 챙겨 떠났다. 누누는 검은 공책 한 권을 남겼다. 평범하기 짝이 없는 그 공책은 마분지나 플라스틱을 쓰는 요즘과는 달리 예전 방식대로 에나멜을 입힌 가죽 장정이었지만, 칠흑빛으로 번쩍이는 방수 처리는 되어 있지 않았다. 재봉사들이 가슴, 허리, 골반 치수를 적어 내려가는 것처럼, 누누는 첫 번째 과정도 마치지 못한 학교에서 배운 필기체로 매일매일 여자아이 둘을, 수송아지 둘을, 병아리 둘을, 암송아지 둘을, 온실 속 화초 둘을, 예민한 강아지 둘을 어떻게 키웠는지를 연필로 적어두었다.

'…… 5월 21일 아기 마리아나 양을 받았다. 무게가 3킬로그램 나간다. 여섯 시간마다 우유를 3온스씩 마신다.'

누누는 아침마다, 밤마다 무게를 기록한다. 영국식 옛날 저울에 그 핏덩이를 올리고 무게를 재기란 얼마나 힘든 일이었을까! 게다가 인간이라는 풍선에서 가스가 빠져나갈 때마다 얼마나 정직하게 기록했는지.

'10분 동안 아기를 볕에 쪼인다. 5분은 등을 5분은 배를.'

'아기는 비시 온천수를 1온스 마신다.'

누누는 강판에 간 사과, 으깬 바나나, 밀가루를 넣고 끓인 포리지의 시작을 기록한다. 치료법을 기록한다. 겨자 가루, 겨자씨 찜질 요법, 따뜻한 물에 하는 족욕, 청결을 위한 연고—아몬드 기름, 장미수와 풍년화수—벼룩 물린 자국, 스펀지 목욕.

13개월 후 새 소식을 알린다.

'6월 27일 아기 소피아 양을 받았다. 무게가 4킬로그램 나간다. 여섯 시간마다 우유를 3온스씩 마신다.'

6년 동안, 똥강아지들은 날마다 자라고, 아기 돼지들은 살이 오르고, 아기 거위들의 속이 채워져가고, 팔꿈치와 뺨이 오목하게 패고, 다리는 통통해진다. 아래턱에 살이 붙고, 발은 꼭 브로치를 감싸는 부드러운 쿠션 두 개 같다. 어찌나 무거운지, 아기들을 다룰 수 있는 사람은 누누뿐이다. 단백질과 물과 농축 우유와 버터 따위의 부드러운 지방, 행복한 젖소가 내주는 걸쭉한 크림과 베스트팔렌의 햄과 프티 스위스 치즈와 크림치즈, 이 모든 것이 달걀노른자와 캐러멜로 이루어진 두 인형의 풍족함을 아기방의 카펫 위로 비워내기 위한 것이었을까.

"왜 진작 말하지 않았어요, 누누? 아니면 지금 새끼 돼지들을 키우고 있는 거예요? 아기방과 돼지우리를 구분하지 못하는군요."

엄마가 자기도 모르게 소리를 지른다. "빌어먹을! 누누, 정말 실망스럽군요." 누누가 참던 화와 엄마가 무의식적으로 내뱉은 화, 둘 중에 진 것은 첫 번째였다. 누누는 떠나야 했다.

소피아와 내가 가진 분뇨에 대한 강박은 마드무아젤 뒤랑조차 어쩔 수 없다. 20년 후, 소피아는 피포 삼촌의 죽음에 관해 이야기하게 될 터였다.

"괜찮은 죽음이었죠. 가여운 피포 삼촌은 똥을 싸다가 돌아가셨어요."

*

마드무아젤은 우리의 작은 일상을 꾸린다. 우리를 데리고 바람을 쐬러 나가는데, 그는 그걸 *프롬나드**라고 부른다. 우리의 원피스, 스웨터, 외투 단추를 채워준다. 파리에서는 채울 단추가 많다. 그다음에는 목도리를 둘러주고 귀를 덮는 작은 모자를 씌워준다. "*바람을 쐐야 해요.*" 나는 팔을 들어 올린다. "아가씨는 숨을 쉬셔야 하고요. 들이쉬고 내쉬는 법을 배우세요. 오른쪽으로 걸으시고요." 나는 잿빛 거리를, 센강에서 잿빛 하늘로 올라가는 냉기를, 포석과 배수구를 본다. 막대기를 들고 배수구의 격자 사이사이를 후비며 작년에, 과거에 죽은 잎사귀와 흙을 파낸다. "걸어가세요. 거기서 뭐 하고 계시는 거예요, 몸은 왜 웅크

* 프랑스어로 산책이라는 뜻.

리시는 거예요?" 동생은 긴 다리로 뛰어다닌다. 그 애에게는 숨을 쉬라는 소리도 어깨를 펴라는 소리도 하지 않는다. 동생은 마드무아젤을 무시한다. 가끔 그 애는 엄마를 무시할 때도 있는데, 이런 말을 할 때면 그런다. "풋내기로구나, 작은 채소처럼. 꼭 강낭콩 같아." 동생은 모든 걸 무시하고, 나는 이러지도 저러지도 못하면서 천둥이 칠 때마다 머리카락을 한 올씩 흘리는 식이다.

"부둣가를 따라 걸을까요?"

나는 놀라서 마드무아젤을 바라본다. 누누는 우리를 센강에 데려간 적이 없었다. 누누는 물을, 검은 구멍에서 걸어 나오는 부랑자들을, 곰팡이를 무서워했다. "바다 공기는 아가씨들에게 너무 세차요." 누누는 물이란 죄다 바다에서 오는 것이라고, 센강이 파리를 지나가는 지중해의 일부라고 믿었다. 그래서 물고기와 어부와 배와 유람선이 있는 것이었다. "그러니까, 바다보다 큰 건 아무것도 없는 거예요."

소피아가 우리 쪽으로 돌아온다.

"센강으로, 센강으로. 나는 선장, 언니는 배."

소피아가 또 내 외투 끈을 붙잡는다.

"소피아 아가씨, 언니의 외투 끈을 잡아당기고 있잖아요, 외투를 놔주세요. 그리고 마리아나 아가씨, 아가씨는 좀 빨리 걸으시고요. 그러지 않으면 운동하는 의미가 없어요. 무슨 생각을 하세요? 저도 알고 싶군요. 스타킹을 올리세요, 제발, 동생처럼요. 소피아 아가씨는 적어도 늘 단정한 모습이랍니다."

"계단 내려가도 돼요?"

"그럼요."

바다에서 오는 소리는 아니지만, 회색 벽처럼, 회색 포석처럼, 회색과 흰색의 광채 없는 공기처럼 잿빛 물이 길가에 철썩철썩 부딪치며 내는 소리다. 배들이 검게 보이고, 행인도, 보리수도 검게 보인다. 나는 물푸레나무를 사랑한다. 보리수 잎을 달여 만든 탕약은 싫지만 보리수도 사랑한다. 어쩌면 둘은 아무런 상관이 없을 수도 있다.

"물 가까이 가도 돼요?" 소피아가 묻는다.

"그럼요, 이제 다 크셨잖아요."

믿을 수 없다. 소피아는 망설임 없이 가더니 장갑 낀 작은 손을 마드무아젤의 뭉툭한 손 안에 쏙 넣는다. 더 빨리 걷겠다고, 물가로 같이 가겠다고 팔을 잡아당긴다. 벌써 누누를 배신한 것이다. 보름도 되지 않았는데. 나는 두려움에 압도당한다. 솔페리노 다리를, 예술의 다리를, 미라보 다리를 건너면서 위에서 보았을 뿐이지, 강변을 따라 걸어본 적은 한 번도 없었다. 곰팡이가 낀 벽 위로 센강은 물이 불어났던 흔적을, 굉음을 내며 높이 치솟아 강둑 사이에서 출렁이며 넘쳐흐르는 모습을 보고 겁에 질린 산보객들을 뒷걸음치게 한 증수의 흔적을 남겨두었다.

다리 아래에는 강의 수위가 표시되어 있다. 수면 위에 그어진 깊은 줄이 이렇게 말한다. '수위는 여기까지 상승할 수 있습니다.' 그 경계를 지나면 다리를 덮치고 나무까지, 벤치까지, 우리 집까지 도달할 것이다. 그러면…… 센강은 바다가, 누누의 지중해가 될 것이다.

소피아와 마드무아젤은 손을 잡고 걷는다. 소피아가 마른 나뭇가지를 하나 주워 물속으로 던진다. 앞으로 걸어가는 둘 뒤로 나뭇가지가 따라간다. 누누라면 졸도했을 것이다. 가정교사를 데려온 것이 어쩌면 우리를 죽이기 위해서인지도 모른다고 불과 이틀 전에 소피아는 말했다. 엄마는 소피아를 '*미스 카타스트로프*'라고 부른다. 매번 나쁜 소식을 몰고 다니기 때문이다. 어쩌면 마드무아젤은 소피아를 센강에 밀어 넣을지도 모르고 그 다음은 내 차례일지도 모른다. 동생은 마드무아젤과 재잘거리고, 대화를 주도하는 것도 그 애다. 추접한 배신자, 허리를 감싸 안기까지 할 것 같다. 그것도 모자라 내가 배수구에서 꺼낸 물푸레나무 잎사귀가 다 찢기고 있다. 내가 하도 짓이긴 탓이다. 도무지 이해할 수 없는 책 안에 나뭇잎을 모아두는 베스 할머니처럼, 나도 나뭇잎을 많이 모으고 싶다. 할머니의 책에서는 나무 냄새가 난다. 이 아래에 배수구가 또 어디 있을까? 찾아보지만 보이는 건 나보다 더 크고, 더 뚱뚱하고, 더 광활하고, 더 강한 잿빛 물뿐이다. 멀리서 굴뚝 달린 배 한 척이 보인다. 흔들흔들 들어온다. 마드무아젤도 배를 보려고 몸을 돌렸다가 나를 보고는, 나를 부른다. 마드무아젤에게 달려가고 싶다. 나를 안아줬으면, 아무것도 아니라고 말해줬으면. 나더러 가까이 오라는 손짓을 해 보이는 마드무아젤의 장갑이 까마귀처럼 보인다. 누누, 누누, 가야겠어요, 누누. 저 둘과 함께 가야겠어요, 누누, 나는 무섭고 이 모든 게 너무도 커요, 너무도.

♣

돌아와서는 나가기 전에 여몄던 것들을 푼다. 가장 힘든 건 구두 위로 단단히 조인 고무장화를 벗는 일이다. 트래블러스 클럽 회원들이 휴대품 보관소의 아가씨들과 사랑에 빠지게 되는 것도 무리가 아니다. 외투를 벗은 다음에는 장화를 벗을 일이 남았으니까 말이다.

✲

부브레에서, 우리는 라디오로 전선 소식을 듣는다. 어른들의 얼굴을 보면 나쁜 소식인지 아닌지 알 수 있다. 지금은 전쟁 중이다. 나는 독일 사람을 본 적이 없다. 엄마와 아빠도 못 보고 있는 상황이다. 소피아와 나는 부모님을 못 본 지 오래다. 부모님은 파리의 점거된 구역 한복판에 남아 남매처럼 똑같은 모자에

국방색 옷을 입고 다닌다. 우리는 매일같이 '점거'라는 말을 듣는다. 마드무아젤 뒤랑도 파리에 남았다. 지금 그는 배급표가 담긴 가방을 들고, 제복을 입은 사람으로 가득한 도시를 걷고 있을 것이다. 마드무아젤이 언제 우리를 떠났는지조차 모르겠다.

"소피아, 너는 마드무아젤 보고 싶니?"

"차라리 독일 사람을 보고 말지."

마드무아젤은 우리에게 눈[雪]을 보여줬다. 사진들이 증명한다. 스키복을 입고 손을 꼭 잡은 채 웃고 있는 우리 셋, 마드무아젤은 우리의 키에 맞추려고 몸을 숙이고 있다. 햇볕에 기분이 좋아 보인다. 소피아는 모터사이클 선수처럼 얼굴에 딱 붙는 검은 코안경을 쓰고 있는데, 그 모습이 꼭 〈내셔널지오그래픽매거진〉에 등장하는 여윈 새 같다. 그 사진은 아빠가 찍었을 텐데, 아마 우리를 보러 산에 올라왔던 어느 주말이었을 것이다. 다른 사진에는 눈부신 순백 위를 미끄러져 내려가는, 콧수염을 기른 잘생긴 아빠의 모습이 담겨 있다. 엄마 말로는 소피아가 마드무아젤 뒤랑 말은 들었다고, 그 반항적인 성격을 다룰 수 있던 사람은 마드무아젤뿐이었다고 한다. 언젠가 소피아가 마드무아젤 옆에 꼭 붙어 앉아 머리를 어깨에 기대고 있는 걸 본 적이 있다. 항복하는 건가? 지금 소피아는 그가 싫다고, 맞았던 기억뿐이라고 우기지만 그건 틀린 말이다. 사실 우리 둘은 못됐다. 마드무아젤이 그걸 직감했거나 어쩌면 우리에게 나쁜 버릇을 들인 건지도 모른다.

산에 다녀온 후, 마드무아젤은 우리를 부브레에 데려다줬다. 우리는 르클로보두앵 호텔을 알아보지 못했다. 창문을 파란색으로 칠해버린 까닭이다.

"야간 공습 때문이에요. 시장의 명령이죠. 이렇게 칠해두면 폭격기 걱정 없이 불을 켤 수 있거든요." 호텔 직원 라켈이 말했다.

낮에 보면, 덧칠한 창문들은 물 빠진 천처럼 보인다. 부브레에서 마드무아젤 뒤랑은 자취를 감춘다. 그저 언젠가부터 보이지 않는다. 전쟁은 사람들의 삶을 바꾼다. 작별의 장면이 전혀 기억나지 않는 건, 바로 다음 날 엄마가, 하늘에서 내리는 단비처럼 닿을 수 없고 달콤한 엄마가 우리와 살겠다고 왔기 때문이다. 엄마는 너무 가늘어서 거의 보이지도 않는 부브레의 가는 빗줄기에 섞여 든다. 가슴이 뻐근해진 나는 따뜻한 찜질을 계속한다. 따뜻하니 얼마나 행복한지. 침대보 사이에서 녹아내릴 것만 같다. 창밖에 방울방울 떨어지는 물줄기를 본다. 얇은 유리창 너머로 엄마를 본다. 개구리처럼 얼굴을 하늘로 치켜들고 내리는 비를 전부 맞고 있는, 물이 되어버린 고운 우리 엄마. 나는 엄마의 젖은 얼굴을 닦아주고 싶어 손을 뻗지만, 닿지 않는다.

"이 아이는 아침에 땀에 흠뻑 젖은 채 깬답니다. 저를 못 알아봐요. 얼굴은 창문을 향해 돌아가 있고요. 의사 선생님, 아이에게 여기 날씨가 맞지 않는 것 같아요. 뼈만 남게 생겼어요."

어느 밤, 아빠가 도착했다. 부엌 타일 위로 아빠의 군화 소리가 들리고, 말리기 위해 난로 옆에 놓아둔 군화가 보인다. 아빠는 국방색 옷차림이지만, 목에는 사복 목도리를 두르고 있다. 기름이 없다는 이야기를 한다. 그래서 기차를 타야 했다고. 아빠는 언제나 상황을 해결한다. 삶은 점점 더 어려워진다. "무얼 먹고 있니?" 아빠가 우리에게 묻는다.

소피아는 현관의 묵직한 검은 대문 위에서 날뛰며 장난친다. 혼자서 발로 문짝을 밀고, 재빨리 기어올라 문이 다시 돌아올 때까지 기다린 후, 쾅 닫히는 바로 그 순간에 뛰어내린다. 아무도 소피아에게 무어라 하지 않고, 무슨 말을 한들 두 번 이상 말하지 않는다. 전쟁 중에는 여자아이들에게 그렇게나 관심을 기울일 여유가 없다. 브리오슈가 없고, 닭고기가 없고, 감자가 없고, 설탕이 없고, 엄마와 아빠가 없다. 소피아는 예리코의 나팔 소리처럼 우렁차게 소식을 알린다.

"프랑스 전역에 가정교사가 단 한 명도 남지 않았다."

잠시 후 소피아가 한쪽 팔을 축 늘어뜨린 채 서럽게 울면서 들어온다. 팔이 부러진 건 아니고, 인대가 파열됐다. 그 후로 며칠 동안 소피아의 팔에는 부브레의 모든 색이, 집 주위로 줄지어 늘어선 포도밭의 푸른색, 포도나무 잎의 보라색, 흙의 커피색, 호텔 직원들이 사는 지하실 흙의 노란색이 담겨 있었다. 라켈과 그의 가족은 포도주병이 쌓여 있는 따뜻하고 어두컴컴한 지하실을 함께 쓴다. 부브레는 그 자체로 포도주 저장고이며, 위로는 포도나무 덩굴이 가늘고 가늘고 가늘게, 잘 빗긴 머리카락처럼 자라난다. 소피아의 팔에는 풍경이 그려진다. 폭풍이 닥치기 전 어두운 하늘, 넓고 세찬 루아르강의 회색빛, 헐벗은 밤나무, 지하실 위의 우리 집, 등굣길, 발랑세 성, 어느 오후 피아니스트 프랑시스 풀랑크를 보러 갈 때 지났던 길. 그날 그는 피아노를 쳐주며 우리를 '나의 작은 이웃들'이라고 불러주었다. 소피아의 팔은 엄마의 걱정과 함께 얼룩덜룩해져간다. 나는 학교에서 수두에 걸린다. 그러자 엄마는 어디선가 주유권을 몇 장 구해 오더니, 우리를 차에 태우고 말한다.

"라켈에게 인사하렴. 남쪽으로 가자꾸나. 할머니 할아버지 댁으로."

그곳에선 지중해 냄새가 난다.

엄마가 떠난다. 파리로 돌아간다. 우리는 조부모님과 함께 남겨진다. 할머니와 할아버지는 우리를 데리고 무쟁으로, 그라스로, 생폴드방스로, 가끔은 칸까지 미사를 드리러 간다. 우리는 맛있는 걸 먹고 통통하게 살이 오른다. 부족하기로는 식량도 마찬가지지만, 요리사가 기적을 행한다. 콜라비 수플레, 콜라비 파이, 꿀을 곁들인 콜라비 무스. 오전 10시면 으깬 토마토를 바른 빵이나 마늘빵을 가져다준다. 원기 회복을 위한 것이다. 할아버지는 서재에 틀어박히고, 할머니는 장미를 가지치기하려고 가위를 들고 정원으로 나간다. 올리브나무에는 열매가 주렁주렁 열렸다. 소피아와 나는 마부와 말 놀이를 한다. 마부는 늘 소피아다. 나는 재갈을 문다. 동생이 내 고삐를 잡아당기며 세게 내리친다. "빨리, 더 빨리, 멍청이야." 어찌나 달렸는지 나는 오줌을 지린다. 창피함에, 집에 돌아오자마자 팬티를 벽난로에 던져 버리고는 아무도 벽난로를 켜지 않기를 바란다. 나는 스스로에게 엄격하게 군다. 아무도 내게서 시선을 거두지 못하게 한다.

아침에, 할머니는 우리에게 묻는다.

"큰 일 봤니?"

할머니는 우리가 뒷간에서 돌아올 때마다 '큰 일', '작은 일'이라고 말한다. 그러니 학교에서 선생님이 엄숙한 목소리로, 나폴레옹이 '큰일'을 이뤄냈다고 말하는 소리를 들을 때면 할머니의 아침 질문이 떠오르고, 나는 난처해지는 것이다. 선생님은 적의를 내비치며 나를 움켜잡는다.

"저놈의 귀족들은 어릴 때부터 애들한테 아무것도 신경 쓰지 않는 법을 가르친다니까."

⚜

기도합시다:

전쟁이 끝나게 해주소서.

독일군이 프랑스를 떠나게 하소서.

우리 아빠가 돌아오게 하소서.

우리 엄마가 돌아오게 하소서.

아빠가 총을 쓸 일이 없게 하소서.

아빠가 구급차 운전을 잘하게 하소서.

하느님께서 저들을 지켜주소서.

아무도 죽지 않게 하소서.

개 한 마리조차도.

저들을 위해 기도합시다:

블라디미로 삼촌을 위하여.

미겔 삼촌을 위하여.

스탠 삼촌을 위하여.

우리가 알지 못하는 군인들을 위하여.

할머니는 당신의 아들들과 며느리들, 그리고 특히 이제 나이가 찬 네 명의 손주들을 위해 기도한다. 미겔, 안드레스, 펠리페, 에드문도는 전방에 복무하는 군인들이다. 우리의 침대 위에는 군모를 쓰고 하얀 콧수염을 자랑하는 페탱 총사령관의 사진 한 장이 걸려 있다. 사람들은 그가 곧 죽을 거라고 한다.

소피아는 아무런 상관이 없다고 말한다.

내가 알기로, 할아버지는 기도를 하지 않는다.

†

나는 나중에 동생이 어떻게 그렇게 강한 얼굴을 갖게 되었는지 도무지 모르겠다. 나는 강아지들처럼 배를 까 보이며 내 몸을 마음대로 하도록, 입안에 손가락을 넣고 혀 아래를 휘젓도록 내버려둔다. 동생은 나보다 더 길고 더 가는 두 다리로 똑바로 서서 짖는다. 나는 내 등을 쓸어내리고, 간지럽히고, 애무하는 손을 내버려둔다. 괜찮다, 전부. 나를 사랑해주기를. 나는 그의 개가 되고, 꼬리를 흔든다. 나를 사랑해주기를, 배를 까 보인 내 목을 긁어주기를, 내게 말해주기를, 털이 복슬복슬한 내 긴 귀와 촉촉한 송로버섯 같은 코와 따스한 목을 쓸어주기를, 나는 속수무책으로 더 원한다. 배를 까 보이고, 옆구리를 걷어차이는 것도 괜찮다, 다 이유가 있을 테니까. 평평한 머리에 손에는 망치를 든 나의 선조 피테칸트로푸스에렉투스가 그를 내친 무리에서 멀어지려고 사막을 내달리며 울부짖었던 것처럼 울부짖으며 떠나기 전까지는, 다 이유가 있다.

안감은 새하얀 양모에 겉은 선명한 푸른색으로 배색된 엄마의 레인코트를 본다. 할머니와 할아버지가 산책 나갈 때 입는 베이지색, 황토색, 시대의 색을 입은 망토와는 너무도 다르다. 베스 할머니는 이따금 멈추어 서서 지팡이 끝으로 흙에 그림을 그린다. 무얼 그리시냐고 물어보면, "*아무것도 아니란다, 아가*"라는 대답에 나는 할머니가 슬프다는 걸 알아차린다. 할아버지는 빨리 걷는다. 목적이 있다. 남자들에게는 으레 목적이 있기 마련이다. 그래서 할아버지는 우리와 함께 걷지 않는다. 우리는 할아버지가 당신의 목표를 향해 멀어지는 모습을 바라본다. 엄마는 머무르지 않고, 하루나 이틀 석조 가옥에서 지내다 갈 뿐이다. 그곳의 삶이 느리게 느껴지는 걸지도 모른다. 엄마는 다른 곳에서 엄마를 기다리고 있는 일이 늘 있어서, 소식이 올 때까지 기다리다가 푸르면서 하얗고, 쨍하면서 가벼워 엄마를 공중에 붙잡아두는 레인코트의 날개를 펼쳐 비상하는 것이다. 우리가 슬플까 봐 작별 인사도 하지 않는다. 엄마가 떠난 다음 날이면 엄마의 빈방에서 엄마를 찾으며 가구 하나하나에서 엄마를 떠올린다. 지금 생각해보면 엄마가 미소 짓는 건 나중에 다른 곳에서 살게 되리라는 걸 알기 때문이다. 그동안에는 그저 미소만 지을 뿐이다.

▲

*"애들아 보이니, 이게 멕시코란다."* 베스 할머니가 〈내셔널지오그래픽매거진〉 속, 가슴이 처지고 머리뼈가 울퉁불퉁한 흑인 여자들을 가리키며 말한다. 여자들은 웃고 있다. 우리를 잡아먹으려는 거다. 저 여자들은 식인종이다. *"여기가 너희 엄마가 너희를 데려가겠다는 곳이란다."* 동생은 이제 할머니를 따라 장미 가지치기를 하러 가지 못할 것이며, 나는 할아버지에게 산수와 문법을 배우는 동안 창 너머로 정원에 있는 둘을 바라보지 못할 것이다. 학교에 가지 못하는 건 기름이 부족해서다. 나는 할아버

지가 너무 무서운데, 얼마나 무서운지 할아버지의 말을 이해하지 못할 정도다. *"너희가 바보는 아니겠지?"* 할아버지는 복수형으로 말하는데, 그곳에 있지도 않은 동생을 가리키는 것이다. 왜냐하면 동생은 처음부터 할아버지 마음에 들지 않았기 때문이다. 아무도 할아버지에게는 "아니요"라고 말할 수 없다. *"이해하겠니? 표정을 보니 아닌 것 같구나."* 나는 기어들어가는 목소리로 이해한다고 대답한다. 고개를 숙이고, 할아버지 눈에 덜 띌수록 좋다.

석조 가옥 안에서 수업은 내게만 집중되니 괴로울 따름이다. 나는 잠을 이루지 못한다. 잘 자라는 인사를 하러 올라온 할머니는 걱정으로 커진 내 두 눈을 보고 묻는다.

"무슨 생각 하니?"

"내일 수업 생각을 해요."

할머니는 우리에게 입을 맞추고, 문 앞에서 노래하듯 *"주님의 축복이 함께하길"* 하고 말한다. 그러고는 계단 다섯 개마다 다시 말한다. *"우리 아가들, 주님의 축복이 함께할 거란다."* 계단 아래서 둥그런 조약돌이 폭포처럼 쏟아지듯 소리가 굴러다닌다. 마지막 층계참에 이르러 할머니의 목소리가 거의 들리지 않을 때까지 우리는 우리를 축복하는 소리를 듣는다.

침대에 걸터앉아, 엄마는 담배를 피운다. 방금 소피아의 공책을 제본한 참이고, 이제 내 공책을 만들어줄 차례다. 엄마는 흰 종이 몇 장을 네 등분으로 접은 다음 또 반으로 접는다. 그 위에 대문자로 적는다. **소피아의 공책**. **마리아나의 공책**. 엄마가 덧베개와 베개와 쿠션을 쌓아두고 앉아 담배를 피우는 동안 우리는 침대 옆 바닥에 드러누워 그림을 그린다. 침실의 모든 가구가 침대로 수렴된다. 침대를 에워싸고, 그 위로 몸을 던지려는 듯하고, 그로부터 공기를 빼앗으려는 듯하다. 아니 어쩌면 침대야말로 가구를 끌어당기는 에너지의 거대한 진원인지도 모른다. 할머니도 난로 같다. 할머니는 증기를 내뿜는다.

"마리아나, 수업 내용을 분명 기억하고 있겠지."

"네, 할머니."

"걱정할 거 없다."

"네, 할머니."

나는 언제나 "네"라고 대답하며 긍정의 표시로 고개를 끄덕인다. 내 안에는 머리를 올리고 내리는 용수철이 들어 있다. 위, 아래, 위, 아래. 반면, 소피아에게는 머리를 좌우로 움직이는 용수철이 들어 있어서 쉬지 않고 부정한다. 혀를 내밀고, 눈을 모아 얼굴을 찡그리며 힘껏 소리 지른다. "싫어."

⚜

요리사가 마술사처럼 하얀 모자 안에서 꺼낸 닭 요리는 입안에서 버터처럼 녹아버린다. 너무 빨리 사라져버린다. 나는 이후에도 그런 닭 요리를 먹어본 적이 없다. 이튿날, 군복을 입은 아빠가 플랫폼에서 우리를 바라본다. 우리는 안녕, 안녕, 안녕 하고 작별 인사를 건넨다. 얼마나 멋진 모험이 펼쳐질까! 최근 며칠 동안 할아버지와 할머니는 항상 화가 나 있었고 할아버지는 평소보다 더 엄격했는데, 특히 엄마를 대할 때 그러했다. 우리는 카오르부터 사라고사까지 이동했다. 세관을 통과할 때 엄마에게 수중에 돈이 있냐고, 얼마나 가지고 있냐고 묻는다. 엄마는 지갑에 있는 돈뿐이라고 말하지만, 나는 친절하면서 새된 그 목소리를 기억한다.

"그럼 그 설탕 통 안에는 무얼 숨겼지요?"

세관에서는 어렵게 얻은 각설탕을 다 비우게 한다. 돈을 빼앗아 간다. 역에서 나오면서 엄마는 택시 기사에게 말한다.

"가장 좋은 호텔로 가주세요."

침실이 꼭 무도회장 같다. 정오에 엄마는 파에야를 주문한다. 이튿날 엄마는 호텔 관리부로 내려가 돈이 없다고 말한다. 친절한 담당자가 엄마에게 웃으며 말한다.

"공작 부인께서는 나중에 정산하시면 됩니다."

엄마의 여권을 보고 공작이란 것을 알았던 것이다.

나는 하얀 계단이 난 좁고 긴 층계를 오른다. 실수로 벽에 붙은 쇠 파이프 하나를 건드린다. 끓는 듯 뜨겁다. '온수 파이프구나.' 계단은 좁은 복도로 이어지고 나는 터널 아래를 걷는다. 빛에 다다르려면 몇 걸음이나 더 가야 하지. 노란 전구 조명이 달려 있지만, 나는 한낮의 햇살을 원한다. 장난감 같은 계단이 또 나오고, 이번에는 카펫이 깔려 있는데, 물이 웅웅거리는 파이프에는 손댈 생각도 하지 않을뿐더러 손잡이조차 잡지 않는다. 계단을 다 오르자, 나는 땅굴에서 환한 공간으로 나오는 두더지처럼 눈이 부신 채 뛰쳐나간다. 찬란하게 빛나는 갑판이 놀랄 만큼 기쁨을 선사하고, 공기가 내 얼굴을 때리고, 나는 두 팔을 활짝 벌린 채 공기를 안으려 뛰고, 아침의 맑음에 몸을 내맡긴다. 얼마나 행복한지, 상상을 초월하는 빛이 거대한 선물처럼 기다리고 있다. 대양 한가운데서 바닷물이 반짝이며 아침에 빛을 입히고, 망막을 시리게 하고, 뱃머리의 밧줄을 서리로 만들고 비늘로 뒤덮는다. 태양 아래 눈이 휘날리듯 바람이 불고, 그 청명함 속으로 누군가 걸어간다. 저 끝에 있는 여자는 우리 엄마다. 그 발견이 꼭 하얗게 부서지는 수면처럼 황홀하다. 저건 우리 엄마다. 아니 백로인가. 아니 소금기 섞인 생각인가. 아니 수증기인가.

아니 바람에 작별 인사를 건네는 손수건인가. 저건 우리 엄마가 맞는다. 그런데 소금물 때문에 자세히 볼 수가 없다. 해체되고, 일렁이고, 다시 멀어진다. 오, 엄마, 엄마를 붙들 수 있게 해주세요. 속눈썹이 헝클어진다. 나는 잘 닦인 나무 바닥 위를 걷는다. 바닥에서는 눈에 들어가면 엄청나게 따가운 마르세유 비누 향기가, 뻣뻣한 노란 털 같은 금잔화가 짓이겨진 새벽녘의 나무 냄새가 난다. 비눗물은 바닷물로 흘러들어가 대양 한가운데서 물마루의 파도가 만들어내는 미약한 거품 위로 미끄러진다. 왜냐하면 대양의, 그러니까 진짜 바다의 파도란 물을 튀기는 파도가 아니라, 어디도 가지 않는 얼음 망토이기 때문이다. 그리고 배는 그 위를 힘겹게 헤치고 나간다. 자신을 집어삼키려는 물이 얼마나 깊은지 알지도 못하면서 속도를 낸다.

저 멀리, 엄마가 보인다. 엄마는 금방이라도 증발할 것 같고, 사라지지 않는다면 당신의 뼈로 이루어진 감옥 안에서 부서져 버릴 것 같고, 금방이라도 바다로 떨어질 것 같다. 바람이, 아니면 배가 자아내는 파도보다 높은 거품이 엄마를 가로막는다. 바람이 엄마의 머리를 들어 올리고, 드레스를 몸에 착 들러붙게 한다. 이제 보인다, 엄마가 눈썹을 치켜올리고 더 멀리 보려고 눈을 가늘게 뜬 모습이. 엄마는 무얼 보고 있는 걸까? 내 기척조차 듣지 못한 엄마는, 내가 가만히 곁에 있는 것도 모른다. 바다에서는 인간의 소음이 들리지 않는다. 인간의 비명은 물이 철썩이는 소리에 섞여 들어가고, 엔진 소리가 웃음소리를 집어삼킨다. 바다를 향해 목을 길게 빼는 엄마의 옷자락을 잡아끌자 엄마가 뒤를 돌아 나를 보지만, 눈은 나를 보지 않는다. 하느님, 엄마에게 저 좀 보라고 해주세요! 엄마와 대화를 나누어본 사람들은 엄마가 그들을 보지 않는 것 같다는 사실에, 엄마가 자신과 타인 사이에 두는 거리에 절망한다. 그럴 때면 엄마를 잡고 흔들고 싶어진다. "저 여기 있어요, 저 좀 보세요." 그건 여태 아무도, 아빠조차도 감히 하지 못한 일이다. 다른 곳에 가 있는 엄마의 마음을 전혀 신경 쓰지 않았던 아빠는, 부재와 결혼했다.

"엄마."

엄마는 말없이 내 손을 잡고, 나는 엄마의 허락에 감사함을 느낀다. 우리 둘은 난간에 기댄 채 서 있다. 그러다 내 손에서 땀이 나기 시작해 엄마의 손 밖으로 미끄러져 나가고, 그 어느 때보다 필요한 순간에 나를 실망시키는 손에 저주를 퍼붓는다. 몇몇 승객들은 갑판 위에 접이의자를 펼치고 몸을 누이는데, 그중 미라처럼 몸을 칭칭 감은 한 아주머니는 추위로 죽을 지경인 듯하다. 저 자신을 견디지 못해 죽어가는 듯하다.

선원 한 명이 지나간다. 마르케스 데 코미야스라는 이름의 스페인 여객선에서, 그가 영어로 묻는다.

*"제가 재워드릴까요?"*

"아가, 이제 아침 먹으러 갈까? 가자꾸나. 소피아는 어디 있니? 소피아를 찾으러 선실로 내려가야겠구나, 멀미를 해도 뭐를 좀 먹어야 해. 굶주린 배만큼 나쁜 게 없단다."

나는 아홉 살이 되어서야 엄마를 제대로 보게 되었다. 예전에는, 스쳐 지나가는 잔상뿐이었다. 로스차일드 가문, 마르케스 데 쿠에바스 가문, 멘들 부인과 멘들 경이 주최하는 무도회에 참석하는 긴 정장 차림의 엄마, 게르망트의 엄마, 가르슈의 엄마, 시선과 손길로부터 완전무결한 엄마의 드레스들. 옷에서는 방치의 냄새가 나지 않는다. 웃음이나 샴페인, 담배, 불면, 쉰 음식이나 권태, 시선들의 냄새가 나지 않는다. 간밤의 무도회가 남긴 찌꺼기라곤 찾아볼 수 없다.

❤

갑판 위에서 소피아와 나는 놀이를 시작한다. 시소 하나, 그네 두 개, 뛰어넘기 놀이를 할 수 있는 훌라후프 두 개가 있다. 짠맛이 도는 바람이 우리 치마 속으로, 블라우스 속으로 불어온다. 소피아가 경고한다. "토할 것 같아." 장난으로라도 절대 난간 위로 몸을 기울이지 말라는 소리를 들은 터였다. 이윽고 소피아는 선실로 내려간다. 항해가 몸에 맞지 않는 탓이다. 나는 훌라후프 안에 홀로 남는다. 엄마는 해변용 의자에 앉아 옆 객실 남자와 시시덕거린다. 엄마와 이야기하고 싶어 하는 남자들이 많은데, 그중 하나가 춥겠다며 엄마의 다리 위에 담요를 덮어주고, 엄마는 고개를 저으며 웃는다.

나는 훌라후프 두 개 안에 다리를 집어넣고 몸을 날려보지만 실패한다. 그런 굴욕적인 자세로 있는데 반바지에 무릎까지 오는 양말을 신은 남자애 하나가 다가온다.

"이름이 뭐니?"

나는 훌라후프에서 힘겹게 다리를 빼내며 대답한다.

"마리아나. 너는?"

"미겔 코레스."

그때부터 그 애는 나를 따라다닌다. 식당에서, 갑판에서 나를 보고 있다. 내가 계단을 내려갈 때 나를 본다. 이해할 수가 없다. 사람들이 쫓아다니는 건 얼굴을 우스꽝스럽게 찡그리고 혀를 내미는 소피아다. 하지만 지금 소피아는 멀미를 너무 심하게 해서 대부분의 시간을 선실에서 자거나 레몬 넣은 물을 마시고 울면서 지낸다. 배를 돌리라고 한다. "내릴래요." 엄마가 우리의 머리를 빗겨주지 않는다. 소피아는 머리를 땋아줄 때 잡아당기면 불편할까 봐 그런 것이고, 나는 늘 바람 부는 곳에 가 있으니 빗길 필요도 없는 것이다. 엄마는 우리가 옷을 갈아입는지 아닌지도 신경 쓰지 않는다. 엄마는 여기저기 저녁 식사에 초대되고, 선장과도 만난다. 저녁 모임이 길어지면 소피아와 나는 선실 벽의 초록빛이 도는 철판 쪽으로 머리를 돌리고 잠에 든다. 갑판 승강구를 통해 바다를 보지 않으려는 것인데, 그 사이로 물이 들어올까 무섭기 때문이다.

나흗날부터 코레스는 더 이상 나를 찾지 않는다. 비록 우리가 대화를 나누지 않더라도 그 애가 나를 쫓아다닌다는 사실을 아는 게 좋다. 그 애가 귀찮게 따라다니기를 멈추자 비로소 나는 그 애가 어디에 있을까, 무얼 하고 있을까 궁금해지기 시작한다. 그 애의 진지한 눈과 무릎까지 오는 양말이 생각나고, 그 애의 흔적을 뒤쫓다가 출입 금지인 기계실 안까지 들어가버린다.

그날 밤 나는 엄마에게 고백한다.

"걔가 좋다고 했을 때는 신경도 안 썼어요. 그런데 지금은 걔를 찾아 헤매는데 찾지를 못해요. 이게 사랑일까요?"

모두가 바다 위를, 예측 불가능하고, 무겁고, 아득한 표면 위를 걸어 다닌다. 갑판 위의 승객들은 외투로 몸을 싸맨 채 바다를 바라본다. 항해가 길어지면서 이제는 다들 도착하기만을 바라고 있다. 배가 멕시코만에 접한 항구도시 아바나에 착안하자, 경찰들이 올라와 모두 격리에 들어가야 한다고 말한다. 외국인들은 늘 전염병을 몰고 온다는 것이다. 트리스코르니아 이민자

임시 수용소에서 40일 동안의 격리. 어느 아름다운 여자가 바람에 머리를 휘날리며 불평하고, 여자 옆에는 머리가 헝클어진 여자아이 두 명이 있다. 여자는 강약이 확실한 스페인어로 말하고, 주장하고, 목소리를 높이며 배가 산만큼 부른 임신부를 변호한다. 저래서는 트리스코르니아에 갈 수 없어요. 또 이렇게 어린 아이들을 트리스코르니아로 보낸다고요? 결국 아무도 격리에 들어가지 않게 됐다. 임신부도 어린아이들도 그 여자도. 여자는 놀란 얼굴을 하고 자기 다리에 꼭 달라붙어 있는 딸에게 말을 조심해야 한다고 일러둔다. 다른 딸은 이미 부둣가로 내려가고 없다.

▲

소피아와 나는 엄마가 멕시코 사람이라는 걸 몰랐다.

✈

태어나서 처음으로 우리는 비행기에 오른다. 아바나에서 멕시코로 가는, 엔진이 두 개 달린 비행기다. 창 너머로 프로펠러가 보인다. 승무원이 사탕이며 껌을 가져다준다.

"땅 좀 보렴, 정말 작구나."

소피아는 고개도 내밀지 않는다. 비행기가 가르고 지나가는 대기 속에 염료를 뿌린 듯 푸른 하늘이 펼쳐져 있다.

"물 위로 날고 있단다. 파도 좀 보렴."

엄마가 즐겁게 이야기한다. 소피아는 엄마에게 조용히 하라고, 지금 자기가 다 죽어가는 게 안 보이냐고, 조종사에게 착륙하라고 말해달라고 한다. 나는 모든 것에 순응한다. 만일 비행기가 추락하더라도 나는 잠자코 따를 것이다. 소피아는 눈을 뒤집고, 혀는 내밀고 손가락은 안으로 넣은 채 으름장을 놓는다.

"죽기 1분 전이에요."

"이제 착륙할 거란다."

우리는 구명조끼 안에 종이봉투를 쑤셔 넣는다.

멕시코 공항에서, 새로운 할머니가 우리를 기다린다.

머리뼈가 울퉁불퉁한 여자들은 어디에 있을까?

파세오데라레포르마 대로에서 훌라후프를 가지고 놀다가 날이 늦어지면 뾰족한 탑과 발코니가 있는 베를린 거리의 고성으로 돌아간다. 침대에 몸을 누일 때는 새 할머니가 선물해준 인형들에게 자리를 내주어야 한다. 여기서는 공간 사이의 거리도, 낙우송들도, 투실투실한 발가락으로 기둥을 딛고 서 있는 금박의 천사가 있는 곳에서 끝이 나는 파세오데라레포르마 대로도, 빨간 머리에 입술을 빨갛게 칠하고 종종걸음을 치는 새 할머니까지도, 모든 게 너무나 과하다. 납작한 부인용 모자를 벗는 법이 없는 할머니를 보고, 소피아와 나는 할머니가 곧 춤을 출 것 같다고 생각한다.

성은 거대하고, 계단도 마찬가지다. 우리는 축제에 등장하는 여자아이를 본뜬 인형을 손에 들고 침실을 돌아다닌다. 소피아는 인형이 부러지나 보려고 마구 흔들고, 나는 그저 보지 않으려고 애쓴다. 엄마는 매일같이 사람들의 초대를 받아 나가고, 우리는 납작한 부인용 모자를 쓰는 새 할머니와 함께 식사를 한다. 할머니는 고양이처럼 노란빛으로 예쁜 눈동자를 가지고 있고, 남자 친구도 있다. '미스터 칩스'라고 불리는, 무척 교양 있는 대머리 할아버지다. 미스터 칩스는 거의 매일 왔다가 오후 4시가 되기 전에 돌아간다. 아주 잘 다린 정장을 입고 다니는데, 꼭 태어날 때부터 정장 차림이었던 것 같다. 할아버지는 영어로 말한다. *"사랑스러운 너희 할머니"*라고 말하면서 할머니의 손에 입을 맞추고, *"사랑스러운 너희"*라고 하면서 우리 손에 입을 맞춘다. *"사랑스러운 너희 엄마", "사랑스러운 멍멍이들", "이 멋진 집", "음식이 훌륭하군요", "정말 멋진 날이야."* 엄마는 우리를 영국 학교에 보낼 거라고 했다. 스페인어야 거리에서 들으며 배우게 될 테고, 영어가 더 중요하다고 했다. 스페인어는 저절로 습득하게 될 테니, 공부할 필요도 없다고 했다.

✍

윈저 스쿨에서는 파운드, 실링, 펜스로 세고 환산하는 법을 배운다. 매일 아침 수업 시작 전에는 영국 국가를 제창한다. 러디어드 키플링의 시 '만일'을 외우는데, 내용을 이해하니 겁이 난다. 나는 사라코프 군모를 쓴 키플링의 사진 한 장을 본다.

✎

나무 바닥 위에서 발들을 얼마나 잘 놀리는지! 계단을 내려가는 개들 소리가 들린다. 등과 발로 겨루는 경주에서 안달이 난 개들은 더 빨리 내려가겠다고 서로를 밀친다. 그러다 한 마리가 짖기라도 하면 새 할머니는 무리 전체를 혼낸다. "조용, 조용히 해야지, 내 착한 강아지들!" 할머니가 다섯 화장실의 문을 열자 개들은 앞으로 돌진한다. 그러면 할머니는 개들을 조용히 시키려던 의지는 완전히 잊어버리고 계단에서 소리친다. "리골레토, 아이다, 돈 파스콸레, 오텔로, 디키, 초콜라테, 프리홀리토, 돌리, 무네카, 창고, 트라비아타, 발키리아, 블랑키타, 파우스토, 두케, 사탄, 내려오렴, 내 착한 강아지들. 아침 먹어야지. 우리 팔로마, 그리고 우리 카넬라, 너희도 좋은 개란다." 개들은 할머니 주위에서 뛰어오르며 달콤한 빵을 두고 서로 쟁탈전을 벌인다. 소피아와 나는 가운을 걸치고 또 다른 두 마리의 개가 되어 할머니의 부름에 대답한다. 우리는 우리의 스물일곱 남매와 함께 아침을 먹으러 내려간다.

"트라비아타에게 콘차* 하나 주렴. 보다시피 저 녀석은 뿔을

* 조가비를 닮은 모양으로 만드는 멕시코의 단 빵. 설탕, 버터, 밀가루로 만든 바삭바삭한 크러스트가 올라가 있다.

좋아하지 않는단다."

내 몫은 부드러운 빵과 미지근한 계란 하나인데, 먹는 날도 먹지 않는 날도 있다. 라 네그리타는 게걸스레 브레드스틱을 물어뜯고, 돈 파스콸레는 바게트를 특히 좋아한다.

"착한 리골레토, 너는 칠린드리나* 하나, 팔로마 너는 베이글 하나, 토스카는 폴보론**을 먹고, 초콜라테는 콘차, 기다란 바게트 두 개는 아이다 거란다. 돌리는 돼지 귀 하나, 비올레타는 건포도 팬케이크를 주마."

내가 늘 먹고 싶어 하는 가리발디 비스킷은 오텔로의 입속으로 들어간다. 프리홀리토는 머핀 하나를, 네모리노는 팬케이크 하나를 먹어치운다.

할머니의 특별한 사랑을 받지 못하는 개들은 중정으로 이어지는 다용도실에서 아침을 먹는데, 그 개들은 보호시설의 노인들처럼 성격이 고약해지고 탐욕스러워졌다. 할머니는 개들에게 미리 경고한다. "나는 시샘하고 심술부리는 개들은 좋아하지 않는단다." 하지만 개들은 새로 온 개에게 덤벼들고 후원으로 달

* 타코와 비슷한 멕시코 음식. 튀긴 밀전병에 토마토와 양상추, 아보카도 등을 올려 먹는다.

** 부드럽고 잘 부스러지는 스페인식 쇼트브레드. 밀가루, 설탕, 우유, 견과로 만든다.

아난다. 의기양양하게 짖고 있는 개들을 발코니에서 내려다보자니, 사나운 사냥개 무리 같다. 그 개들을 돌보는 크리소포라는 밤마다 개들에게 이불을 덮어주고, 먹이를 주고, 개들의 물통에 물을 채워주며 투덜거린다. "봤지, 너희가 자초한 일이야. 괘씸하게도 반항한 탓에 이제 너희도 나처럼 죽을 때까지 여기서 지내게 될 거라고." 개들에게는 시간이 많이 든다. 아침 9시부터 크리소포라는 냄비 여러 개에 말고기를 삶기 시작하는데, 1시 정각에 밥과 섞어서 점심으로 먹일 것이다. 개들은 만족하는 법이 없고, 늘 요구한다. 아침 인사를 해주어야 하고, 물을 섞은 우유와 빵을 가져다주어야 한다. 개들은 거리 출신으로 스물한 마리거나 가끔은 스물두 마리, 스물일곱 마리거나 서른 마리일 때도 있었는데, 그때는 가정부들이 불평했던 까닭에 할머니가 세 마리를 보호시설로 보내버렸다.

할머니는 거리에서 다리 하나가 없는 개들, 다리를 저는 개들, 몸이 마비된 개들, 옴에 걸린 개들, 죽을 때가 다 되어 털이 다 빠진 개들을 데려온다. 개들도 할머니가 오는 걸 인지하고, 할머니는 이웃들이 "조심하세요, 아주 사나운 놈이에요", "광견병이 있어요", "가까이 다가가지 않는 편이 좋으실 거예요" 하고 소리치든 말든 개들을 품에 안는다. 크리올린을 리터로, 유황 가루를 킬로그램 단위로 사서 눈이 거의 멀어버린 개들의 눈을 씻기고

옴에 걸린 개들의 몸을 털어준다. 할머니가 개들과 아침을 먹는 동안, 칸디다는 개들이 자는 방의 화장실을 청소하러 올라온다. 개들에게는 각자 자기 자리와 물통과 우유 통이 있고, 화장실마다 난방기가 있다. 바닥에는 신문지가 깔려 있어서, 배설물을 한 번에 들어내고 돌돌 말아서 쓰레기통에 버리게 되어 있다. 칸디다는 물과 소독제로 바닥을 걸레질한다. 그러니까 이 동화에 나올 법한 성에서는 레포르마 호텔에서보다 더 많은 똥이 나온다.

나중에 할머니가 누우러 올라가면 응석받이 개 세 마리, 블랑키타, 무녜카, 카넬라는 할머니의 이불 안으로 파고든다. 거의 보이지도 않을 정도다. 할머니는 신문을 읽으면서 개에게도 읽어준다. 장갑을 낀 채다. "장갑을 안 끼면 손이 새카매지잖니." 전화벨이 울릴 때마다 무녜카는 짖어대지만 제 보금자리에서 나오는 법은 없다. 정원으로 난 창문을 통해 청명하고 신선한 아침 공기가 들어온다. 할머니가 벨을 울리자 주방에서 일제히 짖는 소리로 화답한다. 크리소포라도 올라와서 침대 앞에 멈춰 선다.

"오늘 점심은 무엇으로 준비할까요, 마님?"

"전채 요리, 주요리, 샐러드와 과일 조림으로."

그렇게 날마다 우리는 할머니를 알아간다. 소피아에게는 개들을 향한 열렬한 애정이 생겨서, 모습이 어떻든 그 개들을 돌보더니 보름 후에는 직접 개를 한 마리 데려와 키키라는 이름을 붙여주었다. 개와 함께 자겠다고 하지만, 엄마가 허락하지 않는다. 키키는 눈 하나가 없고 고추가 삐져나와 있기 때문이다.

개들은 자면서 많은 걸 듣는데, 그럴 때는 소리 내 짖지 않는다. 끙끙대고, 으르렁거리고, 천사와 맞서 싸우고, 악령에 사로잡힌다. 모르긴 몰라도, 발정기에 있는 암캐가 있을 때 할머니가 중성화 수술을 하지 않은 개들을 전부 가둬버릴 때와 비슷하다. 뚱뚱해지고 잠만 자게 될지라도 중성화 수술을 시키는 이유는, 결국 거리 출신인 개들이라 온몸이 상처로 뒤덮이고 흔하디흔한, 못생긴 개들이기 때문이다. 발정기가 찾아오는 밤이면 뚱뚱해진 개들조차도 한시도 멈추지 않고 울부짖는다. 집 전체가 흥분에 휩싸여 진동하고 동생과 나는 불안한 마음에 한숨도 못 자고 아침을 맞는다. 일어나야 할 일이 일어나지 않는 건 할머니가 수컷들을 전부 가둬버렸기 때문이다.

칸디다는 개들에게 이름을 붙여주지 않지만, 그가 개들을 두고 하는 말이 곧 이름이 된다.

"오늘 데려온 이 녀석은 혀가 꼭 잉꼬 혀 같아요."

주둥이를 벌려보면 그 안에 아주 작고 검은 혀가 보이는데, 어디 닿지도 못할 만큼 작은 형체에 불과하다.

"이 녀석은 절대 짖지 않을 거예요. 주술을 걸어놨나 봐요."

칸디다는 들은 소문을 펼쳐놓는다.

"가끔 그리스도교인에게 붙이려고 개들의 혀를 자르기도 한답니다. 그리고 개들한테는 다른 동물의 혀를 붙이는 거지요."

"조용히 하세요, 칸디다. 그런 거짓말이 어디 있어요?"

할머니는 무서운 이야기, 신체 절단, 주술 같은 걸 싫어하지만, 개에게는 그대로 이름을 붙여준다. 가령 '잉꼬'처럼, 다리가 짧고 굽은 개는 '토끼', 털이 반지르르한 검은 개는 '딱정벌레', 누렇고 여윈 개는 '카나리아'라고 이름을 붙여주는 식이다. 새의 특성을 가진 개, 양-개, 당나귀-개, 여자아이-개, 사자-개만 있는 건 아니다. 모든 개는 각자의 과거를 지닌다. 인간 공통의 역사처럼 슬프고 평범한 그들만의 이야기를. 소피아는 새로 데려온 개를 보며 기대에 부풀어 이야기한다.

"할머니, 얘는 꽤 멀끔한 것 같아요."

"왜 그럴까?"

"엄마는 닥스훈트고 아빠는 폭스테리어가 분명해요."

할머니는 소피아가 목걸이와 작은 집 모양의 이름표를 달고, 주인이 지어준 이름을 지닌 데다 광견병 예방접종까지 마친 멀끔한 개를 집 안에 들이려고 애쓰는 모습을 보며 재밌어한다. 고상한 사람을 연상시키는 개들은 주인을 찾아주기 쉬운데, 불쌍히 여겨 데려가는 사람들이 있기 때문이다. 어느 날 아침, 할머니는 튼튼하고 건강해 보이는 개 한 마리를 데려왔다. 주둥이를 열어보니 이빨 대신 나무못 세 개가 보인다. 아는 게 많은 크리소포라가 말한다.

"이 녀석은 멀리서 왔네요. 이 근방 개가 아니에요."

"어디서 왔는데요?"

"시골 개예요, 이빨을 보세요. 이빨을 부러뜨린 거예요. 시골에서는 개들이 옥수수 이삭을 먹지 못하게 하려고 이빨을 부러뜨린답니다. 개들이 부드러운 옥수수 이삭을 다 먹어치우거든요."

"끔찍해라! 크리소포라라면 그러실 거예요?"

"개가 내 옥수수를 먹겠다고 하면, 당연히 그러겠지요."

크리소포라는 힐난하는 듯한 검은 두 눈으로 우리를 바라보고, 조소하며 내뱉는다.

"시골에서는요, 그리스도교인들이 말고기를 먹는답니다."

▲

평원은 끝이 없다. 자리를 옮기려고 하면, 대지는 점점 더 넓게 펼쳐지며 길을 잃게 만든다. 광활한 하늘 아래, 이따금 모닥불이나 굴뚝의 연기가 맥없이 피어오른다. 연기가 앞으로 움직이면 소피아가 경고한다. "저기 기차가 온다. 우리를 깔아뭉개버릴 거야." 엄마가 웃는다. "아니, 여기는 프랑스가 아니란다. 여기에는 그런 장난감 같은 게 없지." 우리는 무한한 대지에서 길을 잃는다. 엄마가 길을 묻는다. "작은 언덕 너머 바로예요." 언덕들은 점점 거대해지고 우리는 측량할 수 없는 무한함에 놀란 채 앞으로 나아간다. 끝이란 게 없다. 이글거리는 태양이 들판을 누렇게 만들며 벗겨내고, 우리는 구워지면서 앞으로 나아가는 바퀴벌레들이다. 엄마는 우리에게 당나귀를 세며 지루함을 달래라고 한다. "당나귀 한 마리…… 또 한 마리……. 장작을 짊어진 당나귀, 아니면 타말을 만들 옥수숫잎을 짊어진 당나귀를 벌써 일곱 마리는 셌어요." 언젠가 엄마는 용설란을 세라고 한 적도 있는데, 군부대처럼 우리 위를 덮치며 자동차 앞 유리 쪽으로 뻗어 있는 용설란을 보고 소피아가 소리를 질렀다. "독일군이다, 독일군이다!" 그러자 엄마의 명령이 떨어졌다.

"그 놀이는 이제 그만하자꾸나. 이제 안 돼, 그만."

나는 용설란이 좋다. 그것들을 자세히 들여다본다. 엄마는 풀케*가 역겹다고 하는데, 호리병박에 입을 대고 들이마셔야 하니 나중에는 전부 침으로 범벅이 되기 때문이란다. 호리병박, 호리병박, 호리병박, 나는 창가에 붙어 홀린 듯 되뇐다. 용설란즙은 더위를 식혀준다. 용설란즙을 빼 마시는 남자들은 벌새 같다. 육질의 잎을 정리한 다음 초록의 한가운데 머리를 처박고 즙을 빨아 먹는다. 초록빛 다리 사이에 비밀을 간직한 용설란들은 태양

* 용설란에서 추출한 수액으로 제조하는 멕시코 전통 발효주.

아래 남겨진다. 오거라 용설란들이여, 창문까지 오거라, 내게 오거라, 정중하고 충직하고 진중하게 오거라, 오거라 파수꾼들이여, 비탈을 넘어오거라, 낭떠러지를 건너오거라, 내가 너희의 장군이니, 나의 군대여, 이 세상에서 가장 강한 나의 군대여.

"엄마, 마리아나가 또 혼잣말을 해요."

▲

엄마가 계단 위에서 모습을 드러낸다. 할머니에게 작별 인사를 하러 다녀온 참이다. 여느 때와 다름없이 할머니는 엄마에게 말한다.

"코가 번들거리는구나."

할머니의 콤팩트로 분칠을 하고 결연하게 계단을 내려오는 엄마는 매일 다른 드레스, 다른 가방, 다른 눈을 선보인다. 드레스는 스키아파렐리의 디자인으로 눈부시게 아름답고, 천-상-의 것이라 할 법한 엄마의 아름다움에 겁이 날 지경이라, 구기거나 헝클어뜨리고 싶지 않다. 머리카락 아래 창백한 엄마의 얼굴이 드러난다. 머리카락의 무게에 목을 가누기가 힘들어 보이고, 머리가 뒤로 젖혀지는 것 같다. 너무도 길고 연약한 목, 목뼈가 단두대에 놓인 듯 보인다. 그곳으로 무거운 칼이 떨어져 엄마의 피를 보게 하고, 목을 치고, 뇌를 적출하고, 머리를 자르고, 광대뼈가 솟은 엄마의 얼굴을, 날아가버려 감지할 수 없고 만질 수 없는 몸으로부터 떼어놓을 수도 있을 것 같다. 엄마의 몸은 아무도 만지지 못하고, 아무도 허리를 감싸 안을 수 없는 몸이다. 몸은 휘발할 테고, 몹시도 연약한 공기 중에서 부서져버릴 것이다. 커다란 네모꼴로 세공된 에메랄드, 저건 어디서 온 걸까? 차가운 바닷속 작은 상자 같고, 투명도가 떨어져 내 눈에는 조악해 보이는 에메랄드에 깃든 누군가의 무게가 엄마의 가냘픈 손에 매달려 손을 게걸스레 먹어치우고, 엄마를 이전보다 더 쇠약해 보이게 한다.

🖂

엄마는 친구네 아이들을 우리에게 붙여준다. 우리가 사는 베를린 거리에는 마르티네스 델 리오 가족이 살고, 디나마르카 거리에는 링콘 가야르도 가족과 페르난데스 델 바예 가족이, 두랑고 거리에는 로메로 데 테레로스 가족이, 고풍스러운 가로등이 늘어서 있고 가로수가 우거진 알바로오브레곤 대로 근처에는 리바 가족이 산다. 그리고 리바네 집에는, 내가 평생 사랑하게 될 소녀가 산다. 7남매 중 첫째인 그 애는 나와 함께 웃어주고 첫눈에 내게 이렇게 말한다. "너와 나는 친구가 될 거야." 나는 벅차오른다. 그 애가 덧붙인다. "평생 친구가 되는 거지." 소피아에게는 말하지 않는다. 이건 나만의 비밀이다. 다음에 언제 또 그 애를 볼 수 있을까, 다시 만날 때는 어떨까, 무슨 말을 할까, 무슨 옷을 입을까를 생각한다. 그날 밤 나는 스페인어와 프랑스어를 조금씩 섞어가며, 작은 꽃이 그려진 편지지에 편지를 쓴다. 그 애가 내 친구라는 게 얼마나 든든한지. 나는 엄마에게 묻는다.

"엄마, 우리 리바네 집에 언제 가요?"

나처럼 소피아도 리바네 집에 가는 걸 무척 좋아하는데, 한 블록 거리에 있는 타말 가게 **아이리스**에서 사 온 타말과 직접 간 코코아로 만든 초콜릿셰이크를 먹을 수 있기 때문이다.

마르티네스 델 리오네 집에는 걸어서 가지만, 그 집에서는 학자인 아버지에게 시끄럽게 방해가 되면 안 되기 때문에 지하실에서 놀아야 한다.

"무슨 학자이신데?"

"뼈 학자야."

아저씨네 아들 카를로스가 대답한다.

⚜

윈저 스쿨에서 벨라스케스 선생님이 설문 조사를 한다. "커서 무엇이 되고 싶나요?" 여학생들이 일제히 대답한다. "가정을 꾸릴 거예요." 알레한드로 오초아는 '산부인과 의사'라고 대답한다. 그러자 벨라스케스 선생님은 일주일 동안 쉬는 시간을 없애는 벌을 주었다.

영화관에 갈 때면, 소피아와 나는 뉴스 프로그램에 나오는 군인들 틈에서 아빠를 찾으려 애쓴다. 거위걸음으로 행군하는 나치들이 나오면, 상영관에서는 박수 소리가 들린다. 그게 엄마를 무척 화나게 한다.

나는 손톱을 물어뜯는다.

잠결에 나는 걷고 있는 엄마의 치마를 본다. 가벼운 모슬린 치마 아래 엄마의 다리가 보인다. 계절 없이 더운 나라 멕시코에 살고 있는 지금, 열대기후의 더위 탓에 엄마의 드레스들은 가볍다. 허리 부근에서 천 자락이 휘날리고, 나는 기대에 부푼다. '저기 엄마가 온다, 엄마가 나한테 온다.' 하지만 엄마의 발걸음은 거리로 통하는 문으로 엄마를 데려가고, 엄마는 재빨리 문을 연다. 나를 보지도 않고, 나가서, 문을 닫는다. 엄마는 이제 밖이고 나는 안에 남겨졌다. 자동차에 시동이 걸리는 소리가 들리고 그 다음에는, 무한뿐이다.

엄마의 치맛자락이 움직이는 모습에는 고사리의 투명함이 있어 빛을 통과시키고, 푸르게 만들고, 담장 위에서 춤추게 하고,

엄마의 윤곽을 그려낸다. 노래하듯 기분 좋게 울려 퍼지는 소리로 대기를 가르며 엄마가 온다. 어떨 때는 그저 미끄러지듯 걸을 뿐이어서 웅얼거리는 소리만 들릴 뿐이지만, 어떨 때는 종종거리는 걸음에 치마까지도 흔들리며 펄럭인다. 엄마는 우리와 '비행기놀이'를 하러 와서 장난을 치는데, 백묵으로 그은 선 위에 하이힐을 말굽처럼 올려두는 식이다.

"엄마, 선 밟고 있잖아요."

"아닌데, 구두코가 공중에 떠 있잖니."

"엄마, 구두 굽이 선 바깥에 있잖아요."

"안 밟고 있는걸."

두꺼운 크레이프 고무창을 댄 우리 신발로는 도저히 이길 수가 없으니 언제나 엄마가 이기고, 그러면 엄마는 만족한다. 나는 엄마가 깡충깡충 뛰는 모습을 본다. 오들오들 떠는 사슴의 다리와 금방이라도 부러질 것 같은 허리와 목 위로 내려온 탐스러운 마호가니빛 머리카락의 엄마는 젊고, 통통 튄다. 엄마는 곧 나갈 것이다. 언제나 떠나는 엄마를, 우리는 막을 방도가 없다. 이따금 풍성한 마호가니빛 머리카락을 베개에 늘어뜨린 채, 거의 반수 상태로 침대에 누워 있는 엄마를 본다. 침대 위 날씬한 몸은 정말이지 탄성을 자아낸다. 시선을 알아차린 엄마는 졸린 머리를 문 쪽으로 돌리고 나를 바라본다. "나 좀 내버려둬." 엄마가 나긋나긋한 목소리로 중얼거린다. "나 좀 내버려둬."

맨발로 카펫 위를 걷다가 갑자기 가부좌를 틀고 앉아 손바닥을 위로 향하게 하는 엄마를 보면, 이 세상 여자들을 힐끔거리게 되는데, 다른 여자들에게서도 똑같은 움직임을 발견할 수 있을까 싶어서다. 엄마는 용수철처럼 바닥에서 일어나 상상으로 만들어낸 해변을 다시 맨발로 걷기 시작한다. 그러면서 우리에게는 "슬리퍼를 신으렴" 하고 명령한다. 우리가 말을 들을 새도 없이 엄마는 내 가슴에, 내 어린 배에, 내 둥글둥글한 허벅지에, 줄넘기를 하는 내 다리에 그림문자처럼 엄마의 발자국을 새기고는 이내 사라져버린다. 아아, 엄마!

"소피아는 춤에 탁월한 재능이 있어요. 마리아나는 무척 학구적이고요. 제 아빠처럼 피아노 치는 법을 배울 거예요. 겁내는 게 아무것도 없는 소피아는 수영을 배울 거고요. 동생인데도 벌써 마리아나보다 키가 크다니까요." 엄마가 손님들에게 차를 대접하며 말한다.

"너희 아빠는 무슨 차를 타시니?"

"우리 아빠는 여기 안 살아."

"어디 계시는데?"

"전쟁터에."

"장군이셔?"

"아니, 대위셔."

"우리 할아버지는 장군이셔, 멕시코혁명에도 참전하셨지. 사람도 많이 죽이셨어. 너희 아빠는 사람을 몇 명이나 죽였니?"

"우리 아빠는 아무도 안 죽여."

"그럼 너희 아빠는 아무런 쓸모가 없는 거네."

엄마가 우리를 보러 학교에 오는 건 날마다 있는 일이 아닌데, 엄마가 올 때면 내 가슴 속에 제비 한 마리가 들어서고, 목에는 제비의 깃털이 차오른다. 제비가 입으로 뛰어드는 탓에 말을 할 수가 없다. 엄마와 함께 있으면 성가신 일들이 생긴다. 엄마는 미소 띤 얼굴로 유유자적하게 모습을 드러내고, "와, 너희 엄마 진짜 예쁘다", 녹아내린 흑설탕 같은 머리카락을 휘날리며 교장실로 총총거리며 걸어가, 뒤늦게 학비를 내고 나와서 운동장 바닥을 살랑살랑 걸으며, 춤추듯 스텝을 밟고, 장난을 치고, 백묵으로 칠한 비행기를 하나 집어 들고, 사방치기 칸을 1에서 3으로 뛰어넘으며 웃는다. 그런 엄마를 보며 나는 부끄러워진다. 사람들이 뭐라고 할까, 저 여자는 애 엄마가 아니라 애라고 하겠지. 엄마의 향수 냄새까지 귀에 들리는 것 같다. 다른 엄마들은 우리 엄마처럼 덜렁대지 않고, 얌전히 운동장을 건넌다.

"얘, 차에서 기다리는 저 아저씨가 너희 아빠니?"

"무슨 아저씨?"

이중 주차된 차로 달려가보니 조수석에 경찰 한 명이 보인다.

"엄마, 누구예요?"

"누구 말이니?"

"밖에 있는 사람이요. 차 안에 있는 사람 말이에요."

"누구?"

"저 짭새 말이에요, 엄마."

"아, 페르난도야. 딱지를 떼려고 하길래, 내가 늦었으니 우선 차에 타서 함께 가는 편이 낫겠다고 했지."

페르난도는 무척 잘생겼다. 짙은 갈색 피부, 제복, 얼굴, 케피 모자, 맨발에 구두. 어쩔 수 없이 우리와 말을 섞긴 하지만, 엄마와 시시덕거리면서 커다란 치아를 드러내며 웃고, 두 눈으로 엄마를 훑는다. 그가 싫다.

❤

"엄마, 저희는 남동생이 갖고 싶어요."

"아니 얘들아, 너희 아빠도 여기 안 계시잖니……."

"상관없어요, 엄마가 아빠를 놀래주세요."

문득 엄마를 보면 엄마는 이미 사라지고 없다. 다시 엄마를 보지만, 엄마를 정의하는 것은 곧 엄마의 부재다. 엄마는 기운을 북돋울 무언가를 찾아 떠났고 나는 그게 무엇인지 모른다. 나는 엄마를 따라갈 수 없고, 도대체 어떤 보이지 않는 공간으로 가버렸는지, 어떤 말할 수 없는 공기가 엄마를 비호하며 고립시키는지 알지 못한다. 엄마는 이미 이 세상에 있지 않아서 내가 얼마나 손짓을 한들 보지 못하고, 늘 내 손길이 닿지 않는 곳에 머무른다. 내 사랑이 엄마를 살아가게 하는 걸 안다. 당연하다. 하지만 엄마의 부재는 오직 엄마만의 것이고 그 안에 내 자리는 없다.

첫영성체 날, 아침 7시부터 미용사가 커피색 막대를 들고 찾아와 머리를 곱슬곱슬하게 말아준다. 기다란 소시지처럼 말린 머리를 두고 엄마는 '영국식'이라고 한다. 레몬을 얹은 빳빳한 소시지들. 우리는 볼리바르 거리의 개구리 분수 맞은편에 있는 여학교에서 다른 아이들과 모여 성구 보관실로 향한다. 보이지 않는 틈으로 들어오는 햇살이 보관실을 비추고, 클라리타 사라가의 하얀 수도복과 무릎 아래까지 내려오는 묵주 위로 내리쬔다. 그 애가 부럽다. 내 무명천이 싫다. 스카우트 활동을 할 때,

클라리타는 뛰거나 소리 지르거나 다른 아이들과 섞이는 법이 없다. 오늘, 밀랍 인형 같은 그 애의 모습은 평소보다 더 사르르 녹아내리고 두 눈은 꼭 들보에서 루르드의 성모가 말을 걸기라도 한다는 듯 천장을 올려다보고 있다. 미사포 때문에 보이지 않지만, 클라리타의 머리카락은 꼭 아마포 같다. 클라리타네 어머니도 마찬가지인데, 소화불량에 시달리는 듯한 소심하고 희미한 인상의 아주머니가 그 애를 데리러 올 때 보면, 둘 중 아무도 말을 하지 않는다. 얼굴이 무척 하얀 아주머니는 입술을 오렌지색으로 칠해서 어딘가 별나 보인다. 아버지는 화가라는데, 나는 크고 긴 가운에 모자를 쓴 화가와 그 앞에 하얀 꽃병처럼, 아니면 목련처럼, 아니면 사탕무처럼 포즈를 취하고 있는 창백한 두 여자를 상상한다. 오늘 나는 클라라 사라가의 미사포와 코안경 사이의 빈 공간에 입을 맞춘다. 방금 전 지극히 미약할지언정 당신께서 존재한다는 신호를 내려달라고 기도하며 삼킨 성찬식의 빵보다, 그 애에게 입을 맞추는 것에서 맛이 더 느껴진다.

▲

멕시코(혹은 멕시코합중국), 북쪽으로는 미국, 남동쪽으로는 과테말라와 벨리즈와 접하고, 동쪽으로는 대서양(멕시코만과 카리브해), 서쪽으로는 태평양. 면적은 197만 2546제곱킬로미터에 달하고 해안선은 멕시코만에서 2760킬로미터, 태평양에서 6608킬로미터가 이어진다.

인구는 이제 2000만 명에 달한다. 멕시코시티는 해발 2230미터에 위치해 있다.

⚜

우리 집에서는 멕시코보다 프랑스나 영국에 대해 더 많이 안다. 점심시간에 나는 발표하듯 큰 소리로 말한다. "그거 아셨어요? 멕시코 땅 안에 프랑스가 네 번 들어가고도 남는대요."

▲

에스페란사 이모는 파티에 갈 때 이따금 테우아나* 차림을 한다. 스카프로 얼굴을 감싸고 긴 치마를 입은 이모는 예뻐 보인다. 키가 무척 큰 이모는 걸어 다니는 탑처럼 보인다.

* 멕시코 전통 의상. 멕시코 화가 프리다 칼로 역시 즐겨 입던 의상으로 '테우아나 차림의 자화상'에서도 볼 수 있다.

자동차는 카논델소필로테 지방의 시작을 알리는 커브 길로 들어선다. 운전은 엄마가 한다. 꼭 새것이라고는 할 수 없는 크라이슬러 차량이다. 멀미를 하는 동생이 조수석 창가에 앉았다. 그래야 엄마한테 "차 세워주세요"라고 말하면서 조금이라도 빨리 문을 열고 토할 수 있기 때문이다. 하지만 가끔은 참지 못하고 창문 밖으로 머리만 내밀 때가 있는데, 그러면 뒷좌석에 앉은 내게 토사물이 튀기도 한다. "곧 도착이란다." 우리 기운을 북돋우려 엄마가 말한다. "곧 도착이란다." 엄마는 차를 무척 빠르게 운전한다. 엄마는 늘, 속력을 올릴 때 차가 말을 듣지 않으면 '늙어빠진 소'라든가 '낙타'라고 프랑스어로 내뱉는다. 그러고는 혼잣말로 "이게 차야 소야"라고 중얼거린다. 아니면 낙타라든가. 때마다 다르다. 엄마는 화물차며 대형 버스를 전부 추월하고, 서두른다. 시간은 낮 2시, 쿠에르나바카와 탁스코를 지났을 무렵부터, 몇 시간 전부터 우리는 더위에 시달리고 있다. 엄마는 이런 식이다. "내일 아이들 데리고 아카풀코에 갈 거예요." 그러고는 길을 나서는 것이다. 물론 예정보다 늦게. 엄마는 이런 식이다. 주위의 항의도 소용이 없었다. "너무 위험해. 너 혼자 아이 둘을 데리고 여행을 떠난다니, 경솔한 짓이야." "네가 무슨 위험한 일을 벌이는 건지 모르는구나." "네 목숨뿐만 아니라 아이들의 목숨까지 위험에 처하게 하는 거야." "고속도로 위에서는 강도질을 한다고." 그런가 하면 예언도 있었다. "차가 망가지기라도 하면 어떻게 할 거니, 루스? 타이어에 펑크가 나기라도 하면?" "여자 혼자 애 둘을 데리고 가기에는 너무 긴 시간이다." "어쩜 그리 고집이 세니, 루스!"

"생각이 없어!" 엄마는 우리를 보고 미소 짓는다. 오늘 엄마는 완고한 얼굴을 하고 있고 그 얼굴이야말로 가장 엄마다운 얼굴이다. 시간을 허비하지 않는 얼굴. 다 아는 얼굴. 엄마가 우리를 보고 미소 짓는다. 카논델소필로테의 뜨겁고 높은 바위들이 나를 덮쳐온다. 언제 끝날까? 커브가 미로로 이어지고, 동생은 머리카락이 다 풀린 채 초록빛으로 질려 있는데, 아마 이제 배 속에 아무것도 남지 않은 듯하다. 토를 얼마나 했는지, 먼저 내려서 동생의 이마를 받쳐주던 엄마가 이제는 차를 세우려고 하지도 않는다. 차에서 푹 익은 파파야와 우유 냄새가 섞인 단내가 나는 까닭에 나도 토하지 않으려고 애를 써야 한다. "너는 멀미를 하는 법이 없지" 하고 엄마가 말하면 그게 사실을 확인하는 건지 명령을 내리는 건지 모르겠다. 엄마는 꼭 기어이 도착하겠다는 의지로 자동차를 밀고 나가는 것 같다. "30분 남았다", "15분 남았어", "25킬로미터 남았다" 하며 흥얼거린다. 비록 375킬로미터가 남아 있을지언정, 엄마에게는 늘 25킬로미터가 남아 있다. 그건 사실이 아니고, 15분은 점점 불어나고, 차가 열기에 구워지다 못해 이제 터지기 일보 직전이다. 자동차는 쉼 없이 달리고, 핼쑥해져 코가 날카로워지고 입술이 도드라진 모습이 꼭 축 늘어진 상추처럼 보이는 동생은 더운 공기를 홀짝이겠다고 창문에 머리를 기대고 있는데, 길고 가느다란 목이 곧 부러질 것 같다. 동생의 척추뼈가 어찌나 튀어나왔는지 칼을 내리꽂아달라고 하늘에 빌고 있는 듯하다.

엄마가 우긴다. "거의 도착했어." 그러더니 갑자기 더 힘찬 목소리로 말한다. "바다 냄새가 나지 않니?" 나는 그저 열기와 가솔린 냄새만 맡을 뿐이다. "당연히 바다 냄새가 날 거야." 우리는 찍소리도 하지 않는다. 엄마가 우리 기분을 띄우려고 계속 말한다. "바다 냄새 맡았지, 안 날 리가 없지. 차 앞 유리 위로 소금이 보이기까지 하는 것 같구나." 우리는 말 잘 듣는 지렁이들이니까 앞 유리를 바라본다. 밀려오는 열기가 얼굴을 때린다. 꼭 따귀를 맞는 것 같다. 엄마는 따귀 때리는 걸 좋아한다. 좋아하는 게 아닐지라도 교육적인 측면에서 보자면 꼭 필요한 일이라고 말한다. 물론, 프랑스식 교육이다. 나는 몇 번 맞아봤고, 동생은 많이 맞아봤다. 양쪽으로, 한 볼에서 다른 볼로 오가면서. 나는 핸들 위에 얹힌 엄마의 강하고 완고한 손을 본다. 유리창에는 부딪혀 죽은 파리며 벌이며 곤충이 많다. 그것들은 죽으면서 달걀 노른자 같은 노란 액체를 남긴다. 처음에, 소피아는 소리를 질렀다. "강아지 조심하세요." 강아지가 아니라 커다란 개들이었지만, 크든 작든 개들은 빨리 죽여달라며 고속도로로 뛰어든다. 엄마는 언제나 브레이크를 밟는다. 개를 치지 않기 위해서라면 우리는 벼랑으로 돌진할 수도 있을 테지만, 트럭 운전사들은 속도를 줄이지도 않는다. 나는 포장도로 위에 흙 칠갑이 된 반죽 덩어리들로부터 시선을 떼지만, 언제나 그렇듯 한발 늦는 바람에 결국에는 그것들을 보게 되고 내 마음은 죽은 개들로 가득 차버린다.

"이제 정말로 바다 냄새가 안 나려야 안 날 수가 없어, 이제는 정말이야. 다음 커브만 돌면……."

우리는 코를 치켜든다. 마치 이제 열기가 그리 후덥지근하지 않다는 듯, 물이라도 조금 마신 듯, 공기가 촉촉해지고 있기라도 하다는 듯, 엄마가 우리를 타이른다. "잘 보렴, 다음 커브에서는 보일 거야." 커브를 백 개쯤 지났을까, "보렴" 하는 말과 함께 갑자기, 크라이슬러의 푸른 차체가 저 먼 어딘가 수 세기 전부터 예정되어 있던 곳으로 던져진 것처럼, 저 멀리, 이글거리는 금속처럼 바다가 펼쳐진다. 잔인할 정도로 반짝이는 바다를, 눈이 타버리는 것 같아 볼 수가 없다. "보이니, 얘들아, 보이니? 바로 이거야, 얘들아, 이제 봤지? 그렇지?" 엄마가 기뻐 어쩔 줄 모르며 액셀을 밟자 늙어빠진 소는 안달이 난 듯 응답하고, 공기가 안으로 들어오기 시작하면서 불안한 냄새를 퍼뜨린다. "저기 있다, 저기 있어. 보렴." 엄마가 자랑스레 말한다. 바다는 엄마의 것이고, 굽이굽이 커브를 돌면서 우리는 아래로 내려간다. "5분 남았다, 2킬로미터 남았어, 1킬로미터 남았다. 보렴, 잘 들여다보렴."

하늘을 뒤집어놓은 것 같아요, 나는 용기 내서 말하지만, 엄마는 내 말을 듣지 못한다. 내리막길인데 액셀을 밟은 데다, 태양에 구워지고 목이 마른 선사시대의 동물처럼 울부짖으면서 천천히 내려가는 자동차와 트럭을 추월하며 경주용 자동차처럼 내달리고 있는 탓이다. 갓길에서 한 소년이 어깨 위에 이구아나 한 마리를 올려두고 작대기로 신호를 보내며 흥정을 하고 있다. 동생이 생기를 되찾는다. *"아, 작은 코코드릴이다!"* 동생은 '크로코딜', 그러니까 악어를 프랑스어로 제대로 발음한 적이 없다.

나는 동생의 실수를 바로잡아주고 엄마는 노래를 흥얼거리며 우리를 작은 코코넛, 꼬꼬닭, 작은 머리통, 작은 악어들이라고 부른다. 이제 도착했다, 해변으로 가자꾸나 얘들아, 집이 한 채도 없네, 걱정 말렴, 어디로 가는 건지 엄마가 잘 아니까, 우리는 파파가요 호텔로 갈 거야. 저기 저 홀로 우뚝 서 있는 커다란 호텔이란다, 야자수에 둘러싸인, 빨간 난간이 있는 하얀 건물 말이다, 저 화염목 봤니? (엄마가 차를 댄다.) 내리자꾸나. 얘, 코코, 너는 가서 짐을 들어줄 사람을 불러오고, 코코시타, 너는 얼른 옷을 갈아입으렴. 세차 좀 부탁해야겠네, 서두르렴, 차가 아수라장이야. 서두르렴.

기운이 다 빠진 동생이 묻는다.

"바다에 들어가도 돼요?"

벌써 저녁 7시가 다 됐지만, 바다에서는 어둠이 더 늦게 드리운다.

"그래, 하지만 더럽히지 않게 들어가기 전에 샤워를 하렴."

"뭐를 더럽혀요?"

"바다를."

곧바로 수영복을 찾아온 우리는 해변을 가로질러 달려가면서 끈을 맨다. 모래사장 위에 수건을 던지고는 짐승들처럼 거품이 이는 곳까지, 첫 번째 파도까지 계속 달려가 물속으로 뛰어든다. "고삐 풀린 망아지 두 마리 같구나" 하는 엄마의 말처럼, 우리는 이제 해마가 된 셈이다. 멀리서 오는 엄마가 보인다. 검은 정장 차림으로 천천히 걷는 엄마는 새하얗다. 나는 엄마가 뜨거운 모래 위에 털썩 누워 우리를 등지고 팔에 머리를 파묻는 모습을 본다.

▲

강도들이 있을까 창문 뒤에서 오랜 시간을 지켜보았다. 나무 사이에서 그들이 나올까, 입을 관통하는 그들의 칼이 보일까, 그러면 엄마에게 말하려고 했다. 엄마는 분명 어떻게 해야 강도질을 당하지 않을 수 있을지 알 테니까. 하지만 내가 본 거라곤 당나귀처럼 짐을 짊어진 남자들과 여자들, 등에 짊어진 장작 꾸러미, 헐벗은 발, 땅의 열기에 혼미해진 얼굴뿐이었다. 저 멀리 엄마가 모래 위에 누워 있었다. 언제 와서 우리와 함께 바닷물에 들어갈까, 언제? 엄마는 분명 무진 애를 썼을 테고, 이번 여행을 두고 사람들이 하던 말들을 그저 넘겨버릴 수는 없었을 터였다. 엄마는 무언가 당신을 힘들게 할 때 절대 말하는 법이 없었다. 그저 타버린 설탕빛 커다란 눈으로 지켜볼 뿐이었다. 나는 속수무책으로 사랑에 빠진 어린애였다. 몇 시간이고 기다리는 아이. 개처럼 기다리는 아이. 문 두 개 사이에서 사랑에 붙들린 채 우두커니 멈춰 서 있는 아이. 계단 위에서 기다리는 아이. 창문에 꼭 붙어 있는 아이. 엄마를 그저 보는 것만으로 내 모든 기다림의 시간이 정당화됐다. 물론 다른 일도 했다. 학교에 다녔고, 공부에 매진했고, 피아노를 쳤고, 원하던 수업을 들었고, 웅가를 했고, 목욕을 했고, 이를 닦았지만, 사실은 엄마의 관심을 얻고 싶었고 엄마를 기다렸으며, 단지 엄마를 보는 것, 그것으로 내 모든 노력이 보상받았다. 내가 바라는 건 단 한 가지였다. 엄마와 함께 있는 것. 나는 엄마 앞에서 떼를 쓴 적이 한 번도 없지만, 혼자만의 상상 속에서 엄마에게 떼를 쓰고, 엄마의 등을 돌려놓고, 옷을 입히고, 고무 튜브로 불면 파랗고 노랗고 분홍빛의 거대한 세계를 만들어내는 풍선처럼 엄마가 내 안에서 점점 부풀어 오르게 했다. 하지만 내 몸에 맞지 않았고, 터질 듯해서 거의 움직일 수조차 없을 정도였고, 엄마가 곁에 있을 때는 더욱 움직이지 못했다. 우리는 뿌리 없이 멕시코를 떠도는 아이들이었다. 우리를 묶어둔 새끼줄은 얼마나 약했던지, 그 가느다란 줄에 부는 바람은 어찌나 거셌던지!

나는 엄마에게 멕시코혁명에 대하여, 벨라스케스 선생님의 열정에 대하여 이야기한다.

"엄마한테 그 사람들 이야기는 하지 말렴, 순전히 도둑놈들이야."

할머니에게 가서 말하면,

"그 사람들은 길 위의 강도들이란다. 불쌍한 소를 집어 던지고는 죽였어."

미스터 칩스에게 물어보면,

"너희 가족은 그 일로 재산을 전부 다 잃었는데, 왜 그렇게 관심을 가지는지 모르겠구나."

마르티네스 델 리오네 집과 로메로 데 테레로스네 집에서는 파추카 광산에 대해 말하고, 링콘 가야르도네 집에서는 멕시코가 좋지 않은 상황에서 최악의 상황으로 치닫고 있다고 한다.

"정치인들도 혁명을 일으킨 도둑놈들과 다를 바 없어. 배고파 죽어가는데 그 폭동이 도움이 된 게 뭐가 있나?"

그런가 하면 시내의 벽마다 끔-찍-이-도 멍청한 그림을 그리고 다니는 한 화가에 대해 이야기한다. "저 자신이 추하니까 모두가 다 저처럼 똑같이 뚱뚱하고 기형적으로 보이는 게지. 게다가 인디오*들을 그린다니까."

어른들이 그를 이름으로 부르지 않고 만화가라고 부르는 탓에 화가의 이름은 알지 못하지만, 풍경화를 그리는 데다 라드론

* 라틴아메리카에 사는 선주민을 이르는 말. 넓은 뜻으로는 아메리칸 선주민 모두를 이르기도 한다.

데 게바라 변호사 댁 옥상에 사는 사람이라면 모르긴 몰라도 예술가일 테고, 엄청난 술꾼일 터였다.

먀칠 동안 엄마를 보지 못하다가 갑자기 엄마가 오리란 예감이 든다. '저기 엄마가 온다.' 희망의 초록빛 고독이 엄마를 감싸고, 고사리의 초록빛 후광이 드리운다. 엄마는 자신이 발하는 신비로움을 인지하지도 못한다. 어디서 오는 길일까? 어디에 있었을까? 엄마는 우리와 식탁에 앉지만 세 숟가락째 입에 넣는 순간부터 이미 그곳에 없고, 엄마의 시선이 우리에게 향한다 한들 더 이상 우리를 보고 있지 않다는 것을 안다. 엄마는 의무적으로 몇 가지 묻고는 어딘지 모를 곳으로 떠나버렸다. 학교에서는 어땠는지, 피아노 수업에 갔는지, 무용 수업에, 기타 수업에, 체조 수업에, 프랑스어 수업에 갔는지. 우리는 보모를 따라 이 수업에서 저 수업으로 다니고, 일요일이면 역시 보모와 함께 아방가르드 영화관에 가기 때문이다. 다른 사람들이 알아차리지 못하게 보모에게 멀찍이 떨어져 앉으라고 하긴 하지만.

엄마가 듣지 않으리란 걸 알기에 나는 침묵을 지키지만, 동생은 통학길에 대한 불평을 쏟아낸다. 오후 2시의 더위와 만원 버스 이야기를 하면서 버스를 타고 다니기 싫다고 한다. 냄새가 나고, 토할 것 같고, 기사는 멈추지도 않고, 거지들도 많고, 발 냄새가 나고, 사람들이 방귀를 뀌고, 눈병과 옴과 결핵에 걸린 사람들이 있고, 책가방은 너무 무겁고, 늦게 도착하는 게 싫다고 한다. 동생은 미래에 닥칠 재앙을 하나하나 열거하는데, 말하는 거라곤 늘 나쁜 것뿐이다. 그러면서 흡족해한다. 엄마는 누군가 엄마를 해칠 수 있다고 생각해본 적이 없을까? 소피아는 밤마다 비명을 지르고, 벽을 타고 올라와 창문을 넘는 도둑들을 보는데, 엄마는 알았다고, 엄마가 처리하겠다고, 이제 됐다고, 이제 그만 울음을 그치라고 할 뿐이다. 엄마는 음식에 거의 손도 대지 않으면서 우리에게는 먹으라고 하지만, 가끔은 그마저 잊는다. 엄마는 거의 모든 걸 잊는다. 그러고는 떠나버린다. 계단 위에서 움직이는 엄마의 발소리를 듣는다, 엄마가 간다, 나갈 것이다, 늦었다, 엄마는 언제나 늦었다고 한다.

☎

집에 걸려오는 전화는 전부 엄마를 찾는 전화다.

메시지를 읊어보자면 이렇다:

-마리아 테레사 리바, 애들이 언제 간식을 먹으러 가는지.

-에우스타키오 에스칸돈.

-메르세데스 페르난데스 카스테요.

-호아킨 코르티나.

-엄마의 사촌 에스페란사.

-마릴루 페르난데스 델 바예.

-멕시코 예술 갤러리.

-루이스 바라간.

-발 관리사.

-진주 꿰는 아가씨.

-이름을 남기고 싶지 않다는 남자.

♠

"루세시타가 와서 얼마나 좋으세요!" 롤라 산스가 흥얼거린다.

"어쩜 저렇게 예쁘고 활기찬지. 여전하다니까, 그렇죠?"

"저기, 레포르마 골프 클럽 경기에 참가하실 건가요?"

"사람들 말로는 지난밤 칸틴플라스네 집에서 열린 파티에서 그가 루스에게 춤을 청했다던데요."

"그러게 말이에요, 참 영광스러운 일이고말고요." 할머니가 작은 코바늘 위로 몸을 기울이며 빈정거린다.

"따님은 정말 재미있는 분이세요."

"제 엄마 닮아서 손녀들이 어쩜 이렇게 예뻐요. 아빠 안 보고 싶대요?" 마리아 세르반테스가 묻는다.

"모르죠, 말을 안 하는걸. 말하지 않는 법을 가르쳤는지."

할머니는 우리에게 각설탕 두 덩어리를 주고 계속 차를 따른다.

“레몬이 좋아요, 크림이 좋아요? 자기는 레몬을 넣어 먹는 걸 알지.”

“저는 크림이요.” 미미 멘디올라가 축 처진 팔을 뻗어 자기 잔을 내민다.

“루스가 〈소시알〉지에 파리 출신 모델이랑 실렸잖아요, 어찌나 잘 어울리던지. 벌써 보셨겠지만, 사진이 정말 예쁘게 나왔어요…….”

“〈소시알〉지는 형편없어요.” 할머니가 툭 내뱉는다.

“촌스럽기 짝이 없는 거 알아요, 하지만 저는 그게 그렇게 재미있더라고요.” 목소리가 걸걸하고 눈빛이 강렬해서 내가 좋아하는 라파엘라 가르시아 피멘텔이 말한다.

어른들은 물론 다른 주제에 대해서도 말한다. 휠체어 신세를 지게 된 호아키나 비야밀과 그의 두 자식 틴틴과 탄탄에 대해서, 소피아 로메로 루비오가 관절염 때문에 얼마나 고생하는지 이제 지팡이를 짚는 게 아니라 호아키나 비야밀처럼 휠체어를 타야 하는 게 아닐지에 대해서도. 그러다가도 주제는 언제나 너무도-우아하게-파리에서-돌아온-루세시타로 돌아온다. 사람들을 몰고 다니면서, 광장을 가르면서, 정오에는 리츠 호텔에, 시로스 호텔에, 밤에는 엘 1 2 3에 머무르다가, 새벽 3시에서 4시 사이에는 독토레스 지구에서 인디아니냐 스튜로 해장을 했다지, 닭 가슴살과 모래주머니와 날개가 들어갔다나? 역시 세상은 다른 대륙에서 배우는 거라니까, 여기 우리는 아직도 너무 시골 사람들이잖아요. 루세시타는 결혼을 잘했을 거예요, 너무 예쁘니까. 자기네 딸 프란시스카도 예쁘잖아요. 디아나도 그렇고. 하긴 자기네 딸들이 다 예쁘지. 비아리츠에서 봤던 게 기억나네, 하얗게 입고 묵주를 건 모습이 얼마나 아름다웠는지. 페드로 코르쿠에라가 그 애들을 아주 귀여워한다고요. 특히 우리 예쁜 루세시타, 그 애는 활력 넘치는 빛 같아요, 프랑스 여자들처럼 삶으로 충만하죠. 물론, 물이 들기도 했겠죠. 그거 알아요? 지난번에 사람들이 쿠에르나바카에서 루세시타가 혼자 운전하는 걸 봤대요. 아, 대담한 여자예요, 어찌나 과감한지! 콧구멍 넓은 유럽 여자들은 그런가 보죠? 여기서는 그러면 안 돼요, 아주 조심해야 해요. 유럽에 사는 분들은 당신들이 멕시코에 있다는 걸 잊는다니까요. 하지만 정말 조심해야 해요. 혁명 이후로 여자들은 혼자 다닐 수가 없어요. 자기들이야 계절마다 방문하러 오는 것뿐이니 모를 수 있죠. 루세시타는 악마의 꼬리를 끌어당기면서 다닌다니까요. 어쨌든, 워낙 특이하잖아요. 항상 그래왔죠, 언제부터더라…….

"우리가 좀 특이하긴 하죠." 할머니가 군말 없이 수긍한다. 엘 글로보에서 사 온 가리발디 비스킷과 머핀을 내온다. 손님들은 몇 입 먹더니 다시 그들이 가장 좋아하는 이야깃거리로 돌아간다. 무엇이었을까? 루세시타. 오트란토 공작이 자기 칼럼에서 루세시타를 얼마나 언급하는지 봤어요? 화요일 칼럼에는 에세키엘 파디야가 루세시타에게 보낸 거대한 꽃다발 이야기를 했지요. 그러자 응접실에서 그걸 본 마리 테레즈 레도가 말하길, 크기만 컸지 균형이 맞지 않고, 당연히 형편없는 정치인들의 취향, 그러니까 취향이라곤 눈 씻고 찾아봐도 없는 멕시코혁명의 취향이 담긴 꽃다발이었다네요. 그 사람인들 뭘 어쩌겠어요, 교양이라는 걸 하루아침에 배울 수는 없는 거니까요.

"그건 그렇고, 루세시타는 오후에 무얼 하며 지내요?"

할머니는 엄마가 진 러미 카드게임을 한다고, 지난번에는 마릴루 엘리사가에게서 700페소를 땄다고, 그렇게 큰 돈을 걸다니 어찌나 무모한지 모른다고 말한다.

"그래, 루세시타가 카드게임에서는 운이 좋은가 본데, 그럼 사랑에서는 어때요?"

손님들은 장갑을 끼면서 작별 인사를 한다. 시간이 얼마나 빨리 지나가는지, 엄청나게 늦었지 뭐예요! 나는 할 일이 아주 많다고 호소하는 그들을 문까지 배웅한다. 미룰 수 없는 약속들이다. "며칠 후면 오르티스 데 라 우에르타의 결혼식이라 지금 당장 팔라시오데이에로 백화점에 가서 선물을 찾아와야 해요",

"전등에 갓을 달러 가야 해요", 혹은 "실과 바늘을 구하러 시내에 가야겠어요." 할머니에게 로마 지구에는 양품점이 없냐고 물어보자, 왜 없겠느냐고, 하지만 "저 여자들은 오후 시간을 죽이러 갈 필요가 있단다. 아르만드 백화점에 가면 저들이 단추를 구경할 수 있게 수도 없이 많은 상자를 열어 보여주거든……" 하고 답한다. 할머니가 내 눈 속에서 무언가를, 루세시타 두세 명으로 인해 삶이 얼마나 힘들어질 수 있는지 하는 걱정을 알아차렸는지, 내 머리 위에 꽃잎처럼 손을 얹고 말한다.

"너희 엄마는 절대로 오후 시간을 죽이러 갈 일이 없을 거란다."

†

우리의 사교 생활이 엄마처럼 쉴 새 없이 바쁜 건 아니더라도 나름대로의 고충이 있는데, 특히 우리의 생활이 할머니 중심으로 돌아간다는 점이 힘들다. 할머니는 일요일마다 할머니가 좋아하는 물방울무늬가 촘촘하게 들어간 원피스를 입고 차를 빌려 소피아와 나를 데리고 시내로 나가 타일의 집 맞은편에서 내린다.

우리는 마데로 거리를 따라 12시 미사가 열리는 라프로페사 성당까지 걸어간다. 목덜미와 어깨로 열기를 참아내다가 수천 개의 발에 닳아서 뭉툭해진 계단을 내려가 홀을 통과하는 것은 휴식과도 같았다. 나는 호미질을 하는 사람처럼 무릎을 꿇고 돌 바닥에 엎드리다시피 기어 나무 벤치까지 가는데, 내가 라프로페사 성당에서 가장 좋아하는 것이라면 아마 바로 그 닳아 있음일 것이다. 언젠가 벤치들은 부드러운 물질로, 당밀로 녹아내리고 말 것이다. 그것들은 내밀하다. 우리는 높디높고 텅 빈 천장 아래, 윤이 나는 나무 바닥에 무릎을 꿇고 앉는다. 라프로페사 성당에서는 모든 게 반질반질하다. 사제의 목소리, 나무 벤치, 성수반, 고해소, 벽, 저 멀리 떨어져 있는 근엄한 제단, 미사포 아래 드러난 할머니의 뺨과 이마, 창백한 손가락 사이에 쥐인, 예루살렘의 성묘교회에 가닿은 적 있는 할머니의 묵주까지. 사람이 거의 없는 그곳에는 혼란스러운 표정으로 원숭이처럼 몸을 긁으며 성호를 긋는, 나무 벤치처럼 가무잡잡한 이들이 얼굴을 감싼 채 그림자처럼 있을 뿐이다. 이따금 나는 그들이 뒤집어쓰고 있는 숄 틈으로, 도망치듯 사라져버리는 번뜩이는 시선을 본다. 안으로 숨는 손은 공격이 빗나가 거두고 마는 동물의 앞발처럼 보인다. 저 숄 안에 무엇을 그리도 많이 품고 있을까? 원한을 머금은 기름때를 얼마나, 시큼한 땀을 얼마나, 회색빛 도는 어두운 머리칼이며 목에 구겨진 비탄을 얼마나 품고 있을까? 그들에게 말을 걸고 싶다. 슬픈 얼굴로 곁에 웅크리고 앉는 건 쉬운 일이지만, 나는 그들이 나를 받아주지 않는다는 걸 터득했다. 불신으로 가득한 그들의 존재 전부가 색 바랜 슬픈 숄을 두르고 웅크린 모습으로 정적 속에서 나를 보며, 나를 이해하지 못하겠다는 시늉을 한다. 할머니가 말하길, 옴 걸린 개에게 다가가는 게 더 쉬울 거라고 한다.

나는 우리 아빠, 우리 엄마, 우리 할머니, 내 삶을 이루는 모든 사람을 위해 기도해야 하고, 스카우트에서 배운 것처럼 성당 사람들을 위해서도 기도해야 하는데……. 낡은 옷 더미 속에 파묻힌 해골들, "주님, 제가 그들에게 무슨 짓을 했나요? 제가 무슨 짓을 했길래 우리를 그렇게 내치는 걸까요?" 나는 그들의 엄숙하고도 부끄러움이 깃든 몸짓을, 무엇보다 끔찍이도 어두운 정적 속에 잠긴 채 세상 너머에서 신호를 주기를 기다리는 경직된 모습을 훔쳐본다. 무얼 기다리는 걸까? 마그다가 언젠가 말해준 적 있다. "저들에게는 아무도 없어." 비탄에 잠긴 영혼들 사이에서 나는 무얼 해야 할까?

마지막 축복 기도가 끝난 후에는 지인들과 교제를 나눈다. 무겁게 깔린 비난들 틈에 떠 있는 작은 섬 같은 다빌라 신부님과 로하스 로아 박사님께 인사한 후, 라에스메랄다 국립예술학교를 지나 소칼로 광장으로 나가는데, 그 거대한 광장에서 나는 늘 말문이 막힌다. 대성당 맞은편의 카푸치나스 수도원에서, 엄마는 언젠가 광장의 종탑까지 거미처럼 벽을 타고 올라가는 남자를 본 일이 있다고 했다. 군중들은 그에게 박수갈채를 보내려고 기다리고 있었다. 장례용 화환을 팔던 곳이라, 종탑 아래 광장은 화환으로 가득했다. 나는 중앙 광장을 사랑한다. 광장은 나의 것이다. 우리 집보다도 나의 것이라 내게는 집보다도 중요한 광장을 잃느니 차라리 집을 잃는 편이 낫다. 거대한 물 양동이와 빗자루를 가지고 광장 전체를 쓸고 닦고 싶다. 낡은 중정을 청소하듯 비질을 하고 비누칠로 거품을 내고, 바닥을 이루는 돌 한 칸 한 칸 위에 무릎을 꿇고, 목청껏 노래를 불러주고 싶다. 언젠가 라디오에서 들었던 호르헤 네그레테*의 노래처럼.

사랑스럽고 어여쁜 멕시코여
나 만일 먼 곳에서 죽는다면
내가 잠에 든 것이라고 해주오
나를 이리로 데려와주오.

대성당과 국립 궁전과 잘 닦인 문손잡이들, 발코니의 반짝이는 구슬들, 국영 전당포와 머제스틱 호텔, 멕시코 연방 특별구 정부 청사의 품에 안긴 돌바닥 한가운데서 작아져가는 호르헤

* 멕시코 출신의 가수이자 배우. 미국에서 활동했다.

네그레테의 관을 본다. 노래하는 광장의 움푹 팬 요람 위로 모든 건물이 몸을 기울인다. '사랑스럽고 어여쁜 멕시코여, 나 만일 먼 곳에서 죽는다면.'

매년, 나의 광장은 거대해진다.

▲

"이제 멕시코에서 살 거야?" 윈저 스쿨에서 제럴딘이 묻는다.

"몰라."

"너희 아빠는 언제 오신대?"

"몰라."

"전쟁이 끝나면 프랑스로 돌아갈 거니?"

"몰라."

마그다는 사카틀란과 몇 블록 떨어지지 않은 마을 토마틀란에서 바구니 하나를 들고 우리 집에 왔다. 엄마는 추천인이 있냐고 묻는다.

"그게 뭐지요?"

"추천서라든가."

"저는 새끼 양과 산양밖에 몰라요. 지금 막 도착했거든요, 주인마님."

소피아와 나는 마그다의 팔에 매달리고 허리를 끌어안는데, 마그다는 우리보다도 작고 연약하다.

"엄마, 여기 있으라고 해주세요. 같이 있을래요."

굽이 있는 구두를 신고 가시 찔린 닭처럼 뒤뚱뒤뚱 걷는 마그다의 정수리가 보인다. 세 가닥으로 땋은 머리카락이 반짝이고,

과즙 풍부한 부드러운 사과 같은 미소도, 연어색 드레스와 아가일체크 스웨터 역시 반짝인다.

"엄마, 엄마, 제발요, 엄마."

"…… 추천서가 없는데."

"벌써부터 저분이 좋아요."

그 사랑은 평생 갈 터였다. 마그다는 세탁기를 돌리고, 예뻐해주세요, 다림질을 하고, 머리를 쓰다듬어주세요, 바닥을 쓸고, 도넛 만들어주세요, 먼지를 털고, 저랑 잠깐 같이 가주세요, 걸레질을 하고, 마그다는 저를 가장 예뻐하는 거 맞죠? 오렌지 주스와 팝콘을 만들고, 레몬을 곁들인 히카마 요리를 만들고, 학교에 보내려 우리를 깨우고, 우리에게 별명을 붙여준다. 나는 '미스 주주', 날쌘 소피아는 '맨드레이크'다. 밤의 어둠 속에서 우리는 마그다와 함께 라디오에서 〈미친 수도사〉의 머리털이 곤두서는 웃음소리를 듣고, 오르간의 불길한 화음 소리를 듣는 우리의 피부에는 솜털이 일어나고 닭살이 돋는다. 나중에는 〈노트르담의 꼽추〉 그리고 〈오페라의 유령〉과 사랑에 빠지게 된다. 그의 지하실과 그의 탐욕, 그가 떠도는 파리의 지하 하수구와도, 가려진 얼굴과도 사랑에 빠진다. 나는 정말로 사랑에 빠진다. 나는 그가 들어줬으면 하는 마음에 릴리 퐁스처럼 노래하고, 혹시라도 검은 망토를 두른 모습으로 샹들리에에서 내려오기라도 할까 천장을 올려다보며 걷는 바람에 하도 부딪혀서 무릎은 엉망진창이다. 오페라의 유령이 내 영혼을 할퀴고 간 탓에, 나중에 알레한드로가 내 제부가 되고 사람들이 그에게 "그거 알아, 마리아나에게 새 남자 친구가 생겼대"라고 말하면, "아 그래, 어떤 문제가 있는 사람이지?"라고 답할 것이다. 라디오 말고도, 마그다는 늘 이렇게 끝나는 이야기를 들려준다.

그리고 그들은
행복하게 살았습니다.
풀을 배불리 뜯은
당나귀도 기분이 좋군요.

우리는 통제 불능이 될 정도로 화가 잔뜩 나서 불평한다. 소피아는 차갑게 화를 낸다.

"얘기를 제대로 들려줄 거 아니면, 잠이나 자게 해주든지."

그러면 나는 부탁한다.

"토마틀란 이야기 하나 들려주세요."

마그다는 아무도 듣지 못하게 은밀하고 낮은 목소리로 이야기를 들려준다. 우물에 물을 길으러 가던 한 소녀가 있었는데, 소녀의 머리카락은 누구든 부러워할 만한 것이었다. 그런데 물을 잘 긷지 못하던 소녀는 어느 날 죽은 채 발견되었다. 검은 메두사처럼 머리카락에 감겨 우물 위에 둥둥 뜬 모습으로. 언젠가 사람들이 소녀에게 머리카락이 어쩜 그리 아름답냐고 물었을 때 소녀는 녹색 토마토를 두피에 문지른다고 했다. 부검을 하려고 두개골을 열자 머리카락이 밖으로 자란 만큼 안으로도 자라 있는 것을 볼 수 있었다. 머리카락이 촘촘하게 자란 이마의 안쪽을 상상하는 참에 마그다가 결론을 내린다.

"뚱딴지같은 이야기를 하는 사람들은 머리카락이 안에서 풀처럼 자라면서 뇌를 휘감아서 그런 거란다."

"봐, 언니, 앞으로 언니한테 무슨 일이 일어날지."

마그다가 들려주는 이야기들은 어떤 징조 같아서, 나는 그것들을 내 삶에 적용한다. 팔팔 끓는 기름으로 가득한 솥 안에 샘 많은 아이들을 집어넣는 끔찍한 이야기처럼.

누가 나를
거짓말쟁이로 만드나요
꾀를 부리게 만드나요
시샘하게 만드나요
남을 속이게 만드나요.

†

왜냐하면 나는 첫영성체를 치르기 전부터 내가 샘이 많은 아이라는 걸 알고 있었기 때문이다.

▲

마그다는 우리에게 옥수수밭을, 토마틀란, 사카틀란, 아피사코, 푸에블라를, 키 큰 사탕수수들, 촉촉하게 반짝이는 가느다란 작대기들을 보여준다. 올해는 옥수수 농사가 잘될 거예요, 얼마나 잘 올라오는지, 줄기가 얼마나 튼튼한지 보세요. 자주개자리를, 부드러운 옥수수 이삭을, 사과와 배가 어떻게 차올라야 하는지를 보여준다. 어릴 적에 마그다는 뙤약볕 아래서 아버지의 뒤를 좇아 뛰어다니며 산에서 아피사코까지 과일을 팔러 다녔다.

"아빠가 업어주지 않았어요?"

"업어주긴요, 사과나무를 업고 다니는데 저를 어떻게 업어줬겠어요."

"그렇지만 돌아올 때는……."

"돌아올 때는 원당이며 설탕이며 치즈며 천처럼 우리에게 필요했던 거나 과일을 팔아 산 것들을 가지고 돌아왔지요. 언젠가는 둘이서 송아지 한 마리를 끌고 가기도 했고요."

"마그다는 그때 몇 살이었어요?"

"많아봐야 일곱 살이었을까, 사실 잘 모르겠어요. 저는 출생

신고도 안 되어 있거든요."

그렇게 마그다는 우리를 토마틀란으로 데려간다. 나는 여정 내내 작은 발로 총총거리며 뛰어다니는 어린 마그다를 본다.

"아버지가 오라고 한 게 아니라, 제가 따라다녔던 거죠. 아버지를 무척 사랑하기도 했고 나무들 너머 저편에는 뭐가 있는지 궁금했거든요."

(나로 말할 것 같으면 전쟁 통에 남아 있었을 거다, 우리 아빠랑.)

12시쯤, 아무도 없는 것 같을 때, 마그다는 피아노 앞에 앉아 한 손가락으로 곡조를 뽑아내는데, 오후마다 벨렘 페레스 가빌란 아카데미 수업 시간에 듣던 것들과 똑같은 멜로디다. 우리가 춤을 출 때 따라서 추기도 한다. 우리가 하는 모든 것을 마그다도 함께하면 좋겠다. 춤추고, 노래하고, 수영하고. 마그다는 사과 같은 웃음을 터뜨리고, 세상을 받아들이고, 나눈다. 그러고는 청소를 이어가고, 양말을 깁고, 우리의 쓰레기통을 정리하고, 때로는 이해하기 어려운 명령도 따른다.

"마그다, 약국에 가서 체온계 좀 사다 줘요."

"마그다, 내일 아침 일찍 아카풀코로 떠날 거니까 지금 당장 짐을 싸줘요."

"마그다, 애들 코코아에 맥주 효모 좀 넣어줘요."

"마그다, 마리아나 머리를 어쩜 저렇게 못 빗겨놨어요?"

"마그다, 길에서 애들한테 아이스크림을 사주나요?"

"마그다, 애들이 수영복을 입고 잔다고 왜 말을 안 해줬어요? 더러워라!"

"아이들이 그러고 싶어 하는걸요, 아침에 서두르지 않으려고요."

소피아는 마그다에게 아주 복잡하고 긴 혐의를 씌운다. 사실 마그다는 우리의 공범이다. 엄마가 나가자마자, 우리는 엄마의 옷장으로 달려들어 거울 앞에서 엄마의 모자를 쓰고 드레스를 입으며 엄마를 흉내 낸다. 그러다 빵-빵-빵빵빵 하며—몰라서 그러는지, 알아서 그러는지 거칠게 울리는—경적 소리가 들리면 우리는 침대로 뛰어들어가고 마그다는 바닥에 널브러진 드레스들을 황급히 줍는다.

우리는 잡지에서 〈아치〉〈리틀 룰루〉〈머트와 제프〉〈프린스 밸리언트〉〈블론디〉〈우디 우드페커〉〈벅스 버니〉를 읽다가 엄마가 잘 자란 인사를 하러 들어올 때 침대 밑으로 던져버린다.

마그다는 우리를 데리고 라비야데과달루페 지구에 간다. 보라색 박엽지에 싸인 고르디타*를 사주고, 내리쬐는 볕 아래 행상들이 모여 있는 곳 한가운데서 씨앗이며 산사나무 열매를 파는 좌판들을 헤치며 나아가고, 내가 고행자들의 피 나는 무릎과 가죽끈으로 동여맨 가슴을 보고 겁에 질리면 "아니요, 아가씨, 방해하지 마세요. 저들도 존중받을 자격이 있으니, 가서 무슨 말을 할 생각일랑 접어두세요" 하고 말하고, 과달루페의 성모 라 모레니타를 보여주고, 포포카테페틀산과 익스탁시우아틀산 사이에서 사진을 찍는다. 두 산을 배경으로 우리는 오르차타**와 히비스커스 차를 맛보고, 성 후안 디에고 이야기를 듣고, 태어나 처음으로 인디오에게 기도를 올린다. 성당의 앞마당에서는 무용수들이 똑같은 동작을 무료하게 반복하고, 소피아는 대뜸 그리로 뛰어들어 방울과 깃털 틈에서 플루트를 들고 가장 화려한 깃털 장식을 한, 누가 봐도 우두머리인 듯한 사람 옆에 붙어 함께 춤을 춘다. 구경꾼들이 웃는다.

"저 흰둥이 좀 봐."

소피아는 쉬지 않고 춤을 춘다.

"아가씨, 구두 밑창이 다 닳겠어요."

소피아는 반복되는 동작에도, 마그다가 부르는 소리에도 아

* 두툼한 옥수수 반죽 안에 고기와 양배추 절임을 넣고 튀긴 후 반을 갈라 샌드위치처럼 먹는 멕시코 전통 음식.

** 기름골이나 아몬드, 쌀 따위를 갈아서 물과 설탕을 넣고 섞어 만든 스페인 음료.

랑곳하지 않는다.

"아가씨, 늦겠어요."

우리는 과달루페의 성모에게 초를 봉헌한다. 우리한테 아빠를 돌려주는 게 성모에게 그리 어려운 일인가. 그러니까, 우리 아빠가 돌아오게 해주세요, 아빠가 지뢰밭에서, 가시철조망 사이에서 뛰어다니는 모습을 더는 보지 않게 해주세요, 낙하산을 타고 떨어지는 작은 인형들 중 하나가 되지 않게 해주세요. 우리 아빠는 벌써 몇 번이나 적지에 침투한 적이 있는데요, 아빠한테는 매일 위험한 작전만 내려와요. 아빠는 영웅이에요, 벌써 진급도 했고 훈장도 받았어요. 우리 아빠 이름은요, 카시미로예요. 잊지 마시라고 말씀드려요. 아빠는 콧수염이 있고 머리는 뒤로 빗어 넘겼고, 소피아와 닮았어요. 눈썹이 똑같고, 긴 다리도 똑같아요. 아빠가 피아노를 칠 때면 우리의 작은 손을 아빠 손 위에 올리게 해줬어요, 그러면 우리가 피아노를 치면서 같은 옥타브에 도달하는 기분이거든요. 아빠가 연주하는 빠른 타란텔라나 왈츠나 소나타처럼, 우리가 내는 화음은 아빠의 커다란 손 위에서 낭랑한 소리가 돼요. 과달루페 성모님, 약속할게요, 이제 초콜릿 바도 막대 사탕도 하나도 안 먹겠다고 약속할게요.

우리는 언덕 꼭대기까지 올라가서 엔프리홀라다*를 먹고 후식으로 무에가노**를 먹는다. 소피아의 이가 하나 빠지고, 소피아는 그걸 삼켜버린다.

"이것 봐, 멍청한 마그다 탓이야."

하지만 마그다가 회전 그네를 타게 해주자 이내 잊어버리고 만다.

당나귀의 날***, 그러니까 그리스도의 성체 성혈 대축일에, 마그다는 우리를 소칼로 광장에 데려간다. 광장에는 하얀 반바지와 밀짚모자 차림에 콧수염을 그린 남자아이들, 색색의 챙 넓은 모자를 쓰고 인디오 치마를 입은 여자아이들이 모여 푸른 불로화와 안개꽃 다발을 들고 귀한 손님, 임마누엘 예수를 맞는다. 마그다는 우리에게 작은 사기그릇, 장난감 조리 기구, 타마린드, 호리병박을 보여주며 설명해준다. 과일과 풀과 온갖 차의 특성을 다 알고 있는데, 마그다가 만드는 차는 얼마나 효과가 좋은지 우리는 배가 아플 때마다 이렇게 말한다.

"마그다가 만들어주는 차 한 잔이 나아요."

마그다는 지혜롭고, 우리를 웃게 하고, 우리에게 관심을 기울

* 옥수수 토르티야에 검은콩 소스를 곁들여 구운 멕시코 전통 음식.

** 밀가루를 튀겨 꿀을 바른 멕시코 전통 디저트.

*** 옥수숫잎을 엮어서 당나귀 인형을 만들어 그리스도의 성체 성혈 대축일을 기념하는 멕시코 축제.

인다. 여태 우리 집안에 그처럼 베푸는 존재는 없었다. 옥수숫 잎으로 만든 당나귀들이며 색색의 리본과 작은 선물들을 짊어진 석고 당나귀들 틈에서 너무도 행복했던 그리스도의 성체 성혈 대축일 날, 집에 돌아가는 버스 안에서 나는 점점 커져가는 혼란을 느낀다. 어떤 손이 내 장기를 꽉 쥐고 흔드는데, 그게 심장인지도 모르겠다. 왜냐하면 식사 시간에 우리는 엄마와 손님들과 함께 식탁에 앉겠지만, 마그다는 주방에서 먹을 것이기 때문이다.

한 설거지통에서 다른 설거지통으로 그릇을 옮기느라 새빨개진 마그다의 손을 본다. 한쪽에서는 그릇에 비누칠을 하고 한쪽에서는 헹궈낸다. 그다음에는 물기를 뺀다. 그릇을 닦는 사람이 왜 내가 아닌 거지? 왜 엄마가 아닌 거지? 왜 할머니가 아닌 거지? 미스터 칩스는? 아니면, 앉은 채로 그토록 오랜 시간을 머릿속 프랑스에서 보내는 할아버지는? 왜 피아노 수업을 듣는 사람이 마그다가 아닌 거지? 우리가 마지못해 연주하는 음악을 듣고 얼굴에 빛이 번지는 게 보이는데? 어디 보자, 도냐 블랑카*, 달콤한 오렌지, 레몬 반쪽, 도냐 블랑카 주위를 맴도는 꿀벌, 과일을

* 둥글게 손을 잡고 노래하는 어린이들의 놀이. 마타릴리릴리론이라는 후렴구가 등장한다.

팔던 멕시코 여자, 마타릴리릴리론에게는 무슨 일을 주어야 할까, 나는 무슨 대답을 할 수 있을까, 새빨개지고 엉망이 된 채 앞치마 위에 놓인 마그다의 손, 스스로 지키겠다고 꽉 맞잡은, 푹 익어 문드러진 산사나무 열매 두 알 같은 두 손을 보고?

빨래판 위에 우리의 속옷을 올려 문지르고 힘껏 물기를 짜낸 후 대야에 던져두었던 무거운 침대보를 널었던 것처럼, 마그다는 내리쬐는 땡볕 아래 빨래를 널러 옥상에 올라간다. 땀이 맺힌 이마 위로 내려오는 머리카락을 지친 몸짓으로 쓸어 올리거나 세 가닥으로 땋은 머리가 풀리면 뒤로 넘기는데, 그 모습이 마치 '나중에'라고 말하는 것 같다. 마그다는 늘 자기 자신을 가장 나중에 챙긴다. 마그다에게 그 시간들은 하루 중 심신이 가장 지치고 늙어 있는 시간이다. 자신을 돌보기 전에 부러 시간을 내서 우리에게 가난한 구두 수선공의 세 딸들 이야기를 들려주기도 한다.

얘야, 얘야, 바질 화분에 물을 주는 네가 말해보렴
한 그루에 이파리가 몇 개나 달려 있니?

신사들의 식탁에서는 아무도 대답을 하지 못하니, 마그다가 대답한다.

신성한 국왕 폐하시여, 나의 왕이시여,
발코니에 계시는 폐하께서 말씀해주세요
태양에는 빛이 몇 줄기나 있나요?

밤이면 내 침대 끝에 앉아, 세상의 질서와 지구의 회전에 맞추어 내쉬는 마그다의 호흡은 사과나무의 호흡 같다.

"마그다, 이야기 하나 들려주세요."

어디 보자…… 고양이 한 마리가 있었는데
발은 헝겊이고
눈은 뒤에 달려 있었지요.
다시 한번 들려줄까요?

마그다가 다시 마법을 부린다. 나는 마그다가 나를 절대 떠나지 않으리란 걸, 같은 이야기를 언제든 또 들려줄 거라는 걸 안다.

❤

할머니는 우리를 영화관에 데려간다. 상영 중인 영화와 상관없이 우리는 언제나 메트로폴리탄 영화관에 간다. 〈무법자〉에서 제인 러셀은 왜소한 카우보이와 동침한다. 이해할 수 없다.

영화관의 어둠 속에서 할머니에게 묻자, 할머니가 작은 목소리로 재빨리 답한다.

"저이가 화끈한 구석이 있거든."

제인 러셀이 커다란 가슴을 왜소한 카우보이의 가슴에 밀착한다. 또다시, 나는 할머니의 옷소매를 잡아끌며 설명을 요구한다.

"이제 병원에 데려가려는 거란다."

할머니의 만족을 위해 카우보이는 병원에 갈 것이다.

제인과 카우보이의 움직임이 바빠지자 할머니가 말한다. "스웨덴식 체조란다."

우리는 형사물이란 형사물은, 넬슨 에디와 지넷 맥도널드가 나오는 영화란 영화는 전부 보고, 나는 캐나다의 숲 위로 울려 퍼지는 '인디언 연가'를 들으며 녹아내린다. *내가 당신을 우우우우우우 하고 부르면, 당신도 내게 우우우우우우 하고 대답해줄 건가요?* 살면서 내게도 저런 일이 일어날까? **오 로즈마리 당신을 사랑해요**. 왜 내 이름을 로즈마리라고 짓지 않은 걸까? 디아나 더빈처럼 노래할 수 있는 것, 행복할 이유 아닌가. 셜리 템플과 미키 루니는 우리의 우상이다. 소피아는 셜리 템플보다 탭댄스를 잘 춘다. 진짜다. 하지만 긴 다리는 꼭 모기 같고 머리카락은 축 늘어져 있다. 우리가 싸울 때면 나는 그 애에게 꼭 마녀 애거사 같다고 말하고, 그러면 그 애는 나를 잡으러 온 집 안을 따라다닌다. 나는 언제나 잡혀서 된통 맞고야 만다. 마그다가 나를 도와주러 온들 소용없다. "그만 놔주세요, 놔주세요, 손장난은 나쁜 사람들이나 하는 거예요." "장난치는 거 아니거든요, 바보 같긴, 나는 언니 목을 졸라버리고 싶은 거라고요." 소피아는 단호하다. 그 애가 원하는 걸 빌려주지 않으면, 높은 창가에 올라서서는 허공에 한 발을 내딛고 말한다.

"나한테 안 주면 뛰어내린다."

나는 울고 만다. 그 애는 나를 울린다. 그리고 나를 웃긴다. 가끔은 너무 웃어서 울기도 한다. 그 애가 나한테 미치는 힘은 무한하다.

⚜

우리가 걸스카우트 단원들과 일요일 미사를 드리는 동안, 엄마는 프랑스 경마 클럽에서 말을 탄다. 골프 경기가 없거나 산카를로스에 있는 나초 데 라 토레 아저씨네 농장으로 주말여행을 가지 않는 일요일이면, 경마나 투우를 보러 간다. 엄마가 말하길, 에밀리아노 사파타*가 산카를로스의 행정관이던 시절, 마구

* 멕시코혁명의 농민군 지도자. 빈농과 인디오를 이끌고 멕시코혁명에 참가하여 승리에 공헌했다.

간에서 온종일 시간을 보냈다고 한다. 그는 말에 열광했다. 무척 아름다운 여자들이 산카를로스에 간다. 돌로레스 델 리오, 메르세데스 아스카라테, 크리스타 폰 훔볼트, 차차 로드리게스 프람폴리니, 마루카 팔로미노. 그리고 키케, 페리킨 코르쿠에라, 차페테스 세르반테스, 엘 레갈리토 코르티나, 우베르토 코르티, 루지에로 다스타 같은 남자들, 또 바람처럼 멕시코를 휩쓸고 지나가는, 여자들과 대화할 줄 아는 이탈리아 남자들이 아름다운 여자들과 사랑에 빠진다. 투우가 있는 일요일이면 우리는 점심을 허겁지겁 먹거나 간단하게 먹고, 엄마는 에두아르도 이투르비데 아저씨네 집이나 나초 데 라 토레 아저씨가 좋아하는 링컨에서, 혹은 탐피코에서 점심을 먹는다.

프랑스 경마 클럽에서는 대회가 열린다. 기수처럼 말을 타는 건 더 어려운데, 채찍질이 오른쪽 다리에만 내리꽂힌다. 나는 엄마가 뛰어오르는 모습을 보는 게 겁이 난다. 엄마는 무척 용감하고, 대담하고, 위험에 대한 자각이란 게 없다. 그 말은 리카르도 과시 아저씨가 한 말이고 나는 그저 듣기만 했다. 내 동생과 나는 경마장에 거의 가지 않는 데다, 맹세코 나는 골프를 치는 남자와는 절대 결혼할 수 없을 것이다. 왜냐하면 그 둥근 풀밭을 보는 순간부터, 오직 마그다만이 치료해줄 수 있는 불쾌감이 엄습하는 까닭이다. "골프가 정말 싫어요." "자, 그러지 말고, 어머니를 따라가세요." 화장실 안에 있는 득점 게시판부터 카트며 팁을 챙기는 캐디까지 다 싫다. 나중에 싸움이 나는 게임도 싫고 진주 귀걸이를 한 예쁜 마릴루 엘리사가가 클라크 게이블을 닮은 남자에게 "라울, 담배 한 개비 줄래요?"라고 말하며 터뜨리는 웃음도 싫다. 소피아는 골프를 치겠다고 나섰다가 홀인원을 두 번이나 성공했다. 어른들이 소피아를 껴안으며 축하했다. "브라보, 챔피언." 골프 클럽 역사상 어린 소녀가 그런 득점을 낸 적이 없었다. 엄마는 무관심한 척하면서도 소피아가 멀리뛰기며 높이뛰기며 승마며 자유형 수영을 아우르는 모든 종류의 스포츠에서 얼마나 뛰어난지 말하는 걸 잊지 않는다. 그러고는 말한다.

"마리아나가 노래하는 걸 들어보지 않으실래요? 디아나 더빈처럼 노래한답니다."

어떨 때는 릴리 퐁스처럼 노래한다고 하기도 하고, 그러면 누군가는 꼭 비톨라처럼 노래한다고 하기도 한다.

♣

매일, 12시에서 1시 사이에 초콜라테라는 개 한 마리가 집에 온다. 초콜릿이라는 뜻의 이름처럼 식용견인 그 개는 굼뜨고, 코코아색 털이 눈까지 덮여 있다. 우리 할머니를 보면 개의 눈은 녹아내린다. 고개를 숙이고 할머니에게 다가가서는 할머니의 다리에 이마를 갖다 댄다. 엄마의 무릎에 머리를 갖다 대는 아이처럼, 할머니가 달랠 때까지 개는 몇 분이고 할머니에게 기대며 귀찮게 한다. "초콜라테, 초콜라티토." 할머니가 말하면 그제야 편안해진 개는 꼬리를 흔들며 따뜻한 눈으로 할머니를 쳐다본다. 할머니는 개에게 폴보론을 하나 던져준다. 그러고도 개가 아직 배가 고픈 것 같으면 크리소포라를 시켜 접시에 살코기와 뼈와 쌀을 담아 오라고 한다. 거리의 모퉁이에서 개가 접시를 들이마시다시피 하고 있으면, 사람들은 그 광경을 보려고 곧바로 몸을 돌리는데, 그도 그럴 것이 납작한 부인용 모자를 쓴 부인이 누더기를 걸친 노인과 코코아색 개 한 마리와 무리 지어 다니는 광경 앞에서 누군들 멈추지 않겠는가? 사실 초콜라테에게는 주인이 있다. 노인의 발은 햇볕에 그을려 시커멓고, 튀어나온 실밥 아래로는 상처투성이 발목과 다리가 드러난다. 가죽끈 샌들을 벗겨놓으면 발목과 다리가 토막토막 떨어져 내리고 말 것이다…….

"아저씨도 빵이 드시고 싶으세요?"

노인이 고개를 끄덕인다.

할머니는 이따금 바나나를 썰어 튀긴 것을 주기도 한다.

"아저씨네 개한테 먹이세요."

거리의 모퉁이에서 매일매일 거의 비슷한 대화가 오간 지 3주째다.

"어제 초콜라테가 추위에 떨지는 않았나요? 오후에 비가 오길래 초콜라테 생각을 했어요. 추워했나요?"

"아니요."

"뭐라고요, 담요가 없다고요?"

"예."

"크리스포라, 가서 담요 하나 가져오세요." 할머니가 명령한다.

"낡은 걸로요?"

"아니, 새걸로."

크리스포라가 마지못해 담요를 가지러 간다. 구두쇠라서 그렇다. 할머니는 노인 곁에서 기다린다.

"집은 어디 있어요?"

"무슨 집이요?"

"초콜라테 집이요."

"아, 개는 나랑 살지요."

"어디서요?"

"멀리서. 저기 저 언덕에서요."

"어느 언덕이요?"

"산타페 언덕이요."

"아. 그러면 낮에는 개한테 무얼 먹이세요?"

"되는대로 아무거나."

"아저씨 말을 잘 못 알아듣겠네요. 초콜라테가 말해주는 편이 낫겠어요. 아무튼, 초콜라테는 건강해 보여요. 마르지도 않았고……."

노인은 웅얼거리며 대답을 해서 말을 잘 알아들을 수 없다. 안달복달하는 할머니의 질문을 이해하지 못하는 것일 가능성이 더 크다.

"보세요, 아저씨." 할머니는 담요를 반으로 접어서 아이를 싸듯 개를 담요로 감싼다.

할머니가 가방에서 커다란 담요를 꺼내 개에게 두르는 동안 노인은 반응이 없다. 나중에 할머니는 크리소포라에게 이렇게 말할 것이다. "어쩜 저렇게 멍청한 늙은이가 다 있는지. 알아듣는 게 하나도 없네. 저렇게 멍청한 주인이라니, 불쌍한 초콜라테. 여기서 나랑 훨씬 잘 지낼 수 있을 텐데."

거리의 모퉁이에서 일어나는 만남은 늘 같은 식이다. 할머니가 없을 때면, 초콜라테와 노인은 쓰레기통 근처에 앉아서 할머니를 기다린다. 택시에서 몇 겹이나 되는 레이스가 달린 속치마를 드러내며 내리는 할머니가 보일 때까지. 할머니는 노인과 개를 향해 걸음을 서두르고 초콜라테가 할머니 주위를 뛰어다니는 동안 노인은 천하태평이다. 노인이 오래도록 모습을 드러내지 않을 때면, 할머니는 거리를 순찰한다. 집 대문을 열어두고,

들락날락한다. 노인과 개가 오지 않은 지 닷새째다. 그동안 비가 많이 내렸다.

"크리소포라, 가서 찾아봐야겠어요."

할머니와 크리소포라는 택시를 타고 산타페를 뒤지고 다녔다. 할머니는 집집마다 묻고 다녔다. "초콜라테라는 개를 모르세요?" "카타 부인네 개 말씀이세요?" "아니, 어느 할아버지네 개예요." "아, 그러면 모르겠네요." 사람들은 할머니를 놀려댔다. "어쩌면 쓰레기 뒤지고 다니는 사람인지도 모르겠군요." 그러고는 웃어댔다. "여기서는, 모두가 쓰레기 뒤지고 다니는 사람인걸요." "그래서 개가 어떻게 생겼습니까?" "튼튼하고, 뚱뚱해요." "아니, 내가 본 건 마른 초콜릿색 개였어요." "보세요, 우리 개가 막 새끼를 낳았지 뭐예요. 그런데 새끼를 기르는 중이니까 건드리지 않는 편이 나을 거예요." 사람들이 할머니에게 오는 건 개를 통해서다. 개를 키우는 사람은 이미 약간은 개와 같아서 관심을 줄 가치가 있기 때문이다. 할머니가 맺는 관계의 대부분은 개에서 시작된다. 개를 데리고 있는 여자가 할머니의 눈앞에서 사라진다. 할머니가 5페소짜리 지폐를, 10페소짜리 지폐를 뿌리자 비로소 개-사람들이 할머니를 도와주겠다고 나선다. 그러나 소용없다. 결국 할머니는 자포자기의 심정이 되어 여기저기 성한 데 없이 먼지 가득한 거리를 헤매며 소리쳐 부른다.

"초콜라테, 초콜라테."

스무 마리 개가 모습을 드러내지만, 어느 개도 초콜라테가 아니다.

더위가 들어 짜증이 난 크리소포라가 말한다. "무척 흔한 개 이름이니까요. 마님, 탄산음료 한 잔 마셔도 될까요? 갈증을 참을 수가 없네요. 물 한 잔 가져다드릴까요? 수도관도 깔리지 않은 걸 보니 이 가여운 사람들한테는 물조차도 허락되지 않겠지만요, 그러니까 탄산음료라도……."

"크리소포라는 한 잔 마셔요, 나는 목이 마르지 않아요."

아이들은 초콜라테가 있을 법한 길을 가리킨다.

"이 근처에 초콜라테라는 개를 키우는 가족이 있어요."

"아니에요, 아줌마, 아니에요. 얘는 그냥 아줌마를 놀리려는 거예요."

"맞는다니까요, 아줌마, 제가 모셔다드릴게요. 키가 크고, 아주 튼튼한 개예요, 머리부터 발끝까지 커피색이고요."

"강낭콩색이겠지."

"삶은 콩 색이니 삶아서 튀긴 콩 색이니?"

흙먼지에서 이는 열기보다 어린 소년들의 비웃음이 할머니를 더 피곤하게 한다. "초콜라테? 어제 묘지 쪽으로 내려가는 걸 봤어요. 20페소짜리 한 장 주세요."

야윈 개들이 모여들고, 그중 한 마리는 아주 오래전 어느 자비로운 손길이 목덜미에 걸어주었던 마른 레몬 조각으로 만든 목걸이만큼이나 앙상하고 누렇게 뜬 모습이다. 개는 제 몸을 긁지도 못하고 애처롭게 쌕쌕댄다.

"가까이 가지 마세요, 아줌마. 덤벼들 거예요."

"폐병에 걸렸어요."

"이 녀석은 물어요."

"아줌마, 조심하세요."

할머니는 개를 안아 올린다. 소년들이 처음으로 입을 다문다. 할머니가 개의 주둥이를 벌린다. 개의 눈 주위에는 눈물이 굳어 생긴 검은 딱지가 앉았다.

"이 개는 누구네 개지?"

"누가 알겠어요."

"병이 심하게 들었어. 주인이 없으면 내가 집에 데려가야겠구나. 언제나 개들에게 주인이 있는지부터 물어봐야 한단다."

코흘리개 한 명이 당돌하게 답한다.

"그 개의 주인은 정부예요. 거리의 모든 개는 정부 소유라고요, 아줌마."

크리소포라는 구멍가게 계산대에 몸을 기댄 채 꼭 자기처럼 작고 똥똥한 차파리타* 한 병을 단숨에 들이켠다. 크리소포라가 계산대 뒤의 남자에게 말한다. "한 시간이 넘도록 염병할 개 한 마리를 찾고 있어요. 혹시 거지 한 명이랑 다니는 커피색 개 한 마리에 대해 아는 거 있으신가? 아니면 그 가여운 노인네 소식이라도?"

"어쩌면 요리하는 시릴라 부인이 무언가 알지도 모르겠네요, 그 부인이 음식을 해다 그 사람들한테 팔거든요. 여기 모퉁이에 살아요."

알고 보니 시릴라 부인은 토기처럼 부드러운 사람이었다. 음식을 해다 먹일 만한 사람이었다.

"부인께서 말씀하시는 것과 비슷한 개를 돈 로레토 씨가 키워요."

"어디 사세요? 그분 댁이 어디죠?" 할머니가 감격해 말한다.

"돈 로레토 씨네 집까지 어떻게 가시게요? 하수관에 사는데, 언덕에 버려진 커다란 하수관들 있잖아요, 그중 하나에……."

할머니와 크리소포라는 시릴라 부인과 함께 달려간다. 부인은 정부에서 수도관을 설치해준다고 했지만 아무것도 없다고, 정부는 약속만 할 뿐, 허공에 떠도는 말뿐이라고, 돈 로레토 씨는 목수였다고 말한다. 가끔은 담배 살 돈을 주기도 해요, 그분

* 당시 멕시코에서 즐겨 마시던 탄산음료.

을 믿으니까요. "돈은 줄 수 있을 때 주세요." 그렇게 말하죠. 초콜라테를 찾을 수 있을지도 모른다는 가능성 앞에, 할머니는 누런 개를 품에서 떼어내며 말한다. "이 녀석 좀 돌봐주세요, 돌아올게요."

할머니가 부르는 소리에 초콜라테가 나온다. 난리, 난리, 난리, 난리를 부리며 행복에 겨워 할머니를 잡아끈다. 그러고는 할머니를 배관 속으로 데려간다. 그 안에, 노인이 늘어져 있다.

"왜 저러고 있죠?"

"보나 마나 취한 거죠." 이제 진절머리가 난 크리소포라가 판결을 내리듯 말한다.

"연세가 너무 드셨죠." 시릴라 부인이 노인을 변호한다.

"이리 오세요, 돈 로레토." 할머니가 명령한다. "초콜라테를 우리 집에 데려가겠어요."

크리소포라와 칸디다가 목욕을 시킨다. 초콜라테가 아니라 노인을 씻긴다. 할머니는 노인에게 담배를 사다 주려고 소칼로 광장까지 가는데, 그가 피우는 담배는 대성당 뒷길에서만 살 수 있기 때문이다. 노인에게는 너무 크지만 미스터 칩스의 셔츠를 입힌다. 낡은 회색 정장 차림의 노인은 볼리바르 거리 27번지에 있는 구두 가게 엘 보르세기 제품을 신고 있다. X선 촬영실 같은 배관 안에서는 자신의 발조차 보지 못하겠지만.

정오에, 돈 로레토는 할머니와 나란히 흔들의자에 앉아 몸을 흔들고 있다.

"새 남편이에요?" 사람들이 할머니에게 묻는다.

초콜라테는 이제 노인이 아니라 할머니 곁에 있다. 돈 로레토의 방에서는 커다란 삼나무가 내려다보이고, 크리소포라는 투덜댄다. "저 로레토란 작자는 돼지 같은 인간이야."

어느 날 아침, 돈 로레토는 침대 위에서 죽은 채 발견된다. 그의 담배는 책상 위에 놓인 채로. 초콜라테는 슬퍼하지 않는다. 어쨌든 초콜라테에게는 우리 할머니가 있으니까.

프랑스에서는 향긋하고 푸르른 목초지에 젖소들이 보인다. 여기서 움직이는 검은 얼룩들은 황소들이다. 우리는 자동차 안에서 황소들을 본다. 이제 파스테헤 농장까지 얼마 남지 않았다. 에두아르도 이투르비데 아저씨가 자기 농장에 우리를 초대한 게 벌써 두 번째다. 내일 우리는 말을 타고 황소를 보러 갈 것이다. 전부 아저씨 소유다. 프랑스에서는 황소를 키우는 남자들을 볼 수 없다. 여기 멕시코에서는, 투우 경기를 보러 얼마나 자주 갔던지 엄마는 이제 농장 주인 몇몇과 친구가 되었을 정도고 특히 '아이들의 저 푸르뎅뎅한 낯빛을 없애려면' 시골 생활을 해야 한다며 엄마를 초대하는 에두아르도 이투르비데 아저씨와 돈독해졌다.

오전 10시, 다리를 요란하게 움직이며, 발굽으로 바닥을 긁어

대며, 안장이 얹힌 말들이 안달이 나서 어쩔 줄 모르며 몸을 들썩거린다. 마구간에서부터 발버둥 치며, 화를 내며 여기까지 온 말들의 입술에서 불길이 뿜어져 나온다. 말들은 그렇게 흥분한 상태다.

기수처럼 말을 타는 건 콘치타와 엄마뿐이다. 그들이 타는 말에는 등자가 하나뿐인 안장이 올라가 있어서 도랑이나 장애물을 넘을 때 더 위험하다. 소피아와 나는 옷만 화려하게 갖춰 입었다. "아이들은 순한 말에 태워야 갑자기 멈추지 않을 거야." 에두아르도, 성을 따라 사람들이 '비데'라고 부르는 그는 화려한 장식의 솜브레로*를 무척 이상한 위치에 두었는데, 입술과 아래턱 사이에 얹어둔 모습이 근사하게 어울린다. 견장과 박차가 마당에, 아저씨의 농장에, 우주에 흔적을 남기고, 햇볕을 받아 반짝거린다. 우리를 태운 말들이 멈출 때마다 마부들은 미소 짓는다. 에두아르도 이투르비데가 우리에게 명령한다. "얘들아, 타렴." 소피아는 어찌나 과격하게 올라타는지 반대편으로 떨어질 지경이다. 그 애는 용감하게 혼자 일어선다. 나는 거꾸로 올라타면서 "나한테는 머리가 없는 말을 줬잖아" 하고 불평한다.

우리는 초원으로 나간다. 에르난 코르테스도, 피사로도, 누네

* 스페인, 멕시코, 미국 남부 등지에서 쓰는 중앙이 높고 챙이 넓은 모자.

스 데 발보아도 이토록 웅장한 멕시코 땅을 밟아보지는 못했으리라. 우리 앞으로 용설란이 수평선까지 펼쳐지니, 실눈을 뜨면 잡힐 것만 같다. 우리는 왕처럼 머리를 치켜들고 안장 위에 앉은 채, 도랑으로 분리된 목초지를 내려다본다. 공기가 우리를 덮치며 폐를 깨끗이 씻어낸다. "힘이 솟는 것 같지?" 우리를 재촉하러 온 뷔크 부인이 말한다. 우리는 방목장을 하나하나 지난다. 에두아르도 이투르비데는 수행원들에게 둘러싸여 있다. 기수 복장을 한 여자 둘, 스페인식 플라멩코 모자에 반바지 차림인 뷔크 부인, 아우로라와 브라니프 선생님, 추초와 랄로 솔로르사노, 감정가들(이들은 다음번 투우 경기를 위한 황소를 보러 오는 것이다), 미미아와 엘레나 페르난데스 델 바예. 그리고 관리인 나르도니의 보살핌을 받으며 소피아와 내가 뒤따른다. 귀족 혈통인 우리는 끊임없이 서로 지적을 해댄다. "스카프가 너무 빨개, 푸는 게 낫겠어." "바보 같긴, 언니는 빨간 양말을 신었잖아. 그것도 몰랐어?" 우리는 투우보다도 빨간색에 더 집중한다. 마부 서너 명이 '분부대로' 따라오는데, 옷을 잘 차려입지 않은 그들은 나머지 일행과 구분된다.

오후 3시, 농장에서는 식탁이 새하얗게 빛나는 길처럼 펼쳐진다. 과카몰레가 담긴 막자사발, 돼지 껍데기 튀김, 생치즈, 토스트, 숟가락에 들러붙어 떨어질 때까지 기다려야 하는 꾸덕꾸

덕한 생크림, 카르니타스, 초콜릿을 입힌 과일, 선인장 설탕 절임, 호박 설탕 절임, 잣 과자며 호두 과자가 왕이 다니는 길을 둘러싸고 있다. 모든 게 혀 아래에서 녹아내린다. 나는 그렇게 배고픔을 느낀 적이 없었다. 에두아르도 이투르비데는 위스키가 아닌, 상그리타를 섞은 테킬라 두세 잔을 들이켠 후, 우리에게 목장에서의 삶이 마음에 드냐고 묻는다. 사골 수프 맛이 어떠냐, 버섯 수프, 고기 수프, 믹시오테*, 카브리토**, 호박꽃 케사디야, 옥수수 깜부기 케사디야, 거대한 솥에 작디작은 당근 조각과 통통 튀는 완두콩을 넣어 지은 밥, 부채선인장으로 만든 풀케, 셀러리로 만든 풀케 맛이 어떠냐, 얘들아 너희는 딸기 풀케를 마시렴, 그건 달콤한 음료나 마찬가지니까. 그러고는 소피아와 내게 노래를 가르쳐준다.

촌 키나 촌 키나촌
키나 나카 사키 요코 아카 사코 다케 코이.

우리는 '촌 키나 촌'에서 나아가지를 못한다. "엄마랑 똑같구

* 재워둔 고기를 소스와 함께 용설란잎으로 감싸 찌거나 삶아 먹는 멕시코 요리.
** 새끼 염소를 통째로 구운 요리.

나. 너희 엄마가 '철길의 바퀴는 빠르게 구르고' 부르는 걸 들어 봤니? 들어주지 못할 지경이란다." 하지만 엄마는 영어 잰말놀이 *'피터 파이퍼'*는 기가 막히게 해낸다. 모두가 '돈 에두아르도'라고 존경을 담아 부르는 에두아르도에게 소피아는 별 관심을 기울이지 않는다. 랄로 솔로르사노에게 푹 빠져 있기 때문이다. 한편, 에두아르도는 내게 노래를 가르친다. '5도 음을 치며 리듬을 따라가요.' 그러고는 내가 과장을 섞어 내지르는 소리에 웃는다. "아아, 나를 얼마나 사로잡는지, 아아 이 리듬이 얼마나 멋진지." 나는 색색의 아름다운 비누 거품, 얼마나 유혹적인지, 하는 노래를 배운다. '하얗고 작은 고양이'를 부르며 프린시팔 극장에 박수갈채를 보내러 온 장군들, 혁명의 주역들의 넥타이를 자르던 마리아 코네사의 노래지만, 이 노래를 들으면 나는 슬퍼져서 우울을 느끼고 싶을 때만 노래의 진가를 인정하게 된다.

색색의 아름다운 비누 거품
얼마나 유혹적인지
사랑의 거품이에요,
생겨날 때부터 빛이 나잖아요
만지려고 하면 사라져버리는
연약하기 짝이 없는 우리의 환상…….

나는 삶의 행복이란 한낱 연기와 같을 뿐이니 심장에게 사랑하지 말라고 충고하는 것이 싫다. 그래서 그 노래를 '저기 커다란 목장과 나무 두 그루가 있는 곳'이 울려 퍼지는 내 레퍼토리에서 빼버린다. 한편, 소피아는 사랑에 열심이다. 땋은 머리를 다시 땋고 풀고, 머리 모양에 만족하는 법이 없다. 블라우스로 갈아입었다가 처음에 입었던 것으로 다시 갈아입는다. 사랑에 빠지는 것은 고문이다. 소피아의 열띤 마음을 보고 어른들은 미소 지으며 엄마에게 말한다. "저 아이가 크면 신경깨나 쓰셔야겠어요." 오늘 밤, 랄로가 잘 자라는 인사를 하러 들르겠다고 약속했다. 어른들은 어른들끼리 저녁을 먹기 전에 우리를 재운다. 우리는 동그란 탁자에서 따로 간식을 먹고 우묵한 잔에 예쁘게 담긴 코코아를 마신다. 소피아는 감정을 주체하지 못하고, 어찌나 긴장했는지 실신해버릴 게 분명하다. 플란넬 잠옷에 몸서리치며 엄마의 옷장에서 레이스 잠옷을 가져온다. "바보 같긴, 그것 좀 벗어, 너 꼭 거미 같아." 소피아는 머리를 빗고, 랄로가 왔는지 보려고 복도를 서른일곱 번 오간다. 바깥의 달빛 아래에는 제라늄 화분과 잘린 고사리만이 우리 곁을 지킬 뿐이다. 미미아의 손을 잡은 채 드디어 모습을 드러낸 랄로는 자는 척하는 우리의 베개 위로 머리를 기울여 입을 맞춘다. 그러고는 이튿날, 소피아의 격정적인 사랑에 경의를 표하면서도 티 내지 않으려고 괜히 **우리 둘**에게 투우를 바친다. 랄로가 투우사의 모자를 소피아에게 던지고 소피아는 그걸 품에 꼭 안는다. 다행히 귀나 꼬리를 잘라 바치지는 않는데, 그러기라도 한다면 소피아는 그 자리에서 속을 게워낼 것이다. 모자에 대한 보답으로 우리는 투우장 링 안으로 양귀비처럼 분홍빛인 꽃과 전날 오후에 들판에서 우리가 꺾은, 농장 벽에서 죽기 위해 세상에 온 이름 없는 기다란 노란 꽃을 던진다.

익스틀라우아카에서, 우리는 온천을 방문한다. 사실 방문이라는 건 그냥 하는 말인데, 왜냐하면 동생과 나는 나르도니와 함께 뒤에 머물며 멀찍이서만 구경할 수 있기 때문이다. 보아하니 벌거벗고 다니는 사람들이 있는 모양이다. 어른들이 지옥의 고리를 운운하는 것이, '단테풍'이라고 말하며 단테를 인용하는 것이 들린다. 이곳에 들어오는 이들이 모든 희망을 잃기를. 뜨거운 물이 솟구치는, 땅에 생겨난 구덩이에 온 가족이 몸을 담그다니. 식구가 너무 많은 가족들은 온천에 다 들어갈 수가 없어 팔을 하늘로 들어 올려야 하는데, 그때는 정말로 증기 한가운데서 신의 자비를 간청하는 것처럼 보인다. 단테풍의 이미지, 돈 에두아르도의 수행원들이 우르르 자리를 잡고 앉는다. 물이 증기를 뿜어내고, 아마도 유황 때문인지 연무 뒤로 보이는 사람들의 몸이 젖어 보인다. 반짝이고 슬픈 검은 머리, 새파랗게 질린 보랏빛 피부가 지옥의 불길 속에서 거무스름해진다. 어린아이들은 아버지나 어머니 품에 안겨 있는데, 그 모습이 꼭 아이들을 제물로 바치려 들어 올리는 것 같다. 내게 보이지 않는 것, 나는 그것을 상상하거나 머릿속에 지옥이라고 각인된 것을 떠올린다. 얘야 제발 좀, 나르도니가 말한다. 소피아는 불평한다. "이제 가요, 이제 가자고요." 소피아는 마음에 들지 않는 것이 있으면 기어이 말하고야 만다. 나는 그렇지 않다. 나는 견딘다. 언제나 견딘다. 멍청해서, 멍청하기 짝이 없어서, 죄책감이 너무도 커서 나는 침 흘리는 송아지 같은 나의 가슴을 세 번 칠 뿐이다.

에두아르도 이투르비데는 목욕 중인 자기 수행원들을 방문하는 황제 같다. 아니, 아니, 나 때문에 멈추지 마시고, 마저 씻으세요. 마저 몸을 깨끗이 하세요. 그러고는 진흙탕에서 첨벙거리는 그들을 흐뭇하게 바라본다. 꽥, 꽥, 꽥, 오리들, 꽥, 꽥, 그들은 에두아르도의 오리들이다.

에두아르도는 멕시코의 마법과 신비와 지역색과 민속에 대해 이야기한다. 나라에 흘러넘치는 온천수를 비시, 에비앙, 카라칼라, 바덴바덴처럼 상품으로 만들어야 한다고, 유럽 전역이 관광 온천으로 덮여 있는데, 그들은 물로부터 막대한 이익을 취하고 있다고 말한다. 소피아가 칭얼거린다. "목이 말라요." 그러자 엄마가 말한다. "우유 한 잔 가져다주마." 어느 문 앞에서 엄마가 우유 한 잔을 주문하자, 얼굴을 가린 여자가 마치 아주 어려운 주문이라도 받은 듯 긴 침묵을 지키다가 대답한다. "없어요."

엄마는 부츠 신은 발로 바닥을 쿵쿵 구른다. 없다니요, 목장이 지천인 지역에서 우유가 없다니, 없다니, 없다니. 발을 구를 때마다 반복해 내뱉는다. 없다니, 이 나라에는 도대체 있는 게 없어, 없어. 프랑스에서는 아무리 볼품없고 작은 마을에 머문다 한들 먹을 걸 얼마나 잘 내오는데 여기는, 없어, 없어, 없어. 구멍가게나 철물점이나 마찬가지야. 없어, 없어, 물건이 없으면 가게는 왜 문을 여는 거야? 사실은 그냥 응대하기가 싫은 거야. 없다니, 없다니. 이제 그만해요, 루스. 에두아르도가 엄마에게 말한다. 저 물처럼 화내지 말아요, 당신도 새파랗게 질려가고 있네요. 아이한테는 파스테헤에 도착할 때까지 참으라고 하세요, 거기에는 모든 게 있으니까. "아니 이 사람들은 대체 어떻게 산대요? 뭘 먹는대요, 우유 한 잔조차 없으면?" 엄마는 혁명에 대해 말한다. 옛날에 부농들이 있을 때는 모두가 모든 걸 가졌었는데, 지금은 나라가 굶어 죽고 있잖아요. 상황이 어떻게 흘러갔는지 보려면 니초와 이야기를 나누거나 부농이던 니초의 삼촌과 일했던 사람들의 이야기를 들어보기만 하면 돼요. 그 사람들에게 상황은 나빴죠, 아주 나쁘게 흘러갔어요. 사람들은 피피토 삼촌을 그리워했어요. 얼마나 좋은 분이었는데. 빌어먹을, 빌어먹을 놈의 혁명. 엄마가 결론을 내리면서 자기 의견에 무게를 싣기 위해 산후안델리오에서의 일을 이야기한다. 토지개혁으로 인디오들에게 문서를 넘겨주었을 때, 니초는 이렇게 말했다.

"그러면 이제 누가 우리에게 단것을 주지?"

엄마를 모임에 초대한 에두아르도를 모두가 칭찬한다. 얼마나 예쁘고 딸들한테는 얼마나 상냥한지, 그러다 소피아가 가장 용감한 투우의 뿔이 걸린 거실을 가로지르며 폴카를 추고 내가 거기에 맞춰 '5도 음을 치며 리듬을 따라가요'를 부르려고 하자, 또 모두가 칭찬한다. 딸들은 또 얼마나 귀여운지, 전혀 소심하지도 않고, 시키지 않아도 춤추고 노래하니 귀여워죽겠다고.

파란색과 빨간색 줄무늬가 들어간 파라솔이 있는 골프 클럽의 식탁에서 우리는 클럽샌드위치를 뜯고, 클럽, 클럽, 꾸르륵, 꾸륵, 꾸륵, 꿀떡, 꿀떡, 꿀꺽하며 음료를 마신다. 중앙에 놓인 올리비에 샐러드를 싫어하는 소피아는 샐러드와 토마토를 내 쪽으로 넘긴다. 우리 옆에 있는 어른들의 식탁에서 엄마는 페르난누네스 가족이 들려준 이야기를 하고 있다. 마드리드의 골프 클럽에서 스페인 출신 귀족 피에디타 이투르베 데 오엔로에가 기사에게 명령했다.

"궁으로 가서 왕자들을 데려오세요."

잠시 후 빅토리아 에우헤니아 여왕이 자기 기사에게 말했다.

"가서 아이들을 데리고 와주실 수 있다면 참 좋겠는데, 그래주시겠어요?"

할머니는 피에디타를 점심 식사에 초대했다. 식탁에 여섯 명이 둘러앉았다. 후식으로는 설탕에 절인 살구 네 개가 그릇에 담겨 나왔다.

피에디타가 칵테일 한 잔을 마시고는 말했다.

"늘 이렇게 드세요?"

❤

엄마가 경마장에 갈 때면, 마그다가 우리를 반과르디아스 문화센터에 데려간다. 페레스 델 바예 신부님은 두 입술이 가까워지는 순간마다 화면을 가리는데, 그럴 때마다 우리는 발로 바닥을 구르며 "키스, 키스, 키스" 하고 노래를 부른다. 키스는 결코 성사되는 법이 없다. 신부님이 무대 뒤편으로 올라가 설교를 하고 다음번 키스가 나올 때까지 다시 불이 꺼진다. 그렇게 우리는 영화를 단편적으로 본다. 시간이 흐른 후, 우리는 우리가 키스할 때 페레스 델 바예 신부가 나타나 예의 그 공격 연설로 찬물을 끼얹으며 방해할까 두려워하게 된다. "아, 페레스 델 바예 신부가 끼어들려고 해." 오르가슴의 방해꾼 같으니라고.

경마장에서 엄마는 엄마가 가장 좋아하는 경주마 게이 돌턴이 눈가리개를 쓰고 대기하는 마구간에서 사진이 찍힌다. 경주가 시작하는 순간 엄마는 경마장의 트랙을 바라보거나 그러는 척한다. 엄마는 정말로 트랙을 보는 걸까? 초점을 잃은 눈으로 무엇을 볼까? 엄마는 검은 리본이 달린 밀짚모자를, 라일락으로 장식한 밀짚모자를, 망사 천이 달린 밀짚모자를, 주홍색 밀짚모자를, 와인색 벨벳으로 된 부인용 모자를, 밍크 모자를, 베레모를, 여행용 펠트 모자를 쓰고 있다. 펠트 모자는 마드무아젤 뒤랑이 산책을 나갈 때 보지도 않고 서둘러 쓰던 수수한 검은 모자를 떠올리게 한다. "길에서 넬리를 봤는데 모자도 안 쓰고 있지 뭐예요, 그 가여운 여자가 정신이 나간 게 틀림없어요." 뇌막염은 머리가 차가워져서 걸리는 것일지도 모른다. 머리를 가리지 않고, 머리카락을 온 천하에 내놓고 다니는 것은 도로에서 벌거벗고 있는 것이나 마찬가지다. 심지어 누누조차도 센강에 내려갈 때면 쥐색 펠트 모자를 쓰곤 했다. '내 겨울 모자'라면서. 베스 할머니는 할머니가 다니는 장갑 가게에 우리를 데리고 간 적이 있다. 우리가 쿠션 위에 팔꿈치를 올리면, 점원이 장갑의 손가락 하나하나에 천천히 나무집게를 넣어 벌린 다음, 포동포동한 우리 손에 끼우고 단추를 잠그며 말했다.

"꼭 맞게 끼는 거예요. 우리 가게에 새로 들어온 건데, 최신 유행하는 제품이랍니다."

"나는 모자가 참 잘 받아." 엄마가 말하는데 그건 사실이다. 엄마를 보는 건 질리지가 않는다. 우리는 멕시코 예술궁전에서 상연하는 연극에 루이 주베와 함께 초대받는다. 나는 소피아와 뒤에 앉아 엄마를 관찰한다. 이따금 날렵한 손이 가느다란 줄에 진주와 사파이어가 달린 목걸이의 잠금 고리 위를 지나간다. 엄마의 뾰족하게 도드라진, 부러질 것만 같은 목뼈(소피아가 이걸 꼭 닮았다)가 엄마를 연약해 보이게 한다. 옆모습을 보면 튀어나온 광대뼈가 보인다. 장 지로두의 《옹딘》*처럼, 숨을 빨아들인다. 로비로 나온 엄마가 연인과 도망가지 말라는 목소리들을 옹딘이 듣는 순간이 가장 좋았다고 말하자, 루이 주베가 엄마를 진정시킨다. "신경 쓰지 말아요, 가족이란 그런 법이니까요." 막간에 소피아와 내가 드레스며 향수로 혼란스러운 틈을 신나게 헤집고 다니자, 거친 면모가 있고 보라색 숄을 두르고 다녀서, 또 푸들을 닮아서 내가 좋아하는 모에르난도 후작 부인 로렌사가 우리에게 빽 소리를 지른다.

"얘들아, 너희는 꼭 웃으면 안 될 때 웃고 다니는구나."

소피아와 나는 비밀스러운 웃음으로 연결된다. 아무도 웃지 않을 때 갑자기 우리는 웃곤 하는데, 오직 우리만이 그 웃음이 어디서 왔는지 알고, 마음 가장 깊은 곳, 생각들이 괴로워하는 그곳, 웃음의 근원이 되는 그곳에서 우리는 우리가 자매라는 사

* 프랑스 극작가 장 지로두의 희곡. 물의 정령 '옹딘'과 인간 '한스'의 사랑을 그린다. 푸케의 소설 《운디네》를 바탕으로 한다.

실을 확인한다.

❖

우리는 이제 투우를 보러 가지 않는다. 우리는 투우를 이해할 수 없다. 투우사가 새빨간 망토 안에 검을 숨길 때 우리는 얼굴을 가린다.

"자기네 딸들한테는 스페인의 피가 흐르지 않나 봐." 기회가 될 때마다 베라크루스에 우리를 데려가는 아우로라와 브라니프 선생님이 엄마에게 말한다.

"마리아나는 그렇지. 그런데 소피아는, 그 애가 발을 구르는 모습을 봐야 한다니까."

소피아가 칭얼댄다.

"아아 불쌍한 황소, 불쌍한 황소."

우리가 머리맡에 두고 읽는 책은《황소 페르디난드》다. 투우장 한가운데서 드러누운 데이지꽃과 카네이션 냄새를 맡으려고 멈춰 서는 황소 말이다.

✝

기도합시다:

나를 굽어살피시고,

나와 언제나 동행하시는 나의 천사여

밤에도 낮에도
내게서 눈을 거두지 마옵소서
내게서 눈을 거두신다면
나는 길을 잃고 말 터이니.
과달루페의 성모여
멕시코인들의 여왕이여
공산주의로부터 나의 조국을 구해주시옵소서
아멘.

나는 질문한다:

"엄마, 공산주의가 뭐예요?"

"염증 같은 거란다."

▲

"근데 너 멕시코 사람 아니지, 그렇지?"

"멕시코 사람 맞는데."

"멕시코 애처럼 안 생겼어."

"아, 그럼 어떻게 생겼는데?"

"양키처럼."

"나 양키 아니야, 멕시코 사람이야."

"그렇게 안 보여."

"우리 엄마가 멕시코 사람이니까 나도 멕시코 사람이야. 아빠 국적처럼 엄마 국적도 물려받는다면, 나는 멕시코 사람인 거야."

"어쨌든 너는 멕시코 사람이 아니야."

"나는 멕시코 사람이야, 내가 그러고 싶으니까. 내 나라는 멕시코야."

"금발 아가씨, 금발 아가씨, 우리 사람이 아닌 게 어쩜 이렇게 티가 날까. 우리 관습은 하나도 모르지!"

▲

전쟁이 끝나고, 어릴 때 멕시코 사람이었던 이들이 모두 돌아온다. 프란시스카 이모는 밀라노에서 많은 부침을 겪었고, 에토레 이모부는 사라코프 군모를 쓰고 에티오피아 전쟁에 참전한 이야기며 거미원숭이 이야기로 우리를 웃겨준다. 투투시나, 꼭 너랑 똑같이 생긴 거미원숭이 수천 마리가 내 머리통 위로 끽끽거리며 나무를 뛰어넘고 다녔단다. 그러고는 삼촌의 딸, 그러니까 초록 눈을 가진 우리 사촌, 아폴로니아의 코를 잡아당긴다. 다정한 디아나 이모와 이모의 두 딸, 프랑스인들, 영국인들, 독일인들, 이탈리아인들, 유대인들도 돌아왔다. 하지만 무엇보다 에토레 이모부는 치포넬리 정장 차림으로 슬렁슬렁 돌아다니며 농담을 하고, 흉내 내고, 노래하고, 춤추고, 정원에 물을 주고, 폭소를 터뜨린다. 인생을 가지고 놀고, 공처럼 띄워 올려 공중에서 다시 잡고, 건배, 건배, 건배, 짠 하는 사람이 가족 중에 있는 건 좋은 일이다.

"빌어먹을 이민자들."

방을 어지르면 나치타가 소리를 지른다. 소피아가 이렇게 노래를 할 때도.

저 뚱뚱한 여자애는
나치타라고 불린다네
다른 여자애는
아주 큰 엉덩이를 가졌다네.

"더러운 외국인들, 미국으로 돌아가버려, 너희 나라로 돌아가."

옥상과 옥상 사이, 바스락거리는 침대보 사이로 울려 퍼지는 비명이 꼭 내 따귀를 때리는 듯하다. 부끄럽다. 이곳에 속할 수만 있다면 골목에서 복권이라도 팔고 싶다. 감자 케사디야라든가. 뭐든지.

내무부 사무실에서 담당자 차미 씨가 빵빵한 서류 가방 아래 우리의 영주권을 접어 건넨다. 그건 패배 그 자체의 이미지다.

부카렐리 거리라고 불리는 전장은 황무지고, 으슥한 건물의 뒤편에서 사람들은 땡볕 아래, 서류라곤 도무지 준비되어 있는 법이 없는 창구에 줄을 선다. 비서들의 손톱은 기름때 같은 검은색이다.

“그렇게 어려울 거 없잖아요, 저는 멕시코 사람이에요.” 엄마가 주장한다.

“아, 그러세요? 대단하십니다! 그럼 왜 외국인이랑 결혼하셨습니까? 나 같은 멕시코 사람이랑 결혼하지. 뭐 그랬으면 강낭콩만 먹었겠지만.”

“이봐요, 대머리 아저씨. 무슨 소리 하시는 거예요?”

이글거리는 복도에서 목소리들이 서로 맞물린다.

“차관님께서 장관님 의견에 동의하셨습니다.”

“대통령님께서 장관님과 전화 통화를 원하십니다.”

“그런 문제는 차관님의 개인 비서가 처리하실 일이 아니죠. 어쩌면 차관님의 특별 비서 쿠키타 양에게 가져가보실 수도 있겠네요…….”

“내무부 차관실의 기록보관함 섹션 B와 C를 담당하는 총책임자 돈 아구스틴 로페스가 부인의 서류를 발행해드렸었죠. 부인의 경우에는 조상 중에 멕시코 출신이 없다고 합니다.”

“지극히 높으신 주 하느님 아버지, 만군의 왕, 우두머리 중의 우두머리께서 말씀하시길 국민의 안녕을 위하여…….”

“다음 주에 다시 오세요.”

“여기서는 모두가 똑같이 높으신 분을 기다립니다.”

“마음에 들지 않으시면, 알아서들…….”

“우리 피를 빨아먹으러 온 더러운 외국인들, 염병할 이민자들.” 나치타가 끈질기게 말한다. “염병할 이민자들.” 부카렐리 거리의 흉한 벽들도 되풀이한다.

“높으신 분을 놓칠 수는 없지.”

“여기서는 머지않아 미래의 대통령이 나올 거요.”

“여기서 선거가 치러질 거라고.”

이 축복의 땅에서 태어나지 않은 사람들에게는 참여할 권리가 없어요. 마음에 안 들면 떠나란 말입니다. 소피아는 어마어마한 분노에 사로잡힌다. “우리를 범죄자처럼 대하잖아요.”

문을 지키고 있는, 기름기로 반지르르한 수위에게 소피아가 딱딱거린다.

“내가 여기 오고 싶어서 왔을 거라고 생각하지 마세요. 끌려온 거지. 강낭콩이나 키우고 방귀나 뀌어대는 인간들 같으니라고.”

서류에는 긴 번호, 두문자, 괄호, 제5조 제3항 따위가 적혀 있다. 누렇게 바랜 오래된 종이는 손가락 기름 탓에 번들거리고,

열기에 갈라진다. 서류 아래쪽에 서명하세요. 엄마는 서명을 할 때 언제나 가장 아래나 가장 위에 한다. 다시 서명하세요, 더 아래에요, 더 위에요. 칸이 부족해도 선 넘어가지 마시고요, 거기는 도장이 찍힐 자리예요. 점선에다 서명하라고 제가 말씀 안 드렸나요? 결혼 전 성을 먼저 쓰시고, 그다음에 결혼 후의 성을 쓰세요. 활자체로 쓰세요. 사무국에서 날인할 때까지, 아마 보름 정도 걸릴 겁니다. 지금 선거 준비 기간이라 한창 캠페인 중이니까요. 아니요, 인내심을 가지고 기다리셔야 합니다. 변호사 앞으로 복사본 석 장을 동봉해서 편지를 보내셔야 하는데, 한 행 걸러서 쓰시고요. 날인을 받으시면 그 주에 가지고 오세요.

루마니아의 카롤 2세와 마그다 루페스쿠 부인도 이렇게 줄을 서서 기다렸을까? 들리는 소문으로는 멕시코 대통령의 동생, 막시미노 아빌라 카마초와 친구였다고 한다. 그리고 대통령의 동생에게는 부츠가 300켤레, 구두가 600켤레 있었다고 한다.

친구들이 집에 놀러 올 때마다, 소피아는 의식이라도 되는 양 사전에서 단어들을 찾는다.

방귀: 배 속에서 생겨 항문을 통해 나오는 기체. 방귀를 뀌다. 방귀의 빈도.

줄방귀. 자주 혹은 잇따라 항문을 통해 나오는 기체.

방귀 비슷한 소리. 입으로 흉내 내는 방귀 소리.

소피아는 모두를 변기 위에 앉히고 나더러 추측을 하게 한다.

"퐁당, 퐁당, 퐁당 하며 염소 똥을 누는 건 누구지?"

"네나 포스카."

"맞았어! 똬리를 튼 뱀 같은 똥을 누는 건 누구지?"

"호아키나 아센시오."

하지만 우리의 기대를 훨씬 더 뛰어넘는 건 바로 카실다다. 그 애는 이렇게 흥얼거린다.

방귀란 구멍에서 나오는
가벼운 바람
자기 친구 똥이
왔다고 알리네.

"파리처럼 작고 검은 똥을 누는 건 누구지?"

"아니타 로메로 루비오."

"풍덩 소리를 내며 똥을 누는 건 누구지?"

(여기에는 우리가 싫어하는 선생님의 이름이 들어간다.)

"물똥을 누는 건 누구지?"

(여기에는 우리 엄마 주위를 맴돌며 구애하는 남자의 이름이 들어간다.)

"지구에서 최고로 멍청한 사람이 누구지?"

(그 남자.)

"예쁜 강아지처럼, 단단하고 동그란 똥을 누는 건 누구지?"

"우리 아빠."

"아아아주 완벽한 대답이야!"

우리가 식탁에 앉은 후 얼마 지나지 않아, 에토레 이모부가 소리친다.

"오쟁이 진 놈들은 다 일어서보라고!"

이모부가 말하길 백발백중이란다. 그 말을 들으면 지구상 모든 남자들이 일어난다고 한다. 우리는 오쟁이를 졌다는 게 무슨 말인지 사전을 찾아본다. 아내의 부정을 참아내는 남자, 아내에게 지극정성인 남자, 공처가, 간통을 참조하시오. 우리는 여전히 이해하지 못한다. 1943년 멕시코시티에서 출간된 에레로 에르마노스 수세소레스 출판사의 사전에는 그 뜻이 나와 있지 않다. 반면 웅가에 해당하는 말은 이렇게 나와 있다. 여성 명사. 어린이의 대변. 그리고 수컷 산양이라는 남성 명사에는 구어로 아내의 부정을 참아내는 남자라는 뜻이 있다. 나는 그 작은 사전을 소중히 간직한다. 아, 내 작은 보물이여.

얼마나 웃었는지!

모두가 전쟁터에서 돌아온다. 우리 아빠만 빼고. 나는 말버러의 노래를 부르는 게 싫다. 아빠가 생각나기 때문이다. 언제 돌아오실까? 엄마는 베를린 거리의 고성에서 카롤 2세와 루페스쿠 부인, 그들의 비서와 다른 루마니아 사람들에게 칵테일을 대접한다. 여왕에 관해서는 물어보면 안 된다. 엄마는 소피아와 내가 위에서 계단 난간 사이로 구경할 수 있게 해주지만, 그것도 잠시뿐이다. 내일은 학교에 가는 날이기 때문이다. 우리는 카롤 2세가 동방박사의 날의 동방박사들처럼 왕관을 쓴 모습으로 들어올 거라고 생각한다. 그리고 만화 속 캐릭터처럼 통통할 거라고 짐작한다. 우리는 그를 알폰소 레예스와 헷갈린다. 나중에 엄마는, 호세 클레멘테 오로스코가 특유의 오만하고 노기 띤 시선으로 구석에서 지켜보고 있었다고 말해주었다.

그는 화난 눈으로 엄마를 보지 않는다. 그림 그리는 모습을 보여주겠다며 귀사 라시와 마릴루 페르난데스 델 바예와 함께 산일데폰소 고등학교 건물 발판으로 엄마를 초대한다.

몇 년 후, 같은 고등학교에서, 머리에 긴 털이 난 거만하고 멍청한 앵무새들의 행렬이 내 눈을 사로잡을 터였다.

"엄마, 오로스코가 엄마의 칵테일 파티에서 보고 그린 걸까요?"

"볼셰비키 같은 소리 하지 말렴. 너는 속물근성이 거꾸로 박혀 있구나. 멜빵바지에 5년간 같은 신발을 신은 남자를 보면 열렬한 사랑에 빠져버리겠어."

나는 남자 친구를 만나러 가는 할머니를 따라 발데라스 역과 후아레스 대로에 간다. 할머니의 남자 친구는 중절모와 검은 정장 차림에 늘 몇 가닥 없는 콧수염을 매만지고 다니는 자그마한 노인이다. 사람들은 그를 '캄포스'라고 부른다. 캄포스 씨도 아니고, 성을 따라 그냥 '캄포스'다. 할머니는 남자 친구가 추위에 떨지 않을까 걱정하며 담요를 가져다준다. 회색 담요. 할머니가 개들에게 주는 것보다 예쁜 담요다. 캄포스의 책상에는 커튼이 달려 있고, 그의 글씨체는 정말 예쁘다. 기차 소리가 나는 승강기에서 캄포스는 우리에게 인사한다. 왜 그런 데서 우리에게 인사를 하는 거냐고 묻자, 할머니는 그가 자기 건물을 팔 생각이라서 그렇다고 대답한다. 너무 늙어서 건물들을 관리하고 임대료를 받으러 다니기가 힘들단다. "임대료가 뭐예요?" "내 연금이지." "나는 임대료를 받으며 산단다." "다들 그렇게 살지." "아!" 나는 아직도 그 말을 이해하지 못한다.

소피아와 내가 방문하는 집들에서는 모두가 하나같이 '임대인'이며 '임대료'라는 말을 한다. 임대료를 받는 사람은 믿을 만한 사람이고, 사람들은 그에게 크리스마스 선물을 보낸다. 차를 대접한다. 식사에는 초대하지 않는다. 임대인이 임대료를 올릴 수 없고 건물이 임대료 수입보다 더 값어치가 있을 때는, 건물을 팔아야 한다. 그들은 언제나 건물을 팔고 있다. 결국에는 팔 건물들 천지다. 우루과이 거리의 건물, 발데라스 역과 후아레스 대로의 건물, 레푸블리카데엘살바도르 거리의 건물, 레푸블리카데과테말라 거리의 건물, 마데로 거리의 건물, 푸엔테데알바라도 거리의 건물. 정부에서 식민지 유적지로 지정하면 골치 아파져, 정부에서는 돈을 조금 주거든. 세금을 덜 내기 위해 임대인들은 종이에 다음과 같이 적는다. '주식회사.' "그게 뭐예요?" "무기명 회사라는 뜻이란다." "무기명이란 사람들은 누구예요?" 할머니는 나를 잘 참아주지만, 가끔 소리를 지르기도 한다. "궁금한 것도 많구나. 호기심 천국이야, 아주. 여기저기 끼어들고 싶어 하는 버터 바른 빵 조각 같구나." 할머니는 나를 그렇게 부른다. 버터 바른 빵 조각. "지금이 팔 때입니다." 변호사들의 조언을 듣고, 건물을 판다. 나는 단 한 번도, 우리 집에서든 소피아와 내가 방문하는 집들에서든, '일'이라는 단어를 들어본 적이 없다. 사람들은 네나 포스카를 두고 "가여운 것!"이라고 하는데, 그가 일을, 골동품을 위탁판매하는 일을 해야 하기 때문이다. 가령, 루이스 삼촌은 자기 사업을 '운영'한다. "삼촌이 운영하는 사업이 뭐예요?" 내가 물으면, "삼촌 소유의 건물들이지" 하고 대답한다. 정장을 입고 우산을 든 어른들을 볼 때마다 그 뒤로 무리 지어 서 있는 건물들이 보인다. 임대료 동결은 집주인들에게는 전염병 같은 거라고. 장티푸스보다도 말라리아보다도 나빠. "그래서 집들을 팔아야 하는 거야." 어른들은 주차장을 만들려고 집을 판다. 날이 갈수록 자동차는 더 많아진다. "베를린 거리의 고성을 어떻게 허물 수가 있어요?" "이해하고 싶지 않으면,

질문을 하지 말거라." 심지어는 엄마까지도 계산을 하지만, 합산하는 것을 잊는다. 엄마는 계산에 약하다. 계산에 강한 건 프란시스카 이모다. 이모는 집행인이다. 이모는 꿈이라도 발명할 수 있을 것이다. 모든 게 어디 있는지 알고 누구에게 다리 달린 서랍장이 가야 하는지, 누구에게 고급 식기 세트가 가야 할지 누구에게 주홍색 요강이 가야 할지 안다. 엄마는 모퉁이를 돌아오는 길에 열쇠를 잃어버리는 사람이다. 나는 어른들이 소송에 졌으니 부동산 취득세로부터, 법으로부터, 온갖 세금으로부터 안전하려면 공증문서를 작성해야 한다고 말하는 소리를 듣는다. 어른들은 두 번째 탄원서를 낸다. 또 진다. 그들은 부동산세며 증명서가 무엇인지 모르고, 영수증을 찾지도 못한다. 전기세는 어디에 내지? 전화비는? 임대인들은 그렇게 산다. 거주 등록도 안 했고 등록 번호도 없다. 그들은 긴 회의에 틀어박힌다. "나가 놀아라, 중요한 일 이야기를 해야 하니까." 나는 중요한 일이라는 게 있을 때마다 어른들이 싫다. 재산을 몰수당한 후로 늘 중요한 일이 따라다닌다. 모든 건물이 은행 계좌로, 수표로 변한다. 어른들이 "돈이 한 푼도 없어"라고 탄식하면 나는 수표장에서 수표를 쓰면 되지 않느냐고 말한다. 정부 놈들이란 막돼먹은 놈들이야, 배우지 못한 인간들, 잔챙이들이라니까. 관료주의는 또 어떻고. 야만이나 다름없어. 옛날에는 신사들이 연인에게 보석이

든, 집이든, 뭔가를 가져다 바쳤는데, 지금은 정부에 한자리를 주는 게 됐잖아. 그렇게 태생이 글러먹은 사람들로 가득한 정부가 대체 어떤 수준이겠어?

▲

그런데 그 사람들이 누군데? 그 사람들이 다 어디서 나오는 거람? 프란시스카 이모가 마치 새로운 인종을 발견하기라도 한 것처럼 묻는다.

"이모, 그냥 평범한 사람들이에요. 일상에서 볼 수 있는 사람들이요."

"잘 말했다, 평범한 사람들. 예전에는 세상에 그런 사람들이 이렇게 많지 않았어. 못난 사람들을 한 번에 이렇게 많이 본 적이 없다."

들소 떼가 해변을 어지르고 다니는 꼴이야. 그런 사람들 때문에 다른 사람들이, 그러니까 우리 같은 사람들이 예전처럼 아침에 칼레티야 해변에 못 가고 오후에 오르노스 해변에도 못 가는 거야. 아, 내가 그런 일상을 얼마나 좋아했는데! 이제는, 그 사람들 탓에, 그 사람들 때문에, 바로 그 사람들 때문에 우리는 아무도 가지 않는 해변을 찾아야 하는 거야. 피칠링게 해변 근처 에덴록 같은 바위나 푸에르토마르케스, 라콘데사, 엘레볼카데로, 피에데라쿠에스타처럼 아직 발견되지 않은 해변들 말이야. 손에 칼을 들고 다음 날 쓸 미끼를 준비하는 어부나 돌고래처럼 물속에서 첨벙거리는 아카풀코 사람들이 있을 때도 있지. 그 사람들은 풍경을 해치지 않아. 진짜 시골은 또 다르니까. 끔찍한 건 뭐냐면, 세계로 뻗어나가는 중하층 계급 사람들이야. 믿지 못하겠지만, 유럽도 마찬가지야. 턱에 스파게티를 질질 흘리며 먹는 사람들, 보모에게 맡기지 않고 아기를 해변에 데리고 오는 사람들, 냄새나는 사람들, 무슨 냄새가 나는지 아니? 부끄러움도 모르고 소리를 질러대면서 볕을 쬐는 사람들. 저 뚱뚱이 배 좀 봐. 저래서는 안 되는 거야, 우울하지. 그리고 저 평범해빠진 여자를 보렴. 대체 누가 은색 정장을 입을 생각을 한다니. 어찌나 경악스러운지. 인류가 얼마나 천해지고 있는지! 자칭 민주주의라는 게 모든 걸 엉망으로 만들었어. 나는 하층민이라면 정말, 그냥 싫어.

피에데라쿠에스타 해변에는 빈 해먹들이 붉은 하늘을 마주하고 줄지어 있다. 이따금, 반대 방향에서 불어오는 바람이 해먹을 흔든다.

❤

집은 자기 정원에서 차를 마시는 부인처럼 앉아 있다. 수많은 기억을 내쉬는 차풀테펙의 늙은 나무들처럼 거대한 낙우송 곁에서, 집은 자기 맥박을 찾는다. 이슬 맺히는 새벽, 잠에서 덜 깬

낙우송이 어둠 속에서 나를 바라본다. 나도 그 옆에서 나무를 바라보며 껍질을 쓰다듬고, 입을 맞추고, 몸통에 내 등을 문지른다. 나무의 강함은 곧 우리의 강함이다. 우리 할머니의 강함, 우리 엄마의 강함, 프란시스카 이모의 강함. 강한 여자들, 친밀함 속에서는 연약하기 짝이 없는 여자들. 집은 나의 우주다. 나는 집 너머를 알지 못한다. 아직 창문 밖을 내다보지 않는다. 집을 보호하는 커튼은 얼마나 다정한지, 친근한 말투로 말을 거는 우리 조상의 목소리처럼 달콤하다!

낙우송이 사랑을 부른다. 나는 내가 사랑하는 사람을 이곳에 앉혀야 한다. 그를 나무껍질에 기대게 하고, 그에게 나뭇가지 사이로 하늘을 보라고 해야 한다. 그리고 둥지를 보라고.

프란시스카 이모가 찻주전자를 집으려 팔을 뻗는다. 이모네 집에서는 영국식으로 차를 우린다. 먼저 찻주전자에 물을 끓인 다음 비워내고, 손님 수에 따라 찻잎을 서너 숟가락 떨어뜨리고, 증기에 찻잎이 촉촉해질 때까지 잠시 기다린 다음, 끓는 물을 조금씩 붓는다. 찻주전자는 폭신한 덮개로 덮는다. 덮개는 꽃무늬가 들어간 평범한 것일 수도 있고 작은 수탉 봉제 인형일 수도 있다. 차를 따를 때 이모의 손가락에는 지나치게 묵직한 반지 두 개가 번쩍인다. 하나는 에토레 가문의 방패 모양 문장이 새겨진 반지이고 하나는 투박한 보석 받침에 네모난 사파이어가 올라간 반지다. 이모 자신도 잘 아는, 아름답고 섬세하며 새하얀 손가락에 올라간 남성용 반지들이 강렬하게 존재감을 드러낸다. 분별 있고 총명해서 아름다운 손. 이모는 차를 따른 다음 물을 뜨겁게 유지하기 위해 셰필드에서 만든 알코올램프 위에 찻주전자를 올린 후, 식지 말라고 패치워크 덮개로 덮어둔다. 그러고는 오렌지 마멀레이드, 자몽과 레몬 잼, 자두 잼과 뜨거운 토스트를 내온다. 차는 입안을 델 정도로 뜨겁다. 우리는 차에 크림이나 우유를 넣고 잔 속에서 천천히 녹는 것을 지켜보며 빨리 섞이라고 차를 휘젓는다. 프란시스카 이모가 고개를 들고 경고하듯 말한다.

"아폴로니아, 마리아나, 소피아, 그런 식으로 숟가락을 흔들면 안 된다."

우리는 버터 바른 토스트를 다섯 개에서 일곱 개까지 게걸스레 먹어치운다. 이모가 질책하는 눈초리로 바라보며 말한다.

"마리아나, 네 키에는 이제 1그램도 더 들어갈 자리가 없구나. 네가 모를까 봐 말해주자면 빵과 버터는 살찌는 음식이란다. 옜다, 호밀빵을 먹으렴. 너한테는 그게 더 나을 거다."

소피아에게는 아무 말도 하지 않는다. 소피아는 토스트를 열 개도 먹을 수 있고 아무 걱정 없이 잼을 산처럼 얹어 먹을 수도 있다. 위험한 건 아폴로니아와 나다. 이모네 응접실에 발을 들이는 순간부터 우리는 아주 약간 붙은 군살을, 구겨진 드레스를, 광이 나지 않거나 더 심각하게는 가방과 어울리지 않는 구두를 인식하게 된다. 아름다움에 반하는 것이라면 무엇이든 무소륵스키의 '전람회의 그림'처럼 증폭되고 엄숙하게 울린다. 그러면 우리는 코끼리들의 장례 행렬처럼 앞으로 걸어간다. 살이 찌면 안 되고, 머리칼은 윤이 나야 하고, 옷을 말끔하게 입어야 하고, 손님들을 맞이할 줄 알아야 하고, 가문의 보석을 관리해야 하고, 매너가 좋아야 하고, 무엇보다 취향이 좋아야 하고, 우아함을 갖춰야 한다. 아폴로니아, 마리아나, 소피아, 우리는 내면이 우아한 사람들이기 때문에 우아하게 행동해야 한다.

'점령'이라는 단어가 우리의 유년기를 지배했다면, 이모의 도톰한 입술에서 나오는 '품위 갖추기'라는 말이 우리의 청소년기를 따라다녔다. 이모는 평가하는 사람이다. 우리가 입는 모든 옷에 형용사가 꼬리표처럼 붙는다. 우리의 동그란 얼굴에, 아직 물어뜯는 손톱에, 램프에, 그림에, 하룻강아지 같은 우리의 움직임에 작고 네모진 형태로 붙어버린다. 이모는 단호하다. "**말씀하세요**라고 말하면 안 된다. 그건 하인들이나 하는 말이란다." 신문의 사회면에는 오로지 카페 소사이어티*, 사교계, 출세한 사람들, 졸부들, 벼락부자들만이 그려진다. (하지만 아, 얼마나 모순적인지! 우리는 모습을 드러내기를 좋아하고, 사람들이 우리를 보는 것을, 우리에게 말을 거는 것을, 우리가 중심에 서는 것을,

* 19세기 말 뉴욕, 런던, 파리 등에서 유행하던 카페나 레스토랑에 모이던 젊고 아름다운 사람들을 일컫는 말.

시선의 대상이 되는 것을 좋아한다.) 사회적 지위가 있고 풍족한 사람들은 태어날 때, 결혼할 때, 죽을 때 〈르피가로〉지에 실린다. 소피아는 이모처럼 옷을 입고 싶어 하고, 목걸이를 걸고 싶어 하고, 이름을 새긴 보석을 갖고 싶어 하고, 코코 샤넬 같은 스타일을 갖고 싶어 한다. 언젠가 컬렉션 중간에 들어오는 코코 샤넬을 보고 소피아는 말했다. "저 여자 좀 봐, 단순한 맞춤 정장인데도 태가 나잖아." 프란시스카 이모는 춤을 추고 요가를 하고 응접실에 깔린 카펫 위에 누워 손님들과 이야기를 나눈다. 이모뿐만 아니라 이모의 동생들, 그러니까 디아나 이모와 우리 엄마 루스 역시 커다란 공원을 거닐며 발아래서 바스락거리는 낙엽 소리를 듣고 소합향나무 사이로 파고드는 가을 햇살을 보곤 했다. 세 자매는 영국에서부터 지팡이를 가져왔는데, 바닥에 단단히 고정할 수 있고 두 개로 펼치면 작은 의자로 변해서 산책이 길어지면 몸무게를 견딜 수 있는 지팡이로, 촘촘한 풀밭에 펼쳐두고 앉아 폴로 경기를 보기에도 그만이다. 처음에 엄마와 이모들은 영어로 말하기까지 했다. "*우리 산보 나가자*"라면서 개를 데리고 산책을 나가는 식이었다. "이리 오렴 로빈, 어디 가니, 토비 올드 보이? 토비, 이리 오렴, 이리 와." 개들은 이빨 사이에 쿠션처럼 낀 이끼, 똥 냄새가 나는 솔방울과 같은 숲의 기억을 묻힌 채 돌아왔다. 하지만 지금, 아직 옥수수밭으로 뒤덮인 미시시피 거리에서 개들이 발로 흙을 파내고 바닥에 주둥이를 갖다 대며 사냥하는 것은 하수구에서 빠져나온 커다란 쥐다. 프란시스카, 디아나, 루스가 걷던 평원은 금세 집과 다층 건물로 뒤덮였다. 옥수수밭이여 안녕, 해바라기여 안녕. 레포르마 광장에는 일요일의 산보객들을 위해 노란 모래가 깔린 좁은 산책로가 두 갈래 생겼다.

"*좀 걸을까*"라는 말을 할 때, 세 자매에게는 자유분방하고 젊은 움직임이 엿보인다. 앉은 자리에서 벌떡 일어나, 하늘로 오르듯 팔을 쭉 뻗어 문을 연다. 셋을 보고 있으면 활력이 생긴다. 자매들은 생기 넘친다. 프란시스카 이모에게는 고양이 같은 구석이 있다. 카펫 위에서 고양이처럼 몸을 쭉 뻗고, 다리를 접어서 연꽃 자세로 앉고, 오뚝이처럼 우뚝 서는 이모에게는 무언가 도발적인 면이 있다. 입을 내밀면 도톰한 입술이 떨어져 나가기 직전이다. 세 자매 중에 몸을 가장 편하게 여기고, 가장 엄격하게 관리하는 건 프란시스카 이모다. 느릿느릿하고 부드러운 손길에 등을 내맡기는 고양이, 발톱을 가는 고양이, 분홍빛 혀가 까칠한 고양이, 이모 시선에 담긴 고양이들, 할퀼 태세로 엎드린 고양이들, 유연하고, 예측할 수 없고, 위험한 고양이들. 프란시스카 이모에게는 위험한 구석이 있고 이모의 요구는 도전적이다. "덤벼봐, 덤벼봐." 그런데 무엇에? 우리에게 거는 가족의 기대는 명확한 적이 없다. 가족들은 우리가 삶에서 무엇이 되기를 바라는 걸까? 이모는 우리를 불안하게 한다. 우리는 가치를 증명해야 한다. 덤벙거림과 불안함을 감지하는 이모의 시선이 나는 무섭다.

매일 아침, 이모는 할머니가 그러듯, 아주 못된 땅딸보였던 러시아인 증조할머니가 그랬듯, 꽃꽂이에 열심이다. 하인들은 틀어둔 수도꼭지가 큰 소리를 내는 세탁장에서 수반을 씻고, 물을 갈고 얼른 꽃을 가져와 투명한 유리 꽃병에 넣어 테라스 바닥에 가져다 둔다. 데이지꽃은 물을 더럽히고, 진창으로 만든다. 엄마는 꽃들에게 말을 건다. "마르지 말거라, 죽으면 안 돼." 엄마에게는 꽃들이 마르거나 죽지 않게 하는 비법이 있는데, 강물에 누운 오필리아처럼 대야에 꽃들을 눕히고 물로 흠뻑 적시면 거의 늘 생기를 되찾곤 한다. "거봐, 아직 몇 시간은 더, 며칠은 더 살 수 있단다." 엄마에게는 꽃에 관해서라면 미신적인 구석이 있는데, 꽃잎을 짓이기거나 줄기를 자르지 않는다. 피가 나고 뼈가 부러진다고 믿기 때문이다. "백합아 눈을 감아야지, 불로화야 잘 자렴." 엄마는 꽃들에게 잘 자라는 인사를 하고 날이 밝으면 깨운다. "날이 밝았네, 루스가 너희에게 인사를 하러 왔단다." 엄마는 꽃부리에 대고 웃으면서 말한다. "날이 얼마나 좋은지 몰라." 프란시스카 이모는 웅크리고 앉아 꽃다발을 만든다. 가지치기용 가위를 든 이모의 손이 능숙하게 움직인다. 줄기를 자르고 여기에는 금어초와 데이지를, 스위트피와 꽃무를 배치하고, 엉망이 된 플룸바고 한 송이와 보라색 아이리스는 치우고, 데이지의 늘어진 이파리를 떼고, 꽃자루를 자르고, 거기에 키가 큰 제비고깔 가지 하나를 끼워 넣는다. 무늬를 새겨 넣은 유리 꽃병에는 풍성한 안개꽃과 정원에서 꺾어 온, 수탉이 한 번 울고 나면 져버릴 푸른색 수국을 꽂는다. 은 화병에는 장미를 꽂아 서재에 둘 것이다. 해 질 녘, 전등 빛 아래 여자들이 얼굴에서 빛을 발하고 향기까지 풍기는 것처럼, 장미는 바깥보다는 어스름 속에서 더 예뻐 보이기 때문이다. 언젠가 이모는 내게 가방에 넣고 다닐 향수를 선물한 적이 있는데, 카드에는 이렇게 적혀 있었다. '네가 여자의 향기를 찾게 될 날을 기다리며.' 나는 궁금해져서 물었다.

"이모, 여자들은 무슨 향기가 나는데요?"

"백단향, 사향, 코팔나무 향기가 나는 여자들이 있는가 하면, 순무, 방울다다기양배추, 브로콜리 냄새가 나는 여자들도 있지. 너 아르침볼도 그림 본 적 있니? 그런 냄새가 난단다. 젊은 여자들은 갓 수확한 보리 냄새가 나고."

이모는 나를 가르치면서 단호히 답을 내리듯 촘촘한 안개꽃 다발 중간에 냉이꽃 한 송이를 쑤셔 넣는다. 깨끗한 물은 꽃들이 더 오래 살게 하고, 화병 한쪽에 쌓인 죽은 잎들은 가지치기의 흔적을 드러낸다. 식물이 생명을 유지하려면 잎을 정리해주어야 한다. 이모는 정원에서도 장미 하나하나에 몸을 기울이며 장갑 낀 손으로 가지치기를 한다. 아직은 때가 아니구나, 모든 것에는 제때가 있는 법이란다. 모든 행동은 영원 속에서 제자리가 있는 법이고. 할머니네 집, 프란시스카 이모네 집, 우리 엄마 루스네 집의 꽃향기들이 뒤섞인다. 하인들이 '큰 마님'이라고 부르는 우리 할머니네 집에서는 산호세에 핀 꽃처럼 오래가는 월하향의 향기가 머리를 아찔하게 할 정도이고, 우리 엄마 루스네 집에서는 들국화 향기는 나지 않지만 어느새 작은 화병 안에서 치자꽃이 머리를 내밀었고, 프란시스카 이모네 집에서는 장미들이 이모 입술처럼 도톰한 꽃잎을 떨어뜨리면서 소리를 낸다. 꽃들은 벽에서도 볼 수 있다. 르두테의 장미, 마틸드 사예의 하얀 라일락과 보랏빛에 가까운 푸른 라일락 가지, 마리 로랑생의 정원에 나부끼는 플룸바고, 통통한 나뭇가지들, 초콜릿색 나뭇가지들, 어두운색 나뭇가지들이 그려진 그림들은 식민지 시대의 그림들로, 여행을 떠났던 '큰 마님'이 평생 거래해온 고미술상에게 구입한 것이다. 나는 겹겹이 쌓아 올린 속잎들로 풍성한 꽃부리를 만든 볼록한 꽃이 우뚝 서 있는 그림을 보고 또 본다. 멕시코의 달리아다. 꽃, 꽃, 꽃. 프란시스카 이모는 아침 의식처럼, 사흘째 되던 날 부활한 가지들로 정성스레 꽃다발을 만든다.

하인들은 찌꺼기들을 내다 버릴 테고, 죽은 꽃잎들과 잘린 줄기들과 흘러내린 수액을 짚으로 만든 빗자루로 요란하게 쓸어낼 테고, 주름진 꽃잎과 짓이겨진 꽃과 납작해진 꽃부리의 향기를 온 집 안에 풍기며 돌아다닐 것이다. 바닥의 짓이겨진 찌꺼기에 깃든 향기의 본질, 울적하고 마음을 뒤흔드는 강한 냄새는 방마다 사려 깊게 배치되어 놓인 꽃에서 나는 향기보다 더 많은 것을 암시한다.

교대로 화병의 물을 가는 이 여자들은 나의 선대들이다. 화병은 엄마로부터 딸에게로 이어져 내려온 것들로, 엄청나게 무거운 데다 한 번도 내 마음에 든 적 없는 무늬가 새겨진 유리 화병과 손잡이가 달린 금빛의 노란 화병이다. 나는 초록색 줄기들을 하나하나 넣을 수 있도록 물이 가득 담긴 화병을 수거하는 일을 맡는다. 물이 손가락 사이로 빠져나가고, 단어들이 내게로 녹아들고 미끄러져 물바다가 되어버린다. 나는 미끄러지는 화병을 던져버리기 일보 직전이다. 박엽지로 만든 꽃은 물속에서 피어난다고 한다.

나의 증조할머니, 할머니, 엄마, 이모의 꽃들과는 달리, 내 꽃들은 종이꽃일 것이다. 내 꽃들은 어디서 피어날까?

☎

워싱턴에서 걸려온 전화 한 통. 엄마는 집에 없다. 소피아와 내가 수화기를 낚아챈다. 아빠일지도 모른다. 교환원이 영어로 말한다. 축복받을지어다, 윈저 스쿨이여. 아빠다. 우리는 울음을 터뜨린다. 아빠가 온다. 아빠가 온다. 기억 속 아빠 목소리는 더 굵고 더 안정적이었는데. 아빠가 우리에게 베스 할머니처럼 *축복이 함께하길,* 하고 말한다. 아빠가 온다.

✝

몇 달 전, 심각한 얼굴을 한 엄마가 우리더러 침실로 따라오라고 했다. 너희에게 전해야 할 나쁜 소식이 있단다. 너희가 아주 씩씩하게 있어줘야 해.

엄마가 손짓으로 침대를 가리키고 우리는 침대 가장자리에 걸터앉는다.

"베스 할머니가 돌아가셨다."

나는 정말이지 아무런 감정도 느끼지 못한다. 할머니를 보지 못한 지 5년이다. 엄마의 얼굴에 서린 표정을 보니 내가 슬픔을 느껴야 한다는 생각이 든다. 소피아도 나도 울지 않는다. 할머니를 사랑하지 않는 게 아니라, 할머니는 그저 과거가 되어버렸다. 어쩌면, 노력을 해보면 엄마가 우리에게서 찾는 그런 감정을 표현할 수 있을지도 모른다. 실패다. 우리는 아직 슬픔을 알지 못한다. 슬픔이란 무엇일까. 슬픔은, 배워나가는 것이다. 할머니가 전쟁 때문에 30킬로그램이나 빠졌다는 것을 아는 지금, 나는 슬픔을 느낀다. 할머니에 대한, 전쟁에 대한, 우리에 대한 슬픔을 느낀다.

✪

군복이 집에 도착한다. 나는 아빠가 어떻게 전쟁에서 빠져나와 침실과 응접실과 식당과 2층으로 올라가는 계단이 있는 집으로 들어올는지 모른다. 아빠는 어떻게 뉴스 프로그램에서 나와서 우리의 삶으로 들어오려는 걸까. 어떤 지뢰밭을 지나고, 어떤 철조망을 피해 갈까. 아빠는 우리와 함께 아침을 먹는다. 그 시간이야말로 가장 사소한 일들이 벌어지는 시간이다. 빵과 우유가 있고, 비타민 C가 풍부하니 오렌지 주스를 마저 마시렴, 하는 말이 있는 시간이다. 오늘 전쟁에서 돌아온 아빠는 우리를 보고 싶어 하고, 우리와 함께 아침을 먹고 싶어 한다. 아빠는 적응을 어려워하고, 어떻게 행동해야 할지 모른다. 나 역시 음식을 한 입 먹을 때마다 뺨에 입을 맞추려는 아빠를, 이전에는 우리 머릿속에만 존재하다가 이제 진짜가 되어버린 아빠를, 신 같은 아빠를, 흑백의 화면에서 나와 형체를 갖추고 나타난 아빠를 어떻게 대해야 할지 모른다. "그렇게 아빠를 끌어당기지 말고, 귀찮게 굴지 말거라." 나는 아빠의 안으로 들어가 아빠가 무엇으로 이루어졌는지, 어떻게 기능하는지 알아내고 싶고, 아빠를 해체하고 싶다. 아빠는 억눌려 있다. 깊이 들여다보면 아빠는 소심하고 불안한 사람이다. 우리를 바라보는 미소 띤 얼굴은 더 크고 더 활짝 웃는 웃음의 윤곽을 넌지시 비추지만, 차마 용기를 내지 못하는 아빠에게 그런 웃음은 일어나지 않는다. 아빠는 언저리에 머무른다. 늘 그럴 것이다. 아빠는 늘 언저리에 머물 것이다. 아빠, 나는 입맞춤으로 아빠를 먹어버리고 싶다. 아빠, 나는 아빠를 아주, 아주, 아주 세게 껴안아서, 곰의 포옹으로 뼈를 으스러뜨리고 싶어요. 우리 집에서 이런 식의 고백은 어릴 때부터 제지당한다. 우리는 그런 식의 표현을 하지 않는다. *"얘들아 그건 그만하렴." "얘들아, 아직 안 끝났다."* 아빠의 무릎 위에 앉아 아빠의 볼에 내 볼을 맞댈 수 있는 건 아빠가 술을 몇 잔 걸쳤을 때뿐이지만, 그럴 때 엄마가 우리를 보는 표정은 밝지 않다. 나는 아빠가 내게서 멀어질 때, 아빠의 눈이 특유의 불안과 기대로 반짝일 때, 그럴 때 아빠를 사랑한다. 나는 아빠의 기대가 결코 실현되지 않는다는 것을 나중에야 알게 된다. 우리 아빠는 삶으로 들어오는 길을 모르는 사람이기 때문이다.

어쩌면 전쟁터에 나갔던 사람들은, 돌아와서 어떻게 살아가야 하는지, 어떻게 계속 살아가야 하는지 잘 모르는 건지도 모른다.

✪

영화 밖으로 나온 아빠가 걸어 다닌다. 아빠는 신중하게 걸음을 내딛는다. 나는 군복을 입지 않은 채, 관찰하는 우리의 눈길 말고는 아무런 경계 없이 집 안을 탐색하는 아빠를 본다. 아빠는 걸음을 멈출 곳을 찾는다. 아빠가 돌아온 후로 엄마는 달라졌다.

아빠가 무슨 말을 하면 엄마는 대답을 어물거린다. 엄마의 태운 설탕빛 눈은 더욱더 짙어졌다. 예전의 엄마는 더 자유로웠다. 머리칼도 더 휘날렸고, 엄마의 드레스도, 무엇보다 엄마의 드레스가 더 휘날렸다. 마주 보는 엄마와 아빠는 불안한 모습으로 서로를 바라보고, 나는 둘의 귀 끝을 본다. 귀는 움직이지 않고, 서로를 몰아붙인다. 싸우려는 건지도 모르겠다. 집 안에서 우리는 충돌한다. 예전에는 거센 폭풍 같았던 대기가 바뀌었다. 엄마는 이제 아빠를 거스르지 않는다. 아빠가 우리 셋을 잡고 있다. 소피아와 나는 잠자코 따른다. 아빠의 말씀대로. 아빠가 원하시는 대로. 아빠가 어떤 모습이든지. 비티토와 펠리사는 아빠를 '주인어른'이라고 부른다. 마그다는 마치 미사를 드릴 때처럼 엄숙하게 '주인님'이라고 부른다. "이제 주인마님이 주인어른 아래에 계시지." 소피아와 나에게도 집안의 어른이 생겼다. 예전에는 노는 시간에 맞추어 살았다. 늘 나무 위에서 놀던 우리는 종일 황홀했다. 지금 우리는 보도로 내려왔다. 보도는 심각하고, 회색이고, 단조롭고, 우리를 어딘가로 데려다줄 목적이 있고, 길을 벗어나면 아무 일도 일어나지 않는다. 반면, 나무들에게는 일이 일어난다. 수많은 사색이 나무를 흔들고, 수많은 생각이 잎사귀를 흔든다. 아빠는 이렇게 말했다. "너희가 여자아이들이니, 원숭이들이니?" 꼭 비티토가 투덜거릴 때 같다. "아가씨들은 늘 나무 위에 올라가 있어요, 속옷이 다 보이게 말이에요. 주인마님께서는 아가씨들을 못 본 체하시고요."

❤

비티토는 우리의 속옷에 굉장히 관심이 많다. 윈저 스쿨에서도 남자아이들은 우리의 속옷에 대해 말하고, 속옷을 보겠다고 놀이를 지어낸다. 그러지 않을 때면, 학교에서 가장 똑똑한 아이인 오스카르 로에메르가 기술적으로 만든, 끝에 거울을 단 나뭇가지로 운동장 바닥의 흙을 가르며 걸어가다가 첫 번째 희생양의 남색 주름치마 아래 멈춘다. 전부 속옷 때문이다. 우리가 가장 목청껏 부르는 노래는 이 노래다. "팬티를 만들어줄게요, 오두막지기의 것 같은 팬티를, 양털로 시작해서 가죽으로 끝내줄게요." 이토록 활력을 채워주는 걸 보면, 속옷에는 무언가 강한 힘이 있는 게 분명하다.

🚗

우리는 넷이서 아카풀코에 간다. 운전은 아빠가 한다. 운전석을 차지한다. 집안의 가장이다. 아빠는 백미러로 우리를 본다. 소피아와 내게는 아빠가 있다. 우리는 토하지 않는다. 어쩌면 우리는 아빠가 없어서 토를 했었는지도 모른다.

나는 아빠의 목덜미를 본다. 어릴 때 아빠와 부브레에 갔던 적이 있는데, 돌발 상황이 일어날까 무서웠던 나는 그때도 지금처럼 뒷자리에 앉아서 갔다. 반면 소피아는 마드무아젤 뒤랑과 기차를 타고 갔다. 차를 타면 곧잘 토를 했기 때문이다.

풍경보다, 삶보다, 프랑스보다도 아빠에게 중요한 것은 주행거리다. 한 도시에서 다른 도시로 이동하면서 시간당 10억 킬로미터는 달릴 작정인지, 자동차경주라도 하듯 자기 기록을 깨고 싶어 한다. 아빠는 공책에 출발 시각과 계기판에 표시된 주행거리, 가솔린 몇 리터, 분담금 등등 나중에 커피를 마시며 이야기를 나눌 것들을 기록한다. 부브레로 가던 길에 나는 엔진에서 무슨 소리를 들었는데, 엔진 안에 작은 새 한 마리가 들어가 있다는 사실이 점점 명확하고 확실해졌다. 새가 프로펠러에 날개가 찢기고 가슴이 그을리고 있을 동안, 나는 오랫동안 말할 기회만 보다가 참지 못하고 마침내 아빠에게 프랑스어로 말했다.

*"아빠, 엔진 안에 작은 새 한 마리가 있어요."*

*"뭐라고?"*

*"엔진 안에 작은 새요."*

백미러로 보이는 내 얼굴에 서린 표정에서 무언가를 본 게 틀림없었다. 아빠가 조금씩 속도를 줄이더니 고속도로 갓길에 차를 세웠기 때문이다. 아빠가 보닛을 열어보더니 나를 불렀다.

"이리 와서 보렴, 저 안에 새는 없단다."

오늘 아카풀코로 가는 길, 아빠의 목덜미는 그때와 똑같고, 새는 없고, 곤충들의 소리와 열기가 웅웅거리는 소리뿐이다.

"아이들 교육을 참 잘 시켰어요!"

엄마가 미소 짓는다.

아빠가 말한다.

"소피아가 춤추는 모습과 마리아나가 피아노 치는 모습을 보고 싶구나."

나는 떨면서 피아노를 친다. 교습소에서 벨렘 페레스 가빌란 선생님과 포 핸즈로 복습한 모차르트의 피아노 협주곡 23번 가장조를 친다.

"아주 잘하는구나. 다른 건 무얼 칠 줄 아니?"

"이 곡밖에 몰라요."

"드뷔시, 라벨, 바흐의 곡은 모르니?"

"바흐는 알아요, 전주곡 하나를 칠 줄 알아요."

"그리고 또?"

"아농이랑 체르니요."

"체르니에서 곧장 모차르트로 넘어갔니?"

"아, 그 전에 '엘리제를 위하여'를 쳤어요. 그다음에 모차르트로 넘어갔어요."

이튿날 엄마가, 소피아와 나는 이제 더 이상 리버풀 거리와 디나마르카 거리가 만나는 모퉁이에 있는 벨렘 페레스 가빌란 교습소에 다니지 않을 거라고 한다. 나는 기대에 부풀어 월요일, 수요일, 금요일을 기다린다. 마그다도 앉아서 모든 피아노가 동시에 내는 소리를 듣는 걸 좋아한다. 그랜드피아노 앞에 앉은 라울리토가 베토벤의 황제 협주곡을, 아나 마리아 플로레스는 그리그를, 베르티타는 라흐마니노프를 연주하는 소리를. 소피아도 피아노 앞으로 가서 자기가 지어낸 곡조를 친다. 아빠를 닮아 악보 읽기를 싫어하는 소피아는 곡을 지어내거나 콜 포터, 토미 도시, 어빙 벌린의 노래 같은 유행가를 연주한다. 소형 그랜드피아노 앞에 앉아 '화이트 크리스마스'라든가 '치키타 바나나' 같은 노래로 시작해서 글렌 밀러, 사비에르 쿠가트, 카르멘 카발라로까지, 내키는 곡은 죄다 연주한다. 소피아는 업라이트피아노나 연습용 건반을 써본 적이 없다. 내가 고통스럽게 음표를 읽고 있을 때, 소피아는 작곡을 한다. 그 애는 도대체 어떻게 모든 사람보다 뛰어난 걸까. 가끔 벨렘 선생님은 내게 마누엘 푸엔테스의 복습을 도와주라고 부탁하는데, 그 애는 건반 위에 신발을 올려두는 애다. 엄마 때문에 억지로 와서 엉망으로 건반을 두드리는 그 애에게 한 번 더 쳐보라고 하면 이렇게 말하는 식이다. "어쨌든 나는 피아노로 먹고살 것도 아니잖아."

♠

반면, 소피아는 전문적으로 춤을 출 작정이고 나는 계속 수업을 들을 것이다. 왜냐하면, 전부 배워두어야 나중에 파리에서 누군가 내게 춤을 추자고 하면 그때 다 쓸모가 있을 테니까.

✪

전쟁 중에 아빠는 적지에 열여덟 번 침입했다고 한다. 아빠는 낙하산을 타고 뛰어내렸다. 연합국 진영의 하늘에서 비처럼 쏟아져 내리는 낙하산들이 펼쳐지는 장면을 티브이 화면에서 볼 때마다 나는 이렇게 말하곤 했다. "이제 보인다, 방금 아빠를 봤어. 저건 아빠의 다리야, 방금 건 확실해." 아빠가 실종 신고된 지 한 달째였다. 아빠가 우리의 V-메일*에 답이 없던 때였다.

✪

우리와 있을 때면 아빠는 전쟁 이야기를 하지 않고, 우리 역시 감히 물어볼 생각도 하지 못한다. 단 한 번, 저녁 식사 후에 아빠가 늘 그렇듯 엄숙한 태도로 말한 적이 있다.

"아빠는 아무도 죽인 적이 없다. 그거 하나는 너희에게 분명히 말할 수 있단다."

✪

아빠는 눈으로 말하는 법밖에 모른다. 오직 눈에서만 희망이 엿보이지만, 한순간이 지나면, 눈을 한 번 깜빡하면, 아빠의 눈

* 코닥에서 고안한 전시 군사우편 시스템.

은 이렇게 말하는 듯하다. 희망을 품는 게 무슨 소용이람. 끝을 보는 법이 없는 아빠는 곡 하나를 완전히 연주하지 않는다. 무언가를 믿기를 중간에서 그만둔다. 아빠의 의욕은 결코 자라지 않는다. 곡이 진행될수록 열광하지도 않고, 아무도 아빠의 사기를 높여주지 않으면, 그저 늘 무기력해진다. 그러면 다른 곡을 공격하는 식이다. 이번에는 운이 더 좋을 거라고 생각하면서. 화음을 몇 번 들은 후, 엄마가 말한다. "이제 파바나를 연주해줘요, 아니면 타란텔라라든가, 론도도 좋고 왈츠도 좋고요." 엄마가 아빠의 기분을 맞춰준다. 아빠가 손을 들더니 다리 위에 잠시 두었다가 자세를 바꿔 건반 위에 올리고, 섬세하게 건반을 누른다. 부드럽고 섬세하고 예민한 아빠의 손, 하지만 흑과 백, 백과 흑이 벌이는 새로운 전투에서 앞으로 나아가지를 못한다. 아빠는 귀가 예민하다. 개들이 그러듯 갑자기 멈추더니 더 나아가고 싶어 하지 않는다. 불안이 아빠의 목덜미를 물어 쓰러뜨리고, 겁에 질린 개의 얼굴을 한 아빠가 고개를 들고 신호를 기다린다. 나는 용기를 내서 끼어든다.

"아빠, 반도 가지 않았는데 왜 그만두세요?"

아빠가 건반 위에 손가락을 올리는 순간, 건반을 누르는 부드러운 움직임을 엄마는 *'터치'*라고 부르며 프랑스어로 말한다. *"아빠에게는 특별한 터치가 있단다."* 나는 다른 걸 감지한다. 나는 아빠가 스스로 해낼 수 없으리란 사실을 첫 순간부터 아는 것 같다고 느낀다. 왜냐하면 우리 아빠는 떠는 사람이기 때문이다. 삶으로 뛰쳐나온 이래로 늘, 무언가가 아빠의 내면을 어지럽히며 아빠로 하여금 가만히 있지 못하게 한다. 아빠는 절대 꿋꿋하게 설 수 없을 것이다. 아빠는 자기 안으로 숨고, 목표들로부터 숨는다. 목표가 가까워질 때 아빠는 이미 그곳에 없으니, 그것들을 품에 안고 일어설 사람이 없는 것이다.

아빠가 술을 마실 때면 엄마는 방문을 걸어 잠그고 나오지 않는다. 아빠도 마찬가지다. 그런데 어느 오후, 아빠가 피아노 뚜껑을 연 적이 있다. 아빠는 건반 뚜껑뿐만이 아니라 향판을 덮은 검은색 커다란 뚜껑까지 열고는 그 앞에 앉았고, 솜처럼 늘어진 손가락에는 명징함이 없었다. 아빠가 끈끈하게 들러붙는 꽉 찬 소리들이 뒤얽힌, 감정이 한데 섞인 곡을 연주하기 시작하자, 돌연, 소리 한가운데서, 정원의 자두나무에서 발길을 멈추는 빨간 새처럼 유리 같은 음이, 후렴처럼 들리는 다른 음들과는 동떨어진 단 하나의 음이 내 내면을 베고 지나갔고, 그 순간 이런 생각이 들었다. '우리 아빠다.' 그러자 그 단 하나의 음에서부터 생겨난 멜로디가 명징하고 빠르고 화려하게, 삶을 똑바로 마주한 채 팽팽해지기 시작했고, 다른 음의 행렬이 그 첫 음 아래에서 으르렁거렸다. 그 모습이 꼭 스스로 결정한 방향으로 정확하게, 석

양을 바라보는 창가로, 낙우송을 둘러싼 저 너머의 대기로, 하늘 높이 비행기들이 가로지르는 대기로, 프랑스를 향해, 반주 바깥으로 나가려고 싸우는 듯했다. 저 하늘에서 무언가 벌어지고 있었다. 아빠는 이제 흐느끼고 있지 않았다. 정반대였다. 아빠의 음악이 취기를 전부 말려버렸고, 연주에서는 용기가 느껴졌다. 그때만큼은 부끄러움을 느끼기를 스스로 거부하고 있었다. 바람이 피아노 소리를 창가로 가져가니, 소리들이 아직 따뜻하고 아직 다정한, 해 질 녘의 빛 속에 머물렀다.

✍

무슨 일을 하실 거예요, 아빠? 전쟁에서 돌아온 사람은, 전장으로 떠난 말버러*처럼 결코 돌아오리라 생각하지 못했던 사람은 무슨 일을 하나요? 사실 수공업자인 아빠는 아빠에게 딱 어울리는, 묘비 만드는 일을 하지는 않을 것이다. 자동차를 디자인하거나 만드는 일도 안 할 테고, 돈을 벌어야 할 것이다. 거울처럼 아빠의 영혼을, 무엇보다 내면의 두려움을 비추는, 왁스를 칠한 커다란 책상 앞에 앉아야 할 것이다. 좋은 아침입니다, 비서에게 인사를 건넬 것이다. 서류 가방을 들고 집을 나서서, 회

* 제1대 말버러 공작. 영국의 군인으로 스페인계승전쟁에서 활약했다. 행진곡 '말버러는 전장으로 떠났다네'의 주인공이다.

의에 참석하고, 시계태엽을 수도 없이 감을 것이다. 예, 부장님, 1794번 수표를 다음과 같은 이유로 받았음을 보고합니다……. 우리 아빠는 자신에게 무척 엄격하다. 우리 아빠는 자신에게 무척 실망한다. 아빠는 아주 늦은 밤까지 회계를 본다. 뾰족하게 깎은 연필을 손에 들고 줄이 그어진 공책에 몸을 기울인 채, 더하고 빼고, 영수증과 전표를 정리하고, 극도로 주의를 기울여 차변과 대변으로 나뉜 장부에 보관한다. 아빠는 의욕을 팽팽하게 유지하고, 가늘어질 때까지 잡아당기며 고집스레 들여다본다. 밤은 아빠가 홀로 덤벼들고, 통제하고, 오류를 바로잡는 깊은 심연이다. 만일 아빠가 뜬눈으로 밤새 그곳에 머무른다면, 세상 사람들은 실수를 덜 저지를 것이다. 소모되어 빨갛게 충혈되어가는 아빠의 눈, 담배 연기. 아빠는 지나치게 노력한다. 스스로 견디지 못하고, 스스로 학대한다. 스스로 두드려 패고 스스로 추스르다가, 갑자기, 수많은 숫자 틈에서 어릴 적 사랑했던 첫 반려견을 떠올린다. 새벽 3시, 아빠 안에서 누군가 비명을 지른다. 심하게 상처 입고 쇠약한 삶의 포로가 침대로 뛰어들 것이다. 아빠의 침대는 언제나 간이침대처럼 보일 것이다. 모두가, 외국인들조차 잔잔한 꽃무늬 시트가 깔린 평범한 침대를 갖고 있다. 그런데 아빠의 침대는 왜 바닥 높이에 놓인 감옥의 침대처럼 보이는지, 그 이유를 누가 알까. 아빠의 침대는 유치장의 이층 침대를,

물을 머금은 돌을, 홀로 마시는 마지막 한 모금을 생각하게 한다.

남동생 파비안이 태어난다. 스카우트 미사 시간에 나는 유식함을 뽐내며 설명한다. 엄마의 배꼽이 열리고 거기서 머리 하나가 나왔어. 배꼽은 그러라고 있는 거야, 아기들이 태어나라고. 임신한 엄마에 대한 기억은 하나도 나지 않는데, 어쩌면 기억하고 싶지 않아서인지도 모르겠다……. 나는 아빠에게 내가 태어날 때 어땠는지 물어본다. 아빠는 모른다고 한다. 그맘때 없었기 때문이다. 엄마는 산으로 사냥을 떠나는 아빠를 따라갔다.

우리는 파비안의 어린 엄마들이다. 소피아는 파비안보다 열세 살, 나는 열네 살이 많다.

엄마와 아빠는 우리를 미국에서 공부시키기로 한다. 이유는 두 가지다. 하나는 드디어 바라고 바라던 남동생이 태어나서인데, 동생이 태어나며 집이 작아졌기 때문이다. 다른 하나는 신생아에게 젖을 물리느라 바쁜 엄마에게 경고를 하겠다고 찾아온 이웃 여자 때문이다. 부인네 두 딸아이가 '찌찌를 잡아당기면서' 길에서 싸우고 있다는 말을 하러 온 것이다. 정확히 그렇게 말했다. 어마어마한 귀족이라지만, 찌찌나 잡아당기며 싸우는 애들이던 것이다. 그래서 엄마는 단호히 결정을 내렸다. 수녀원으로, 오필리아처럼. 마그다와 비티토는 콧물을 흘려가며 울고, 엄마는 그 모습에 진저리를 친다. 눈물은 엄마를 화나게 한다. 엄마가 우는 건 거의 불가능한 일이다. 그래서 저 자신을 통제하지 못하는 사람들을 보면 지나칠 정도로 짜증이 치미는 것이다. 내 생각에 엄마는 그 사람들을 날것으로 씹고 싶어 하는 것 같다. 소피아와 나는 즐겁다. 봤니? 기숙사에서 보낸 목록은 꼭 이란의 군주에게 시집가는 여자의 혼수품 같아. 봤어? 우리는 서로를 팔꿈치로 쿡쿡 찌른다. *브래지어 여섯 개, 실크 스타킹 열두 켤레, 반바지 두 벌, 외투 두 벌, 체육복 한 벌, 슬리퍼 한 켤레*, 거의 모든 걸 쌍으로 맞춰야 했고, 전부 로드앤드테일러 백화점에서 구매해야 했다. 심지어는 손톱깎이 세트까지도. 매니큐어라, 그러면 우리 치아는 이제 어디다 쓰지? 우리는 필라델피아에 갈 테고 윌리엄 펜*이 쓰고 다니던, 튼튼한 버클이 달린 띠가 둘린 모자를 보게 될 것이다.

* 영국의 식민지 건설자. 미국 북동부 펜실베이니아주 필라델피아에 식민지를 건설했다.

엄마가 그리운 게 아니다. 엄마는 내 안에 나와 함께 있으니까. 나는 늘 엄마와 이야기한다. 꿈의 언어로 이야기한다. 휘날리는 엄마의 머리칼이, 깊은 물 같은 엄마의 눈에 서린 슬픔이 나와 함께한다. 나는 내 안에서 엄마가 대답해주기를 기다리고 베개에 머리를 뉘는 순간까지 엄마에게 모든 걸 이야기한다. 잠이 들고 난 후에도 나는 계속 엄마와 이야기한다. 내게 꿈의 언어로 대답해주길 바라면서. 세월이 지나고 아르헨티나 출신 심리 상담사가 내게 말할 터였다. "어머니는 이제 놓아드리세요, 마리아나 씨가 사랑하는 것만큼 어머니는 마리아나 씨를 사랑하지도 않으세요. 집착은 그만두세요, 본인에게 좋지 않아요." 아니요, 선생님, 제게 좋지 않은 건 저 자신이에요. 그래도 어릴 때는 많이 웃었는데요. 웃을 때는, 그래요 그때는, 저 자신을 붙들고 있었어요. 그래요, 손안에 선물 같은 작은 태양을 쥐고 있었어요.

엄마가 그리운 게 아니라, 그 이상이다. 나는 필라델피아의 수녀원에서 하루 종일 엄마의 뒤를 쫓는다. 멕시코에 있는 엄마의 하루를, 엄마의 하루 일과를 뒤쫓는다. '지금쯤 엄마는 아침을 먹고 있겠지, 지금은 펠리사에게 점심 식사를 준비하라고 하겠지, 지금은 비티토에게 치마 얼룩을 빼라고 하겠지, 지금은 파비안에게 입을 맞추겠지, 지금은 늘 그렇듯 차 열쇠를 어디에다 뒀는지 잊었겠지, 지금은 방 한가운데 멈춰서 무얼 하려고 했었는지 생각하고 있겠지, 지금은 다정함을 바라고 있겠지, 요구하는 일은 없을 테지만.' 나는 강박적으로 엄마를 뒤쫓지만, 내 일상도 잘 지키고 있다. 수녀님들이 우리를 바쁘게 굴리는 탓에 방황하거나 끔찍하게 지루할 틈이 없다.

엄마가 그리운 게 아니다. 나는 늘 엄마와 함께 있다. 여기, 낡은 문들로 연결된 검은 벽과 짙은 나무들을 향해 나 있는 고딕 양식의 뾰족하고 좁은 창문들 사이에. 산책을 나갈 때면 나는 나무의 몸통들 사이에서 진이 빠진 엄마를 본다. 나는 엄마가 우리를 따라다니는 거라고 확신한다. 빛과 그림자로 만든 드레스를 입고, 숲속 나무가 없는 자리에 모습을 드러내는 엄마는 머리를 꼿꼿이 들고 멈춰 서서 나를 바라본다. 우리 세 남매 중 아무도 닮지 않은 엄마의 눈이 나를 바라보는 걸 본다. 엄마는 이내 스르르 사라지고, 나는 더 이상 모퉁이에서 엄마를 놀래줄 수 없다.

엄마는 내 희망의 주범이다.

†

우리가 있는 수녀원은 다른 두 건물 사이에 있다. 하나는 감옥이고 하나는 미친 사람들을 위한 수용소다. 그 외에는 아무것도 없다. 그래서 *"인생이란 멍청이가 들려주는 이야기와 같다"* 고 셰익스피어를 암송할 때면 이곳을 떠올린다. 감옥, 수녀원, 정신 병동, 세 건물은 배경이 된다. 작은 역 하나와, 계산대 위에 셀로판지로 포장된 크런치크런치와 밀키웨이 같은 초코바가 있는 드러그스토어 하나뿐인 곳. 바나나 스플릿과 핫 퍼지 아이스크림선디도 파는 드러그스토어에서는 계산대 앞에 앉아서 먹을 수 있다. 우리는 1년에 한 번 그곳에 간다. 수녀원에 다시 갇히기 전에 마지막 자유를 누리는 것이다. 그게 아니라면 기차에서 *"아몬드 허시 초콜릿 바 하나 주세요"* 하고 영어로 허시 초콜릿 바를 주문해서 창밖을 보며 먹는다.

✢

가장 먼저 괴롭힘이 있다. 우리가 곤경 속에서도 *'쾌활한 사람'*인지 보려는 것이다. 붕대로 눈을 가리는 것 외에도, 미끄러지라고 복도에 비누칠을 하는 것 외에도, 우리에게 손을 내미는 끈적거리고 축축한 걸레 외에도, 높은 곳에서 갑자기 떨어져 우리 몸을 덮어버리는 이불 외에도, 머리 위로 떨어지는 차가운 양동이 물세례 외에도, 우리 신참들은 옥상에서 떨어지는 세탁실의 더러운 옷 바구니를 맞게 되는데, 이 빨래 낙하산이야말로 괴롭힘의 가장 확실한 증거다. 왜냐하면 건물은 3층짜리고, 그 어둠 속 낙하 탓에 신경 발작이 한 번 이상 일어났기 때문이다. 소피아와 나는 유유히 빠져나간다. 특히 소피아가 뮤지컬 영화 〈프렌치 캉캉〉의 한 장면을 선보이면서 양키들을 홀릴 때면 빠져나가기 쉽다. 괴롭힘의 마지막 단계는 전교생 앞에서 무대 위에 서는 것으로, 각자 할 수 있는 것을 해야 한다. 암송을 하거나 노래를 하거나 춤을 추거나 그랜드피아노를 치거나.

내가 쉬는 시간마다 수녀원 한구석에 방치된 예전 세탁실을 조사하는 건 분명 캐럴린 킨의 추리소설을 너무 읽은 탓일 테다. 지난번에는 성구 보관실에 들어간 적이 있는데, 그곳에서 나는 장식이 새겨진 서랍장 하나, 의자 서너 개, 영대*, 달마티카**, 성서대 일곱 개, 다마스크 천으로 덮인 벤치, 가지런히 놓인 촛대들, 풀을 먹여 빳빳하고 눈부시게 새하얀 제의, 사제복을 보았다. 내가 사제복을 좋아하는 건 그 이름 때문이다. 오늘 나는 나

* 성사를 집행할 때 사제가 목에 걸쳐 무릎까지 늘어뜨리는 헝겊 띠.

** 장엄 미사나 대례 미사 때 부제가 입는 제의.

무판자 위를 덮은 거미줄을 헤치며 길을 나선다. 그러다 갑자기 넘어지고, 내가 넘어지면서 바닥이 무너지는 바람에 나는 떨어지고, 떨어지고, 떨어지는데 도대체 몇 미터나 떨어진 건지 알 수 없다. 의식을 되찾았더니 사방이 어둡고, 먼지가 목구멍을 칼칼하게 해 숨을 쉴 수가 없고 얼굴이 흙으로 덮여 있다. 거의 뜰 수도 없는 눈에서 눈물이 흐른다. 공기조차 아프다. 몸이 둔해지고, 목덜미가 우물 안 돌처럼 무겁다. 흙바닥에서 나는 출구를 찾는다. 마침내 저 끝에, 벽에 기대 세워진 작은 철 계단에서 희망을 본다. 계단을 타고 나무 바닥까지 오른 후, 방 쪽으로 몸을 돌려 벽에 달라붙은 채 문까지 까치발로 걸어간다. 지하실이나 기계실에 떨어졌던 게 틀림없다. 밖으로 나와, 어두운 하늘을 올려다본다. 불이 들어온 성당이 밤의 기도 소리를 실어 나른다. 그날 나는 오전 10시부터 사라졌었다.

주님, 자비를 베푸소서
그리스도님, 자비를 베푸소서
주님, 자비를 베푸소서
그리스도님, 자비를 베푸소서.

식당에서 소피아가 내게 묻는다. "언니, 어디 있었어?" 내 동생이 유일하다. 아무도 내 부재를 알아차리지 못했다. 이 양키들에게는 내가 필요하지 않다. 그 애들은 서로로 충분하다. 수녀원 소속 수녀들도 마찬가지다. 늘 가사에 시달리는 평수녀들은 말할 것도 없다. 나도 자존심이 있으니, 아무 말도 하지 않을 테다. 고해성사도 하지 않을 테다. 내가 하루 동안 묻혀 있다가 라자로처럼 부활했다는 사실을 아무도 알지 못할 것이다. 나는 질식할 뻔한 내 피부에, 흙으로 덮인 내 모공에, 나를 배신한 성난 두 다리에 큰 연민을 느낀다. 오늘 밤 엄마에게 말해야지.

나는 늘 엄마를 생각한다. 목욕을 할 때도 엄마를 본다. 엄마는 내 앞을 막고, 비처럼 풍경을 흐리고, 내가 창문 너머로 바라보는 검은 나무 앞에 멈춰 선다. 갑자기, 엄마가 내 뒤에서 걷는 것 같은 느낌이 든다. 고개를 돌리니 고압적인 수녀원 건물이 우뚝 서 있다. 건물 벽에는 곰팡이가 슬었고 검은 이끼가 껴 있다. 이 나라는 얼마나 축축한지. 아, 정말, 얼마나 축축한지.

✎

고등학교 전교생이 참가하는 에세이 콘테스트의 주제는 십자군이다. 나는 병사들이 지쳤고, 머리에는 이가 끓었고, 그들이 두른 천에는 구멍이 나 있었다고 쓴다. 나는 그들에게 부족했던 것들을 목록으로 작성한다. 방패, 포대, 아마 칼도 한 자루만 있었을 것이다. 나는 그들을 턱수염이 덥수룩하고 덜렁거리는 모습으로 그린다. 여느 군인처럼 술을 마시고 자기들끼리 싸웠을 거라고, 거침없이 써 내려간다. 도서관에서 (내 기억이 맞는다면) 르콩트 드 릴을 조금 읽은 적이 있던 터라, 무력함의 현장을 계속 펼쳐나간다. 내 십자군 병사들은 인간의 고통을 드러낼 뿐이다. 내 이야기에서 그리스도와 십자군의 정복 이야기는 어디서도 나오지 않는다.

호이슬러 수녀님이 나를 부른다. 왜 이렇게 비관적인 관점이냐고 묻는다. 나도 전혀 모르겠다. 하지만 수녀님의 눈에 서린 호기심을 보고는 내가 흥미로운 사람인 척, 여태 한 번도 생각한 적 없는 것을 지어낸다. 나는 십자군을 중요하게 생각하지도 않고, 하도 오래전 일이라 무슨 이야기인지 기억나지도 않는다고 한다. 솔직한 심정을 말하자면 이렇게 말했을 것이다. "수녀원장님, 저는 십자군 병사들에 관해서는 아무것도 몰라요, 그저 도서관에서 찾은 어느 작가를 표절했을 뿐이에요. 그 작가를 읽은 건 순전히 그가 프랑스 작가이기 때문이었고요. 제 에세이에 그 작가의 생각을 담은 거예요." 하지만 수녀님이 지금처럼 흥미롭게 나를 보았으면 하는 마음에, 십자군에 입대하지 않은 사람들은 더 행복했을 거라고, 어쩌면 유일하게 중요한 것이 있다면 그건 세상 안에서 자기만의 작은 자리를 찾는 것일지도 모르겠다고, 뭐 하러 남자들을 전사들로 만들며 줄을 세우냐고 말한다. 남자들은 대의를 좋아한다. 그것이 무엇이든, 그것을 위해서라면 죽을 수도 있는 이유를 던져주면 거기서 삶의 의미를 찾을 것이다. 가장 하찮고 가장 터무니없는 이유일지라도, 그들은 모두 그곳을 향해 만족스레 달려간다. 내가 하는 말 중에 진짜로 내 말인 것은 하나도 없다. 저런 주제에 관해서는 생각도 해본 적 없는 나는 그저 케리 그랜트 생각이나 하는 게 좋을 뿐이다. 하지만 수녀님의 시선이 나를 자극한다. 나는 계속 흥미로운 사람으로 보이고 싶어서 수녀님에게 묻는다. 대체 어떤 진실이 그토록 열정적으로 옹호되어야 하는 거냐고. 무엇이, 어떤 진실이, 무엇이, 무엇이. 이제 나는 선을 넘었다는 것을 알게 된다. 검은 베일 아래에서, 하얀 머리쓰개 안에서 수녀님이 화가 난 얼굴을 내게 돌리더니 날카롭게 말한다.

"마리아나, 십계명을 외우고 보름 안에 제게 와서 읊도록 하세요. 다른 게 아닌 그 계율들이야말로 열정적으로 옹호되어야 하는 진실입니다."

⚜

수녀원에서는 아무도 가난에 대해 이야기하지 않는다. 미국 아이들에게 라틴아메리카는 바나나 정원이나 다름없다. 우리 라틴아메리카 여자애들은 니카라과 대통령이나 쿠바 대통령의 조카고, 몬테레이 유리 공장 실세의 딸이고, 엘살바도르 목화밭 주인의 딸이거나 푸에르토리코 사탕수수 농장 주인의 딸이고, 볼리비아 주석 공장장의 딸이고, 콜롬비아 커피 농장 주인의 딸이다. 요트 클럽, 선박 수리소, 테니스 코트와 지붕이 있는 수영장과 사우나가 있는 농원이 우리에게는 자연스러운 풍경이다. 한술 더 떠서 소피아는 우리가 담비 가죽을 두르고 다니던 멕시코의 황제, 아구스틴 데 이투르비데의 손녀라고 말하고 다니지만, 아무도 사실을 확인하려 들지 않는다. 바일레, 소모사, 바호주, 파티뇨, 데 산토도밍고, 페레, 비시오소, 메노칼, 멘도사 같은 성으로 불리는 다른 여자애들은 진짜지만, 소피아의 거만함과 적극성이 모든 면에서 그 애들을 넘어선다. 미국의 민주주의보다 더 민주주의 같은 건 없다. 여기 미국에서 말하는 우수함은 그 수준이 무척 높고, 자유 시장을 부추긴다. 그래서 우리처럼 부유한 아이들, 선택받은 아이들, 언제나 위에 머무를 아이들은 기후변화와 균열 앞에서 마지막으로 매니큐어를 받으러, 반짝이는 방어막을 얻으러 이곳에 왔다. 최고들만이 생존하는 것은 정당하고 우리가 여기에 있는 것은 우리가 *탑 오브 더 탑*이요, *크렘 드 라 크렘**이요, 만인이 우러러보는 존재이자 세상의 주인이기 때문이다. 그럼에도 우리는 하느님의 종이

* '최고 중의 최고'를 뜻하는 프랑스어 표현.

되기를 자처한다. 내가 파란 리본을 받겠다고 수녀원의 접시를 78965439284개 닦는 동안 미르타 야네스는 미래주의를 몸소 실천하면서 내게 말하길, 자기 아들은 육군사관학교로 보낼 것이고 미르티타라는 이름의 딸은 바로 여기, 이 수녀원으로 보내 우리가 보낸 좋은 시절을 떠올리게 할 거란다. 과연 내 딸 마리 아니타도 이곳에 와서 미르타의 딸과 친구가 될까? 그다음에는 우리의 딸들도 너처럼, 나처럼, 저 애처럼, 우리처럼, 맨해튼빌 대학에서 대학 생활을 하고, 아주 잘 준비된 모습으로 돌아와 라틴아메리카 출신 남자와 결혼할 것이다.

우리의 세상은 샴푸와 아이보리 비누, 콘플레이크와 헤어드라이어로 이루어져 있다. 우리는 여신들이다. 밤이면 우리는 우리의 풍경, 그러니까 진짜 야자나무, 바나나의 이파리들, 우리의 밀림을 이어주는 덩굴, 하늘을 찢는 케이폭나무처럼 춤을 추고, 양키들은 강당의 작은 방을 벗어나지 않고 투스텝을 춘다. 우리는 골반을 흔들며 이리저리 갈대를 쓰러뜨리면서 춤을 춘다. 몸을 그렇게 움직이지 말거라! 우리의 허리는 열대지방에 딱 들어맞는다. 북과 마라카스가 내는 소리의 리듬이 중세 시대의 어느 성을 모방한 수녀원의 암울한 복도를 진동케 한다. 우리는 둥글게 모여 춤을 추고, 땀이 목과 엉덩이를 타고 흘러내린다. *굉장하다*, 우리는 성부와 성자와 성령의 이름으로 춤을 춘다. 육지와 바다의 군대를 이끄시는 전능하신 하느님의 이름으로 춤을 춘다. 수녀원에 무언가 새로운 조짐이 보인다.

켄우드와 하키 시합을 하러 가는 버스 안, 우리는 〈오즈의 마법사〉 속 주디 갈런드의 노래들을 부른다. 우리가 껌뻑 죽는 노래는 마지막을 장식하게 남겨둔다. "*사람들은 말하죠, 사랑에 빠지는 건 멋진 일이라고. 멋지다고들 하죠.*" 저 바깥에 보이는 모든 것, 초원, 틈새로 얼굴을 내미는 이끼들, 잎사귀들, 삐거덕 소리를 내며 움직이는 침대들, 그 모든 것이, 차에서 우리를 올려다보는 남자애, 그 모든 것이 우리를 기다리는 사랑이다. "*저 높이, 무지개 너머 어딘가.*" 우리 몸에 흐르는 건 노래뿐이고, 노래들이 우리의 혀를 간지럽힌다. "*세상에 쇼 비즈니스 같은 건 어디에도 없죠, 쇼 피플 같은 사람들도 없어요.*" 상냥한 디아나 이모가 언젠가 소피아와 나를 라디오시티 뮤직홀에 데려가 전속무용단 로케츠의 공연을 보여준 적이 있다. 가위로 구름을 자르는 것처럼 샤, 샤, 샤, 샤, 동시에 들어 올리는 긴 다리들. "체력 한번 좋군." 혼자 온 관객 한 명이 중얼거린다. 로케츠의 무용수들은 뽀빠이처럼 시금치를 많이 먹어서 몸에 적혈구가 많단다, 상냥한 디아나 이모가 말한다. 오른쪽으로 샤, 왼쪽으로 샤. 소피아가 디아나 이모에게 다급하게 말한다. 이모, 저기 들어가려면 뭐가 필요한지 물어보러 가요. 아니, 소피아, 안 돼, 네가 할 일이 아니야. 제가 할 일이 맞아요, 디아나 이모. 저는 의지도 있고, 저런 에너지도 있어요. 피부의 모든 모공에서부터 나오는 에너지 때문에 얼마나 간지러운지, 이모는 상상도 못 할 거예요. 이모, 저는 뉴욕의 모든 마천루 위에서 춤출 수도 있어요, 엠파이어스테이트빌딩 꼭대기에서도 춤출 수 있어요. 그랑 주테 한 번이면 센트럴파크도 건널 수 있고요. 세상은 제 거예요, 이모. 뮤지컬 코미디는 소피아와 나를 들뜨게 했다. 우리가 미국에 온 것은 나무 바닥 위에서 탭댄스를 추기 위해서다. 뉴욕 생활의 하이라이트라면 어빙 벌린이 저녁 식사에 초대한 일을 꼽을 수 있겠다. "못 가, 너희들은 야회복이 없잖니." 수녀원에서 신참들을 괴롭힐 때보다 더 차가운 양동이 물세례를 상냥한 디아나 이모가 퍼붓는다. "상관없어요, 저는 갈 거예요." 소피아가 단호하게 말한다. "못 가, 체크무늬 치마에 모카신 차림으로는 아무도 스토크 클럽에 못 들어가." 대망의 날이 밝기 전, *'마담이라고 부르세요'* 엘런 벌린이 점심을 먹으러 오라고 집에 초대한다. 벌린 부부네 집 대문은 우리의 희망처럼 초록색이고 손잡이는 반짝거린다. *여자에게 다이아몬드는 최고의 친구니까.* 엘런과 똑 닮은 딸 린다는 팔꿈치를 높이 들어 올리며 프로슈토를 올린 멜론을 입으로 가져가서는 얌전히 오물거린다. 엘런이 말하길, 금요일 저녁 7시에 우리 집으로 기사를 보내겠다고 한다. 디아나 이모가 안 된다고 했다고 아우성치자, 엘런이 말한다. *"난센스."* 이모가 안 된다고 한 이유를 설명하자, 엘런이 말한다. *"걱정 말아요, 로드앤드테일러에서 사면 되니까."* 체크무늬 페티코트와 발레리나 스커트, 빨간 펌프스가 유행이다. 우리는 성냥 머리처럼 붉게 반짝거리는 구두를 신고 총총거리며 가게에서 나온다. 밖으로 나와 마천루 틈으로 뉴욕의 하늘을 올려다본다. 뉴욕의 하늘이 온통 조각나 있다. 로드앤드테일러라는 글자가 반복되어 쓰인 띠로 단단히 매인 상자를 기사가 들어주려고 한다. 내 짐은 내가 든다. 소피아는 자기 짐을 기사에게 넘기고는 왕자처럼 뒷자리에 가서 앉는다.

스토크 클럽에 들어서자마자 오케스트라가 잠시 멈추더니 '화이트 크리스마스'를 연주하기 시작한다. 어빙 벌린이 미소 띤 얼굴로 몸을 숙여 감사 인사를 전하고, 다른 테이블에 있던 사람들이 벌린에게 인사를 하러 온다. 워낙에 작고 땅딸막한 데다 머리에 달라붙은 검은 머리칼이 그를 더 작아 보이게 한다. 크리스마스도 아니지만 우리는 칠면조를 주문한다. 쩝쩝, 쩝쩝, 비시수아즈와 샤토 탈보도 한 병 주문한다. 엘런, 이 아이들은 포도주를 마실 줄 알아. 노상 코카콜라나 홀짝이는 린다와는 달라. 나는 내가 가장 좋아하는 음식인 바나나 스플릿을 주문하는 것으로 우리 입에 들어온 고급스러운 맛을 깎아내리기 일보 직전인데 소피아가 선수를 친다. 바보야, 너 지금 드러그스토어에 있는 거 아니야. 그러고는 스토크 클럽 메뉴를 평가하듯 길게 훑어보며 초콜릿 슈크림을 주문한다. 이 아이들은 프랑스어를 얼마나 잘하는지 모른다, 린다. 언어를 할 줄 아는 건 아주 중요한 거야, 알겠니. 린다는 우리를 날것으로, 염병할 프랑스 애들을 타르타르스테이크처럼 씹어 먹고 싶어 하는 듯하고, 내가 딴생각에 잠긴 틈에 소피아는 프레드 아스테어의 팔에 매달려 춤을 추러 나간다. 소피아는 민첩하고, 진저 로저스보다 더 잘 웃고, 오케스트라 단원들은 소피아에게서 눈을 떼지 못한다. 탭, 탭, 탭, 소피아는 세상이 끝나는 날까지 탭댄스를 출 테고, 어빙 벌린은 분명 그 애를 다음 뮤지컬에 캐스팅할 것이다. 넋을 잃은 나는 테이블에서 사람들이 나누는 이야기 소리를 듣지 못하고, 나를 끌어당기는 건 무대뿐이다. 바이올린 위를 움직이는 활, 활을 쥐고 있는 하얀 스모킹 재킷의 팔, 고개를 젖히고 꽃을 휘두르는 연인들. 우리는 인광을 발산하고, 샴페인 속에서 헤엄치는 붉은 물고기들이 된다. *'천국이다, 나는 천국에 있다.'* 우리는 세상의 중심이고, 폭력적일 정도로 새하얀 스포트라이트가 어빙 벌린을 비추고, 둥글고 시뻘건 얼굴을 한 양키들이 그의 손을 잡고 싶어 한다. 우리에게 이런 날들이 더 오기를. *이게 바로 천국이다.* 양키들은 뺨을 맞대는 걸 좋아한다. 소피아는 규모라는 개념을 잃어버리고, 자기 관객들에게 인사를 하고, 체크무늬 페티코트를 자유분방하게 부풀리며 무도장의 벽에 무늬를 그린다. 에설 머먼이 소피아의 팔을 잡는다. "*네가 할 수 있는 모든 건 너보다 내가 더 잘하지, 나는 너보다 뭐든지 더 잘할 수 있어.*" 카우보이 모자를 기울이고, 손에는 권총을 쥐고 있다. 〈애니여 총을 잡아라〉, 이제 막이 오르기 직전이고, 소피아와 나는 에설 머먼 뒤에서 탭, 탭, 탭, 탭 하면서 나갈 것이다. 우리는 이토록 행복한 적이 없었다. 야호, 이것이야말로 우리 세상이다, 수녀원으로 돌아가면 수녀님에게 말하자. 야호, 얼마나 행복한 도취인지. 오늘 밤, 우리는 프레드 아스테어의 품 안에서 잠이 들고, 하늘에서 내려온 구름 계단을 내려가고, 수영복을 입은 에스터 윌리엄스가 호세 이투르비의 그랜드피아노 내부를 헤엄치고, 도널드 덕과 미키 마우스가 우리에게 입을 맞추고, 세상에 우리처럼 매력적인 여자애들은 여태 없었으니, 빗속에서 노래한 사람들도 여태 아무도 없었고, 그토록 사려 깊게 회전하는 우산도 여태 없었고, 우리는 피그말리온*의 일을 엄청나게 덜어준 셈이었다. 검게

* 뮤지컬 〈마이 페어 레이디〉의 원작인 조지 버나드 쇼의 희곡 《피그말리온》을 의미한다.

반짝이며 우리에게 인사하는 신사 모자들은 강 하류에 섞여 있는 흑요석 같다. 우리는 언제나 파티의 나날 속에서 살 것이다. 마타릴리릴리론, 이런 일이라면 정말 좋다. 마타릴리릴리론, 아아, 아아, 아아, 아아, 아아, 사랑하는 나의 선장님. 발레리나가 한쪽 다리가 없는 장난감 병정과 함께 종이배 위로 올라가서 노를 젓는다. 물의 힘이 그들을 하수도로 밀어버릴 때까지, 그들은 서로를 열렬히 바라보며 노를 젓는다.

†

"아니요, 여러분은 로케츠 단원이 되려고 이곳에 온 게 아니지요."

"하지만 수녀원장님."

"아니요, 탭댄스 수업은 없을 겁니다."

"하지만 수녀원장님."

"여러분은 그런 노출증 환자 같은 욕망을 이곳에서는 절제해야 합니다."

"하지만 수녀원장님."

"수녀원은 쇼가 아닙니다. 제발 명심하길 바랍니다."

"하지만 수녀원장님."

"체력이 그렇게 남아돈다면, 체육 시간을 늘리지요. 특히 소피아 양에게……."

"그리고 마리아나 양은, 현실로 돌아오세요."

"하지만 수녀원장님."

성당에서 나는 얼른 해치우려고 1년 치 미사를 한꺼번에 드린다. 영적 예물 30개, 묵주기도 77번, 화살기도를 977번 드리는데, 화살기도는 아주 짧기 때문이다. 그냥 이렇게 말하면 된다. 거룩하신 주 예수여, 나를 지켜주소서. 성모 마리아시여, 나를 이끌어주소서. 쉽다. 하늘나라에 호소하기만 하면 된다. 나는 수녀원의 모든 접시를 닦는 일을 계속하겠다고 자청한다. 식기세척기와 씨름하다 보면 온몸이 흠뻑 젖고, 머리에서는 물이 뚝뚝 떨어지고, 교복에서는 물이 주르르 흐르고, 두 팔은 천 조각처럼 축 늘어지고, 허리는 온통 바늘이 찌르는 것만 같다. 키가 닿지 않아 작은 의자 위에 올라선 데다 식기세척기에 넣기 전에 헹구는 대야에까지 닿으려면 몸을 기울여야 하는데, 그 자세로 하도 오랜 시간을 보낸 탓이다. 나는 무엇이든지 한다. 무엇이든지. 소피아를 침대에 눕혀주기까지 한다. 이 모든 건 사람들이 내게 관심을 주었으면 해서다.

나는 케리 그랜트를 사랑한다. 소피아는, 그 애는 그레고리 펙에게 빠졌는데, 도무지 무슨 매력인지 모르겠다. 소피아는 자기가 있는데 무슨 매력이 더 필요하냐고 한다.

❤

수녀원장님이 부를 때마다 나는 거짓으로 행동한다. 나를 왜 그렇게 취조하듯 대하는지 모르겠다. 수녀원장님은 늘 '저 바보는 무슨 생각인 걸까?' 하는 얼굴로 나를 내보낸다. 약속했던 보름이 지나고 책상 위에 소환장이 올라와 있는 것을 본다. *'호이슬러 수녀님과의 개인 면담: 오후 5시.'* 불평하는 사람들이 끔찍이도 싫다고 말할 때면—그것도 내 생각은 아니다. 우리 엄마 루스의 생각으로, 나는 엄마의 모든 걸 따라 하려고 애쓴다—수녀원장님은 왜인지 묻는다. 그러면 나는 성당에서는 사람들이 많이 운다고 말한다. 흡, 여기도 흡, 저기도 흡이다. 예배당 안의 나무 벤치마다 사람들이 무릎을 꿇고 있다. 양손으로 머리를 감싸고 있고, 엄청난 자기 연민으로 흐느끼는 어깨가 흔들린다. 수녀원장님은 미소를 지으며 내게 해결책이 무엇이겠느냐고 묻고, 나는 그들을 하늘로 날려버릴 폭탄이 있으면 되겠다고 답한다. 하늘로 산산이 흩어지는 저 자기 연민 덩어리들, 눈물로 뒤덮인 기괴한 입자들, 그러면 수녀원장님은 심각해져서 면담이 끝나면 그리스도의 자비를 실천하며 살아야 한다고 한다.

"마리아나 양은 책임감이 없나요?"

마지막 면담은 이런 질문으로 끝나기도 했다.

"마리아나 양은 바보인가요?"

주 안에서 기뻐하라, 수녀원은 기쁨이 샘솟는 곳이다. 기뻐하라, 기뻐하라. 하지만 우리가 즐거워하는 건 주님 안에서가 아니라 우리 자신 안에서고, 우리가 사랑에 빠지는 수녀님들 안에서고, 경탄하올 성모님, 할렐루야, 복자 바르톨로메오 라우렐과 아벨리노, 성 아폴리나리스, 성 크리산토와 성녀 다리아, 성 프로토와 성 히야친토, 교황 식스토 2세, 펠리치시모와 아가피토, 죄인들의 피난처이신 성모 마리아며, 프라이 에스코바, 성 마르티노 데 포레스처럼 라틴아메리카 출신으로 성전의 긴 목록에 오른 성인들의 넘치는 영광과 천국의 덕성을 되뇌는 것 말고는 더 큰 의무가 없는 커다란 행운 안에서다. 수녀들은 말로 다 할 수 없는 신의 뜻과 함께 달리며 천사 같은 목소리로 까르르 웃고, 호이슬러 수녀원장님은 입회자들에게 당신의 지혜를 전해주신다. 주님의 모든 천사들아, 주님을 찬미하라. 수녀들은 검은 겉옷을 날리며 뛰어다닌다. 나는 친구들을 사귀었다. 바버라 샌더스, 페기, 리아나, 로즈메리, 플로, 세라, 커밀라, 엘리너, 캐슬린, 안데, 안 드 라 샤펠, 캐럴 쿠저, 마리벨, 테레시타, 앤 매코믹, 루르드. 나는 이제 이곳을 떠나는 선배들을 우러러본다. 찰턴 메릭은 정말 아름답지만, 아무도, 정말로 아무도 제인 머피 같은 사람은 없다. 제인은 우리 아빠처럼 피아노를 연주하고 침대에 누워 줄이 그어진 공책에 소설을 쓰는데, 그럴 때면 나는 효자손으로 그의 등을 긁어준다.

*"산타야나가 스페인식 이름이니? 그럼 나는 이 남자애를 산타야나라고 불러야겠다. 지금 막, 둘이 눈이 맞았어."*

우리는 처음으로 함께 마스카라를 칠한다. 제인이 내 눈을 보고 감탄하며 말한다.

*"음, 속눈썹은 긴 편인데 숱이 적어."*

세 가닥뿐인 미니 마우스의 속눈썹처럼, 숱이 없는 속눈썹.

†

우리는 아무런 문제도 일으킬 생각이 없다. 불의라든가 계급 차이에 대해서는 말도 꺼내지 않는다. 어떤 사람들은 다른 사람의 시중을 들기 위해 태어났고 그게 다다. 자매님들이 빨래와 청소에 열심인 것은 그들이 어머니처럼 훈육할 수 없어서 그렇다.

하느님이 보시기에, 가장 미천한 일을 수행하는 그들이야말로 최고이다. 마르타와 마리아처럼. 모두 그리스도와 수녀원을 설립하신 마들렌 소피 바라 수녀님을 위해 일한다. 걸레 위로 몸을 숙이는 겸허한 주님의 자녀를 향한 주님의 사랑은, 희생에 비례한다. 그들은 신분이 더 높은 수녀님들이나 수녀원장님의 도구로 여겨지지 않는다. 사람들은 각자 닿을 수 있는 곳까지 도달하는 법이다. 오물로 덮인 변소와 화덕을 청소하는 자매님들은 더 일찍 천국에 갈 것이다. 그래서 케리 그랜트가 너무 머지않은 미래에 나를 사랑해야 하는 것이다. 영화 속 그의 시선이 내게 닿도록, 나는 여기, 필라델피아에서 자매님들을 돕고 있다. 그들의 미사포와 머리쓰개는 수녀님들 것만큼 위압적이지 않다.

†

**동정 순교자 아가타, 그는 시칠리아의 카타니아에서 순교했다. 따귀를 맞고 고문용 목마 위에서 뼈가 부러졌고, 그것으로도 모자라 박해자들은 그의 가슴을 도려내고 그를 유리 파편과 불타는 석탄 위에서 구르게 했다. 그러다 251년, 자신의 신앙과 절개를 지켰다는 이유로 그는 감옥에서 주기도문을 올리며 숨을 거두었다.**

**주님이 나를 성녀 아가타처럼 사랑하시길, 나 역시 그처럼 고통받게 하시길.**

⚜

부르봉-파르마의 지타 황후*가 연설을 하러 음악당에 오기로 하자, 수녀님들은 황후에게 인사를 하고 학교 대표로 꽃다발을 전달하는 학생으로 소피아와 나를 골랐다. 경의를 표하기 위해 우리는 예배당에서 '지존하신 성체'를 부른다. 황후는 마르고 슬픈 여인으로, 검은 드레스 차림에 메리 포핀스처럼 긴 브로치가 달린 모자를 쓰고 있다. 황후의 말은 하나도 기억나지 않지만, 슬픈 냄새를 풍겼다는 것은 기억한다.

✝

'오 시온의 딸이여, 너는 아름답고 온순하니 달처럼 아름답고 해처럼 선택받았으며, 전장의 군대처럼 끔찍하도다.' 층계송을 읽을 때, 나는 소피아를 생각한다.

♠

소피아의 자기 확신은 날마다 커져간다. 수녀님들은 소피아에게 율리우스 카이사르는 명예로운 사람이었다는 이야기를 낭독하게 시키지만, 소피아는 셰익스피어보다는 애거사 크리스티에 조예가 깊다.

"얼마 후면 낭독인데 어떻게 할 거야, 외우긴 했니?"

* 오스트리아-헝가리 최후의 황후. 황제 카를 1세의 배우자.

"걱정하지 마." 소피아는 조급할 필요 없다는 말을 달고 사는 아빠처럼 대답한다.

어느 오후의 자습 시간, 피아노 수업에서 돌아오는 길에 모두가 내게 미소를 보낸다. 심지어는 우리가 성녀 마들렌 소피 바라를 존경하는 의미에서 프랑스어로 *'수녀님'*이라고 부르는 사감 수녀님조차도 나를 보며 웃는다. '나를 왜 저렇게들 좋아하는 거지?' 보아하니 무대에 오른 소피아는 치카-치카-붐-시크 하며 춤을 추는 카르멘 미란다처럼 한바탕 춤을 추고 내려왔고, 일상을 잊게 해주는 그 춤에 모두가 흡족했던 까닭이다. 오후 4시에 불어오는 열대지방의 산들바람. 내일은 셰익스피어 낭독이 있는 날이다.

결전의 날, 내가 두려움에 떨며 기도하는 동안 내 동생은 놀라울 정도로 침착하게 일어나, 한 손에는 보이지 않는 긴 토가를 들고 로마의 원로처럼 낭독을 시작한다.

**친구들이여, 로마인들이여, 동포들이여, 내 말을 들어보시오.**

**나는 카이사르를 묻으러 온 것이지, 찬양하러 온 게 아니오.**

**인간이 행하는 악은 죽어서도 그를 뒤따르지만,**

**인간이 행하는 선은 그의 뼈와 함께 묻힙니다.**

**그러니 카이사르도 그리 둡시다. 고귀한 브루투스는**

**카이사르가 야망 있는 사람이라고 했소…….**

낭독은 길게 이어진다. 소피아의 영어는 어딘지 낯설게 들리지만, 동작만큼은 누구보다 우아하다. 수녀원장님도, 사제도, 수녀님들과 자매님들까지도 모두가 그 애에게서 눈을 떼지 못한다. 처음 몇 문장을 낭독한 후, 이제 소피아가 무슨 말을 하는지 아무도 알지 못하고 소피아 자신도 모르지만, 소피아는 계속 영어로 말을 이어나간다. 이따금 아이스크림이며 핫 퍼지 선디, 그레고리 펙과 코텍스 비코즈, 햄버거 헤븐과 찹스틱 같은, 내 기억으로 셰익스피어가 썼던 것 같지는 않은 단어가 들린다. 하지만 내 동생은 우리 모두를 압도하는 맹렬함으로 돌진한다. 무대가 끝난 후 학생들의 우레와 같은 박수갈채가 쏟아지자, 어찌할 바 모르는 성직자들도 억지로 박수를 칠 수밖에 없다.

♣

이듬해, 내 동생은 수녀원으로 돌아가지 않겠다며 엄마 아빠를 설득하고 전적인 지지를 받는다.

소피아는 춤을 출 것이다.

∮

소피아는 무슨 일을 하고 싶은지, 누구와 결혼할 건지, 아이는 몇 명이나 낳을 건지, 어떻게 살고 싶은지 벌써 알고 있다. 소피아는 있는 그대로의 자신을 사랑하고, 나는 미래의 나 말고는 나 자신을 사랑한 적이 없다. 그런데 미래의 나는 뭐가 되려나? 내 머릿속은 늘 시끄러운데 2년 반 만에 멕시코로 돌아온 후에는 더 심해졌다. 이제 더 이상 하느님의 위대하심을 증명하는 활동으로 꾸려지던 수녀원의 일상이 없기 때문이다. 내 안에 자리하는 어마어마한 혼란으로부터 달아나려면, 이야기를 지어내며 살아야 한다. 나는 영화 속 주인공이다. 어느 날은 〈여행 가방〉 속 잉그리드 버그먼으로 눈을 뜨고 어느 날은 〈레베카〉의 조앤 폰테인으로 눈을 뜬다. 아니면, 〈티파니에서 아침을〉에서의 오드리 헵번이라든가. 〈인테르메조〉의 잉그리드 버그먼처럼 피아노를 연주할 수 있다면, 팔 아래에 바이올린을 낀 레슬리 하워드가 공연 도중에 내게 입을 맞춰준다면! 내가 테이블에서 테이블로 검은 독사 같은 마이크 줄을 지그재그로 끌어당기는 길다처럼, 그러니까 리타 헤이워스처럼 노래할 줄 안다면 나는 행복할 것이다.

엄마가 변했다. 파비안에게서 아빠에게로, 아빠에게서 파비안에게로 뛰어다니면서 어느 손에 무엇을 들고 있는지 모르는 모습이 꼭 모두가 노래하는 중에 줄에 매달린 채 손에서 손으로 옮겨지는 반지 게임의 반지 같다. "*족제비가 달린다, 예쁜 숲 족제비가 달린다, 달린다, 달린다.*" 우리가 없던 몇 해 동안 엄마가 옷에 얼마를 썼는지 누가 알까. 엄마를 꽉 잡고 있는 소피아는 언제나 엄마에게 무언가를 요구한다. 아빠와 엄마는 저녁 파티를 자주 연다. 아빠에게는 '비즈니스 만찬'이고, 엄마는 따뜻하게 식탁에 올라야 할 접시들 사이에서 길을 잃은 채, 유리잔들 뒤에 갇혀 있는 것처럼 보인다. 지하철, 아카풀코 개발, 낙원의 산업화, 멕시코는 경작해야 할 거대한 정원이다. 멕시코에서 단 하나 나쁜 것이라면 인종이다. 엄마는 다가올 엄마 삶의 주름을 하나하나 펼치듯 자꾸만 냅킨을 편다. 엄마, 나는 엄마에게 말을 걸고 싶었다. 엄마, 엄마에게는 없는 비밀스러운 움직임이 제게는 있어요, 엄마, 아무것도 펼치려고 하지 마세요, 저 은행원 말을 귀담아듣지 마세요, 아무도 엄마에게 관료주의의 흉측한 넥타이를 보라고 강요하지 않아요, 엄마, 제 말을 들어주세요, 아무도, 파파야가 역겹다고 새된 목소리로 말하는 여자에게 대답할 필요가 없어요. 엄마는 식탁의 상석에 앉아 있고, 나는 깊은 물웅덩이 같은 엄마의 눈을 보고, 엄마에게는 고기가 돌이나 마찬가지일 거란 걸 안다. 우리 엄마는 자기 자신에게 엄격하다. 무척 엄격해서, 내가 만일 엄마에게 다가간다면, 내가 만일 엄마를 안아주려고 식사 도중에 자리에서 일어난다면, 엄마는 나를 밀어낼 것이다. 그런 것은 그냥 안다. "아, 지금은 건들지 말렴."

한 주 동안 나는 루스와 카시미로의 대화를 엿듣는다.

"나한테 언제 말했는데요?"

"어젯밤에 말했잖아요."

"어젯밤에, 당신은 9시에 방에 틀어박혔어요."

"그러면 해가 지기 전에 말했나 보죠."

"해가 지기 전에는, 우리 만나지도 않았어요."

"아무렴, 상관없어요, 루스. 내가 당신한테 말한 건 확실해요."

"당신 말 못 들었어요."

"내 말을 못 들은 건 당신 문제죠, 나는 말했어요."

"아니 언제, 언제 말했는데요? 기억하려고 아무리 애를 써봐도 도무지 모르겠네요."

"아, 나는 당신한테 말했어요. 잊어버렸다면 그건 당신이 언제나 구름 속에 있어서 그런 거예요."

프란시스카 이모는 사람들의 넋을 빼놓는다. 이모네서 먹는 식사 메뉴도 마찬가지다. 계란물을 입혀 튀긴 빵에 메이플 시럽을 곁들여 내놓는 메뉴에 이런 이름을 붙이는 식이다.

*가여운 윈저의 기사들.*

이노센시아가 끝내주게 잘하는, 채소를 곁들인 등갈비에는 이런 이름이 붙는다.

*몬테수마 황제의 스튜.*

이노센시아가 서랍장에 보관하는 요리책(이노센시아의 글씨체는 아름답다)에서 나는 이런 것들을 읽는다. '아몬드 과자.' 그리고 다음 행에 이렇게 이어진다. '히카마 껍질을 벗기고…….'

❤

우리 할머니도 슬퍼졌다. 손에 지팡이를 들고 이 정원에서 저 정원으로 다니는 할머니는 이제 예전처럼 환하게 웃지 않고, 예전처럼 흥미를 보이지도 않는다. 나는 할머니의 주의를 끌고 싶고, 하느님 제발 너무 늦지 않기를, 할머니에게 억지로라도 알리고 싶다. 할머니, 제가 여기 있어요, 할머니, 저예요, 할머니는 저를 사랑하지요, 기억 못 하실지 몰라도 할머니는 저를 사랑하세요. 나는 할머니를 집어삼키고 있는 이 부재가 끔찍이도 두렵다. 나는 깡충 뛰어보고, 할머니 앞에서 손을 흔든다. 할머니, 할머니 앞에 있는 저를 보세요, 다 컸죠, 할머니, 저를 보세요, 주무시면 안 돼요. 미스터 칩스가 죽고 난 후, 할머니는 혼자 사는 게 훨씬 좋다고 말하기는 했지만, 할머니에게도 가까이 다가온 죽음이 할머니 위로 담요를 덮어버렸다.

그런 혼잡함 속에서 중심이 되어 가장 단단히 버티고 있는 것은 스카우트다. 나는 의대에 가고 싶었지만, 아빠는 3개 국어를 할 줄 아는 비서가 되는 편이 낫다고 한다. 게다가 수녀원 고등학교의 졸업장은 법적으로 인정되지 않아서 서류 작업과 수속

절차가 끝이 없다. 마그디타가 토마틀란에서부터 사과 바구니를 들고 온다. 마그디타는 언제나, 영원토록 사과를 들고 여행하는 여인일 것이다. 우리는 날마다 미사를 드린다. 나는 수녀원에서의 안정감을 다시 느끼고 싶다. 아빠가 전쟁터에 있었을 때 그랬던 것처럼 마그디타와 나는 함께 기도하러 올라가고, 베를린 거리 6번지의 고성에 몸을 숨긴다. 그러면 소피아가 소리를 지른다.

"멍청이들, 어디에 있는 거야?"

소피아와 그 애의 남자 친구 알레한드로는 손을 잡고 있다. 둘은 서로를 사랑한다. 할머니가, 루스와 카시미로가, 프란시스카 이모가, 에스페란사 이모가, 아돌포 루이스 코르티네스 대통령이, 교황이, 하느님 아버지가, 천국의 천사들이 아무리 아니라고 부정해도, 둘은 서로를 사랑한다. 사랑하기를 그만둘 수가 없다. 그들 자신보다 사랑이 더 강력하다. 너무 어린 나이에 결혼하지 말거라, 소피아, 너는 아무것도 모른다. 알레한드로, 너희는 아직 어리잖니, 무얼 먹고 살 테냐, 너희 앞에는 아직 인생이 창창하단다. 어떤 인간의 힘도 둘을 떨어뜨려놓을 수가 없다. 우리는 수업을 빼먹고 케이크를 먹으러 톨루카에 간다. 알레한드로가 이제 막 운전면허를 땄기 때문이다. 소피아와 알레한드로는 끊이지 않는 농담을 나누며 운전대 앞에서 자지러지게 웃는다. 둘은 시선을 앞 유리에 고정하고 있고, 소피아가 알레한드로의 무릎 위에 앉아 있다. 딱 한 자리만 차지하니, 나는 다른 자리에 앉는다. 나는 껴안고 있는 둘을 본다. 그 애들은 막힌 변기를 뚫는 기구처럼 서로에게 키스를 퍼붓는다. 그들은 톨루카에 가고, 톨루카에서 온다. 톨루카, 톨루카. 알레한드로는 리우데자네이루 광장에 있는 사회보장센터 출구로 소피아를 데리러 가고, 토요일마다 마리아크리스티나 호텔에서 점심을 함께 먹는다. 샴쌍둥이나 다름없는 그들은 절대 떨어지는 법이 없다. 둘은 몇 시간이고 전화기를 붙잡고 있다. 알레한드로는 소피아를 향한 사랑을 멈출 수 없고, 소피아는 알레한드로에게서 안식처를 찾는다. 그 애들은 열한 살과 열두 살이었을 때부터 서로 사랑했는데, 그런 사랑이 어떻게 진정한 사랑이 아니란 말인가? 데시에르토데로스레오네스 공원에서 우리는 숨바꼭질을 한다. 우리는 엉터리로 노래를 부르고, 맘보를 춘다. "하나, 둘, 셋, 넷, 다섯, 여섯, 일곱, 여덟…… 마아아아아아아아암보!" 아, 굽 높은 구두를 신는 맘보의 왕, 페레스 프라도의 천재성이란! 긁힌 상처를 보니 스카우트가 생각난다. 티롤 생각도 난다. 스위스와 비슷하지만 훨씬 덜 활기찬 곳. "언니도 나나 다른 여자애들처럼 남자 친구를 사귀어야 해." 소피아가 명령하듯 말한다. 우리는 블라우스와 스웨터를 서로 빌려 입는다. 소피아의 옷은 내게 너무 길지만, 나는 그 애의 옷을 입는 걸 좋아한다. 우리는 서로에게 관여하지만, 이제 동생을 잃었다는 사실을 안다. 소피아는 이제 알레한드로에게 속한다. 낮이고 밤이고 알레한드로의 말을 듣는다. 하루 종일. 그것이 소피아의 사랑이고 그 사랑은 하루 이틀짜리 사랑이 아니다. 소피아가 알레한드로를 그렇게 사랑한 지 7년이다. 성 소피아의 수난기. 알레한드로가 바로 그 사람이라는 걸 안 지가 7년이다. 다른 사람은 있을 수가 없다. 오직 알레한드로뿐이다. 엄마는 고집을 부린다. 너를 프랑스로 보내야겠다. 여행을 다녀오렴. 나를 프랑스로 보내면, 콱 죽어버릴 거예요. 얘, 과장하지 말거라. 아니면 엄마 아빠를 죽여버릴 거예요. 호들갑 하고는. 콱 죽어버릴 거예요. 나는 알레한드로가 바로 그 사람이라는 걸 알아요, 내 평생의 사랑.

❤

나는 교리문답을 가르친다. 일요일마다 있는 스카우트 미사를 마치고 난 후, 카실다와 그 애의 동생 마그달레나에게 스카우트 야영 대회와 야간 파티에서 기타를 치면서 노래를 부르자는 제안을 받았다.

어여쁜 당신이여, 시에라모레나에서

그들이 내려오고 있어요,

어여쁜 당신이여, 새카만 눈동자들이에요
도적들의 눈이네요…….

나는 눈가에 벌써 주름이 진 마그다를 생각한다. 그는 우리와 붙어 지내지 않고 왔다 갔다 한다. 마그다는 엄마가 돌아가셔서 아빠와 함께 지내야 한다. 식사를 준비하고, 술상을 차려드려야 해서 왔다 갔다 한다. 마그다가 오면, 우리는 많이 기도하고, 더 웃고, 버스와 전차를 타고 긴 소풍을 떠난다. 하마이카 시장에서 나는 그가 어디서 꽃을 사는지 알게 된다. 마그다는 대모로 참여하는 미사에 봉헌할 연어색 글라디올러스 3677777송이를 산다. 젖은 신문지에 싼 꽃을 버스 지붕에 올리고 토마틀란까지 가져간다. 우리는 소치밀코 지구에 가려다가, 결국 라메르세드 지구에 내리고 만다. 페뇬 온천에 가기로 하고는 틀랄판 지구에서 내린다. 마그다는 지리를 몰라서 그렇다지만, 나는 언제나 다른 생각을 하고 있는 탓이다.

카실다는 거침없다. 나는 나를 휘어잡고, 어디로 가라고 말해줄 사람을 늘 찾아다닌다. 스카우트 대원들은 우리를 '맥주 두 잔'이라고 부르는데, 흑발과 금발이 나란히 걸어 다니는 까닭이다.

"너는 세상에서 누구를 가장 사랑하니?"

"나를 가장 사랑하지."

카실다는 자기 손에 입을 맞춘 다음 자기 이마와 뺨과 심장으로 가져간다.

"너 다음으로는?"

"그다음도 마찬가지야. 생각에 잠긴 나, 내 위에 포개진 나를 사랑해."

"진짜야, 카시?"

"인생에서 가장 사랑하는 사람은 나 자신일 수밖에 없어. 왜냐하면 아무도 나처럼 나를 사랑할 수 없을 테니까(그러면서 다시 스스로에게, 또 주위에 키스를 날린다). 그런데 너는, 너를 사랑하지 않지."

"됐네요, 지크문트 프로이트 씨."

"아니 진짜로, 너는 너를 사랑하지 않아. 네 안에서 무언가 아주 끔찍한 일이 벌어지고 있어. 네 토끼 같은 키득거림도 나한테는 안 통해. 너 스스로 하지 않는 일은 아무도 하지 않을 거라는 걸 모르니?"

카실다는 끝내주는 놀이를 만들어낸다. 크로스컨트리 트랙을 만드는가 하면, 보물찾기처럼 스카우트의 창립자 베이든 파월로부터 시작된 놀이들을 만들어낸다. 카실다가 땅에다 설치하는 덫은 에밀리아노 사파타도 부러워할 테고, 나무껍질에 새기는 신호들은 마티스가 그리고 간 것 같다. "하나…… 둘…… 셋!" 계주 출발점에서 출발 명령을 내리는 카실다의 목소리를 들으면서, 나는 지네가 들어 있는 작은 상자를 가지고 논다.

야영지에서 나는 배급을 책임진다. 설탕과 초콜릿 우유가 담긴 잔이며 스파게티 봉지, 소시지, 마시멜로를 분배한다. 음식은 충분한 적이 없다. 우리가 먹는 것은 끔찍이도 형편없다. 밤이면, 그저 너무 피곤한 나는 웃음을 그칠 수가 없다.

♣

우리는 웃음을 그칠 수가 없다.

▲

모닥불 주위로 둘러앉아, 우리는 멕시코에 대해 이야기한다.

"멕시코에는 아메리카 대륙에서 가장 수준 높은 헌법이 있지." 내가 모험하듯 말한다.

"그건 아무것도 아니야, 라틴아메리카의 모든 국가에는 아메리카 대륙에서 가장 수준 높은 헌법이 있다고 할 수 있어."

카실다가 단정하듯 말한다.

"멕시코 국민들은 영웅이야."

"진실을 말하자면, 재앙의 시기에 모든 국민은 영웅인 법이지."

그러다가 우리는 프랑스 이야기로 넘어간다.

나는 다시 피아노 수업을 듣는다. 이제는 차풀테펙 대로에 있는 교습소에 다니는데, 내가 듣는 수업의 프란시스코 아헤아 선생님은 선생님 중 가장 신사적인 분이다. 나는 쇼팽의 전주곡 두 곡, 라벨의 '죽은 왕녀를 위한 파반', 드뷔시, 그리고 루아르강의 물살 같은 프랑시스 풀랑크 버전의 '렌토보다 느리게'를 연주한다. 나는 강물처럼 행복하고 힘차게 시작했다가, 갑자기 무너져 내린다. 나는 연주하던 곡을 바꾼다.

"마리아나, 곡을 끝내야지요."

"제가 연습을 못 했어요, 선생님. 다음 시간에는 연습해 올게요."

"곡을 끝까지 연주하지 않으면 마리아나 양은 그저 취미로 연주하는 사람이 될 거예요. 방금 전까지만 해도 아주 정확하게 왈츠곡을 연주하고 있었는데요."

아빠다. 건반 앞에서, 나는 아빠처럼 측은한 개의 얼굴을 하고 있다. 아빠가 기다리던 '계속해요'라는 신호가 오지 않는다. 이건 내 안의 아빠다. 아빠의 불안이다. 스페인의 북부 도시 하카에서 *"프랑코 만세"*를 외치는 대신 *"개새끼 만세"*라고 소리 지른 명목으로 열흘간 징계를 받았을 때, 똥통에 담겨 있던 아빠의 손이다. 피레네산맥을 건널 때 개들에게 물린 손이다. 붙잡혀 온 남자의 빡빡 밀린 머리를 만진 손이다. 아빠, 제가 아빠 딸이에요. 사랑해요, 아빠. 어딘가에서 누군가 실수를 저지른 거예요, 아빠. 아빠가 밤마다 세는 숫자들도 제가 물려받게 될까요? 저도 손에 뾰족한 연필을 든 채로 우물 바닥까지 떨어질까요? 프란시스코 아헤아 선생님이 내 뒤에서 기다린다. 선생님의 비누 냄새가 내 코로 훅 들어온다. 선생님이 울적하게 묻는다. 선생님은 그런 사람이기 때문이다. 자상하고 슬픈 사람.

"그래서요?"

"다음 수업 때요, 선생님."

✎

하지만 다음 수업은 없을 것이다.

수녀원에서 받은 성적표에는 이렇게 쓰여 있다. '미루는 경향이 있어 주의가 필요함.'

미룬다는 것은 눈을 뜬 채 꿈을 꾸는 것이란 사실을 아무도 모른다. 이 날에서 저 날로 바꾸기, 보류하기, 시간을 들여 결정하기. 내가 꿈만 꾸지 결코 실행에 옮기지 않는다는 걸 아무도 모른다. 내가 만들어낸 환상을 믿는다는 걸 아무도 모른다. 머릿속으로는 몇 시간에 걸쳐 영웅적인 행동을 상상한다는 걸 아무도 모른다. 엄마와 아빠는 성적이 잘 나왔다며 축하해주고 할머니는 내가 할머니 댁에서 살았으면 한다.

미스터 칩스가 죽었으니, 내가 할머니의 남편 역할을 하면서 여덟 살 적에 봤던 개들에게 돌아가는 것이다.

✠ **하느님의 어린양, 세상의 죄를 없애시는 주님, 자비를 베푸소서**

**하느님의 어린양, 세상의 죄를 없애시는 주님, 자비를 베푸소서**

**하느님의 어린양, 세상의 죄를 없애시는 주님, 평화를 주소서**

"너 말이야, 멕시코 사람 아니지?"

"맞는데."

"너는 멕시코 사람처럼 안 생겼어."

"아, 그럼 뭐처럼 생겼는데?"

"양키처럼 생겼어."

"아, 나 양키 아니고, 멕시코 사람이야."

"에이! 그럴 리가 없는데?"

"나는 멕시코 사람이야, 우리 엄마가 멕시코 사람이니까. 아빠의 국적처럼 엄마의 국적도 물려받을 수 있었다면, 나는 태어났을 때부터 멕시코 사람이었을 거라고."

"어쨌든, 너는 멕시코 사람이 아니야."

✉

나는 비서 일을 찾는다.

“멕시코에서 태어나지 않았다는 말은 하면 안 된다. 그러면 사람들이 눈길도 안 줄 거야.”

▲

“멕시코 사람이 아니면, 의견을 낼 권리도 없어.”

“왜? 나도 의견을 내고 싶어.”

“알아, 하지만 네 의견은 의미가 없어.”

“왜?”

“왜냐하면 너는 멕시코 사람이 아니니까.”

❦

“엄마 저는 어디 사람이에요? 제 집은 어디에 있어요?”

♣

그늘진 할라파 거리에서 물푸레나무를 가로지르며 햇살이 비친다. 포르피리오 디아스* 대통령은 마음에 드는 집들을 파리에서부터 배로 실어 왔다. 그래서 로마 지구에는 옛 프랑스의 정취가 남아 있다. 독특한—프랑스의 뇌이쉬르센에서는 이렇게 표

* 멕시코의 군인이자 대통령. 멕시코혁명으로 쫓겨나기까지 재임 중 모든 민중운동을 탄압했다.

현할 것이다—호텔들은 높고 장엄하며, 슬프고 고상하다. 눈을 막기 위한 처마는 태양 아래 금이 가 있고 기와는 조금씩 벗겨져 습한 땅 위로 부서져 내린다. 다락에는 아무도 살지 않는다. 오만한 집들은 이렇게 말하는 것만 같다. "나는 여기 출신이 아니야." 32번지에서는 매년 사순절 묵상 수련회가 열린다. 돈 이폴리토 베르틀로가 영성 수련회를 위해 기증한 집으로, 참회자들이 머무를 수 있도록 별관까지 지었는데, 그곳에는 침실을 비롯하여 소박하지만 제 기능을 하는 변기와 샤워기가 각각 여섯 개씩 있다. 변기에는 뚜껑이 없고 샤워기에서 나오는 물줄기는 하찮아서 정작 그 시설을 이용하는 사람은 적다. 물을 너무 낭비하는 세면대는 절약을 위해 없애버렸는데 아무도 아쉬워하지 않았고, 페르메이르풍의 어스름이 깔린 침실에서는 에나멜을 입힌 주전자와 세면용 대야가 빛을 발한다. "허영이 없어야 합니다. 깨끗하지만 허영은 없어야 해요." 베르틀로의 규칙이다. 그래서 구내식당의 식탁은 소나무로 만들어졌고, 석회를 바른 예배당의 벽에는 아무것도 칠하지 않았다. 제단 위의 그리스도는 무척 외로워 보이고, 구석에 놓인 성모 마리아는 로마숫자 위에 포개진 두 개의 보리 이삭이 만드는 십자가의 길을 닫고 있다. 예배당 뒤편에는 참회자들이 더 올 것을 대비하여 모델로 맥주 회사 상표가 적힌 접이의자들이 쌓여 있다. 사별을 하기 전에는 돈 이폴리토 베르틀로의 것이었을 대저택에서는 설교자들이 번갈아가며 묵는다. 벽에 걸린 가지색 융단들과 풀먼사에서 만든 시베리아 횡단 열차의 커튼처럼 무거운 커튼이 낡음보다는 긍지를 드러내며 늘어져 있다. 사색할 시간이 너무 많은 나머지, 참회자들이 볼 가치가 있는 물건을 하나도 알아보지 못한다는 것은 고약한 일이다. 대저택이나 침실이나 구내식당의 그림 한 점조차도. 오로지 예배당의 그리스도와 무덤까지 꿰뚫어 보는 그분의 눈만 볼 뿐이고, 그것은 집착이 되고야 만다.

### ✣ 하루 일정 ✣

| | | |
|---|---|---|
| 7:30 | 오전 | 기상 |
| | | 목욕재계 |
| 8:30 | | 미사 |
| 9:15 | | 아침 식사 |
| 10:00 | | 1교시 |
| 11:00 | | 자유 시간 |
| 12:00 | | 2교시 |
| 13:00 | | 양심 성찰 |
| 13:30 | | 점심 식사 |
| 15:00 | | 쉬는 시간 |
| 15:30 | | 3교시 |

| | |
|---|---|
| 16:30 | 묵주기도 |
| 17:00 | 4교시 |
| 18:00 | 자유 시간 |
| 18:30 | 십자가의 길 기도 |
| 19:00 | 자유 시간 |
| 19:30 | 저녁 식사 |
| 20:30 | 5교시 |
| 21:30 | 취침 |

1. 참가자들에게는 침묵을 지킬 것을 부탁합니다. 묵상은 삶에서 멈추는 시간입니다. 주님과 교감하고 우리 자신의 내면으로 들어갑니다.

2. 이곳에서 존재해야 할 유일한 대화는 하느님과 나 사이의 대화입니다. 전화기 사용은 엄격하게 금지됩니다. 죽음, 지진, 화재 등 극도로 긴급한 상황이 아니라면, 외부 세계와의 대화는 불필요합니다. 아무도 출입문으로 나가거나 거리를 내다보면 안 됩니다.

3. 그리스도인의 고행은 포기나 퇴행이 아니라 주님의 오심을 예비하기 위한 정화입니다.

4. 고통은 속죄의 수단이 될 수 있으며, 이를 통해 **황홀경**에 이를 수 있습니다.

5. 우리 영성 수련원에서는 여학생들이 기숙사로 외부 음식이나 음료를 가져오는 것을 금지합니다. 껌, 초콜릿, 땅콩, 초콜릿 바 모두 금지입니다. 이 땅 위의 아무것도 우리를 만족시킬 수 없습니다. 오직 그분만이, 우리를 창조하시고 사랑으로 우리를 먹이시는 그분만이 우리를 채워주십니다.

6. 필요하다고 생각하는 학생들은 집에서 수건과 비누를 가져오세요. 영성 수련원에서는 화장실 휴지를 제공하지만, 생리대는 제공하지 않습니다. 매년 강조하지만, 생리대는 잘 말아서 버려야 합니다. 생리대를 변기에 버리는 행위는 엄격하게 금지합니다.

7. 이러한 지침을 어쩔 수 없이 다시금 상기할 수밖에 없는 것은, 모든 권고 사항에도 불구하고, 언제나, 사순절이 끝나고 나면 수련관의 배관이 막히기 때문입니다.

8. 묵상의 집은 모두의 것이므로, 조심히 다루어야 합니다.

9. 회비는 150달러(멕시코 화폐로는 150페소)입니다. 선불로 납부하셔야 합니다. 일요일이나 미사 이후에 여학교에서 납부하실 수 있습니다. 르클레르 양을 찾아가세요. 수표는 받지 않습니다.

✢ 하느님은 사랑이십니다 ✢

"악이란 무엇입니까?"

신부님이 접시 같은 눈들을 이리저리 둘러보며 묻는다. 어떤 입들은 반쯤 열려 침을 흘리고 있고, 어떤 입들은 입꼬리에 주름이 두 개 패어 있다. 손들은 무릎 언저리에서 초조해한다.

"선이란 무엇입니까?"

어디선가 새가 날카롭게 짹짹거리는 소리가 침묵을 깨고, 끈적거리는 초록의 거대한 이파리들이 문 주위를 휘감는다. 프랑스라면 이런 종류의 새된 소리는 야생의 풍경이나 타잔 영화에서만 들을 수 있다. 늪에서 올라오는 열기가 스테인드글라스 앞에서 붕붕거린다. 그 수상한 축축함이 꼭 나무 벤치에 앉아 놀란 눈으로 사제를 바라보는 여기 이 배부른 송아지들의 입 같다.

"그렇다면, 내면의 자유란 무엇입니까?"

아무도 꼼짝하지 않는다. 신부님은 깍지 낀 부드러운 손가락들을, 아직 움직이지도, 멈추지도, 부드럽게 두드리지도, 놀라지도 않은 손가락들을 살펴본다.

"내면의 자유란 무엇이지요?"

사람이라는 두꺼운 덮개에 짓눌린 의자들이 삐걱거린다. 등받이마다 어깨와 견갑골과 미골이 기대고 있고, 발은 바닥을 딛고 있다. 의자들에게 말을 거는 법을 안다면 그것들을 의자 부대로 만들 수도 있겠지만, 의자들은 그저 그곳에서 무용하게 존재하며 기다리고 있을 수도 있을 것이다.

사제는 사람보다는 모여 있는 의자들을 청중으로 생각하며 이야기하는 것 같다.

우리는 막대기처럼 뻣뻣하다.

"대화를 시작하는 게 어렵다는 걸 알지만, 여러분이 누구인지 조금도 알지 못하는 상태에서는 설교를 시작할 수가 없습니다. 제 질문은 단순해요. 내면의 자유란 무엇입니까? 어디 봅시다, 저기, 저 뒤에 있는 학생……. 학생은 여기서 무얼 하고 있지요?"

몇몇 여자애들은 걱정을 감추려고 웃는다. 무슨 대답을 해야 하지? 제일 뒤처지는 애가 나라는 걸 멀리서 보아도 알 수 있을 텐데, 내가 무슨 대답을 할 수 있지? 당연히, 나는 듣고 있지도 않았다. 의자들이 삐걱거린다.

"내면의 자유요, 신부님?"

"그래요."

"음…… 음, 예를 들면, 누군가에게 어떤 전화가 걸려 와요, 어쩌면 성가신 전화일지도 몰라요. 그러면 집에 없다고 하고 전화를 받지 않을 권리가 있을 거예요, 맞지요? 자기 내면의 자유를 실현하면서요, 아닌가요?"

모니카가 작은 소리로 중얼거린다. "멍청이야, 신부님이 우리가 다 머저리라고 생각하실 거야. 멍청하긴, 평소보다 천 배는 더 멍청해!" 모니카의 말을 듣기는 했지만, 나를 너무나 다정하게 바라보는 신부님의 눈길에 한껏 긴장해서 벽에서 떨어져 나온 조각을 삼켜버린다.

### ✠ 나의 기쁨과 즐거움이신 하느님께로

성체조배를 위해 밤 동안 성체가 개방된다. 제단 앞에서 모두 30분 동안 무릎을 꿇어야 하는데, 카실다와 나는 늦은 밤이나 새벽 3시, 4시처럼 가장 힘든 시간을 골라 함께 성체조배를 드린다. 기름등잔에서는 불꽃이 탁탁 튀고, 자기 자신과 싸우며 꺼졌다가 켜졌다가 한다. 우리는 이전에 왔던 이들의 무릎이 남긴 온기로 아직 따뜻한 기도대 위에 무릎을 꿇는다. 카실다는 얼굴을 든 채 기도를 하고, 나는 작은 놀이를 한다. 아주 쉽다. 주먹을 눈에 대고 지그시 누르면 아주 작은 불티 같은 것들이 보이기 시작한다. 푸른 점으로 깜박이는 별들, 하얗다가 주황으로 변하는 구름들, 환기 구멍으로 변하는 벽돌 두 개, 커다란 굴로 변하는 우유 자국, 연보랏빛 오팔, 잿빛 오팔, 팽팽히 당겨지는 오팔, 아아 아니, 오팔은 안 된다. 오팔은 불행을 가져오니까, 오팔은 안 돼. 하지만 눈 뒤에서 점점 견고해지고 있다. 동굴처럼 눈을 덮고 있던 손을 치우고 고개를 드니 정원 너머 사제의 방에 불이

들어온 게 보인다. 왜 안 주무시는 걸까? 가여운 분, 성인 같은 분이라 그렇다. 가여워라, 가여운 분. 평범한 사람이라면 하루에 설교를 여덟 번 하고, 고해성사를 하고, 청문회를 열면서 밤새 잠도 안 자는 건 불가능하다. 하지만 하느님께서 당신의 아들을 식별하셨듯 사제를 식별하셨다.

"마리아나, 너 기도하고 있니?"

"동굴놀이를 하다가 지금은 신부님 생각을 하고 있어. 그분 생각을 하면 짜릿하지 않니?"

"너 기도 안 했니?"

"안 했어."

카실다가 비난의 눈초리로 나를 본다.

"같이 기도하자, 할 거지?"

"그래."

"네 묵주 꺼내봐."

"아니 카실다, 그거 말고, 위령기도만 하자, 응?"

"그래, 그러자."

"있잖아, 신부님이 지금 뭐 하고 계실 것 같아? 네 생각에는 성 요셉이 성모 마리아에게 푹 빠져 있었을 것 같니? 입에다 키스를 했을까?"

"아아, 마리아나, 너는 늘 너 같은 생각만 하는구나. 네 생각에는 너희 아빠가 너희 엄마에게 폭 빠진 것 같니? 네 생각에는 우리 아빠가 우리 엄마한테 폭 빠졌을 것 같아? 말도 안 되지, 바보같이 굴지 마. 서로를 견딜 뿐이지. 얘, 30분 다 지나겠다. 그러면 이제 성스러운 시간이 아니게 되는 거야."

"나는 성 요셉과 성모 마리아가 로댕의 '입맞춤'에서처럼 사랑에 빠진 모습을 보고 싶어."

"휴, 조용히 좀 해. 너는 늘 안 해도 좋을 말을 하고 안 해도 좋을 짓을 하고 다니더라. 자, 집중해, 너는 대답만 하면 돼. '우리를 위해 기도해주소서.'"

"상아로 만든 탑?"

"우리를 위해 기도해주소서."

"금으로 만든 집?"

"우리를 위해 기도해주소서."

등잔불은 이제 요란하게 흔들리지 않는다. 잠잠해진 불꽃이 명징한 사상처럼 곧게 선다. 등불 한가운데, 낡은 액자 깊숙이 예수 그리스도가 기다리고 있다. 가슴 위에 얹은 손이 그분의 새빨갛고 커다란 심장을 가리키고, 다른 손은 온화하게 축복을 내린다. 우리가 어디에 서 있든 예수 그리스도는 우리를 본다. 그분의 눈은 사방으로 향하고, 넷에서 시작해 무한에서 끝나는 그분의 시선은 예배당보다 크다.

"맞아요, 그분은 모든 걸 보시지요." 우리가 어릴 적에 시뇨레 아주머니가 그렇게 말했었는데, 나는 그 시선이 나를 감시하러 따라온다고 느낀다. 심지어는 화장실에 갈 때까지……. 성체현시대 안에 놓인 성체에서도 그분의 눈은 나를 보고 있다. 제병 안에서 예수 그리스도는 초조해한다. 팔을 뻗고, 체조 동작을 하고, 눈을 감았다 뜨고, 유리 뒤에서 조용히 미소 짓는다. 예수 그리스도는 제병 안에 산다. 그 안에서 잠들고 일어나고 하품한다. 저토록 납작하고 보잘것없는, 얇은 종잇장 같은 밀가루 과자 안에서 도대체 무얼 하는 걸까? 자크 퇴펠 신부님이라면 절대 저렇게 쪼그라든 모습으로 보이기를 용납하지 않을 것이다. 절대. 신부님이라면 주먹 한 방으로 유리를 깨고 나와 남자들, 여자들, 노인들, 아이들 사이에 앉았을 것이다. 그리고 나, 마리아나 옆에!

"무한히 거룩하신 하느님, 나를 정결케 하소서."

"무한히 거룩하신 하느님, 나를 가르치소서."

……

"영원한 축복의 하느님, 나를 예비하게 하시고, 나를 부르시고, 나를 받아주소서."

우리의 머리 위로 우리 다음 차례에 올 아이들의 발소리가 들린다. 그 애들은 벌써 기숙사 복도를 가로질러 예배당으로 통하는 계단을 내려오고 있다. 아무도 잠을 잘 수 없고, 우리는 참는다. 밤샘 또한 고난주간의 고행 안에 들기 때문이다. 해마다 마르타 뒤파스키에는 계단이 있는 문 옆의 침대를 선택한다. 거기로 끔찍한 틈새 바람이 들어오기 때문이다. 우리는 성체조배를 드리러 가야 할 때 30분마다 둘씩 짝을 지어 그 계단으로 내려가는데, 문을 닫을 때 삐거덕거리는 탓에 문을 살짝 열어두어서 그렇다. 마르타는 얇은 캔버스 커튼뿐인 그곳의 추위와 밤을 견딘다. 마르타가 더 심한 바람을 견디겠다고 잠옷 단추를 풀고 이불도 마다한다는 소리도 들린다. 눈을 감고 이가 딱딱 부딪힐 때까지 벌벌 떤다고. 화살처럼 꽂히는 바람은 밤이 깊어질수록 점점 더 차갑게 불어오고, 마르타는 이제 거의 마비가 된 듯하지만, 그 애의 위대한 고행을 우리는 모두 부러워한다.

"샛별인가?"

"우리를 위해 기도해주소서."

등잔의 불꽃이 거세게 타오르다가, 약해지며 길어지더니, 기름이 떨어지며 갑자기 작아진다. "아, 저런, 꺼지면 안 돼!"

"얘, 마리아나, 우리 10분밖에 안 남았어. '엎디어 절하나이다'를 부르자. 다른 사람들 깨우면 안 되니까 너무 크게는 말고."

불꽃이 다시 높고 청명하게 솟아오르고 나는 하느님께 감사를 올린다.

"좋아, 부르자, 카실다. 그런데 크게 부르자. 그래야 신부님께서 오셔서 우리가 얼마나 착한 애들인지 보시지. 아, 너는 내가 얼마나 신부님을 보고 싶어 하는지 몰라!"

"마리아나, 네 머릿속에서 키우는 그 기생충 같은 생각들을 계속하다 보면 언젠가는 그것들이 너를 잠식하고 말 테고, 너는 뭐가 현실인지 분간도 못 하게 될 거야."

카실다는 '엎디어 절하나이다'를 작고 응축된 소리로, 하지만 분명하고 강렬하게 부른다.

"그거 아니, 카실다, 나 지금이 꼭 아침 9시인 것 같고 지금 막 일어난 것처럼 힘이 넘쳐. 해가 떴네. 지금 나는 강물로 헤엄쳐 들어갈 거야. 아, 물이 너무 좋다! 그다음에는 햇살 아래 누워야지. 만약 내가 물에 빠져 허우적거리면, 잘생긴 남자애가 나를 구해줄 테고, 그러면…… (나는 손으로 트럼펫 모양을 만들고 멘델스존의 '결혼행진곡'을 부른다) 뚜 뚜, 뚜뚜, 뚜우우우우우우우우우우우우우우우우우우우우."

카실다는 점점 더 화를 내며 성가를 끝까지 부른다.

"장담하는데, 내일은 에스텔라랑 성체조배 드릴 거야. 진짜 장담해, 너를 견딜 수가 없어."

하지만 나는 이제 카실다의 말이 들리지 않는다. 지금 배구 경기가 있으면 얼마나 재밌을까! 점심을 먹고 난 후에는, 모두—

얌전한 애들은 빼고—배구를 하며 논다. 우리는 침묵을 지키면서 억눌려 있던 만큼 온 힘을 다해 공을 던지고, 말굽이 달린 것처럼 발을 구르며 모래바람을 일으킨다. 우리는 서로 부딪치고, 서로의 위로 엎어지고, 숨이 차오른다. 함께 기진맥진해지면서 진정한 시합을 만들어간다.

"얘, 카실다, 배구 경기 끝나고 나면 내가 더 좋지 않니?"

"아니, 너 짜증 나. 너 때문에 지잖아. 너는 노력이란 걸 하는 법이 없지. 배구를 할 때도, 묵주기도를 할 때도. 너는 언제나 네 쓸데없는 생각들만 하고 있어. 희생이란 걸 좀 해봐, 한 번이라도. 집중해."

"그렇구나, 나는 네가 뛰는 게 좋아. 네가 최고야. 너는 발목도 가늘지. 너는 내 가장 친한 친구야, 카실다."

"엄마야, 너 진짜 정신이 나갔구나. 단단히 돌았네."

카실다가 약간 부드러워진다.

"부탁 하나만 들어줄래? 내가 밤의 마지막 기도로 '마리아의 노래'를 올릴 때는 제발 입 좀 다물어줘. '내 영혼이 주를 찬송하며 나를 구하신 하느님께 내 마음 기뻐 뛰노나니, 쉬이잇, 쉬이이이잇.'"

나는 갑자기 피곤함을 느낀다. 기도대는 딱딱하고 나무가 무릎을 파고든다. 나는 손가락을 튕겨 기도서를 던져버리면서 카실다가 들으라고 중얼거린다. "일부러 그런 게 아니야." 카실다는 고개를 돌리지도 않는다. 기도서를 주우려다 손가락을 찧는다. 그만. 날카로운 통증이 팔을 타고 올라온다. 팔이 저리다. 예배당은 솜처럼 말랑말랑하고 포근해지다가 답답해진다. 세상에, 나 왜 이러지. 나는 손을 이마로 가져간다. 차갑다. 식은땀이 머리칼 사이에서 바들댄다. "불꽃이야, 내 머리에서 북이 울려!" 예배당이 주황색 성운 안에서 회전하고, 둥근 천장에서 소피아와 내가 맹장 수술을 받던 날의 조명등과 똑같은 탐조등 하나가 나타난다. 입을 벌린 기중기가 위에서부터 빙빙 돌며 내 쪽으로 내려온다. 낡고 녹슨 소리가 나를 뒤덮기 시작한다. 하느님인가? 아아, 나의 하느님, 나의 하느님, 저를 데리러 오신 거라면 몸을 돌려서 가버리세요.

"여기요, 도와주세요, 마리아나가 예배당 바닥에 쓰러져 있어요."

우리 엄마
내 심장.
내 심장
우리 엄마.

여기 할라파 거리 30번지의 이웃집에 이따금 초대를 받아 온 적이 있다. 테레즈 니산이라는 동급생으로, 내 관심을 끌었던 아이다. 과거형으로 말하는 이유는 이제 그 애를 보지 않기 때문이지만, 내 생각에 만약 그 애가 정원에 나와 있고, 우리에게 금지된 일이기는 하지만 그 애가 만일 담장 위로 올라온다면 어쩌면 나를 볼 테고, 그러면 우리는 다시 만날지도 모른다.

테레즈는 책상 앞에 틀어박혀 전문가용 짙은 녹색 점토로 조각을 하며 내게 말했다. "집에서 가져온 거야." 내가 흥미를 보이는 걸 보더니, 나무 받침 위에 올려둔 자기 작품 하나를 보여주었다. "잠든 여인이구나." 내가 말했다. "맞아, 어떻게 알았어?" "자세를 보고 알았어. 여기가 골반 맞지?" 우리는 친구가 됐다. 교실에서 그 애는 늘 심각한 표정을 하고 있었다. 창백하고 진지해서, 다른 아이들은 그 애가 무뚝뚝하다고 속단하곤 했다. 쉬는 시간이면 그 애는 책을 읽었다. 꽉 묶어서 머리통에 착 달라붙어 있는 땋은 머리, 광대뼈 위 엷은 피부며 단단한 턱뼈가 기억난다. 나는 수업 시간에 그 애가 웃는 걸 본 적이 없다. 어느 날, 그 애는 나를 점심 식사에 초대했다. 소피아 없이 나만. 그래서 하굣길에 할라파 거리에 있는 그 애 집으로 갔다. 우리는 꽃이 핀 정원으로 난 창문을 열어두고 점심을 먹었다. 식기는 우리 집에서 쓰는 것과 달랐다. 먼지 한 톨 없이 깨끗한 나무 식탁 위에 큰 접시들이 올라가 있고 각자 음식을 덜어 먹었다. 호박꽃, 샐러드, 가늘고 길게 자른 토마토, 반짝이는 과일, 창문을 향한 쪽이 발그스름한 큰 복숭아, 정원을 닮은 음식들이었다. 나무 손잡이가 달린 식기는 단단하거나 날카로워 보이지 않았고 아마도 도자기일 접시는 약간 거칠었다. 커피는 유리 단지에 담겨 나왔고, 식사를 마친 후 몇몇은 자기 커피를 들고 작업실로 돌아갔다. 그 집에는 침실이 없고 작업실이 있었다. 나는 문이 열린 방을 보고 대담하게 한 발 내디뎠다. "보고 싶니? 시몬 이모가 쓰는 공방이야." 성 프란체스코 수도원풍 넓은 방의 나무 바닥에는 카펫도 깔려 있지 않았고, 아이들이나 쓸 법한 무척 좁고 낮은 침대에는 침대보조차 없었다. 짚으로 만든 의자 두 개가 있었고, 정원의 다른 쪽을 향해 난 창가에는 이젤이 하나 있었는데, 그 위에 덮인 환한 노란빛 천이 설명할 수 없는 무언가를, 행복에 가까운 상태를 나타내고 있었다. 나는 넋을 잃었다. '그림 안으로 들어갈 수만 있다면, 그래서 그 안에서 영원히 머물 수만 있다면.' 시몬 이모는 머리가 짧았고, 그 집안의 다른 여자 어른들도 거의 남자 같아 보일 만큼 엄격한 머리 길이를 고수했다. 화장도 하지 않았고, 회색 치마, 장식 없는 블라우스, 스웨터 외에 다른 옷을 입은 모습을 본 적이 없을뿐더러 늘 굽 낮은 구두를 신고 다녔다. 그들은 패션이나 시대에 대한 이야기를 늘어놓지 않았다. 집 전체가 시장에서 가져온 가구들로 채워져 있었다. 거친 소나무 식탁과 짚으로 만든 의자, 그리고 바닥에는 야자 멍석이 하나 있었는데, 그렇게 아름다운 직물을 본 것은 태어나서 처음이었다. 토분에 심긴 녹색 식물들. 흙, 나무, 빛, 물, 비누, 커튼, 때때로 새하얀 담요. 테레즈의 방 역시 휑했다. 구석에는 작은 침대 하나가 덩그러니 있었고, 독서등 하나, 회전 탁자 하나가 있었다. 그 탁자 앞에 앉아 어두운 녹색 점토 덩어리를 기다릴 터였다. 벽에는 그 애가 산책을 하며 주워 온 것들이 있었다. 말라가는 해바라기 한 송이, 면봉 하나, 이삭 네 개, 달팽이 화석, 알로에 베라가 자라고 있는 화분 하나. "그거 아니, 알로에 베라에는 치유 성분이 있어." 특이하게 생긴 들보가 있었고 가족들의 초상화가 걸려 있었다. 시몬 이모의 초상화, 테레즈의 어머니와 아버지의 초상화였다. 그러니까, 이런 식으로도 살 수 있는 거였나? 당연히 그렇겠지. 나는 다른 집들에도 점심 식사를 하러 가본 적이 있지만 그 집들은 우리 집의 모방일 뿐이었다. 진짜의 조악한 모조품이랄까. 아빠나 엄마는 식탁에서 말고기를 썰었다. "그건 말이지, 그 사람들이 부르주아라서 그래." 엄마는 말하곤 했다. 테레즈네 집에 있는 가구들과 도자기들에는 서명이 들어가 있지 않았고, 그 어떤 것도 나폴레옹이라든가 예카테리나 2세라든가 마리아 레슈친스카가 쓰던 물건이 아니었다. 상점에서 파는 조악한 모조품처럼 홑이불에는 머리글자나 숫자가 없었다.

니산 가족은 아무도 따라 하지 않았고 나는 그들의 삶의 방식에 취향이 부족하다는 생각은 조금도 들지 않았다. 정반대로, 나는 완전히 빠져들었다. "시몬 이모는 지금 무얼 그리신다니?" 쉬는 시간에 테레즈에게 물어보면 그 애는 미소 지으며 말했다. "내일 우리 집에 점심 먹으러 오고 싶으면 와." 내 들뜬 마음이 얼굴에 투명하게 드러났을 게 분명하다. 점심을 먹은 후 시몬 이모가 자기 작업실로 올라와서 그림을 다시 보고 싶으냐고 물어보았기 때문이다.

"그 유대인네 집에 가고 싶어 그렇게 난리니. 그 사람들이 뭐가 그렇게 좋니?" 엄마와 아빠가 물었다.

나는 무척 당황했다.

"그 사람들이 사는 방식이 좋아요. 다 쉽게 하거든요. 그 사람들과 있으면 편안해요. 좋은 사람들이에요. 정말 좋은 사람들이에요."

내가 그들의 삶의 방식을 묘사하면, 엄마와 아빠는 확신에 차서 말했다.

"그건 정말 유대인스럽다. 아주 유대인스러워. 너는 정말 아무것도 모르는구나. 유대인들은 고기를 안 먹는 거 모르니?"

테레즈에 대해 경고하기도 했다.

"언젠가 너를 단단히 배신할 거야. 유대인들이 원래 그렇단다."

"무슨 배신이요?"

"유대인의 배신이지."

테레즈가 우리 집에 점심을 먹으러 왔을 때 나는 그 애가 우리 집에 마음을 빼앗길 줄 알았다.

"마리아나, 모든 게 이렇게 낡고, 이렇게 과거의 것일 수 있니……." 테레즈가 말했다.

"볼디니가 유행이 지났다는 거니?" 나는 기분이 상했다.

테레즈가 슬픈 얼굴로 나를 바라봤다. 이튿날, 오락 시간에 참여하지 않은 테레즈는 내가 없는 틈을 타 내 책상 서랍 안에 피카소에 대한 책을 넣어두었다. 나는 어떻게 받아들여야 할지 몰라서 내 생각을 전하려 아빠의 단어를 썼다. "테레즈, 그거 아니, 이건 전부 부르주아를 누르려고 만들어진 거야." 그 애는 물러서지 않았다. 그다음 날에는 마티스를, 그다음 날에는 샤갈을, 클레를, 칸딘스키를 가져다 놓다가 점점 뒤로 물러났다. 나는 르누아르나 툴루즈로트레크에 열광했지만, 그보다 더한 사람이 있었으니, 바로 모네였다. 왜냐하면 모네의 그림에는 시몬 이모를 떠올리게 하는 무언가가 있었고 밀밭 같은 머리에 꽂힌 양귀비를 떠올리게 하는 무언가가 있었기 때문이다. 테레즈는 다시 나를 초대했지만, 나는 이제 처음의 순진함을 잃어버린 상태였다. 아빠의 말이 마음을 짓눌렀다. 테레즈는 내 혼란을 알아챘다. 만일 그 애가 덜 섬세하고 덜 배려하는 사람이었다면 이렇게 결론지었을 터였다. "너는 동시에 두 곳에 있고 싶어 하는구나, 맞지?" 하지만 그 애는 아무 말도 하지 않았다. 우리는 서서히 만나지 않게 되었고 그 애는 내 안에서 점점 자라났다. 밤이면 나는 되뇌곤 했다. '나는 커서 테레즈네 가족처럼 살고 싶어.' 내 친구들 중 아무도, 카실다도, 마그달레나도, 레티시아도, 스카우트 애들 중 아무도 수업 시간이 끝나면 테레즈와 놀지 않았다. 테레즈는 여름방학 때 엄마와 시몬 이모를 따라 프랑스에 간다고 했었는데, 지금쯤이면 분명 돌아왔을 터였다. 어쩌면 창문에서 나를 볼 수 있을지도 몰라. 위에서 나를 알아보고, 나를 부를지도 모르지. 나는 텅 빈 하얗 같은 그 애의 집으로, 이젤과 꽃이 있는 점심 식사로, 테레즈의 사려 깊은 눈으로 돌아가고 싶었다.

**✠ 하느님, 나를 판단하시되, 경건치 아니한 이들 틈에서 나를 구하소서**

묵상 시간에는 정원을 거니는 아이들이 많은데, 새하얀 미사포 때문에 꼭 버림받은 신부들 같아 보인다. 학생들은 개인 면담을 위해 차례대로 사제의 방으로 들어간다. 사순절을 치르기 위해 초대받아 온 설교자들은 묵상 시간마다 원하는 학생들에게 개인 상담을 해준다. 상담의 주제는 소명, 프랑스, 결혼, 가족들 마음에 들지 않는 남자 친구, 오해, 좌절 따위다. 그런데 올해는 모든 게 다르고, 예사롭지 않다. 자크 퇴펠 신부님은 상스러울 정도로 목소리를 높였다. "나는 여러분께 유익한 사순절 설교를 전하려고 프랑스에서 왔습니다. 여행 경비는 아주 비싸지요. 그러니 여러분이 집중하고 의욕을 보여주기를 바랍니다. 나는 아무에게도 사기 치고 싶지 않아요." 작년에 왔던 착한 디디에 신부는 퀘벡 억양의 프랑스어로 우리 모두를 잠에 빠뜨렸다. 오후 3시, 디디에 신부는 경건한 이미지를 하나하나 떠올리게 했다. "자, 여러분, 이제 내면 더 깊숙이 들어가기 위해 눈을 감을 겁니다. 당나귀 위에 앉은 성모 마리아를 성 요셉이 한 발자국씩 인도하는 모습을 상상해보세요. 잉태하신 성모님께서는 가장 따스하고 가장 겸손한 모습으로, 기쁨에 가득 찬 모습으로 당나귀의 등에 앉아 계십니다. 미천한 짐승일지라도 제가 모시는 분이 누구인지 아는바, 거친 길은 피해 가려고 애를 쓰는군요……. 서서히 땅거미가 집니다. 오랜 우여곡절 끝에 마침내, 저기, 저어어어어어어어기 저 끝에, 그래요 저어어어어어어어어기 베들레헴의 지붕들이 모습을 드러냅니다……. 오 베들레헴!" 디디에 신부가 베들레헴에 도착할 때쯤이면, 그토록 사려 깊은 당나귀의 걸음에 흔들흔들 몸을 맡기고 있던 학생들은 이제 완전히 잠이 들어버리고야 만다. 인간의 운명에 대하여 명상하려는 목적이었지만, 돈 이폴리토 베르틀로의 딸 수사나는 코를 골았고, 그 소리가 꼭 목재소 같았다. 오후 3시 수업을 마치며 디디에 신부가 눈을 뜨면, 새하얗고 온순한 소 떼가 갈비뼈를 오르락내리락하며 일정한 호흡을 자랑하고 있었고, 그건 그들의 평온한 의식을 드러내는 명백한 증거였다. "여러분은 착한 학생들이에요, 좋은 학생들입니다." 디디에 신부는 말하곤 했다. 그러고는 낮잠을 자러 자기 방으로 들어갔는데, 새하얀 머리카락을 가진 캐나다 출신의 그로서는 멕시코의 태양 탓에 어쩔 수 없는 처사였다.

### ✠ 악하고 간사한 이로부터 나를 구하소서

퇴펠 신부님은 첫 순간부터 범상치 않은 기대감을 심어주었다. 우리는 엄격한 침묵의 규칙을 어기며 구내식당에서 시끄럽게 굴었다. 식기를 던지고 수프를 엎질렀고, 음료를 벌컥벌컥 마시는 아이들도 있었다. 아무도 음식을 두 번씩 가져다 먹지 않았다. 그날 저녁, 밤 묵상 시간을 위한 복음주의적 이미지를 고르는 대신, 신부님은 이글거리는 눈빛으로 우리 모두에게 추궁하듯 물었다.

"어디 봅시다. 자, 여러분, 여러분은 무얼 공부합니까? 예술사, 프랑스 문학, 현대 문학을 공부하나요?"

놀리는 듯 변한 신부님의 말투는 거의 상처를 주려는 듯했다.

"제발 쓸모 있는 것을 공부하십시오. 간호사가 되든지, 임상분석가가 되든지, 교사가 되든지, 재봉사가 되든지, 약사가 되십시오. 쓸모 있는 일을 하십시오. 뭐든, 필요한 일을 하란 말입니다. 도대체 왜 여러분을 착한 여자아이 신분에 가두어두려는 것을 공부합니까? 자기만의 권태 속으로 깊이 들어가려고 혈안이 된 가여운 이들이여, 언제쯤 다른 사람을 위해 봉사할 겁니까? 언제쯤 다른 사람을 위해 스스로를 내던질 겁니까?"

그것으로도 부족했다는 듯, 이튿날, 퇴펠 신부님은 우리와 악수를 하고 싶어 했다. 자기 손 한가운데 우리의 손을 꽉 쥐면서. 신부님의 손가락에서 전기가 도는 것 같았다. 새카맣고 움푹 팬 두 눈은 수천 개의 핀이 되어 대담자의 얼굴에 꽂혔고, 하얀 얼굴과 검은 머리, 창백한 이마에 살짝 맺힌 땀, 남자의 (그리고 프랑스 사람의) 냄새가 망막에 꽂혔으니, 자연히 모두가 개인 면담을 신청하기 마련이었다. 유일하게 비판력을 지키던 것처럼 보인 친구가 있다면 그건 카실다였지만, 사제와 단둘이 이야기하고 싶어 하는 건 그 애도 마찬가지였다.

✚

늘 그런 식이다. 묵상 시간마다 신부님은 내게 질문을 던진다.

"어디 보자, 그래, 블랑카, 어여쁜 블랑카가 말해볼까요."

"제 이름은 블랑카가 아니에요, 신부님. 제 이름은 마리아나예요."

"상관없어요, 나한테는 블랑카입니다."

모니카가 말하길 퇴펠 신부님이 나를 지목하는 건 나를 놀리는 게 재밌어서라고 한다. 나는 신부님이 나를 알아보기만 한다면 비웃어도 상관없다.

❤

"너는 커서 뭐가 되고 싶니?"

"나는 위대한 사랑을 하고 싶어, 안나 카레니나 같은 사랑을, 보바리 부인 같은 사랑을……."

"그걸 어디다 쓰려고? 안나 카레니나는 기차 아래로 몸을 던지는데."

"아니면 레몽 라디게의 《육체의 악마》에 나오는 사랑."

"왜?"

"왜냐하면, 사랑에 빠지지 않고서는 삶을 이해할 수 없거든."

"그건 사랑이 아니라 정념이야. 정념은 언제나 불행하게 끝나는 법이고.”

“상관없어, 적어도 겪어보았다면.”

카실다가 끼어든다.

“마리아나를 부추기지 말아 줄래, 제발. 그러지 않아도 충분하니까.”

“우리는 이야기 중이야. 이야기할 권리는 있지 않니?”

카실다가 화가 나서 멀어지자, 마르타가 말한다.

“카실다는 점점 말을 닮아가는 것 같지 않니? 얼굴이 말 상이야.”

### ✠ 당신께서는 나의 힘이 되시는 하느님이시므로

정원 벤치에 앉아, 카실다는 신부님이 하는 말이며 하는 행동을 전부 기록한다. 고발하는 것 같은 날카로운 글씨가 얼마나 새카만지 나는 큰소리를 내고야 만다. “어머, 사탄이 받아쓰기를 하고 있나 봐.” 검푸른 짧은 머리칼이 그 애의 얼굴을 감싸자, 미소 짓는 순교자처럼 보인다. 모니카 메리는 우리 중 가장 기품이 있다. 큰 키, 날씬한 몸, 예민한 성격, 거의 늘 빨갛고 흔들리는 긴 손가락은 그 애의 격렬한 감정을 돋보이게 한다. 그 애는 우리가 부르는 노래나 행진곡과는 관계없는 왈츠를 흥얼거리곤 한다.

코끼리 한 마리가 거미줄 위에서
흔들흔들 놀아요
거미줄이 끊어지지 않자
코끼리는 다른 코끼리를 찾아 나섰지요…….

코끼리들은 바로 우리다. 하지만 눈을 지그시 감고 사근사근 돌며 소프라노의 목소리로 노래하는 모니카는 코끼리가 아니다. 그 애가 부르는 노래는 전부 다니엘 다리외가 불렀던 노래다. 베르사유 궁전의 것 같은 샹들리에 아래에서, 잘 차려입은 장교의 품에 안겨 끝나지 않는 왈츠를 추면서.

모두 날아가네요
바람의 날개 위로 아주 멀리,
모두 지워지네요,
꿈같던 약속들
이제 음악은
끝이 났으니,
우리 말없이 이별하기로 해요

잘 가요 내 사랑!

모니카의 피부는 쉽게 탄다. 그 애가 쓰는 자외선 차단제는 겔랑 제품이고, 빗은 멧돼지 털로 만든 것이다. 정신분석가들이 그 애 앞에서 이런 말은 못 할 것이다. "자기 자신을 사랑하세요." 시간 맞춰 기사가 데리러 오고, 뒷자리에 앉은 그 애는 제자리에 앉은 것 같다. 잘 다려진 치마, 손에 든 가방, 광이 나는 구두. 오르테가의 벨트와 금팔찌와 귀걸이를 차고 있다. 그래서 배구 시간에 아를레트는 모니카를 밀어 넘어뜨리고 지네트는 소리를 지른다. "네 명품 치마를 더럽힐 거야." 그럴 때면 모니카는 멀리 도망가는 대신, 자리를 지킨다. 극단적인 것들은 서로를 끌어당긴다. 모니카네 아버지는 이사회를 오가고 어머니는 초상집을 오간다. 멕시코시티에서는 사람들이 연약한 새처럼 죽어나가고, 구슬픈 장례식과 구일장도 더불어 늘어나기 때문이다. 모니카네 아버지는 은행장이면서 은행에 가장 먼저 출근하는 사람이다. 모니카는 캐나다와 미국에서 *예비 신부 학교*를 다녔다. 다 가진 아이다. 그래서 그 애의 분노를 설명하기 어렵다. 방학을 맞아 집에 돌아갈 때마다 모니카네 아버지는 딸의 방을 다시 꾸미라고 사람을 붙여두었고, 모니카는 공사 중인 방에서 잘 필요가 없다. 다른 방에서 자면 되니까. 카실다는 모니카를 비웃는다.

"울워스 백화점을 다 가진 바바라 허턴을 사람들이 뭐라고 부르는지 아니?"

"뭐라고 하는데?"

*"불쌍한 백만장자 아가씨."*

**하느님께서 그대를 걱정하여 천사들을 보내셨으니,**

**그들이 사방에서 그대를 지키리라**

"그거 아니, 사람들이 말하기론 바로 이 길에서, 작년에 플로렌시아가 공중으로 날아올랐대. 바닥에서 10센티미터쯤 떠올랐다지 뭐야. 있잖아, 카실다, 나도 그런 은혜를 받았으면 좋겠어. 만약 다른 애들이 내가 공중에 떠 있는 걸 보면 나를 영원히 사랑할 테니까."

나는 정원의 산책로를 따라 걸으며 내 불안을 산책시킨다. 길이 불분명하고 흐릿하게 나 있는 건 세월 탓이 아니라 영성 수련을 위해 묵상의 집에 가는 이들의 자아도취적이고 강렬한 시선 탓이다.

"카실다, 너 마르타가 어떻게 걷는지 봤지?"

"명상 중이잖아."

"웃겨. 사람들 보라고 묵주를 걸고 다니는 것 좀 봐. 황홀경에 빠져서 나무들을 관찰하는 것 좀 봐. 안녕, 안녕, 안녕, 자연과 대화하면서 하느님의 작품을 발견하고 있네! 웃겨, 웃겨, 웃겨, 정말 웃겨! 재 좀 봐, 파티마의 성모를 본 루시아라도 되는 양 자세를 취하고 있네. 팔은 축 늘어뜨리고 손바닥은 위로 향하게 하고서는 말이야."

"네가 할 말이니, 너 방금 전까지 공중 부양을 하고 싶어 했잖아."

"아, 맞아, 그런데 나는 나고 다른 사람은 다른 사람이지……. 카실다, 너 정원의 새들이 얼마나 뚱뚱한지 봤니?"

새들은 아무것도 신경 쓰지 않는 듯 보인다. 사람이 다가가도 날갯짓 한번 하지 않는다. 우리는 우리의 일용할 양식을 새들에게 던져준다. 새들은 사순절 때뿐만 아니라 연중 내내 살이 찐다. 묵상의 집에서는 언제나 행사가 열리기 때문이다. 결혼 준비, 출산 준비, 독신, 고통, 소명, 질병을 받아들임 등등 모든 것에는 해결책이 있다. 하느님의 뜻을 받아들이는 것이다.

▲

3월에서 4월, 사순절 기간에 나는 라벤더색에 가까운 푸른색 작은 종들을 발로 밟는다. 발을 올리면 종이 터지면서 탁, 탁, 캐스터네츠 소리를 낸다. 옆에는 나무에서 벌새가 빨간 꼬투리를 열어젖힌다. 꽃이 피는 나무라니, 대체 어떤 나라에서 나무에 꽃이 핀단 말인가? 프랑스에도 과실나무는 있었다. 하지만 이곳처럼 구름이 되어 하늘을 뒤덮는 나무들은 없었다. 보랏빛과 붉은빛, 거리는 꽃으로 만든 카펫이다. 아아, 정말 멋진 나라다, 멋진 나라야!

엄마는 우리가 마르케스 데 코미야스에 있을 때부터 그렇게 말하곤 했다.

"얘들아, 멕시코는 정말 아름다운 나라란다. 너희도 보게 될 거야."

엄마가 말해주지 않았던 건, 우리가 거리의 모퉁이에서 이렇게나 많은 행성을 보게 되리란 것이었다. 빛으로 만들어진 공처럼 아직 따뜻한 오렌지가 발에 차이고, 아침 식사로 오렌지 주스라고 불리는, 액체로 된 금을 마시게 되리란 건 말해주지 않았다. 프랑스에서 우리가 마시던 건 *오렌지즙*, *레몬즙*이었다. 물컵에 오렌지 반쪽으로 즙을 짜서 마시는 식이었다. 멕시코에서는 새들이 예언을 전해준다는 것도 알지 못했다. 멕시코에서는 파파야와 멜론으로 참호를 만들어 방어하고, 그 위에 놓인 수박이 바리케이드 역할을 할 만큼 차고 넘치고, 바닥에 쌓인 씨들이 작은 해와 달의 피라미드가 될 수 있다는 것도 몰랐다. 가여워라, 얼마나 메말랐는지, 물 한 모금이 얼마나 절실한지. 우리는 피냐타에서 산사나무 열매가 떨어진다는 것도 몰랐고, 3월과 4월의 하늘 위로 헝겊 꼬리가 달린 박엽지 연이 날 수 있다는 것도 몰랐다.

엄마는 이제 놀라워한다.

"아니, 너희 이제 아주 멕시코 사람이 다 되어가고 있구나."

엄마의 말은 꼭 이렇게 들렸다. 어머, 어머, 조악한 가죽끈 샌들만 안 신었지, 인디오가 다 됐네.

✎

레티시아가 작은 종이에 적는다.

'나는 무기력하다.

아침에 일어나기가 너무 힘들다.

내 동생 페데리코가 나를 짓누른다.

동생이 기숙학교로 갔으면 하고 675번쯤 바랐다.

나는 운동을 하지 않으려고 숨는다.'

레티시아가 마르타 뒤파스키에를 찾아가서 말한다.

"네 생각엔 내가 뭔가 잊은 것 같니?"

어리숙한 아이에게 그러듯, 마르타는 레티시아에게 웃어 보인다.

“다른 걸 더 찾으려고 해봐, 뭐라도 있을 거야.”

“맞아, 그렇지? 조금만 더 생각해볼게.”

돈 이폴리토 베르틀로의 딸 수사나는 그림자가 드리우지 않는 나무 아래서 뜨개질을 하고 있다. 묵상 시간마다 그 애는 가톨릭 여성 단체가 운영하는 무료 진료소로 보낼 칙칙한 스웨터 한 장을 완성한다. 올해는 왼쪽 소매가 너무 길어졌지만 굳이 말을 꺼내는 사람은 없다. 수사나는 긴 소매를 풀지 않고 집중하다가 코가 늘어났다고 불평한다. ‘베르틀로 아가씨가 뜬 스웨터’니까, 긴 소매 따위는 신경 쓰지 않고, 나중에 다른 여자들이 한 땀 한 땀 다시 손을 볼 것이다. 수사나의 눈은 멍하고, 길을 잃은 듯하고, 슬프거나 기쁘지도 않은, 그냥 그런 눈이다. 삶은 달걀 같은 시선을 던졌다가 아무것에도 머무르지 않고 떠난다.

수사나는 다정한 눈으로 나를 보며 묻는다.

“마리아나, 너는 무얼 그렇게 보니? 애들이 그러는데 너희 가족 중에는 미친 사람이 많다더라. 그래서 너도 이렇게 이것저것 들여다보는 거니, 아니면 할 일이 없어서 그러니?”

수사나는 못생겼다. ‘가난한 사람들’이라는 말은 그 애의 입에서 언제나 ‘우리 가난한 사람들’이 되고, 얼굴이 빨개질 때마다 그 애의 얼굴은 주근깨로 뒤덮인다. 베르틀로네 가족은 전부 빨간 머리다. 그들은 자기네만을 위해 예비된 선을 몸소 행하겠다며 손을 비비며 활기차게 들어온다. 그들이 하느님께 바라는 것이라곤 이미 주어진 은총과 건강한 소화 능력뿐이다. 그들의 차례가 끝났다. 완벽한 삶의 계획이 그들의 유능함을 보장한다. 마르트타 뒤파스키에는 혀로 이상한 소리를 낸다. 혀로 이를 때리는 것처럼, 딸깍, 꼴깍, 찰싹 하고 희한한 혀 차는 소리를 낸다. 식당에서는 포크로 음식을 찔러보고, 검은 포도처럼 작게 오므린 입술로 가져간 다음, 입안에 넣기 직전에 잠시 멈춘다. 우리가 자기를 지켜보는지 확실히 하기 위해 눈을 살짝 치켜떴다가 눈꺼풀을 내리깔고 포크를 검은 입술 사이로 집어넣는다. 그러고는 입술을 오므렸다 폈다 하면서 의식적으로 씹는다. 마르트타의 혀는 정말이지 유일무이하다. 코에 넣을 수도 있을 정도로 긴데, 레티시아 라부아지에는 마르트타가 혀로 속눈썹을 핥는 걸 봤다고 한다. 피부가 꼭 목련화 같은 레티시아는 하느님의 영혼을 가진 아이라, 거짓말을 하는 법이 없다. 이번 묵상 시간에 그 애는 수술 집도의처럼 정확하게 고기를 자르고, 쌀 푸딩(묵상 시간에는 계피가 들어가지 않은 쌀 푸딩을 배급한다)을 입천장과 이 사이에 가져간다. 그러면 그 애의 화가 난 혀는 묵묵히 기다린다. 레티시아 옆에는 마르가리타 르메트르가 앉는다. 그가 학생들의 묵상에 참여하는 건 부인들의 묵상에 참여할 수 없어서다. 묵상은 그렇다 쳐도, 지난밤에 약간 무리했는데 아침에 영성체를 해도 될까, 같은 이야기를 나누는 부녀자들의 대화에는 도무지 낄 수가 없는 것이다. 아아, 가여워라! 마르가리타는 아마디타를 닮았고 아마디타는 플로렌시아를, 플로렌시아는 이사벨을, 이사벨은 베르타를, 베르타는 안토니에타를 닮았다. 미덕 안에서 하나 된 그들은, 꼭 다치지 않게 끝이 둥근 가위로 잘라낸 종이 인형들 같다. 억울함 없이 큰언니들처럼 사랑을 주는 그들은, 언젠가 사람들이 그들을 노처녀며 독신녀며, 소피아가 마그다를 부르는 것처럼 멍청한 여자라고 부를 걸 알면서도, 원망 없이 행복을 나눈다. 그럼에도 그들은《아가씨와 결혼》을 읽거나 마리탱, 클로델, 레옹 블루아, 알랭, 에르네스트 프시샤리, 모리아크, 베르나노스를 읽는다. 그리고 당연히, 에스텔라 리베를 편애하는 퇴펠 신부님은 그 애에게 베르그송과 안락사 이야기를 한다.

✠ **왜 나를 거부하시나이까, 원수가 나를 괴롭히는 중에 왜 내가 슬퍼하게 내버려두시나이까?**

"잠깐만, 기다려, 마리아나. 같이 내려가자, 나 신부님과 면담 약속이 있어."

"지금?"

"응."

"지금 밤 10시인데. 그럴 리가 없어!"

"그럴 리 있지, 왜."

"레티시아, 너 정말 운 좋다!"

"원한다면 문 앞까지 같이 가게 해줄게."

(나는 부지런한 일개미답게 클로틸드 수녀님을 도와 이튿날 아침 식사를 준비하러 구내식당에 가야 하는데, 레티시아가 부러워죽겠다. 부러워죽겠다.)

"너무 어둡다, 손잡아줘. 마리아나, 너는 정원을 잘 알잖아."

나는 레티시아를 신부님 방 앞까지 데려다준다. 이제 그 애는 그 바보 같은 종잇장을 신부님 앞에서 읽을 것이다. "나는 무기력하다, 망할 뚱땡이 페데리코가 나를 짓누른다." 어쩌고저쩌고 징징대는 소리. 나는 빠르게 걷는다. 내 뒤에서 77777777777이라는 숫자가 쓰인 담배에 불을 붙이는 대주교님의 손을 상상한다.

"클로틸드 수녀님, 도와드리러 왔어요."

"벌써 다 끝났단다, 예쁜 마리아나야. 하지만 우리 주님과 성모 마리아께서는 네 선한 의도를 아실 거란다. 자, 올라가서 자려무나."

성모 마리아 님께 나는 안중에도 없다. 나는 성령의 비둘기가 성모 마리아께 무슨 짓을 했는지 모르고, 성부 성자 성령 삼위일

체도 이해하지 못한다. 오직 믿음이라는 교리는 얼마나 지겨운지. 나는 마그다가 믿는 과달루페의 성모가 천 배는 더 좋다. 아니면 우리 엄마 루스라든가. 루스, 루스, 루스. 움직이지 않는 주름이 진 푸른색 어깨띠를 두르고 성당 안에서 아래로 내리깐 눈으로 우리를 보는 동상이 아니라, 엄마라면 사랑할 수 있다. 루스처럼 달리거나 비행기놀이를 하거나 열쇠를 잃어버릴 수 있다고 한들, 성모 마리아는 아무 일도 하지 않는다. 찡그린 얼굴, 희생자의 얼굴, 순교자의 얼굴을 하는 것 말고는 아무 일도. 우리 엄마 루스, 아니면 우리 할머니, 프란시스카 이모, 아니면 성당을 어깨에 짊어질 수도 있는 에스페란사 이모 같은 여자들을 위해서는 아무 일도 하지 않는다. 성모 마리아가 마음에 들었던 적이 딱 한 번 있는데, 그건 시모네 마르티니의 그림 '수태고지'에서였다. 그림 속 성모 마리아는 시무룩하고, 기분이 나빠 보인다. 아침의 밝은 빛 속에서 대천사 가브리엘이 그를 설득하려고 애를 쓰지만 좀체 순순히 받아들이는 모습을 보이지 않는다.

마르타 뒤파스키에의 침실 앞을 지나가면서, 나는 캔버스 커튼 사이의 틈으로 그 애를 엿본다. 머리핀이 잔뜩 꽂힌 머리가 베개 위에 놓여 있고, 곱슬거리는 머리칼 아래로는 하얀 크림이 반죽처럼 발려 있는 모습이 꼭 마임 배우 같다. 오늘은, 혹독한 바람 앞에 잠옷을 열어젖히지 않는다. 고행은 고행이고, 꼭 영혼의 아름다움이 아닐지라도 미용 관리는 또 다른 일이다.

"얘들아, 카실다, 나 방금 그 잘나신 마르타가 유령처럼 얼굴을 하얗게 뒤덮고 있는 걸 봤지 뭐니."

"모니카가 화장실에서 화장하는 것도 봤어. 신부님한테 된통 혼났지. 웃지 마, 들리겠어."

매일 밤, 카실다와 나는 우리만의 비밀 회의를 연다. 아니, 더 정확히 말하자면 우리의 폭소 회의라고 할 수 있겠다.

"에스텔라 리베가 신부님을 자기 집 저녁 식사에 초대한대."

"세상에, 가여운 퇴펠 신부님, 에스텔라네 부모님의 엉덩이 같은 얼굴을 봐야 한다니. 네 생각엔 가실 것 같니?"

"벌써 초대를 수락했던걸. 베르틀로네 집에도 가신대."

"수사나는 초대 수락을 어떻게 받아내려나? 분명 스웨터를 뜨겠지. 얘, 나는 신부님을 초대할 생각은 하지도 못했는데. 모니카가 그러는데, 나는 신부님한테 그저 웃음거리래."

"모니카 걔는 으스대기나 하고, 천박하기 짝이 없어. 쥐뿔도 모르면서."

"아아 카실다, 내가 너를 얼마나 사랑하는지 몰라. 너는 언제나 내 편을 들어준다니까."

다른 침대에서 "닥쳐"라든가 "쉿" 하는 소리가 흘러나온다.

"퇴펠 신부님 말이야, 약간 케리 그랜트를 닮은 것 같지 않니?"

"아, 미쳤니. 퇴펠 신부님은 엄청 못생겼잖아. 그중에서도 미소가 제일 못났어, 입술은 꼭 어두운 복도 같고. 입에서는 분명 콜리플라워 삶을 때 나는 냄새가 날 거야."

"아, 나는 캐서린 햅번이랑 나온 〈베이비 길들이기〉의 케리 그랜트 생각이 나더라고. 내가 그런 심란한 교수님 같은 분위기에 반하잖니!"

"너희 좀 닥칠래?" 화가 잔뜩 묻은 목소리가 소리친다. 하지만 카실다는 이야기를 이어간다.

"너 퇴펠 신부님이 돈 이폴리토네 집에서 명품 백자며, 컵이며, 식탁보며, 공급 업체들에서 빼앗아 온 그 모든 것을 보면 반응이 어떨지 상상이나 가니? 베르틀로 아저씨는 자기 집 정원에 두려고 모델로 맥주 공장에서 의자까지 가져온 것 같다니까."

"너희 안 닥치면 지금 바로 이르러 갈 줄 알아!" 화난 목소리가 으름장을 놓는다.

나는 맨발로 내 침실로 간다.

### ✠ 당신의 빛과 진실을 발하소서

나는 두 번째 성체조배를 레티시아와 함께 드린다. 사실 내가 유일하게 하고 싶은 건 신부님의 방이 있는 쪽을 바라보는 것이다. 정원을 가로지르면 사제의 방에 불이 들어온 게 보인다. 밤이면, 담쟁이덩굴이 얽힌 어둡고 컴컴한 집은 마법사가 사는 탑처럼 보인다. 그리고 그 집은 내가 출입할 수 없는 곳이다. 아직은. 그곳에 들어가는 건 규칙 위반이다. 신부님은 특권층 아이들만 부르는데, 그 애들이 나올 때 보면 뺨은 발그레하고, 머리는 산발이 되어 있고, 치마는 흐트러져 있고, 이제 평생 지니게 될 무언가를 방금 막 배운 사람의 시선과 냄새를 풍긴다. 지금처럼 아래에서 올려다보면, 집은 저주받은 성처럼 보인다. 왜냐하면, 저 위에는 기쁨과 두려움을 동시에 자아내는 불안한 존재가 살기 때문이다. 잠은 왜 안 잘까? 아예 잠을 안 자나? 신부님에게 무슨 일이 있다, 그런데 무슨 일? 신부님이 무언가를 요구한다, 그런데 무엇을? 우리는 신부님이 원하는 거라면 드릴 준비가 되어 있다, 그런데 신부님이 원하는 게 뭐지?

오늘, 구내식당의 나무 의자에 앉아 있던 신부님은 악마와 싸웠다. 손으로 이마를 짚더니, 머리칼을 쓸어 넘기며 말했다.

"수업을 마치지 못할지도 모르겠군요. 계속할 수 없을지도 모르겠지만, 여러분이 용서해주셔야 합니다."

목소리에 긴장한 기색이 역력하다. 신부님을 안아드리고, 위로해드리고, 쉬게 해드리고, 필요하다면 목욕까지 시켜드리겠다고 나서지 않을 사람이 우리 중 얼마나 될까! 하지만 아무도 움직이지 않았고, 신부님도 단호한 표정으로 우리를 막았다. 우리는 바로 그 순간이 지극히 중대한 순간이라는 사실을 깨달았다. 우리는 단지 지성의 힘만으로, 혹은 악마의 것과도 같은 어두운 힘으로 우리를 흡수해버릴 수도 있는 사람을 맞닥뜨리고 있었다. 마르가리타는 몸을 떨었다.

"여러분은 왜 금지되지도 않은 일들을 고해합니까? 여러분의 하찮은 이야기 안에서, 여러분 개인의 운명 안에서 하느님의 역할이 뭡니까?"

원고는 고압 전류 같은 기운을 뿜어내며 우리의 주의를 붙든다.

우리는 그를 거부할 줄 모른다. 긴장을 덜어보려고 누군가 잠시 눈을 감는 순간에도, 퇴펠 신부님은 그를 연민하지 않는다. 아니, 그 반대다. 그는 분노하여 소리친다.

"인간이라면 살아가면서 자신이 재능을 발휘할 수 있는 곳에 온 힘을 쏟아부어야 합니다. 그러지 않을 바에는, 죽는 편이 낫습니다."

신부님은 에스텔라 리베에게 이렇게 소리쳤다.

"죽어버리세요. 죽어버리란 말입니다, 에스텔라. 하지만 눈을 감지는 마십시오. 기쁨이든 고통이든, 그 가능성의 끝까지 밀어붙이십시오. 존재만 연명하는 것이 무슨 의미입니까? 무슨 일을 하든, 열정이 없는 것보다는 죽는 편이 낫습니다!"

딸깍, 갑자기 불이 꺼진다. 불을 언제 껐지? 나한테 왜 이러시는 거지? 어떻게 딱 그 순간에, 결혼행진곡이 울려 퍼지는 바로 그 순간에 나를 떠날 수 있지? 차단기 소리를 들은 것 같은데, 딸깍하는 소리가 아직 내 귀에 울린다. 마법사의 집을 어찌나 뚫어지게 올려다봤던지 눈이 아프다. 사실, 나는 그 탑의 빛을 발하는 창문에서 단 한 순간도 눈을 뗀 적이 없고, 시선을 내린 적도 없다. 나는 모든 성체조배를 사제를 위해 드렸다. 전부. 그리고 내가 황홀경의 절정에서 신부님과 연결되어 있다고 느꼈을 때, 딸깍, 차단기가 내려가면서 장면을 흐려버렸다. 나를 거부하면서 아무것도 아닌 것으로 만들어버렸다. '나는 내 침묵의 탑에 있고, 그대는 저 밖에 있네요. 갈 길이 멀군요.'

레티시아 라부아지에의 말이 맞는다. 묵상의 집 정원은 나의 영역이자 나의 사냥터다. 나는 그 누구보다 정원을 속속들이 안다. 내가 모든 것을 관찰한다는 바로 그 사실 때문에, 수사나의 두꺼비 같은 눈은 나를 비난한다. 나는 구석구석에 올라오는 잔디의 유순함을 안다. 하지만 나를 끌어당기는 건, 생존의 증거로 무광의 특수 갑옷을 입고 거칠게 자라나는 잡초다. 왜냐하면 강함이란 소란스러운 게 아니라, 번들거리지 않는 것이기 때문이다. 높은 벽으로 사방이 막힌 이 정원의 어둠과 빽빽함이 내 정신을 혼미하게 한다. 이곳에서 하늘은 열린 공간이 아니라 덮개다. 수상한 얼룩이 있는 담요다. 골풀의 줄기에서는 끈적끈적하고 우유처럼 하얀 진액이 흘러나와 손에 들러붙는다.

담쟁이덩굴은 벽뿐만 아니라 나무에까지 엉겨 붙어 나무를 휘감고, 숨통을 조일 때까지 앞을 가로막는다. 더 세게 엉겨 붙기 위해 연약한 척을 할 뿐이다. 자크 퇴펠은 소유욕이 악이라고 한다. 손을 완전히 펼쳐서 공기가 들어오게 해야 한다. 그런데 나는 그가 손을 펼치는 몸짓이 마음에 들지 않는다. 신부님의 손은 짧고 납작해서 우리 아빠 카시미로의 손처럼 공기가 들지 않는다. 신부님의 검은 구두 또한 거칠고 엉성한 데다 코가 들려 있다. 늘 진흙이 묻어 있는 것처럼 보인다. 수사나 베르틀로가 해준 이야기가 있다. 그 애의 아버지가 부드러운 카펫처럼 자라길 기대하며 그늘에서 자라는 영국산 풀을 심었는데, 끈질기고 원초적인 독사 한 마리가 쿠에르나바카의 안내자라도 되듯, 그 땅에 악착같이 붙어 있었다는 사실은 알지 못했다. 정원사가 진달래며 큰 장미며 작은 장미에 거름을 준다 한들, 멕시코의 흙에는 무언가 이상한 일이 일어나는 게 틀림없었다. 섬세한 그 꽃들에게는 너무도 원기 왕성한 흙 탓인지, 꽃들이 거칠고 험악하게, 콜리플라워의 크기로 자라는 것이었다. 부겐빌레아는 담쟁이덩굴보다 소유욕이 적지만, 조용하게 서서히 오렌지나무를 휘감는다. 오렌지꽃 향기가 맴도는 대기에는 작은 불씨처럼 톡 쏘고 알싸한 무언가가 있다. 나는 골풀 뒤에서 고인 물 냄새, 아니 그보다 지독한 썩은 냄새라고 할까, 터무니없는 냄새가 나는 구석을 발견한다. 넋이 빠져나갈 지경이지만 그게 무엇인지 알 수 없어 애가 탄다. 내가 제어할 수 없는 것이 나를 붙든다. 하느님의 집에 빗물이 고인 웅덩이라니, 참으로 부적절하지 않은가! 교란하는 냄새가 머리로 올라와 니스 냄새처럼 아찔하게 만들고, 몰약 냄새를 풍기며 상승하는 무거운 연기에서 신성한 점이라곤 찾아볼 수 없다. 연기는 천장에 매달린 채 움직이는 향로에서부터 빙빙 돌며 나와 지붕까지 올라간다. 라일락처럼 달큼하게 퍼져나가는 냄새가 침실의 캔버스 커튼에까지 스며든다. 고해 전에 양심 성찰을 하는 우리 틈에 관능적인 향기를 뿌리고 향신료처럼 우리를 절이며 도취시킨다. 그 향기야말로 우리의 철야 기도다. 나는 그 향기를 음흉하게 들이마신다. 그러고는 나를 정화하는 의미로 동생 파비안의 손에 여러 번 입을 맞출 것이다.

통나무 벤치에는 자리가 나는 일이 없다. 깡마른 나무 두 그루는 배구 네트를 거는 데 쓰인다. 그리고 떠들썩한 소리로부터 멀리 떨어진 곳에, 신부님의 방이 있다. 올해, 그곳은 나를 자석처럼 끌어당긴다. 마법사가 사는 성, 아니면 괴물을 가두어둔 곳,

아니면 식인귀가 사는 동굴, 무엇이든 상관없다. 나는 그곳으로 간다. 문에 걸림돌처럼 붙어 있는 계단으로, 더러운 담쟁이덩굴이 휘감고 있는 회색 계단으로 간다. 나는 그 층계에 앉아 있기를 좋아한다. 신부님의 방 옆이기 때문이다. 그곳에 앉아 나는 손수건으로 담쟁이덩굴 잎을 하나하나 닦으며 시간을 보낸다. 나는 그 이파리들이 나무의 초록빛 손이라도 되는 양 내 뺨에 갖다 대며 열기를 식힌다. 계단은 언제쯤 나를 궁전으로 데려다주는 다리 역할을 할까? 내가 이곳에 앉아 얼마나 많은 시간을 보내는지 신부님께서 아신다면. 계단에서 나는 문의 아주 작은 움직임까지 포착할 수 있지만, 올해는 무슨 일이 일어나는지 파악할 방도가 없다. 이곳이 이렇게 붐빈 적은 처음이다. 전-무-후-무하다. 지금 막 마르가리타 르메트르가 나온다. 나를 보지도 못하고, 멍한 두 눈에 입술이 무력하게 떨린다. 그는 층계참에서 발을 헛디뎌 넘어질 뻔한다. 내 손수건을 건넸지만 거절하더니, 흐느끼며 뛰어간다.

"마르가리타, 무슨 일인지 이야기해줘요."

"얘, 나 좀 내버려둬."

"우울하기 짝이 없네! 대체 여기서 무슨 일이 일어나는 건데요? 왜 이렇게 비밀이 많죠?"

신부님의 방에 가지 않겠다던 카실다가 방금 막 들어간 참이다. 무엇이 그 애의 마음을 바꿨을까? 이 묵상의 집에서는 모든 게 아주 이상하다. 설교자부터 예배당에 가지 않는 우리까지. 어찌나 세게 문질렀는지 기어이 이파리에 구멍을 내고야 만다. 마침내 카실다가 나온다. 면담은 오래 걸리지 않았고 그 애의 눈은 전장에 있는 것 같다. 두 손은 주먹을 꽉 쥐었고, 입술은 일진이 사나운 날에 그러듯 꾹 다문 모습이다.

"카실다, 카실다, 무슨 일이야? 신부님이 너한테 뭐라시디?"

"아무것도 아니야, 말할 기분 아니야."

정원 끝에서 수군거리는 소리가 들린다. 학생들이 에스텔라 리베 주위로 몰려들고, 조용히 쑥덕거리던 목소리는 조금씩 원래 목소리보다 커진다.

"저거 봐, 카실다, 저기에도 말하고 싶어 하지 않는 애들이 모여 있네."

목이 말라 있던 에스텔라 리베는 이제 만족한 듯, 행복에 취해 신부님이 자기에게 무슨 말을 했는지, 오로지 자기에게만 한 말이라며 전부 늘어놓는다. 에스텔라의 친구들은 그 애가 고해성사 하는 걸 좋아하지 않는다는 사실을 안다. 아니, 그 사실을 잊기라도 했나? 에스텔라는 언제나 고해소는 후회로 얼룩진 곳이라며 진저리 치며 이야기하곤 했다. 보아하니, 신부님이 에스텔라에게 고해는 필요 없다고 이야기한 모양이다. 사람은 각자 자신의 책임을 받아들여야 하며, 타인의 등에 대고 짐을 내려놓는 건 의미가 없다고, 왜냐하면 어차피 사람들은 똑같은 죄를 되풀이하기 때문이라고. 에스텔라의 얼굴이 기쁨으로 환히 빛난다. 나름대로의 과학적인 추론으로 고해성사는 영혼이 나약한 이들에게나 필요한 것이라는 결론에 이르렀고, 현명한 데다 유혹적이기까지 한 사제가 자기의 훌륭한 판단을 칭찬하니 당연한 일이다. 얘들아, 너희가 증인이야! 웅크린 아이들은 깃털을 부풀리는 암탉처럼 보인다. 수사나는 이제 뜨개질을 하지 않는다. 수사나의 눈은 주인을 잃은 개처럼 상처받고 여린 눈이 되었다. 이제 수사나가 측은한 사건의 주인공이 되었기 때문이다. 세상의 모든 고난이 그 애의 어깨를 짓누른다. 가여운 중국인들 때문에, 아프리카의 흑인들 때문에, 전쟁 때문에, 흑사병 때문에, 한센병 환자들 때문에, 선교사들 때문에, 거리 위의 무기력한 인도인들 때문에, 부모에게 방치되었던 어린 시절 때문에 그 애의 두 눈에는 언제나 눈물이 그렁그렁 맺힌다. 프랑스인이 모여 사는 동네 사람 모두 베르틀로가 영혼이 아름다운 아이라고 칭찬한다. 그 말을 확인시켜주는 대신, 어제 오후, 퇴펠 신부는 그 애를 꾸짖었다.

"칭얼거리지 마세요. 나는 탄식만 하는 사람을 견딜 수 없습니다. 탄식은 감상주의에 지나지 않아요. 종교는 감상주의와는 전혀 관계가 없습니다. 여러분, 감상 과다로 나를 찾아오지 마십시오!" 신부님은 이를 악물고, 턱을 앞으로 내민 채 격분하여 말했다. 잠시 후, 약간 진정된 모습을 보였는데 카실다가 갑자기 신부님에게 질문을 던졌기 때문이다.

"좋아요, 그러면 신부님은 감상주의가 무엇이라고 생각하시나요?"

단지 거친 목소리, 떨림, 야유하는 소리와 공중으로 뻗어나가는 문장만 들릴 뿐이었다.

"감상주의란 감정을 불필요하게 이어가다가 결국 그 가치를 떨어뜨리는 일이지요. 감정을 곱씹으며 그 안에서 즐거워하는 것만큼 해로운 일도 없습니다. 여성이라면 구태여 드러내지 않고도 감정을 아주 강력하게 느낄 수 있습니다. 품위 있는 여성이라면 말할 필요도 없지요. 여러분에게는 감상주의에서 벗어나는 일이 무척 어려울 겁니다. 여러분은 부잣집 자제들이니까요. 걱정거리가 없단 말입니다. 여러분은 타인의 문제를 해결할 수 없습니다. 여러분에게는 현실이 아니니까요. 감상적일수록 진정 느낄 수 있는 것은 적습니다. (신부님이 자기 자신을 가리킨다.) 나로 말하자면, 감상적이 될수록 사랑할 수 있는 힘이 줄어듭니다……. 어린아이는 결코 감상적인 법이 없습니다. 절대로. 여러분, 냉소주의가 감상주의의 반대라는 것 아실 테지요. 냉소주의와 감상주의 중에 나는 냉소주의를 택하겠습니다."

수사나는 아연실색해서 경악을 금치 못했고, 이후 아무도 성체조배 시간에 그 애를 보지 못했다. 수사나는 이따금 긴 뜨개바늘을 들고 자기 허벅지며 다리를 찌른다. 이런 야만적인 방식으로 꾸중을 들으려고 그토록 오랫동안 기도를 했단 말인가. "면담을 요청해." 우리는 수사나에게 충고한다. "면담을 요청해봐, 뭐라고 하시는지." 하지만 신부님은 그 이후로 수사나에게 말 한마디 하지 않았다. 신부님은 저 뚱뚱이가 베르틀로 집안 자제라는 걸 모르나?

"재네 좀 봐, 카실다. 대체 뭣들 하는 건지. 에스텔라는 자기가 타잔의 엄마인 줄 아나 봐."

"이번 수련회는 너무 이상해. 너, 신부님이 설교보다 우리 자신에 대해서 더 많이 말한다는 거 아니? 내면의 '나'를 찾으라는 둥 말이야. 한 명 한 명씩 정해서 꾸짖는 거 봤니? 그리고 불쌍한 마르가리타 르메트르에게 어떻게 했는지 봤지?"

"수사나는 멍청해. 모든 사람 앞에서 울다니, 아니 더 정확히 말하면 그 선택받은 패거리 앞에서 울다니 말이야."

"하지만 불쌍한 수사나 말이 맞아. 습관을 통해서, 일상의 노력을 통해서 완벽에 도달한다는 말."

"습관은 끔찍한 거야, 카실다. 끔찍하고말고. 신부님이 얼마나 화를 냈는지 생각해봐. 자기 노력을 만천하에 드러내는 여자는 한심해. 여자로 사는 것이 얼마나 어려운 일인지 사람들은 알 필요가 없어. 여자가 하는 모든 일은 마치 당연한 재능처럼 보여야 해."

"아아, 마리아나, 이해도 못 하는 말 바보같이 되풀이하지 말고, 식당에서 좀 더 챙겨 먹기나 해. 너 감자 안 먹었더라."

"그건 사순절에 행하는 나의 고행이야."

"말 같지도 않은 소리! 너 살찌기 싫은 거잖아. 그러다 예배당에서 기절해서 사람들이나 괴롭히고. 그거야말로 내가 너희에게 제일 화나는 점이야, 자기 자신을 속일 수 있는 너희에게 화가 나!"

### ✠ 저들이 나를 인도하여 주의 거룩한 산과 거룩한 거처로 데려가게 하소서

정원 끝에서 아직도 난리 법석인 아이들에게서 멀리 떨어진 길을 우리는 천천히 걷는다. 카실다는 탄탄한 다리로 힘차게, 나는 무기력하게 걷는다. 나는 내 다리가 가는 대로 걸을 뿐이다. 나는 피곤하다. 얼마나 피곤한지 계속해서 눈 위로 내려오는 머리카락을 뒤로 넘길 힘도 없다. 이따금 삶이 나에게서 떠나가는

데, 나는 앞으로 나아가지 못하는 기분이 든다. 다른 애들이 나를 보고 비웃는다. "마리아나가 파리 쫓는 꼴 좀 봐." 나는 모카신 안에서 발을 움직일 수 있다. 발가락을 움직여서 앞으로 뒤로 가게 할 수 있고, 그러면 신발은 나와 상관없이 제 본능을 따라간다. 좋은 신발의 규칙에서 벗어나 자기들끼리 뒤엉킨다. 카실다는 나의 부주의함을 걱정한다.

"얘, 마리아나, 너 그 멍은 언제 생긴 거니?"

"무슨 멍?"

"안 아팠어?"

"멍은 아프지 않아, 부딪히는 게 아프지. 부딪힌지도 몰랐네."

나는 카실다의 손 위에 내 손을 포갠다. 내가 특히 좋아하는, 운동 때문에 딱딱하게 박인 굳은살이 느껴진다.

"카실다, 신부님이 네게 뭐라고 했는지 말해줘. 아무한테도 안 말할게."

카실다가 내 손을 뿌리친다.

"싫어, 마리아나."

"제발."

"입 닥쳐, 강요하지 마."

"너는 내 친구가 아니구나."

"내가 네 친구이기 때문에, 네가 신부님을 보러 가지 않았으면 하는 거야. 네게는 누구보다 더 큰 상처를 줄 거야."

"왜?"

"왜냐하면 너는 아무것도 아닌 일로 붕붕 뜨잖아……. 신부님을 보면, 너는 방방 날뛸 거잖아."

"내 말 들어봐, 카실다."

"내가 너한테 말해주면, 신부님 보러 안 갈 거야?"

나는 거짓말이란 걸 알면서 거짓말한다.

"당연하지."

"그 사람이 무슨 짓을 했는지 들어봐. 내가 방에 들어갔어. 나는 나한테 앉으라고 말할 때까지 서서 기다렸어. 그 사람이 어떻게 했는지 아니? 자기 얼굴을 내 쪽으로 돌리더니, 나를 위아래로 훑어보고는 말하는 거야. '참 예쁘구나!'"

"그게 다야?"

"이게 별거 아닌 것 같니?"

"너무 멋지다고 생각하는데."

"멋지다니 말 같지도 않은 소리! 정말로, 너는 제정신이 아니다. 나는 화가 났어. 그래서 신부한테 그냥 이렇게 말했어. '저한테 예쁘다고 하는 사람은 차고도 넘쳐요. 남자애들 전부 그러는 걸요. 그런데 그런 말을 신부님한테 기대하지는 않죠.' 그 사람은 내게 소파를 가리켰지만, 나는 그 사람을 위에서 내려다볼 수 있게 높은 의자에 앉았어. 그 사람이 말하길, 나처럼 전투적인 사람이 좋다고, 처음에 그런 식으로 행동한 건 그냥 나를 시험해 보았을 뿐이었다더라. 눈빛을 보니 진심인 걸 알 수 있었어. 우리는 묵상 시간에 다루는 주제들에 관해 이야기를 나눴고, 내가 가장 관심을 가지는 주제가 뭔지 묻더라고."

"그래서 뭐라고 했어?"

"마리아나, 나랑 같이 좀 걷자, 제발. 너무 앞서가거나 내 뒤꿈치를 밟거나 하지 좀 말고. 나는 우리 안에 다양한 모습이 있는데 그중 하나의 인격체만 골라야 한다는 게, 죽음이 다가왔을 때 그 단 하나의 진정한 나 자신이어야 한다는 게 흥미롭다고 했어. 정말 놀랍지 않니? 잘못된 나의 모습으로 죽는 게 상상이나 가니? 그러자 신부님은 태초의 진정한 인격체로 돌아가려면 나 자신을 선택해야 하며, 그러기 위해서는 내면의 자유가 필요하다고 했어. 자기 자신에 대한 존중과 깊은 이해가 필요하다고."

"우리 할아버지는 여자들이 '나 자신을 선택'하기 때문에 야만적인 짓을 저지르게 되는 거라던데."

"그래? 그다음에 신부님은 절대적인 순간들에 대해 이야기했어."

"그건 아주 잘 기억나. 절대적인 걸 말할 때는, 결국 사랑에 대해 말하는 거야."

"응, 그런데 네가 생각하는 유일한 사랑인 남녀 간의 사랑뿐만이 아니야. 우리에게 은총이 찾아와서 자연과 완전히 하나가 된다고 느끼는 순간들 말이야. 자연으로 임재하시는 하느님은 너무도 가까이 느껴져서 우리의 '자신'이 우주의 먼지처럼 작아지지."

"너는 입맞춤이 절대적인 것이라고 생각하니?"

"아니, 이 미련퉁이야. 하지만 어머니 됨이란 절대적인 거라고 생각해."

그 순간 신부님이 문을 열고 나오더니 예배당으로 향한다. 카실다는 황급히 비켜서더니 자기 발끝만 내려다본다. 신부님은 구부정한 자세로 주머니에 손을 넣는다. 다음 수업이 시작될 시간인데 아무도 시작을 알리는 종을 울리지 않는다. 수업 종 담당은 에스텔라인데, 종을 치면 내면의 기쁨이 드러날까 두려워서 종을 울리지 않은지도 모른다. 자크 퇴펠은 카실다와 나를 오랫동안, 뚫어지게 바라본다. 우리는 예배당으로 들어가 그리스도 앞에 무릎을 꿇고 방금 발견한 우리의 '자신'을 주께 바친다.

신부님이 억양 없는 목소리로 빠르게 기도문을 읊자, 다시 아슬아슬한 침묵이 예배당을 지배한다. 밭은 숨소리, 두근거림, 꼭 비둘기 떼가 날갯짓을 시작하기 직전인 듯하다. 신부님은 순수하고도 음탕한 비둘기 떼에 둘러싸여 있다. 부드럽고 따뜻한 깃털은 신부님의 손이 닿자 파르르 떨린다. 신부님에게는 비둘기장 위를 날아다니는 매와 같은 힘이 있다. 눈두덩이 움푹 팬 두 눈은 맹금류처럼 번뜩이고 거칠며, 굵은 목소리가 못마땅한 소리를 내뱉을지언정 그는 사제이므로, 비둘기들은 자기들이 안전하다고 믿는다.

나는 '장밋빛 인생'을 목청껏 부른다.

## 하느님, 나의 하느님, 수금으로 주를 찬양하나이다

나는 문을 두드린다. 목소리가 대답한다. "들어오세요." 나는 조심스레 문을 열고 방 안으로 들어간다.

"아, 어여쁜 블랑카로군요."

"제 이름은 블랑카가 아니에요, 신부님. 제 이름은 마리아나예요."

"나한테는 블랑카 양입니다. 앉으세요."

담배 냄새가 훅 끼친다. 사제의 방은 묵상의 집에서 준비해준 개성 없는 방이 아니다. 방 구석구석에 사제의 존재가 묻어 있다. 연기로 둔탁한 공기가 고여 있고 창문은 닫혀 있다. 전등 하나만이 침실을 비추고 있다. 어스름한 빛이 무질서를 비호하고,

화가 난 듯 눌러 끈 꽁초가 재떨이에 가득 찬 나머지, 빈 잔까지 채우고 있다. 딱 하나 있는 의자 위에는 터지기 일보 직전인 배낭 하나가 쭈그러진 모양으로 놓여 있다. 커버에 주름이 진 침대 옆에 놓인 사무용 책상에는 작은 병들이 쌓여 있다. 나중에 나는 그것들이 안정을 위한 것이란 걸 알게 된다. 사람들은 독일군이 신부님을 고문했다고, 신부님에게는 군인 신분으로 받은 레지옹 도뇌르 훈장이 있다고, 하지만 그걸 절대로 사용하지 않는다고 수군거린다. 의자 등받이에는 더러운 티셔츠 한 장이 걸려 있다. 내가 방에 들어선 순간, 신부님이 분명 편지인 게 틀림없는 종이 뭉치를 황급히 쓰레기통에 버리는 모습을 본다.

"그래, 어여쁜 블랑카 양, 무슨 일로 왔습니까?" 사제가 다정한 목소리로 묻는다.

"사실은 아무 일도 없어요, 신부님, 그저 다른 애들이 다 왔길래 온 것뿐이에요."

"그래요, 아무 일도 없다곤 해도 블랑카 양과 이야기를 나누고 싶군요."

신부님은 목소리를 자유자재로 조절한다. 가끔은 그 안으로 들어갈 수도 있을 것 같은 동굴과 같고, 때로는 펼쳐져서 공간을 뒤덮기도 하고, 예배당의 궁륭이나 하늘처럼 도무지 닿을 수가 없기도 하다.

"앉으세요."

신부님의 말을 따라 배낭을 벗고 앉자 드레스가 부스럭거리는 소리를 낸다. 부디 신부님이 듣지 못했기를. 속닥거림으로 만들어진 드레스가 소리를 내며 존재를 드러내는 순간은 언제나 적절하지 못하다. 면담을 빨리 끝내려는 신부님은 한 발은 바닥에 대고 한 발은 공중에 띄운 채로 의자 팔걸이에 앉는다. 줄담배를 피우는 신부님의 검지와 약지는 누렇다 못해 검기까지 하다. 어떤 의미에서 보자면, 이 방의 모든 것이 검다.

"블랑카 양은 이미 고해성사를 했지요?"

"네, 신부님."

"나에게 했나요?"

"네, 신부님." 나는 들떠서 말을 잇는다. "하지만 작년에 디디에 신부님께 말했던 것, 2년 전에 보놈 신부님께 말했던 것, 3년 전에 뒤슈맹 신부님과 카셀리 신부님께 말했던 것과 똑같은 걸 말했어요. 늘 다섯 가지 죄죠. 산만함, 오만함, 나태함……."

사제는 지긋지긋하다는 몸짓을 취한다.

"그래, 그래, 압니다. 그런데 블랑카 양 자신에 대해서는 무얼 말할 수 있지요?"

나는 경계하며 신부님을 바라본다. 첫째, 나는 나 자신에 대해 말할 줄 모르기 때문이고 둘째, 내게는 흥미로운 이야기가 없기 때문이다. 우리 집 식탁에서 오가는 대화는 하루 일과를 중심으로, 우연한 발견에 방점을 두며 이루어진다. "마데로에서 누굴 봤는지 아니?" 하지만 엄마나 아빠나 "나는 나고, 나는 생각하고, 나는 말한다"라고 자신에 대해 분명히 말하는 건 들은 적이 없다. 그런가 하면, 아무도 선을 넘어서는 안 된다. 가령 식탁 앞에서는 아무도 약을 먹는 모습을 보여서는 안 되고, 자기 자신에 대하여 이야기하는 것은 돈 이야기를 하거나 불쾌한 경험을 이야기하는 것처럼 악취미라고 여겨진다. 질병에 대해서는 말할 것도 없다. 나는 엄마나 아빠가 "나는 이런 사람이다"라고 말하는 걸 들어본 적이 없다. 태생이 나쁜 사람들만이 속 이야기를 하는 법이다. 하지만 신부님의 요구하는 눈 안에 진실하고 깊은 애정이 보이는 그 순간 내게 흥미로운 이야깃거리가 있었다면, 예컨대 갑작스러운 종교적 소명, 끔찍한 가족 문제, 악에 대한 저항할 수 없는 끌림 같은 것들이 있었다면 나는 영혼이라도 팔았을 터였다. 신부님의 눈은 모든 타락을, 그중에서도 특히 나의 타락을 떠안을 준비가 된 심연이다. 절망적이다! 나는 왜 특별하지 않은 걸까? 무슨 말을 해야 하지. 하느님, 제게 말할 거리를 주세요, 그리스도여, 성 타르시치오여, 무얼 말하면 좋을지 알려주세요, 신부님이 저를 다 큰 어른으로 볼 만한 무언가를요. 신부님의 가르침을 이해했고 실천에 옮길 수 있다는 것을 보여줄

만한 무언가를요. 나의 하느님이시여, 제가 거짓말을 하게 허락해주세요, 신부님 눈에 매력적인 영혼일 수 있게요. 저를 긍휼히 여길 수 있게요.

"블랑카, 블랑카의 삶에 대해 이야기해주세요."

"모르겠어요, 신부님. 제 삶과 저는 아무런 관련이 없어요."

"왜 그렇지요?"

"제 선택이 아니니까요. 저는 엄마와 아빠가 바라는 대로 살 뿐이에요."

"부모님이 무얼 바라시지요?"

"제가 건강하기를, 제가 착하기를 바라시고……. 부모님들이 바라는 것들이죠."

"블랑카 양은 어릴 때 어떤 아이였습니까?"

나는 그 질문이 하늘에서 떨어지는 만나인 것처럼 감사히 받는다. 신부님은 이제 나를 어리게 보지 않는 것이다. 내 어린 시절에 대해 알고 싶어 한다. 그건 정말 쉬운 일이다. 드레스가 다시 바스락거린다. 이번에는 존재감을 분명히 드러내면서.

"아아 신부님, 잘 기억이 나지 않아요. 너무 오래전 일이니까요. 저는 어른이 되는 것이 엄청나게 특별한 일일 거라고 믿었어요. 어느 날 생각했죠, '어른들의 이야기를 이해할 수 있게 되는 날에, 나는 그들처럼 세상의 주인이 될 거야.' 하지만 어른들의 이야기를 이해하게 된 날, 저는 사기를 당한 기분이었어요. 저는 어른들이 대단하고 멋진 것에 대해 이야기한다고 믿었으니까요. 산을 올라 정상에 도달하는 것처럼, 어른들은 언제나 무언가를 발견하리라고 믿었어요. 어른들이 나무 꼭대기에 달린 가지들보다도 더 키가 큰 거인들인 줄 알았죠……."

이제 사제는 대담자가 빨리 나가길 바라며 걸터앉아 있던 자세를 풀고 편하게 자리를 잡는다. 나는 그의 눈에서 그가 이 대화를 즐기고 있다는 사실을 본다. 그때 신부님이 말을 끊고 묻는다.

"악마를 믿나요?"

"아, 그럼요. 하지만 루스가 믿는 만큼은 아니에요."

"루스가 누구죠?"

"저희 엄마요."

"아, 그렇군요! 그럼 블랑카 양의 집에서는 악마를 믿습니까?"

"저희 엄마는 믿어요, 신부님. 저희 엄마는요."

"아, 블랑카 양은 어디 출신인가요? 분명 부유한 집 자제겠지요."

"신부님, 질문을 잘 이해하지 못하겠어요."

"아주 쉬운 질문입니다. 그대의 집에서는 어떻게 삽니까?"

"다른 사람들처럼 살죠, 신부님."

"블랑카 양, 세상이 사회계층으로 나뉘어 있다는 걸 모른단 말입니까? 어떤 이들은 다른 이들보다 잘사는 법입니다. 그대의 가족은 어느 쪽이지요?"

"저희요?"

"그래요."

"저희는 저희예요."

"그럼 다른 사람들은 뭐지요?"

"다른 사람들은 길거리에서 볼 수 있는 사람들이죠. 다른 사람들이요."

"어떤 다른 사람들을 말하는 거지요?"

"사람들, 밖에 있는 사람들이요. 현관문만 나가면 늘 보이는, 지나다니는 사람들이요."

"그대의 집에는 하인이 있습니까?"

"네, 신부님."

"그 사람들은 식탁에서 밥을 먹습니까?"

"저희랑요?"

"그래요, 그대의 가족과 함께요."

"아이참, 아니죠, 신부님!"

"아, 그래요, 그 사람들은 어째서 그대들과 같은 식탁에서 밥을 먹지 않지요?"

(나는 점점 아리송해져서 신부님을 바라본다.)

"왜냐하면, 그 사람들은 하인들이니까요. 예의범절을 모르니까요……. 하인들이잖아요."

"그건 무슨 뜻이지요?"

"그 사람들은 달라요. 그 사람들도 저희랑 한 식탁에서 밥을 먹고 싶진 않을 거예요."

"그러면, 하인들이라면 주방에서 밥을 먹어야 한다는 데 동의하는 겁니까?"

(한 줄기 섬광처럼, 마그다가 내 눈앞에 스쳐 지나간다. 하지만 마그다는 마그다다.)

"모르겠어요, 신부님. 그런 생각은 해본 적이 없어요."

"그러면 그대는 왜 하인이 아니지요?"

지금 나를 놀리려는 건가?

"저는 좋은 집안에서 태어났으니까요, 신부님."

"좋은 집안이란 건 무슨 뜻이지요?"

"부모님은 저를 학교에 보내셨어요. 저는 좋은 교육을 받았고요."

"무얼 위해서 교육을 받았지요? 그대는 무얼 할 줄 알지요? 무슨 일을 할 수 있습니까?"

"모르겠어요, 신부님. 하지만 저는 사회적 지위가 있는 사람이에요. 그런 지위를 드러내는 관습과 물건을 물려받았고요……. 아시겠어요? 저희 할아버지가 말씀하시길, 하인이 하인인 건 그들이 다른 사람이 될 수 없기 때문이라고 하셨어요. 아닌가요?"

"그 사람들은 왜 다른 사람이 될 수 없지요?"

"왜냐하면, 그럴 능력이 없으니까요. 그 사람들은 보통 멍청해요, 늘 똑같은 실수를 저지르죠. 프랑스에 계시는 우리 할아버지는, 바보가 아니면 하인이 될 리가 없다고 말씀하셨어요."

"그러면, 좋은 집안의 자제인 그대가 보기에, 한계가 정해진 사람들은 다른 이들의 시중을 드는 것 이상은 꿈꿀 수 없다는 거로군요. 대단한 생각입니다! 단두대가 만들어진 이유가 있지, 암. 하느님께 감사하게도 이제 우리는 대공장의 시대에 들어섰지요."

"공장이요?"

"그렇습니다, 모두가 평등하게 일하는 곳이지요. 그곳에서는 저항할 수 있고, 요구할 수 있고, 파업할 수 있습니다. 그런데, 블랑카 양의 동급생들도 그대처럼 생각합니까?"

"모르겠어요, 신부님. 그런데 그 애들은 공장장의 딸들이에요. 공장에서 일어나는 일에 대해서는 한 번도 이야기해본 적은 없지만요."

신부님의 웃음에서 악의가 묻어난다.

"좋은 예의범절이라든가, 그대가 속한 '좋은 집안'이라든가, 이 모든 게 구식이라는 생각은 들지 않습니까?"

"모르겠어요, 신부님."

"그대는 아는 게 뭐지요?"

신부님의 미소에서는 여전히 악의가 묻어나고, 비꼬는 듯하다.

"제가 아는 건, 제가 라벤더 향이 나는 침대보를 좋아한다는 것이에요. 저희 집에서는 엄마가 침대보 사이사이에 라벤더가 들어 있는 작은 꾸러미를 넣어둬요. 전부터 전해 내려오는 관습이죠……. 신부님, 저는 전통을 믿어요."

신부님이 과격해진다.

"현실 세계에서, 인간은 전멸해야 할 필요가 있습니다."

"네?"

"방금 전 그대의 말은 폐단입니다. 편견에서 구린내가 나고, 썩은 내가 진동합니다. 한마디로 헛소리입니다. 삶은 우리를 다른 길로 인도하지요. 블랑카 양에게 주어진 길은 그대가 생각하는 것보다 훨씬 더 크고 넓습니다. 살면서 차차 보게 될 겁니다. 세상은 재건될 필요가 있어요. 그대가 속한 사회를 무너뜨려야 합니다. 편견과 공허, 도덕적 해이와 신체적 무력함을 갈기갈기 찢어버려야 합니다. 그리고 그대 같은 사람들은, 그 과정을 내부에서부터 이루어낼 수 있단 말입니다! 박멸하는 겁니다, 블랑카 양. 박-멸. 가족의 문장과 가족 기록부를 찢어버리십시오. 가계도에서 벗어나란 말입니다. 노랗게 빛바랜 사진첩을 간직하지 마십시오. 전부 없애버리십시오. 부모님을 없애고, 조부모님도 없애버리십시오. 그대는 출신도, 조상도 없이 분리된 개인이 되는 겁니다. 오직 여성들만이, 사회계층을 무너뜨릴 수 있는 힘을 지닙니다. 원하는 곳에서 원하는 사람과 아이를 낳을 수 있는 여성들 말입니다."

꽤 오래전부터 일어서 있던 사제는 이제 나를 보지도 않고 이쪽에서 저쪽으로 오간다.

"블랑카, 그대를 믿어도 되겠습니까? 새로운 사회를 건설하는 데 협력할 준비가 됐습니까?"

"새로운 세상이요?"

"인류의 안정을 위한 토대는 뉴욕에서 찾을 수 있습니다."

"뉴욕이요?"

"맞습니다, 뉴욕이요."

"왜요? 뉴욕은 부자들의 도시잖아요."

"변화가 일어나는 도시이기 때문입니다. 뉴욕에서 사람들은 타인에게서 자기 자신을 알아보고자 하지요. 국제적인 자본가 계급이 거대한 권력의 중심지에서 모인다면, 당연히 뉴욕도 그

중 하나겠지요. 그렇다면 세상의 모든 노동자 또한 같은 투쟁을 위해 단결하고 부자들과 똑같은 곳에서 운동을 시작하면 어떻겠습니까? 건물은 토대에서부터 서서히 파괴해야 합니다. 우리는 숨은 일을 하는 사람들이고 그런 일 없이는 아무것도 제 기능을 하지 못한다는 것을 기억하십시오."

내가 신부님의 말을 제대로 이해하지 못하는 것과 동시에, 그의 말은 나를 뒤흔들고 나를 고양하고 기꺼운 두려움으로 나를 채운다. 나는 뉴욕 대성당의 내부를 상상한다. 제단 위에서 신부님이 일요일 미사를 집전하는 모습을, 파크 애비뉴의 주인들을 꾸짖는 모습을 상상한다. 얼마나 멋진가, 그들을 발로 걷어차고, 마티니에 들어 있던 올리브를 귀에 집어넣고, 콧구멍을 막아버리고, 그들의 얼굴을 깔고 앉아버리는 일이란! 그래, 그래, 뉴욕에서 타인을 위해 헌신하는 삶을 사는 거야. 푸에르토리코 사람들의 편이 되고, 엘라 피츠제럴드처럼 '서머타임'을 부르고, 흑인 아이들을 보호하고, 흑인 여성들의 편이 되는 거야. 집안의 짜인 일상에서 멀리 떨어지는 거야, 엄마의 분홍빛 침실에서 멀리 떨어지는 거야. 그래, 그래, 신부님의 말을 따르고, 신부님이 가라는 곳으로 가고, 신부님이 하라는 걸 하자. 나는 새로움을 향해 가고 싶어, 신부님과 함께. 내 여생을 신부님과 함께 보내고 싶어. 아무도 이분께는 냉담하게 굴지 않잖아, 그러니까 신부님은 분명 신일 거야. 우리 모두에게 이토록 강렬한 감정을 일으키니까. 그리고 신부님이 나를 믿는다잖아, 나를 믿는다고. 하느님이 바로 나를 부르고 계신다고. 나는 성인의 반열에 오르게 될 테고, 사람들은 나를 성인으로 추앙하겠지.

"타인을 향한 나의 사랑은 무한합니다. 그리고 내가 이런 제안을 하는 건 블랑카 양이 나를 이해한다고 믿기 때문이에요. 저기 저 성당 벤치에서 블랑카 양을 보자마자, 나는 그대가 다르다는 걸 알아보았지요. 그대는 모든 걸 받아들일 수 있다고 느껴졌기 때문이에요. 삶에서 무얼 기대해야 할까요? 나는 그대가 어떤 사람인지에는 관심이 없습니다. 내가 관심 있는 건 언젠가 그대가 무엇을 베풀 수 있는가 하는 문제이지요. 블랑카라는 사람이 누군지는 관심 없습니다. 다만 언젠가 온 마음을 다해 헌신하는 삶을 살 수 있는 사람에게 관심이 있을 뿐입니다."

네, 저는 헌신하고 싶어요, 정말 그러고 싶어요, 당연히 그러고 싶고말고요, 눈에 띄지 않는 것 말고는 전부 하겠어요. 나는 이미 중요한 사람이다. 그것도 아주 중요한 사람이다, 신부님이 그렇게 말하니까. 하지만 가장 중요한 건 신부님이 내게 계속 관심을 가져주고, 나를 사랑해주고, 나를 바라봐주고, 나를 알아봐주는 것이다.

"나는 늘 내 관심을 끄는 사람들에게 일종의 영웅적 자질을 요구합니다. 블랑카 양에게도 그런 자질이 있을까요? (신부님이 쫙 편 손가락으로 천천히 내 머리칼을 쓰다듬는다.) 그럼요, 있고말고요. 있으리라고 생각합니다, 느껴지는군요. 그대는 영웅적인 행동을 할 수 있는 사람입니다. 자, 내일 미사 시간에 나를 보러 오십시오. 함께 커피 한잔하며 이야기를 이어갑시다."

"네, 신부님. 당연하죠."

나는 커피를 마셔본 적이 없다. 어른들이 못 마시게 하기 때문이다. 하지만 내일은 커피를 마실 작정이다. 그래, 나는 특별하다. 나는 거의 잔 다르크다. 다른 애들보다 위대하다. 내가 내일도 신부님과 개인 면담을 한다는 사실을 알게 되면 다른 애들이 얼마나 질투할까! 아마 죽어버릴걸!

"이제 가서 쉬십시오."

나는 쉬고 싶지 않다. 나는 온몸이 활시위처럼 팽팽히 당겨지고 아주 작은 압력에도 떨리는 이 격정의 상태를 떠나보내고 싶지 않다.

신부님이 문가에 서 있다.

"상처를 주려고 이런 식으로 말한 건 아닙니다."

신부님이 내 어깨에 팔을 올린다. 나는 조금도 상처받지 않았다. 마침내 내가 듣고 싶은 말을 하는 사람을 만났다. 마침내 모든 게 분명하다. 신부님이 내 안에 비밀의 문을 열어주었다. 오직 그만이 그 닫힌 정원의 열쇠를 갖고 있다. 나는 무엇이든 할 수 있을 것 같다는 기분이 든다. 그가 하는 모든 말이 내 안에서 울림을 만들고 모닥불에 불을 지핀다. 내가 신부님께 비교적 가벼운 주제에 대해 말을 꺼낼 때도, 신부님은 그걸 진지한 주제로 바꾸며 중요한 문제로 발전시킨다. 그리고 난생처음으로, 나는 내 깊은 목소리를 듣는다. 내가 만일 신부님 같은 남자의 흥미를 끌 수 있는 사람이라면, 나는 대체 불가능한 사람이다.

신부님이 손을 내밀어 내 손을 잡더니, 천천히 말한다. 신부님의 손이 내 손안에 있고 내 손이 신부님의 손안에 있다.

"아름다운 창조물이여, 그대를 보자니, 그리고 특히 이 순간에는 이 문장을 떠올리지 않을 수가 없군요. '황금 문으로 들어가는 영광이 주어진 것처럼, 내가 어느 영혼의 내면을 들여다보게 되었으니.'"

나는 이제 자신이 하느님의 신부라고 느끼는 수습 수녀들을 이해할 수 있다.

❤

"나 퇴펠 신부님 때문에 죽겠어."

"난리 났네. 마리아나, 너 이제 소피아만큼이나 터무니없어졌구나."

"그분 때문에 죽겠어. 그분을 위해서라면 용맹스러워지고 싶고, 그분에게 가치 있는 사람이 되고 싶고, 그분이 배가 고프다면 베어 물 수 있게 내 사랑을 드리고 싶어."

"진정 좀 하지 그래?"

"카실다, 네가 보기엔 그분이 잘생긴 것 같지 않니?"

"셔츠도 안 갈아입지, 구두도 안 닦지, 게다가 검은 제복은 큰 자루 같아 보이는데."

✣

**하느님의 어린양, 세상의 죄를 없애시는 주님, 저희를 용서하소서.**

**하느님의 어린양, 세상의 죄를 없애시는 주님, 저희의 기도를 들어주소서.**

**하느님의 어린양, 세상의 죄를 없애시는 주님, 저희에게 자비를 베푸소서.**

✣

요약해보겠다. 정말로 성인들은 잘 풀리는 법이 없다. 성 프로토와 성 히야친토는 형제였고, 로마에서 성녀 에우제니아의 보살핌 아래 컸다. 박해 시절, 그리스도교 신자인 것이 밝혀지자, 그들은 가장 먼저 잔인하게 돌팔매질당했고 이어서 참수형에 처해졌다(3세기).

**나의 영혼아 네가 어찌하여 낙심하며**

**어찌하여 이토록 불안해하는가**

아이들은 커다란 스카우트 망토를 뒤집어쓰고 불 주위를 돈다. 수사나가 아침부터 모닥불을 준비했다. 장작이 요란한 소리를 내고, 불이 이글거리고, 공중에 불티가 날린다. 처음에는 하얗다가 푸른빛을 띠는 연기를 들이마신다. 수사나는 기침을 하고, 마르타 뒤파스키에는 혀를 찬다. 모니카는 모자를 귀까지 덮도록 눌러쓰다가 그곳에 신부님이 있다는 사실을 기억하고는 그레타 가르보처럼 모자를 옆으로 살짝 기울인다. 불길 틈으로 보이는 카실다는 종잇장 같다. 날씬한 몸은 검처럼 용맹스럽고, 제대를 장식하는 흰 백합보다도 하얀 얼굴에서 그 애의 총명한 눈이 두드러진다. 몸의 다른 곳보다 더 나이를 먹은 듯한 눈이다. 아이들은 합창을 하며 신부님에게 더 가까이 머무르려고 애를 쓴다. 마지막 소절을 부를 때 신부님의 손을 잡기 위해서다. "우리 언제나 형제자매로 하나 됩시다. 언제나 하나 됩시다. 예수께서 우리 형제자매들 가운데 계시니. 예수께서 우리 가운데 계시니." (그래, 예수께서 우리의 다리 사이에, 우리의 혀에, 우리의 손끝에 애정을 갈구하며 계신다.)

밤은 모든 것을 바꾼다. 이제 신부님은 어둠의 일부가 되었다. 그의 눈은 덜 반짝이고, 이따금 가여운 마르가리타 르메트르의 창백하고 핼쑥한 얼굴이 보인다. 때때로 불을 다시 지피려고 도둑처럼 슬그머니 일어나는 아이들도 있다. 땔나무로 불씨를 휘저으면, 자유분방하게 빛나는 얼굴이 꼭 토요일 밤의 마녀처럼 보인다. 모니카 메리와 에스텔라 리베는 담배를 피운다. 그 애들의 얼굴은 분간이 되지 않고 다만 빨간 담뱃불만 보일 뿐이다. 커다란 푸른색 망토 안에서는 아무도 다른 아이들의 움직임을 보려고 하지 않는다. 이전 수련회 때 사순절 설교를 하러 온 신부님들은 담배를 못 피우게 했지만, 퇴펠 신부님은 영성 수련회가 어떠해야 하는지 동료 신부들과 생각이 아주 다르다. 우선, 정원 한가운데서 모닥불을 피운다는 생각을 언제 해보기나 했을까? 학생들이 성스러운 성체조배에 몰두하는 대신 모닥불 주위에 둘러앉아 굴뚝처럼 담배 연기를 내뿜는 것은 또 어떻고?

"세상에, 지금 새벽 4시야!"

"쉬이이이이이이이잇, 레티시아, 무슨 상관이야? 너는 뭐가 문제니?"

철야는 길어졌고 아무도 잠이 들 생각이 없었다. 신부님은 우리를 불덩이로 만든다. 우리는 전속력으로 돌아가는 엔진이다.

신부님은 말을 하고, 손짓을 하고, 군화라도 신은 것처럼 발로 바닥을 구른다. 신부님이 부대를 꾸렸으니, 우리는 모두 그를 따를 준비가 되어 있다. 1만 1000명의 안달 난 동정녀들이 급습을 준비한다.

"제발, 수동적으로 굴지 마십시오. 제발, 개인적으로 좋아하지 않는 단어지만, 자선이란 귀족적인 행위라는 것을 이해하길 바랍니다. 한 번쯤이라도 자선을 연대로 바꿉시다. 연대란 온전한 조건의 평등 안에서 서로 이어지는 것을 뜻합니다. 동등한 존재로서 말입니다. (자크 퇴펠은 침을 튀기며 말을 한다.) 타인 앞에서 우리는 우리에게 주어진 이점을 모두 내다 버려야 합니다."

수사나 베르틀로는 겁에 질린 작은 소리로 오 하고 내뱉는다. 사제가 고래고래 소리를 지른다.

"자선이란 가난한 여인에게 물을 가져다주는 게 아니라 그와 함께 있는 것이고, 그가 여러분과 함께 있을 수 있도록 하는 것입니다. 인간에게는, 특히나 가난한 자들에게는 영혼이 있고, 영혼의 고통은 오직 영혼으로만 치유될 수 있습니다. 나는 아름다움으로 선을 퍼뜨리고 싶습니다. 아름다움이야말로 선을 행하기에 가장 좋은 수단입니다. 아름다움은 그 존재만으로도 사람의 마음을 사로잡으니까요. 시커멓게 입은 쥐새끼들에게서, 기름진 머리에 수염이 거뭇거뭇 난 얼굴로 헌금을 걷는 수녀들에게서, 여러분 손등에 입 맞추는 살찐 신부들에게서 사람들이 어떻게 선을 보겠습니까? 사람들은 젊고, 순수하고, 천성이 선한 여러분에게서 선을 보아야 합니다. 여러분은 야만인과 병사 놀이를 하던 로마 소년들 무리에 들어갔다가 둘 중 아무 편도 들지 않고 그들에게 외려 설교를 늘어놓은 타르시치오 같은 실수를 범해서는 안 됩니다. 타르시치오는 그래서 돌팔매질을 당한 겁니다. 여러분, 나의 소녀들이여, 여러분 자신에게만 머물지 마십시오. 타인의 삶에 발을 들이십시오. 놀이에 참여하십시오. 삶을 사십시오. 삶을 즐기십시오. 삶에 여러분의 몸을, 산뜻하고 순결한 머리칼을, 여러분의 향기를 남기십시오. 향기는 영혼의 흔적이기 때문입니다. 집집마다 방문하여 안으로 들어가고, 집 안에 앉아 소박한 음식을 먹고, 병든 자의 입을 닦아주고, 아이의 기저귀를 갈아주십시오."

"저는 그런 거 할 줄 몰라요." 마르가리타 르메트르가 웅얼거린다.

"인도에서 잠든 주정뱅이를 일으킨 후 침대에 눕히십시오."

모니카가 손에 담뱃대를 든 채 끼어든다. "영국에서는 성탄절마다 모든 가정이 거리에 사는 아이 한 명씩을 초대해서 성탄 전야에 칠면조 요리와 자두 푸딩을 함께 먹어요."

레티시아가 목소리를 높인다. "가난한 사람들을 보러 갈 때면 엄마는 그들이 입는 드레스를 입어요. 낡은 드레스죠. 집에 돌아와서는 몸을 씻고 알코올로 손을 씻고 장갑은 소독하러 보내요."

저렇게 어리석을 수가, 레티시아는 선을 넘었다! 다른 엄마들도 똑같은 행동을 할 테지만, 아무도 그걸 신부님 앞에서 말할 생각은 하지 않을 것이다. 퇴펠 신부님은 입을 다물고 있다. 대답할 이유가 없다. 학생들은 신부님의 담뱃불을 보고 그가 어디에 있는지 가늠한다. 간헐적인 숨소리만 들릴 뿐이다. 마르타 뒤파스키에 또한 열이 올라 말을 잃는다.

"신부님, 어떤 가난한 자들은 정말로 견디기 어렵다니까요. 그들은 술 한잔 사 마실 돈에 물건을 팔아요. 이해하고 싶지 않아 하고요. 여자들도 마찬가지예요, 그 여자들은 자기 애 아빠가 누군지도 몰라요."

하늘을 찢으며 올라가는 폭죽처럼, 신부님이 소리를 지른다.

"여러분은 예수 그리스도가 용의주도한 분이었다면 마리아 막달레나와 친구가 되었을 거라 생각합니까?"

수사나는 두 손으로 가슴을 누른다. 그 애의 심장이 망토 바깥으로 튀어 나갈 준비가 된 두꺼비처럼 팔딱거린다. 선배들의 눈앞에서 심연이 점점 깊어진다.

"예수 그리스도는 유다를 견뎌냈습니다. 그 거짓 제자의 얼굴에는 처음부터 온갖 종류의 악을 암시하는 징후가 있었음에도 말입니다. 예수께서 그를 견디신 것은, 세상의 추악함을 절대 거부하지 말라는 것을 우리에게 가르쳐주기 위함이었습니다. 그리스도교적인 것이 아니라는 이유로 악과의 접촉을 두려워하는 종교라면, 나는 이 종교를 믿을 수 없습니다."

신부님은 말을 반쯤은 씹으면서 내뱉는다. 바로 옆에서 마르타 뒤파스키에는 그가 피가 나도록 입술을 깨무는 것을 본다. 아마도 더 멀리 나가지 않기 위해서일 테지만, 신부님은 계속해서 돌을 던지듯 말을 내뱉고 모든 돌이 정확히 과녁을 맞힌다. 그러다 갑자기 일어서더니 푸른 망토 사이를 거닐며 망토가 휘날리는 모습을 본다. 학생들도 분위기에 전염되었다. 학생들의 가슴팍이 오르락내리락하고, 심장이 뛰고, 콧구멍이 경주마처럼 벌름거린다. 잘빠진 암말들 같다. 이제 갑옷에 짓눌려 있지 않은 민첩한 몸은 경쟁을 대비한다. 자기 자신이 아름답고, 젊고, 선택받았다는 사실을 안다는 건 얼마나 멋진 일인가! 오직 카실다만이 용기 내서 질문을 던진다.

"그러면 우리가 받은 교육은 어디에 쓸모가 있나요?"

신부님이 투덜거린다. "아무짝에도 쓸모없지요. 콧대를 꺾지 않으면 아무짝에도 쓸모없습니다. 융화되지 않으면 아무짝에도 쓸모없어요. 배고픈 자가 베어 물도록 사랑을 내어주지 않는다면, 아무짝에도 쓸모없습니다. 아무짝에도."

"우리는 다시 태어나는 수밖에 없겠네요." 카실다가 판결을 내리듯 말한다.

"그리스도교인이라면 모 아니면 도의 태도로 임해야 합니다. 내가 원하는 건 여성들로 이루어진 정예부대입니다. 나의 누이들이여, 여러분에게 은총이 주어졌다는 사실을 깨닫기 바랍니다. (사제는 아무도 기대하지 않는 순간에 웃는데, 목구멍에서부터 올라오는 당혹스러운 웃음이다.) 여러분의 안정을 버리십시오, 안정에는 위험 그 자체만큼이나 큰 위험이 도사리고 있습니다. 용감해지십시오, 포도원의 농부들처럼 뻔뻔해지십시오. 위험과 안정 중에서는 언제나 위험을 선택해야 합니다."

수사나가 소리친다. "맞아요, 위험! 위험은 아름다워요, 저는 모든 위험을 감수하고 싶어요."

이런 흥분에 나는 제어할 수 없는 수치심이 복받쳐 블라우스의 마지막 단추를 푼다. 우리 집이라면 큰 난리가 났을 터였다. 나는 왜 신부님에게 내 이야기를 그렇게 많이 늘어놓았을까? 카실다 말이 맞는다. 우리는 볼썽사납게 과도한 흥분 상태에서 살고 있고, 꼬리를 흔드는 강아지들처럼 부르르 떨고 있다.

"신부님, 이런 저를 용서해주세요. 그런데 저는 사람들에게 무언가를 주는 게 부끄러워요. 무슨 권리로요? 우리처럼 자부심을 지닌 사람들도 많잖아요. 받기를 완강하게 거부하는 사람들 말이에요. 우리는 문전 박대 당할지도 몰라요."

"마리아나!" (다른 아이들이 분노한다.)

"괜찮습니다, 괜찮아요! 바로 그 주제에 대해 여러분에게 이야기하고 싶었습니다. 봉사 정신은 결코 경멸적인 의미를 띠어서는 안 됩니다. 부스러기를 적선하지 마십시오. 연회를 열듯 여러분 자신을 내어주십시오. 아무도 거부하지 못할 겁니다. 무엇보다 방 한 칸에서 꾸역꾸역 사는 사람들, 사랑 때문에 죽어가는 사람들, 거리를 배회하는 사람들, 맨발로 걷는 사람들에게 다가가십시오."

변기 물 내리는 소리, 퇴펠의 웃음은 그런 소리가 난다.

"만약 사람들이 여러분의 탱탱하고 연약한 궁둥짝에 발길질을 한다면, 감사한 마음으로 감내하세요."

퇴펠이 다시 말한다.

"엉덩이를 보기 좋게 걷어차인다면 말입니다."

"세상에, 흉측해라!" 카실다가 중얼거린다.

퇴펠이 웃다가 메마른 제 웃음에 사레들리고, 소녀들도 따라 웃는다. 웃음이 밤을 덮친다. 동이 트면서 이는 바람이 건조한 흙먼지를 얼굴에 뿌려댄다. 소녀들은 방금까지도 깔깔거리던 입을 갑작스레 다문다. 퇴펠이 계속 말을 이어나간다.

"공항 근처에서 끔찍한 빈민가를 보았습니다. 여러분도 아십니까?"

모니카 메리가 소리친다. "사람들에게 어떻게 다가가지요? 그저 접근하기만 하면 되나요? 주차장에서 자동차 정비원과 친구가 된 적이 있어요. 저는 그 사람의 삶과 일에 진심으로 관심을 보였고, 돕고 싶었어요. 그는 제게 푸에블라 고속도로 근처에 있는 아과술 온천에 같이 가자고 했죠."

"같이 갈 수도 있었겠지요."

"아이참, 신부님, 그건 아니죠."

"왜 그렇지요?"

"저는 다양한 사회계층의 사람들을 만나봤어요. 그건 분명히 말할 수 있어요. 이 애들 중에서 제가 가장 나이가 많으니까요(모니카는 경멸적인 손짓으로 원을 그린다). 하지만 푸에블라고속도로 근처에 있는 온천에 가는 사람들이 속한 계급과는, 그런 극단과는 상종할 일이 없을 거예요."

"왜 없지요?"

"그 모든 게 다 무슨 의미죠? 제가 그 사람들과 함께 오리처럼 첨벙거린다고 한들, 그들에게 무슨 도움을 줄 수 있죠? 제 존재가 그들에게 무슨 도움이 되죠? 전염병을 얻어 올 위험만 있을 뿐이죠. 용서해주세요, 신부님. 하지만 그건 포퓰리즘이에요. 아무런 도움도 안 된다고요."

신부님이 머리에 손을 얹는다. "세상에. 그건 인종차별주의입니다. 그리고 그건 오늘 이야기하는 주제가 아니라 따로 다루어야 할 주제고요."

카실다가 불쑥 끼어든다. "우리가 추구해야 할 목적에서 우리는 벗어나고 있어요. 신부님의 생각을 이해하기가 어렵군요. 저희가 성가대원이 되기를 바라시는 거라면, 그냥 말씀하세요. 신부님, 우리 중 아무도 성모 마리아의 소명에 불만을 갖지 않아요. 하지만 신부님이 말씀하시는 명제는 다른 명제 같아요. 우리 중 아무도 마르크스주의자는 아니란 걸 알아요, 하지만……."

"여러분이 정치교육을 받지 못했다는 건 잘 알고 있습니다." 신부님이 이를 악물고 중얼거린다.

"저는 마르크스가 누구인지 알아요." 카실다가 화를 내며 말한다.

"그래서 책도 읽었나요?"

"요약본은 읽었어요."

"그 사람 턱수염은 꼭 예수님 같아요." 에스텔라 리베가 소리친다.

"내가 알고 좋아하는 마르크스(Marx)는 그라우초 막스(Groucho Marx)야." 레티시아 라부아지에가 웃는다.

어둠 속에서 나는 엄마가 내게 가르쳐준 것들을 생각한다. 절대 계단 밑으로 지나가지 말 것, 절대 집 안에서 우산을 펴지 말 것, 절대 침대 위에 모자를 던지지 말 것. 그리고 거미를 생각한다. 아침의 거미, 점심의 거미, 밤의 거미를. 아침의 거미는 근심, 점심의 거미는 권태, 저녁의 거미는 희망이라고 했다. 만약 희망의 거미를 죽인다면, 앞으로 올 희망을 모두 죽이는 것이다. 나의 희망은 나의 엄마, 루스다. 엄마의 말이 마르크스주의보다 강력하다. 내 삶에서 가장 강력한 것은 엄마의 목소리다. 그래서 다른 아이들이 벌이는 소동은 귀에 거의 들어오지 않는다. 그러다 퇴펠 신부님의 목소리가 나를 잡아챈다.

"목적에서 벗어나고 있다고! 제발 부탁입니다……. 자, 공장으로 가려면 여러분은 돈을 모으기 시작해야 합니다. 여러분은 경비대원으로 일할 수 있겠군요."

수사나가 소리 지른다. “경비대원이요? 우리 아빠가 알면 심장마비로 돌아가실 거예요.”

“저는 사람들에게 다가가는 법이라면 하나도 모르겠어요. 아아, 안타까운 일이에요! 심지어는 대화를 시작하는 법도 모른다니까요, 정말 안타까워요.” 마르가리타 르메트르가 탄식한다.

“조리 기구를 사고, 식기장을 사고, 강낭콩을 킬로 단위로 사고, 통조림을 사고 등등 있잖습니까. 그런 걸 사서 클레멘테 자크에게 가세요. 그리고 클로딘 양, 그대는 할아버지를 뵈러 갈 수도 있겠군요…….”

“저는 할아버지한테 그런 걸 부탁해본 적이 한 번도 없어요. 제가 그런다면 할아버지는 제 손에 너덜너덜한 상자를 쥐여주고 사무실에서 내쫓을 거예요.”

“가족이 많은 집에 방문판매원으로 가는 상상을 해보십시오. 여러분의 상품을 헐값에 파는 겁니다. 가정주부들은 좋은 물건을 그토록 싼 값에 살 수 있어 좋아할 테고, 지체 없이 사업의 성공에 기여할 겁니다. 언제나 타인을 주인공으로 만들어야 합니다. 절대 그들을 받는 사람으로 만들어서는 안 됩니다. 그들의 자존심에 상처를 입히니까요. 가정주부의 헌 스웨터를 새 스웨터로 바꾸어주면서 대화의 물꼬를 틀 수도 있겠지요……. 물물교환인 겁니다. 교환의 기본은 동등함에 있습니다. 그렇게 불신의 눈초리로 나를 바라보지 마세요. 긍정적인 결과를 경험하고 나면 내 말을 기억할 겁니다……. 신은 가난한 자에게 쓸모가 있어야 합니다."

카실다가 짜증 내며 말한다. "제가 이해 못 하는 건 이 모든 것의 목적이 무엇이냐는 거예요. 그건 사회운동도 아니고, 정치적인 궐기도 아니에요. 그냥 소꿉장난 아닌가요."

신부님이 화를 내며 말한다. "잘난 척하지 마세요, 카실다. 내가 여러분에게 제안하는 건 참여하라는 겁니다. 속하고, 의견을 내고, 내어주라는 겁니다. 삶을 살라는 겁니다. 여러분은 용감한 나라에 살고 있습니다. 그 나라에 뭐라도 되돌려주십시오, 젠장. 멕시코 사람이 되란 말입니다, 염병할."

수사나의 얼굴이 창백해진다. 다른 수업 시간에도 신부님은 '빌어먹을'이라는 말을 쓰긴 했지만, 이번에는…….

"저는 국가를 부를 때 감격해요. 특히 '대포의 강렬한 포효로부터, 대지를 흔들리게 하라' 부분이요. 붐, 붐, 붐." 나는 소심하게 고백한다.

"좋아요, 마리아나. 하지만 여러분은 외국 물을 먹은 사람들입니다."

"이런 말을 하는 것 양해해주세요, 그런데 우리 할아버지는 공장에서 수천 명의 멕시코 사람들에게 일자리를 주셨는걸요.

할아버지가 아니었더라면 그 사람들은 굶어 죽고 있을 거라고요. 게다가 그 사람들에게 일도 가르쳐줬다고요."

"수사나, 이런 말을 해서 미안하지만, 수사나 양의 조부께서는 멕시코 사람들을 착취한 것에 불과합니다. 싼값에 노동력을 사들인 거지요. 나는 형편없는 봉급을 지불하는 기업을 여럿 압니다. 그들은 그러면서 자기들이 수혜를 베푸는 줄 알지요."

"정말 너무하시네요!"

"조부 소유의 공장에서 일하는 노동자들은 어떤 지원을 받습니까? 사회보험은 있습니까? 양육 수당은요? 산업 현장에서 사고가 났을 시 치료는 받을 수 있습니까? 연금은요?"

"그 사람들은 늙으면 몬테블랑코나 쿠에르나바카에서 경비나 정원사로 일할 거예요."

"세상에, 그건 사회질서와 아무런 상관이 없습니다!"

중재자처럼 에스텔라 리베가 끼어든다. "신부님, 저는 이해한 것 같아요. 신부님께서는 저희가 연민과 기쁨을, 가족 간의 갈등과 질병을 품어주기를 바라시는 거지요."

"라디오방송에서처럼 눈물을 닦아줄 순수한 손수건이 되라는 거잖아요." 모니카가 비꼬며 말한다.

"그래요, 바로 그겁니다. 그리고 그것이야말로 여러분의 기초자본이 될 겁니다. 이제 우리는 일종의 신용 은행을 세울 겁니다. 모두가 그곳에 자신의 의심과 비겁함과 일상의 우유부단함을 자유롭게 맡겨둘 수 있는 거지요."

카실다가 화내며 묻는다. "우리가 그걸로 뭘 하는데요? 그 은행은 무슨 기능을 하지요? 그런 신기루 같은 것에 손대는 게 우리에게 무슨 이득이 있죠? 그걸로 무얼 쌓아 올릴 수 있을까요?"

"타인과 그들의 필요에 대한 인식에서부터, 우리가 건설하고자 하는 새로운 사회가 탄생합니다. 그 점을 물어보다니 놀랍군요, 카실다."

"하지만 그런 걸로는 어떤 문제도 해결된 적이 없는걸요. 그 사람들이 우리를 믿으며 자신들의 고통을 말하고, 우리가 우리의 우유부단함이나 비겁함을 그들과 나눈다 한들, 가난한 자들이 덜 배고플 일은 없을 거예요. 어이, 동지, 동지는 배가 고프다고요, 나는 내가 멍청이라는 걸 고백합니다. 이런 걸로 서로 무얼 얻죠?"

"나는 다만 여러분에게 동등한 위치에 서보라고 설득하는 겁니다. 여러분은 나중에 여러분의 아버지나 삼촌 소유의 기업 문을 두드리고, 민간 기업을 통해 구체적인 문제를 해결하겠지요. 정부를 예로 들어봅시다. 카실다, 내 말을 믿어보세요. 나는 내가 무슨 말을 하는지 잘 압니다. 그렇게 시작해서, 나중에는 방직 산업에도 잠시 몸을 담을 수도 있을 겁니다. 공장주로 일하거나, 시몬 베유처럼 베틀 앞에 앉아 인간이 처한 가혹한 조건에 대한 관점을 공유할 수도 있겠지요. 여러분의 삶이 바뀔 겁니다……. 그것이야말로 여러분이 간절히 원하는 것 아닙니까? 삶을 바꾸는 것 말입니다."

"저는 빈민가에 가본 적이 한 번도 없어요. 아아, 안타까워라! 저한테 돌을 던질까 봐 겁이 나기도 해요……. 하지만 가고 싶어요, 가고 싶어요, 가서 직접 겪고 싶어요." 마르가리타 르메트르가 간청하듯 말한다.

모든 게 쉬워 보인다. 이제 자는 건 글렀다. 신부님은 이제 우리에게 실용적인 질문을 던지고 빨리 행동하라고 조언한다. 유일한 조건은 신중하게 행동해야 한다는 것이다. 아무도 우리가 하는 일을 이해하지 못할 테니까.

수사나가 묻는다. "그러면 우리가 무슨 일을 하는지 말하면 안 되나요? 저는 가족들에게 아무것도 숨겨본 적이 없어요."

신부님은 많은 것 중에서도 잠정적인 거짓말에 대하여 이야기한다. 그것이 무엇인고 하니, 일정 기간이 지난 후에 훨씬 더 깊고 분명한 진실로 만회하는 것이다. 거짓말이 필요한 상황이라면, 나중에 더 가치 있는 진실로, 능가할 수 없는 진실로 만회하는 것이다.

아이고, 우리는 거의 사이비 종교 단체나 다름없다. 우리는 비밀스레 무언가를 쌓아 올리고 있고, 그게 무엇인지는 모르겠지만, 나는 설명을 요구하지 않는다. 아이들은 사제의 다음 설교 시간을 정하고, 위원회를 결성한다. 에스텔라 리베는 다음번 총회를 앞당긴다. 의장 한 명, 회계 한 명, 서기 한 명을 뽑아야 한다. 모니카는 여전히 손에 담뱃대를 든 채 서류 보관 업무에 자원한다. "나는 꼼꼼하고 정리를 잘하니까." 우리 중 아무도 사제에게서 눈을 떼고 싶어 하지 않는다. 정신적 지각변동을 겪고 난 후라, 모두 신부님의 손길이 필요한 것이다. 수련회도 끝날 시간이 왔는데, 시작했던 것과 같은 방식으로 끝을 맺는다. 이상한 기대감이 참회자들을 충만하게 한다.

### ✠ 내 영혼이 주를 찬양하며

엄마를 보자마자 나는 엄마의 품에 안긴다. "바보 같긴, 무슨 일이니? 겨우 사흘밖에 안 떨어져 있었는데." 나는 엄마의 가슴팍에 얼굴을 묻고 신부님을 집에 초대해달라고 부탁한다. 나는 내게 있었던 일을 엄마에게 말하고 싶었지만, 이내 불가능하리란 생각이 들었다. 내 경험이 부적절해서가 아니라, 설명할 말이 없었기 때문이다. 아빠와 엄마는 프랑스 대사관의 저녁 식사에 초대받았고, 소피아는 오후 내내 함께 시간을 보내는 알레한드로와 통화를 하러 갔다. 나는 엄마가 나가기 전에 에스페란사 이모와 통화하면서 이렇게 말하는 걸 들었다. "딸들이 이제 골치 아플 나이가 됐어. 소피아는 영성 수련회에 죽어도 안 가겠다고 하고, 맨날 알레한드로만 만난다니까. 포기했어, 우는 걸 연기하는 걸 보고 있자니 지치더라고. 마리아나는 아주 내 방에서 사는데, 그 애 때문에 매일 늦어지니까 성가셔. 자기네 신부님인지 뭔지를 저녁 식사에 초대하고 싶다고, 약속해달라며 조르더라니까. 내 딸들 고집이 왜 이리 세니! 집착에 집착하면서 사는 카시미로에게서 물려받은 거야. 그이가 자주 하는 말이 있어. '우리가 생각을 할 때는 머리로 하는 거지, 발로 하는 게 아니야.' 제발 우리 파비안은 그렇게 외곬으로 자라면 안 될 텐데."

## 내 영혼이 주 안에서 나의 구원을 기뻐하도다

수련회 마지막 날, 작별 인사를 하면서 나는 신부님을 집에 초대했다. 말을 하면서 겁이 났던 건 신부님이 거절할까 봐서가 아니라, 엄마와 아빠는 분명 달리 할 일이 있을 테기 때문이었다. 늘 약속이 있다! 엄마는 칵테일파티가 '끝내준다'고 말하고 일기장에는 이렇게 쓴다. '파니네 집에서의 아침 식사: 불결함.' 그러면서도 엄마가 계속 그곳에 가는 건 '아빠한테 좋기 때문'이다.

신부님 주위를 다람쥐처럼 총총거리며 쫓는 습관이 생긴 나는 신부님께 조른다. "그렇죠, 신부님? 오실 거지요, 신부님?" 퇴펠은 미소 지으며, 먼저 집안의 여자 어른이, 그러니까 우리 엄마 루스가 직접 초대장을 보내야 한다고 말한다. 나는 엄마의 초대장을 얻어낼 때까지 쉬지 않았다.

집을 떠난 지 천 년은 된 것 같다. 수련회가 길었다. 정말 오래된 기분이라, 집이 낯설고 이상하게 느껴진다. 소피아에게는 새 친구가 생겼다. 훌리에타 레카미에라는 아이다. 그 애가 전화를 걸면 아빠가 "나폴레옹입니다" 하고 받는다. 아빠는 연구실에 틀어박힌 채 무척 바쁘게 지낸다. 밤에는 그림을 그리고 약병을 프랑스 국기처럼 파란색, 흰색, 빨간색으로 색칠한다. 아빠는 약이 잘 듣는지 본다. 잘 들으면 또 살 것이다. 간호사처럼 모자와 마스크를 쓰고 하얀 구두를 신은 직원들이 알약을 병에 담는다. 아빠는 향수를 만들 생각을 한 적도 있다. 제비꽃, 라벤더 두 종류, 오렌지, 베티베르, 다양한 향이 온 집 안에 퍼졌다. 연금술사처럼 코끝에 코안경을 걸친 아빠는 깔때기를 사용해 플라스크를 채우고 향료를 섞는다. 실험용이라고는 할 수 없는 스코틀랜드식 가운에는 우에보스 란체로스를 흘린 얼룩과 향유가 뒤섞여 온갖 냄새를 운반한다. 언젠가 아빠의 한 프랑스인 친구는 욕조에서 포도주를 제조한다고 말한 적이 있다. 그러니 아빠가 스파르타의 군인 300명이 마실 만큼의 포도주를 어찌 만들지 않을 수 있단 말인가? 엄마는 아빠에게 경고한다. "당신은 그 증류기 때문에 병에 걸리고 말 거야." 아빠는 점점 일을 벌이고, 아빠의 약이 언제쯤 기본 의약품 목록에 포함될지 알아보러 보건복지부를 찾을 때는 아주 신나서 뛰어간다. 그래야 일반 진료소에서 얼굴에 여드름이 가득한 직원들에게 약을 받을 수 있다. 집에서는 '의약품 목록'이라는 말을 조심스럽게, 한 박자 쉬어가며 발음하지만, 나는 북을 치듯 박자에 맞추어 말한다. "의약품 목록, 의약품 목록." 딴, 딴, 딴딴, 딴, 따딴 따딴 딴 딴, 계단 난간을 두드리면서 쇼팽의 장송행진곡의 리듬에 맞춰 노래한다. 그러면 기어이 이런 소리를 듣고 만다. "이제 입 좀 다물지 그러니? 불길한 새 같구나." 보건복지부 사무실 복도에서, 웨일스 공 찰스처럼 차려입은 아빠는 아빠의 가방에서 다른 사람의 가방으로 봉투가 넘어가야 한다는 사실을, 뇌물을 주어야 한다는 사실을 이해하지 못한다. 의약품 목록이라는 천국의 문으로 들어가려면, 보건복지부 장관과 친구가 되어야만 한다. 아니면 적어도 장관이 탐욕스러운 그림 수집가라는 사실을 아는 장관의 개인 비서와 친구가 되어 그림이라도 한 점 준비하거나 정 안 된다면 스케치라도 준비해야 한다. 그런 재치가 부족한 아빠는 자기 방식을 고수한다.

내 수학 숙제를 할 때도 똑같이 즐거워하는 아빠는 내가 다음 날 학교에 가져갈 수 있게 밤사이 수학 문제를 푼다. 그래서 시험 때만 되면 나는 벌벌 떠는 것이다. “아니 숙제는 10점 만점을 받더니.” 그럼 나는 속으로 말한다. ‘만점을 받는 건 우리 아빠예요.’ 아침마다 아빠는 자동차엔진에 시동을 걸러 내려가는데, 고무 지지대에 특별히 신경을 쓴다. 그리고 어린 파비안은 정원에서 아빠가 출발하기만을 기다린다. 그래야 혀 짧은 소리로 하인에게 명령을 내릴 수 있기 때문이다.

“가게에서 사탕 사다 주세요.”

“도련님, 제가 돈이 어디 있어요!”

“공작님께 드릴 거라고 말하면 되잖아요.”

†

우리는 라틴아메리카 프랑스 학교에서 폴 클로델의 희곡《마리아의 고지》를 무대에 올린다. 카실다가 마리아 역을 맡았다. 강당에서 퇴펠 신부님을 보고 카실다와 나는 감격한다. 카실다조차 신부님이 우리를 보러 왔다는 사실을 알고는 미소 지었을 정도다. 우리는 막간에 신부님께 인사하러 갈 것이다. 그는 벤치 끝에 앉아 있다. 옆에는 부인 몇 명이 있는데, 아주 멀리서 보아도 신부님이 그들에게 깊은 인상을 주었다는 걸 알 수 있다. 엄마와 소피아는 사람들과 모여 있다. 나는 신부님을 엄마에게 소개하고, 엄마는 신부님에게 소피아를 소개한다. 자크 퇴펠이 감탄하여 소리친다.

"마리아나와는 정말 다르네요, 이 아이는 벌써 여자로군요!"

"적당히 하세요, 신부님. 아직 아이예요."

엄마는 신부님을 저녁 식사에 초대한다. 나를 위해서, 오직 나만을 위해서 엄마가 그랬다는 걸 안다. 소피아는 퇴펠 신부에게 시선조차 주지 않는다. 그 애 눈에는 전혀 잘생겨 보이지 않는 모양이다. 엄마는 미소 띤 얼굴로 대답을 기다린다. 그러자 신부님의 표정이 변하더니, 굵은 목소리로 말한다.

"대답은 성당에서 드리겠습니다, 루스. 그러면 사순절 영성 수련회에 오실 수밖에 없겠죠."

내가 알기로, 엄마는 미사에 참석한 적이 한 번도 없다.

**✠ 전지전능하신 분께서 내게 큰일을 행하셨으니, 그분의 이름이 거룩하도다**

오늘 밤 신부님이 우리 집에 저녁 식사를 하러 오기로 했고, 나는 좋아서 껑충껑충 뛴다. 신부님의 방문은 모든 걸 바꿀 것이다. 나는 마침내 삶이란 어떤 것이어야 하는지, 사랑은 어떻게 해야 하는지, 어떻게 도와야 하는지 알게 될 것이다. 신부님이 이 세상에 온 건 우리를 인도하기 위해서, 우리를 구원하기 위해서이다. 다윗의 별이 우리 집 위에 멈춰 섰다. 우리는 선택받은 사람들이다.

엄마가 실크 드레스를 빌려준다면 나는 더 성숙해 보일 텐데. 체크무늬 치마를 입은 모습은 신부님이 이미 본 적 있다. 수련회에 입고 갔으니까. 망할 모카신! 나한테는 왜 높은 구두가 한 켤레도 없지? 신부님은 음식을 먹을 때 어떤 모습일까? 물을 마신 후에는 냅킨으로 입가를 닦을까? 우리 집 식탁에는 왜 이렇게 식기가 많이 올라가 있어야 하지? 뒤파스키에네 집에서는 각자 자기 포크와 나이프를 수저받침 위에 올려둔다고 말했더니, 엄마는 코를 찡그리며 말했다. "그 사람들은 부르주아라서 그래." 엄마에게 최악의 일은 부르주아가 되는 것이다.

드디어, 9시 15분에 — 예정된 저녁 식사는 8시 반이었다 — 초인종이 울린다. 신부님이 늦어지자, 소피아는 이튿날 아침에 춤 수업이 있다며 자러 올라갔다. 얼마나 좋은지, 그럼 내가 신부님을 독차지할 수 있을 거다. 소피아는 언제나 남자들에게 깊은 인상을 준다. 소피아는 아름답기 때문이다. 오만함 때문인지도 모르겠다. 거미 때문인지도. 사람들은 그 애에게서 눈을 떼지 못한다. 다행히 엄마는 소피아 대신 있어줄, 바로 옆집에 사는 프란시스카 이모와 이야기를 나눈다. 벽난로에서 불이 타오르고, 펠트 슬리퍼처럼 빨간 커버를 씌운 안락의자가 놓인 응접실에는 후끈한 열기가 감돈다. 퇴펠 신부님이 들어온다.

나는 자기 아이가 좋은 인상을 남기길 바라는 불안한 어머니처럼 신부님을 눈으로 뒤쫓는다. 평소보다 수척한 얼굴이다. 빗지 않은 머리에, 니코틴 자국으로도 모자라 잉크까지 묻은 손가락, 게다가 종이로 꽉 차 터질 듯한 거대한 학생용 배낭을 팔에 걸친 차림이다.

"신부님, 손을 씻으시겠어요?" 루스가 묻는다.

신부님은 괜찮다고 답한다. 그렇게 더러운 손으로, 마대 자루 같은 모양새로 있을 작정이다. 안 그래도 관찰력이 남다른 엄마와 아빠는 무슨 생각을 할까? 나는 이리저리 왔다 갔다 하고, 웃을 일도 없는데 웃고, 앉자마자 일어서고, 이제 음식이 준비됐는지 보러 주방으로 달려가고, 아빠에게 방으로 올라가지 말라고 눈으로 호소한다. 나는 아빠 옆에 붙어서 팔을 붙들고 몸을 기댄다. 신부님은 볼디니의 그림 속 저 아름다운 여인이 누구인지 질문하지 않는다. 그림의 독창성에 대해 평하지도 않고, 카날레토의 제자가 그린 안개 낀 풍경에 대해서도 궁금해하지 않는다. 루이 15세의 왕비이자 폴란드의 공주였던 마리아 레슈친스카가 레이스로 얼굴을 가리고 있는 그림에서도 슬픔을 포착해내지 않는다. 이전 손님들과는 다르다. 그들이 닳도록 칭찬을 늘어놓으면 아빠는 그들에게 이렇게 말하는 식이었다.

"프랑스 화가 나티에 작품입니다. 낭시에 있는 루이 15세의 왕비 그림과 비슷하죠."

"신부님, 칵테일이나 위스키 한잔하시겠습니까?" 아빠가 묻는다.

"좋습니다, 어찌나 피곤한지요. 방금 강연 두 개를 마치고 오는 길입니다."

신부님은 거만하게 앉는다. 한쪽 다리 위에 다른 다리를 올리자, 못 본 체하려야 할 수 없는 납작한 구두가 존재감을 분명히 드러낸다. 묵상의 집의 수수한 벽들이 그에게 내어주던 빛이, 우리 집에서는 갑자기 사라진다.

"마리아나, 개를 내보내렴. 퇴펠 신부님을 귀찮게 하는구나."

신부님이 피포를 좋아하지 않는다니 실망이지만, 어쩔 수 없다. 밖으로 나가렴, 친구야. 나가, 네가 있는 걸 원하지 않으셔. 나는 응접실로 돌아온다. 신부님은 몸을 뒤로 기대고 불안한 손짓으로 가는 머리칼을 쓸어 넘긴다. 엄마가 위스키를 가져다줄 때 신부님은 일어서지도 않고, 몸을 기울이는 건 엄마다. 엄마가 미소 짓자 엄마의 밤색 눈이 주위 공기를 부드럽게 녹인다. 나는 엄마를 본다. '세상에, 정말 예쁘다. 어떻게 저렇게 예쁘지, 나는 평생 엄마처럼 될 수 없을 거야, 절대. 엄마의 얼굴은 나이가 들어도 내 얼굴보다 예쁘겠지.' 엄마는 한쪽 다리를 접고 앉아 다른 다리를 쭉 편다. 꽃무늬 천 아래로 날씬한 허벅지가 드러난다. 날렵한 허벅지를 쭉 뻗자 엄마의 자세는 우아하고도 무한히 방종하다. 다른 의자에 앉아 있는 프란시스카 이모는 아무 말도 하지 않는다. 담배를 피우며 길고, 무겁고, 곧은 시선으로 신부님을 관찰한다.

서론은 없다. 다른 저녁 식사 때 같았으면, 대화가 형태를 갖추기까지는 시간이 걸린다. 명목상의 질문과 대답, 적절한 때의 웃음, 적중하는 칭찬, 프랑스 연극배우며 가수, 프랑스의 국가원수 필리프 페탱을 비롯하여 사회의 여러 면면들을 이야기하기 마련이다. 그런데 오늘은 우리가 식탁으로 자리를 옮긴 것도 알아채지 못했다. 신부님은 바로 공격에 들어간다. 전투 계획을 미리 짜 왔거나 어쩌면 늘 이런 식인지도 모른다. 신부님에게 서막이나 첫 장이란 존재하지 않고, 잃을 시간도 없다. 바로 결말로 치닫는다. 식기와 고풍스러운 촛대와 유리잔에는 아무도 관심을 기울이지 않는다. 시간이 오래 지난 탓에 굳어버린 수프에 아무도 손대지 않는다. 어쩌면 용서할 수 없이 게걸스레 먹게 될까 봐 걱정하는 건지도 모른다. 엄마는 펠리사와 빅토리나가 그릇을 치우는 모습을 보지도 않는데, 사실 알아채지도 못한다. 신부님이 수저를 어떻게 드는지, 오븐 안에서 고기 수분이 다 날아가고 있는지도 인식하지 못한다. 프란시스카 이모가 말한다. 촉촉하게 빛나는 이모의 눈에는 질문이 가득하고, 이따금 개의 눈처럼 사나워지기도 한다. 신부님은 거침없는 공격으로 단 한 순간도 이모를 가만히 놔두지 않고, 이모는 당황하여 어쩔 줄 모른다. 이모는 몸에 걸친 진주를 짤랑거리며 스스로를 변호한다. 진주들이 이모의 생각에 휘감기며 소리를 낸다.

"부인께서는 왜 머리로 말씀하십니까? 배짱대로 말씀해주십시오. 그것만이 제가 이해하는 유일한 언어입니다. 속에 담아두는 것을 말씀하세요."

프란시스카 이모는 감정을 더듬어본다. 촉촉한 눈빛 안에서 모든 감정이 익사하고 있다. 퇴펠 신부가 이모를 잡고 놓아주지 않는다. 꼭 정신의 멍키스패너로 이모를 움켜쥔 것 같다. 이모를 짓누르고, 너트를 한 번 더 돌리고, 자기 몸에 이모를 밀착시키고 이모의 손을 비틀지만, 사실 둘 사이에는 식탁이 놓여 있다. 이모는 허망하게 출구를 찾는다. 이모가 건강하고 튼튼한 치아를 드러내며 미소 짓는다. 나는 넋이 나간 채 이모와 신부님을 바라본다. 둘 사이의 보이지 않는 결투 깊은 곳에서, 뜻을 이해하지는 못하겠지만, 어떤 비밀스러운 협정을 감지했기 때문이다. 매번 신부님은 엄마를 향해 얼굴을 돌리며 감탄하여 소리친다.

"부인의 동생분은 정말 눈이 부시군요!"

신부님은 계속해서 프란시스카 이모를 자극한다. 아빠는 빵을 많이 먹는다. 프랑스 사람들은 빵을 많이 먹는데, 특히 피곤

할 때면 더하다. 아빠는 멀리서 대화를 듣는 둥 마는 둥 한다. 자크 퇴펠이 전쟁이나 저항군 이야기를 했더라면 아빠가 관심을 보였을 것이다. 하지만 신부님이 자신의 모든 기력을 여자들에게 쏟고 있다는 것이 너무나도 분명했다. 내가 있다는 사실을 아무도 기억하지 못하지만 괜찮다. 중요한 건 신부님이 내게 주었던 것과 같은 인상을 엄마와 아빠와 이모에게 주는 것이다. 딱 한 번, 신부님이 내 이야기를 한 건, 이제 나를 블랑카라고 불러야 한다고 말할 때였다. 프란시스카 이모는 블랑카라는 이름이 세탁소 이름이라서 조금 껄끄럽다고 대답한다.

"블랑카, 자러 올라가세요."

신부님이 내 이마에 입을 맞추며 말한다.

"지금 블랑카 양에게 해주는 말을 잘 기억하십시오. 언제나 본능을 따르십시오, 그러면 절대 실수하지 않을 겁니다."

아빠는 평생 무리의 주축이 되어본 적 없는 사람 특유의 소심한 미소를 지으며 말한다. "신부님만 괜찮으시다면, 저 역시 물러나보겠습니다, 일이 있어서요……."

침대에 누워서, 나는 이 세상에 아들을 다시 보내주신 하느님께 감사를 올린다. 하느님의 아들은 지금, 루스와 프란시스카를 양옆에 두고, 응접실에 앉아 있다.

☎

나는 카실다네 번호를 누른다.

"카실다, 너는 어떤 단어가 더 마음에 드니? '자존심 있는'과 '외떡잎의'라는 단어 중에 골라봐."

"외떡잎의."

**주께서는 굶주린 자들을 좋은 것들로 채우시고**

**부유한 자들을 빈손으로 내치셨도다**

루스와 카시미로는 이제 다투지 않는다. 아침마다 엄마는 황급히 나간다.

"프랑스 성당에 다녀올게."

엄마는 생기를 되찾았다. 내가 기숙학교에서 돌아왔을 때보다 엄마의 얼굴 표정이 더 밝아졌다. 할머니 역시 엄마의 변화를 눈치챈 게 분명한데, 기쁜 말투로 이렇게 말하기 때문이다. "마흔둘로는 안 보이는구나."

점심시간에는 시몬볼리바르 거리의 여학교에서 있을 퇴펠 신부의 사순절 설교에 대해 이야기한다. 프란시스카 이모도 열띤 모습이다.

저녁 시간에 신부님이 돌아온다. 우리 집에 있으면 기분이 아주 좋다고, 우리 가족은 좋은 사람들이라고, 피곤하다고, 여학교의 다른 신부 네 명 사이에서 숨이 막히는 것 같다고 이야기한다. 아빠가 정원 안쪽에 있는 별채를 내어준다.

"그곳에서는 쉴 수 있을 겁니다, 완전히 분리된 공간이에요."

밤이 되자 조용히 도란거리는 목소리들이 들린다.

"영성체를 하지 않은 지 10년이 됐고, 나는 내가 존엄한 사람이라고 생각하지 않는다고 퇴펠에게 말했더니, 이렇게 대답하더라. '바로 그 이유 때문에 제가 영성체를 하는 겁니다. 저 역시 존엄하지 않은 사람이거든요.'"

이튿날 엄마는 아침 내내 자리를 비운다.

"미사가 끝난 후에 함께 아침을 먹자고 퇴펠 신부가 프란시스카와 나를 초대했어."

그가 다른 사제들과는 완전히 다른 건 확실하다.

### ✠ 나의 부르짖음이 주께 다다르게 하소서

나는 행복에 정신이 나갈 듯한 상태로, 퇴펠 신부님이 우리 집으로 이사 오는 걸 돕는다.

"가여운 분이세요, 옷도 거의 없고 가진 거라곤 고작 책 몇 권 뿐이에요." 나는 엄마와 아빠에게 말한다.

우리 집은 노래가 떠나지 않는 집이다.

☎

신부님은 아빠가 정원 안쪽에 지은 별채에서 지낸다. 방이 두 개로 하나는 침실, 다른 하나는 작업용 책상이 있는 일종의 서재다. 책상 위에는 바로 신부님의 서류들이 놓였다.

태어나서 이렇게 행복한 건 처음이다. 풀을 먹인 식탁보 위에는 투명한 성찬 빵이 올라가 있다. '나는 제단을 꾸미는 거야' 하고 되뇐다. 기도한다. 블랙커피와 뜨거운 우유는 물과 포도주다. 나는 구석에서 버터, 꿀, 반듯한 냅킨, 과일이 담긴 접시를 준비한다. 커다란 복숭아 두 개가 있었지만, 대신 달걀 두 개를 올리기로 한다. 미친 사람의 눈, 반 고흐의 눈처럼 생겼다. 노란색은 미친 사람들의 색이다. 눈동자와 동공 없는 달걀, 속이 빈 눈, 보지 못하는 눈에서 노란색 끈적끈적한 액체가 흘러나온다. 반 고흐의 해바라기가 이제 쟁반 한가운데서 빙빙 돈다. 물론 하인이 쟁반을 가져다드릴 수도 있었겠지만, 나는 이 특권을 잃고 싶지 않다. 나는 행복하기 위해 갓 태어난 사람이다. 나는 새벽녘 정원을 가로지른다. 날 선 청명한 새벽 아침. 이후에 일어날 모든 일들과는 동떨어진, 줄기마다 이슬 맺힌 잔디처럼 금방 몸을 씻은 부드러운 녹색 아침. 지금 막 태어난 나처럼, 정원의 잔디도 방금 싹을 틔웠다. 여명은 곧 흩어지며 멕시코의 더운 낮에 길을 내어줄 테지만, 지금 이 순간 나는 구두 가장자리를 이슬에 적시며 정원을 가로지르면서 여태 단 한 번도 느끼지 못한 행복을 느낀다. 마그다는 토마틀란에 가 있다. 펠리사가 하는 말을 들었다. "프랑스인들은 원래 저래." 신부님은 하인들에게 관심을 주지 않는다. 아니, 아예 보이지도 않는 것 같다. 신부님은 내가 독차지한다. 주님의 종은 바로 나다. 지금 나는 빛나는 성합보다도 완벽한 아침 식사를 대령할 것이다. 나는 마음속으로 노래한다. '그리스도께서 정복하시고, 그리스도께서 다스리시고, 그리스도께서 명령하신다.' 나는 쟁반을 낮은 담장에 올려둔 채, 문을 살짝 열고 얼굴을 들이민다. 악취 때문에 뒷걸음질 친다. 너저분한 침대 위 지저분한 덩어리에서 들릴 듯 말 듯한 불안한 목소리가 흘러나온다.

"누구? 누구지? 누구요?"

목소리가 끈질기게 묻는다.

"누구냐니까?"

나는 집까지 달려간다. 이제 해가 나기 시작하고 거리에서는 인도를 비질하는 소리가 들린다.

날카로운 엄마의 목소리가 2층에서부터 경고한다. "마리아나, 신부님께 아침 식사 가져다드리는 걸 잊지 말거라. 오늘은 성당에 가시지 않는 날이니까."

엄마가 가는 건 내가 왔기 때문이다. 엄마는 그렇게 일찍 일어나는 법이 없다. 신부님의 식사를 책임지고 자기 주방에서 준비하겠다고 자청한 프란시스카 이모도 마찬가지다. 평소처럼 일상을 유지하는 여자들은 할머니와 지금쯤 말을 타고 있을 소피아뿐이다.

"신부님 아침 식사는 이미 별채에 갖다드렸어요." 나는 듣고 싶은 사람이 들으라는 투로 말한다. 그러고는 쟁반을 가지러 담장이 있는 곳으로 돌아간다. 책상으로 가져다드리기 위해서다. 나는 신부님을 부른다.

"퇴펠 신부님, 저예요. 마리아나예요."

"잠시만 기다리세요, 블랑카 양."

그 시간대에 신부님의 얼굴은 더 날 것이고, 더 적나라하다. 얼굴뿐만 아니라 그 얼굴이 겪은 우여곡절까지도 그러하다. 적어도 낮에는 토론의 열기로 격렬해지기도 하지만, 지금 나는 완전한 무기력 속에 있는 한 사람을 마주하고 있다.

"블랑카 양, 오늘 나를 도와줄 수 있겠습니까?"

"그럼요, 신부님, 당연하죠. 제가 바라는 건 그것뿐인걸요."

"에베레스트 부인의 전화번호를 갖고 있습니까? 어디에 뒀는지 모르겠군요."

전화번호를 누르자 정신과 진료실로 연결된다. 나는 재빨리 수화기를 넘기고 허둥지둥 문으로 나가지만 신부님이 손짓을 한다. "가지 마세요, 아직 전화할 곳이 많아요. 라뷔탱 부인, 릴 자매, 프레이리 양, 마르타 뒤파스키에, 아르날 양에게 전화를 해야 합니다." 신부님이 말하면서 나를 올려다본다. 내 손을 쥐고 내가 공범이라도 된 듯 친근하게 속삭인다.

"그대 없이 내가 무얼 할 수 있을까요?"

나는 혼란에 휩싸인다. '그대 없이 내가 무얼 할 수 있을까요? 그대 없이 내가 무얼 할 수 있을까요?' 잘못 들은 것일 테다. 이내, 나는 지구상에서 가장 복 받은 여자라고 느낀다.

신부님이 내게 미치는 영향이 소피아에게는 통하지 않는다. 엄마의 가장 친한 친구인 에스페란사 이모도 문제를 제기한다.

"사제들은 자기가 속한 교구에서 살아야지, 너희 집에서 뭐 한다니? 카시미로는 어떻게 생각하는데?"

"에스페란사, 이 사제는 달라. 기도서나 읽는 그런 사제가 아니야. 퇴펠이 기도서를 열어보는 건 한 번도 못 봤네, 그 사람은 말이지……."

"그 작자가 어떤 사람인지 알아봐야 할 이유가 더 생겼네. 무은 특권을 누리고 있는지…….”

“그 사람은 다른 사제들의 삶을 공유하는 것에는 관심이 없고, 신부 세 명이 집전하는 장례미사를 부탁하려고 길게 늘어선 검은 상복 차림의 여자들도 상대하지 않아. 그 사람은 추락하는 사람들, 자기 자신과 싸우는 사람들, 희망이 없는 사람들을 위해 살아. 그 사람이 계속하는 말이 있어. ‘나는 마지막 때의 일꾼들을 모으러 왔습니다.’ 그리고 그 사람은 교구 성당을 제대로 보지도 못해. 냄새와 먼지와 낡은 지하실을 못 견뎌서. 그냥 성당도 마찬가지고. 차갑게 피어오르는 향과 시든 꽃으로 가득한, 죽은 공기 안에서 숨도 쉬지 못해. 그런가 하면 음울한 고해소며, 구석진 자리에서 하늘도 나무도 사람의 얼굴도 비추지 않으면서 성수만 고일 뿐인 성수반을 욕하지.”

“그러면 왜 사제가 된 건지 이해를 못 하겠네.” 에스페란사 이모가 불신을 드러내며 문제를 제기한다. “그런데 말이야 루스, 네가 너무 긴장한 것 같아 보여. 그리고 사실대로 말하자면 카시미로와 마리아나도 그리 밝아 보이지는 않아.”

“우리 가족은 다 아주 괜찮아.”

“다시 말할게, 루스. 내가 보기에는 신부가 개인 가정에서 지내도록 교구에서 허락해줬다는 게 너무 이상해.”

“너는 아주 이성적인 사람이잖아, 에스페란사. 너는 머리로 움직이는 사람이지, 초자연적 경험에 마음을 여는 사람이 아니야. 퇴펠 신부는 원하는 것이라면 모두 얻는 사람이고. 허락을 구했다면, 교구에서도 당연히 허락해줬을 거야."

"분명히 말하겠는데, 멕시코 대주교라면 허락하지 않았을 거야."

에스페란사 이모는 엄마를 자매처럼 아낀다. 우리 3남매 중 가장 어린 파비안의 대모이고, 자신의 딸들인 것처럼 우리에게 마음을 써준다.

"그러니까 너는 사제가 너희 가족과 함께 사는 게 이상하지 않다는 거니, 루스?"

"내 안에는 모든 걸 집어삼키는 불이 있어. 아무도 감히 그 불길을 막지는 못할 거야."

에스페란사 이모의 눈에서 분노가 섬광처럼 지나간다.

루스는 에스페란사에게 비밀을 털어놓지 못한다. 그뿐이 아니다. 엄마 또한 사태를 반도 이해하지 못한다. 실제로, 퇴펠 신부는 프랑스 성당 내에서 문제가 있었다. 늘 너무 늦게 도착해서 성구 보관실의 문을 두드렸고, 그러면 밤늦은 시간에 순진한 블랑셰 신부가 내려와서 문을 열어주어야 했다. 관절염을 앓는 무릎으로 위층에 있는 방까지 퇴펠 신부를 데려다주고 통제 구역을 열어주어야 했다. 아예 돌아오지도 않아서 블랑셰 신부가 경보를 울린 밤도 있다. 적십자? 프랑스 병원? 프랑스 퇴역 군인 협회? 물의를 빚지 않으려면 어디에 알려야 한단 말인가? 아침 9시 반, 퇴펠 신부는 활기 넘치는 동시에 초조한 모습으로 나타나 미사를 집전했다. 다른 사제들이 무슨 일이 있던 것이냐고 묻자, 퇴펠은 대답했다.

"대화를 했습니다."

"밤 내내요?"

"예."

"아니, 베르틀로 씨 저녁 식사에 초대받은 게 아니었습니까?"

"그 집 사람 중 하나와 바로 몇 분 전까지 함께 있었지요."

하느님 안에서 형제가 된 이들이 시선을 주고받는다. 베르틀로 가족은 멕시코시티 최고의 거물이었다. 멕시코 전역에 방직 공장을 몇 개씩 소유한 공장주들이자 도심에서는 거대한 매장도 운영하고 있었다. 심지어는 남부까지 매장을 늘린다는 이야기도 들려왔다. 베르틀로 가족은 정확성, 효율성, 사업 책략, 전통주의와 사회적 신중함의 본보기였다. 프랑스 클럽, 프랑스 경마장, 병원, 무료 진료소, 노인을 위한 프랑스-벨기에 자선단체, 청년을 위한 주택단지 등을 후원했고, 일요일마다 교구 성당에서 열리는 12시 미사에 참석해서 앞자리 두 줄을 차지했다.

"베르틀로 가족 중 누구와 함께 있었습니까?"

"사위랑 있었습니다."

수사나의 언니, 그러니까 베르틀로 가문의 딸과 결혼했다는 사실 하나만으로, 사위는 스스로 누구보다 더 베르틀로 가문 사람이라고 느꼈다. 식사에 초대받은 손님들 앞에서 그는 자신이 저지른 일상의 어리석은 짓들을 늘어놓기 시작했다. 매년 자기 아내에게 아들을 만들어준다는 사실, 장인어른(엄격하고 완강한 늙은이, 사업에 이득이 되지 않는 것에는 관심도 없는 사람)과의 동등한 관계에 스스로 만족스러운 모습이었다. 완벽한 체격과 은행 계좌는 그로 하여금 성공한 남자답게 왕성한 식욕을 뽐내며 음식을 게걸스레 먹게 했고, 물에서 첨벙거리는 오리처럼 대화에 참여하게 했다.

별안간, 퇴펠 신부가 접시 위로 수저를 팽개쳤다. 모두 놀라서 입을 다물었다. 퇴펠은 이루 말할 수 없는 분노에 휩싸여 사위에게 물었다.

"당신은 스스로 뭐라고 생각하는 겁니까?"

식탁 한가운데서, 베르틀로 가문이라는 막강한 종족 앞에서 신부는 사위를 신문했다. 다른 사람들은 안중에도 없었고, 신부의 눈에 보이는 건 오직 사위뿐이었다.

영성 수련회에서 잔뜩 흥분한 상태로 돌아온 수사나의 부탁으로 베르틀로 가족은 신부를 초대한 것이었다. 신부가 감사하는 마음을 갖게 되리라는, 잘 기능하는 훌륭한 가톨릭 가정을 보고 감명받으리라는 생각에서였다. 그런데 이 흘러들어온 외지인은 베르틀로 가족 중 한 명을 믿을 수 없을 만큼 분노케 했다. 어린 사위는 창백해졌다. 음식을 입으로 가져가 씹으려고 노력하는 모습을 보고 있자니 참으로 안쓰러울 지경이었다. 그에게 업적이던 것이 지금은 공포가 되었다. 사위는 사냥개에게 목덜미를 물린 산토끼처럼 보였다. 사실, 신부가 사위를 왜 그렇게 가혹하게 공격했는지는 아무도 모른다. 긴 식탁에 둘러앉아 있다가, 예수께서 다시금 상인들을 꾸짖으신 것이다. 하지만 유일한 희생자는 새하얀 치아를 드러내는 미소로 모두를 매혹했던 청년이었다. 하인들이 커피를 내왔다. 베르틀로 가문 사람들은 재빨리 커피를 마시고는 하나씩 사라졌고, 수사나는 신경 발작을 일으키기 직전이었다. 수사나의 아버지도 자리를 떴다. 요즘 세상은 그랬다. 제정신이 아니었다. 어린애 혼자 아버지도 없이 얼토당토않은 일을 처리하게 하다니 말이다. 로베르토의 아내만 그의 곁을 끝까지 지켰다. 남편 옆을 지키며, 어깨를 맞댄 채 남편을 보호할 방법을 몰라서, 신부가 사실은 자신을 옹호하려고 했다는 사실을 이해하지 못한 채, 아내는 몸을 떨며 울었다. 새벽 1시 반에 로베르토는 임신 중인 아내에게 자러 올라가라고 말했다.

그때서야 두 남자는 식탁에서 일어나 서재로 갔다.

이튿날 아침, 사람들이 둘을 발견했을 때는 재떨이에 담배꽁초가 넘쳤고 벽난로의 불은 완전히 꺼진 상태였다. 로베르토의 얼굴은 완전히 달라져 있었다. 더 늙어버린 모습이었다. 그리고 처음으로, 그의 눈에 슬픔의 빛이 감돌았다. 신부는 평소와 마찬가지로 안절부절못했으나 더 기운이 넘치는 모습이었다. 만족하는 사람들을 망가뜨리는 건 좋은 일이다. 그들은 붕괴 이후에 더 큰 만족을 느끼기 때문이다. 신부는 왜 그렇게 공을 들였을까? 자크 퇴펠이 평온함 혹은 공허함에 맞서 밤새도록 온몸으로 싸우게 할 만큼 그에게서 남달랐던 점이 무엇이었을까? 신부는 왜 그런 식으로 스스로를 마모시키는 걸까? 어쩌면 사위의 순진무구한 얼굴이 신부에게 과한 분노를 일으켜서, 반발 심리로 호기심을 느꼈을지도 모른다. 확신에 찬 새하얀 얼굴, 행복이 깃든 멍청한 얼굴이 신부에게 너무도 큰 분노를 일으킨 탓에 그 얼굴이 녹아내리는 꼴을 보려고 염산을 부어버릴 수밖에 없던 것이다. 투명한 웅덩이에 돌멩이를 던질 때와 같다. 얼굴이 손안에서 녹아내릴 때, 신부는 인내하며 얼굴을 다시 빚어내고 유일하고 진실하신 구원자의 말씀으로 완전하게 하고자 했다. "그래요, 삶은 보통 일이 아닙니다. 즐겨야지요." "스스로를 위해 하지 않는 일은 아무도 해주지 않을 겁니다." "원한다면 머저리가 될 권리는 누구에게나 있습니다. 하지만 불행한 사람들을 탓해서는 안 됩니다."

이번에는 따뜻한 블랙커피가 담긴 잔을 몇 번이고 홀짝인 후에, 로베르토와 퇴펠은 포옹하고 양 볼에 입을 맞추며 작별 인사를 했다. 로베르토는 구원자가 검은 코트의 깃 안에 입술을 숨기는 모습을 창가에서 지켜봤다.

✚

프랑스 성당의 주임신부는 자크 퇴펠 때문에 쩔쩔맨다. 주임신부가 신뢰하는 신부는 멕시코 하늘 아래 자기처럼 머리가 하얗게 세버린 브룅 신부다.

"새로 온 프랑스인 신부들은 너무 과감합니다. 칼날 위를 걷는 격인데, 그런 행동을 이해할 수가 없습니다. 퇴펠이 멕시코에 얼마나 머물지는 모르겠지만, 그가 떠나기 전까지는 안심할 수 없을 것 같군요."

"퇴펠 신부와 베르틀로 씨네 사위 사이의 일을 프랑스 지구 사람들이 알지 못하게 해야 합니다. 우리에게 해가 될 수 있어요……."

"그 사람들이 모르고 지나가는 일은 본 적이 없습니다(늙은 주임신부가 미소 짓는다). 그리고 사태를 모르는 사람들은, 꾸며내지요. 날마다 반복되는 기적이랄까요. 그 사람들의 정보력이란. 부디 베르틀로 씨가 보복을 하려 들지 않아야 할 텐데요. 그러면 새 기도대와 의자는 안녕이니까요! 어쨌든, 저희는 주님의 뜻에 맡기는 수밖에 없습니다."

"분명한 건, 벌써 퇴펠에 관한 별별 소문이 돌고 있단 겁니다. 심지어는 청년들과 함께 쿠에르나바카에 가서 테킬라 잔으로 건배하고, 맥주를 마셨답니다. 수영장에 들어가지 않은 건 수영복을 입고 있지 않아서였고요. 아주 잘하는 짓입니다!"

"퇴펠이 누군가와 같이 살고 있다고 합니다."

"그 지경까지 갈 수 있단 말입니까, 브룅 신부님, 그 지경까지요?"

두 늙은 신부는 불안하게 서로를 바라본다. 무언가 일어나고 있다. 무언가 평소답지 않은 일이. 예전에는 주둥이를 땅에 박고 얌전히 풀을 뜯던 그들의 양 떼가 헤맨다. 눈을 굴리고, 매 울고, 길을 트면서 등끼리 부딪치고, 우왕좌왕 오간다.

### ✠ 우리를 구원하소서

나는 내 몸 안에 용수철이 천 개는 있는 것처럼 잠에서 깬다. 손가락 끝에, 발목에 힘이 넘친다, 힘이 넘쳐! 내게서 전류가 흐르고, 내 머리가 온통 진동하고, 날이 갈수록 활력이 샘솟는다.

나는 뛰어오르기 위해 침대에서 몸을 푼다. 투투투루, 투투투루, 투투투루루투, 투투, 투루투, 나는 계단에서 나팔을 분다. 내가 결혼할 때는 멘델스존의 '결혼행진곡'이 아니라 페레스 프라도의 '맘보 제8번'을 선곡해야 할 것이다. 나는 온 집 안을 깡충깡충 뛰어다닐 것이다. 계단을 네 칸씩 내려가서, 거리를 접수하고, 행복에 겨워 가슴에서 튀어나오기 직전인 두꺼비 같은 나의 심장박동이 울려 퍼지게 할 것이다. 꽃이 커튼처럼 드리운 창문을 열자 가지들이 앞다투어 들어온다. 알아들을 수 없는 이름을 가진 곤충들이 공중에서 윙윙거리며 무겁게 날아다닌다. 반듯하고 새파란 하늘이 어찌나 평화로운지, 얼마나 아름다운지. 깨지기 쉬운 꽃 모양 도기와 접시와 컵에 준비된 아침 식사, 찻주전자 가까이에서 부드러워지는 버터 옆에 놓인 하얀 냅킨이 나를 기다린다. 목욕을 하고 나오자 하얀 타일에 수증기가 맺히고 보이지 않을 정도로 작은 물방울들이 터진다. 나는 거울 속에서 내 얼굴을 찾는다. 목욕으로 벌게진 얼굴이 수증기 틈에서 나타난다. 손으로 거울에 서린 김을 닦아내고 너무 동그란 내 얼굴을 본다. 사람들이 나더러 얼굴이 좋다고 말하는 데도 일리가 있다. 나는 강해진 새 얼굴을 어깨 위에 잘 올려둘 것이다. 나는 무척 강하다. 수련회에서 얼마나 큰 힘을 얻어 왔는지, 신부님은 내가 가장 위대한 일을 행할 수 있게 해주었다. 나는 모든 것이 될 것이다. 내 두 손으로 치유하라면 그럴 것이다. '주의 막대와 지팡이가 나를 위로하시고. 나의 원수들 앞에서 주가 내게 상을 차려 주시도다.' 나는 그의 지팡이고, 기둥이고, 위로다. 한쪽 팔이 없는 사람이 내 앞을 지나간다면 나뭇가지처럼 그의 팔이 자라게 하리라. "아니, 아니, 제게 감사하지 마세요, 이 능력은 제 것이 아니니까요. 저는 그저 퇴펠 신부님의 능력을 드러내 보이는 도구랍니다."

"할머니, 저 속기 수업 들으러 다녀올게요……."

"하얀 장갑은 챙겼니? 아는 사람들을 만날지도 모르잖니."

미에르 거리와 페사도 거리가 만나는 모퉁이에 델바예-코요아칸 지구가 있다. 그 동네는 내 얼굴처럼 빨갛다. "가요, 출발하세요!" 나는 배우 마리아 펠릭스처럼 생긴 버스 기사를 본다. 새끼 곰처럼 검은 털로 뒤덮여 있다. 숱이 풍성한 머리칼은 두피를 지나 곱슬곱슬한 구레나룻에까지 내려온다. 사람들이 말하길, 남자들은 털이 많은 여자를 좋아한다고 하지 않던가. 창가에 고정된 눈, 포개진 손, 삐져나올 것 같은 가슴. 배 위에 올려둔 커다란 체크무늬 가방이 방패 같다. 내 집요함은 멈추지 않는다. 버스는 내 비밀스러운 삶, 집 밖에서의 나의 삶이다. 나만의 '타세요! 내리세요!'가 있는 곳이다. 산후안데레트란 지하철역, 후아레스 대로, 알라메다 공원은 내 힘의 원천이다. 마데로 거리, 팔마 거리, 이사벨라카톨리카 거리는 말할 것도 없다. 그런가 하면 치열한 나의 광장, 유행과 저항으로 가득 찬 짜릿한 소칼로 광장은 또 어떤가. 알라메다 공원은 더 가족적인데, 그곳에서 나는 동상들, 구두닦이들, 중절모를 쓰고 신문을 읽는 신사들, 초록색으로 칠한 철제 벤치들 하나하나가 그대로 있는지 확인하고 싶은, 아주 급박한 욕구를 느낀다. 보고 또 보고, 나는 다시는 보지 못할 순수한 얼굴들로 나를 채우고, 나를 다치게 하는 강렬함으로 세상을 보고, 하지 않아도 될 일을 골라서 한다. 껌을 씹는 젊은 남자를 눈에 새긴다. 나는 내 피를 돌게 하는 것들을 하나씩 차례차례 둘러보고, 선박이 너무 많아 서로 부딪히는 강물처럼, 찌꺼기가 쌓여 흐르지 못하는 강물처럼 내 피가 천천히, 무겁게 순환하게 한다. 나는 사람들을 전부 눈에 담는다. 눈들, 입들, 표정들이 진드기처럼 달라붙는다. 소피아는 감탄한다. "언니랑 있으면 시간을 얼마나 허비하는지 몰라! 갈 길을 가자고." 그런데 나는 내 갈 길이 어딘지 모른다. 복 받은 소피아는 안다. 나는 혼자 있어야 한다. 소피아와 함께 나가면 끝이 언제나 나쁘다.

"어이 아가씨, 끝내주게 잘빠졌는데."

인부 한 명이 말하자, 그의 동료들이 웃는다. 그들의 티셔츠가, 치아가, 신문지로 만든 모자가 웃는다. 공사 현장에서 나오며 말하는 그 머저리 때문에 나를 보는 시선들이 더 많아진다. 소피아가 있었더라면 이럴 일이 없다. 그 애는 저 남자들의 멱살을 잡았을 것이다. 지난번에 산시몬에서 정신 나간 놈한테 덤벼들었던 것처럼 말이다.

"상놈, 등신 같은 게 자기가 뭐라고 생각하는 거야?"

그러고는 남자가 얼굴을 가릴 때까지 팔에 걸치고 있던 가방을 온 힘을 다해 여러 번, 여기저기 휘둘렀다.

타당한 분노가 소피아의 입으로 올라오고 발걸음을 돌리게 한다. 그 애는 사람들이 자기를 보든 말든 신경 쓰지 않고 화가 잔뜩 난 채 내 쪽으로 몸을 돌린다.

"가만히 있지 말란 말이야, 이 멍청이야. 저 사람들이 우리를 희롱하는 걸 모르겠어?"

소피아는 아름다운 머리를 흔든다. 살짝 붉은빛이 도는 머리카락이 꼭 망아지 같다. 그러고는 벤치를 걷어차며 소리 지른다. "사람이 방해받지 않고 거리를 걸을 수 없는 거야? 단체로 정신이 어떻게 됐니?" 나는 무례한 언동이 부끄러워서 "일을 크게 만들지 마"라고 말했지만, 그 애의 반항기를 우러러볼 수밖에 없었다. 거리 한가운데서 분노를 전부 밖으로 표출하는 모습을 보는 건 굉장했다.

이제 소피아는 내 곁에 없다. 어쩌면 우리는 이제 함께 나눌 일이 영영 없을지도 모른다. 행복한 시절은 지나갔고, 우리에게 남은 것은 공모자로서의 시선을 교환하는 순간 비로소 시작되는 웃음뿐이다.

**그리스도여 우리를 들으소서,**

**그리스도여 우리의 기도를 들으소서**

"마리아나, 아르날 양이 나와 이야기를 나누러 찾아올 거예요. 내가 밤 9시 반에만 시간이 날 테니 저녁을 먹고 가라고 했습니다. 별채로 가져갈 만한 남는 음식이 좀 있을까요? 아무거나 좋습니다, 수프 약간이라든가." 신부님이 맥없는 소리로 말한다.

"당연하죠, 신부님. 그러면 저희와 저녁을 드시지 않는 건가요?"

"그렇습니다, 마리아나."

"하지만 아르날 양도 함께 저녁을 먹으면 되잖아요, 아닌가요?"

"아닙니다, 이야기할 게 많아서요."

화가 나고, 실망스럽다. 하지만 나는 별채에 작은 상을 차린다. 신부님은 오늘 강연이 있어서 저녁 8시 반까지는 돌아오지 않을 예정이다. 나는 수놓인 하얀 식탁보를 깔고, 그 위에 유리잔과 양초와 붉은 장미를 꽂은 은으로 된 화병을 올린다. 식기를 놓으면서 스카우트에서 배운 노래를 부른다. "칼은 오른쪽에, 칼은 오른쪽에, 수저도 똑같이." 이어서 '말버러는 전장으로 떠났다네'를 부른다. 식탁이 얼마나 예쁜지! 내가 저녁 식사에 함께 할 수 없다는 게 안타깝다…….

나는 하루 종일 신부님이 오기를 기다리다가 8시 반이 되자마자 허둥지둥 달려가서 신부님을 맞이하고, 주위를 맴돌며 배낭과 외투를 받아 든다.

"이리 와보세요, 신부님, 이리 오셔서 식탁을 보세요. 얼마나 예쁘게 준비해두었다고요."

신부님이 화를 낸다.

"아니, 규방도 아니고. 애송이가, 무슨 생각인 게냐? (신부님은 처음으로 내게 반말을 했다.) 상을 왜 이런 식으로 차린 거지?"

신부님이 내 팔을 세게 붙잡는다. 나는 놀라서 어쩔 줄 모른다. "어디, 말해보거라. 대답해." 나는 붙들리지 않은 손을 눈가로 가져간다.

"아, 제발, 우는 건 아니겠지! 난리 법석은 피우지 않았으면 하는데. 여자들 눈물이라면 지긋지긋하다니까. 지금 당장 저 우스꽝스러운 꽃과 양초를 치우거라. 잔이며 냅킨이며 저런 게 왜 필요하단 말이냐?"

신부님이 말하는 동시에 물건들을 내 팔에 들리는 바람에 깨질까 위태롭다.

"집에 가거라, 쉬고 싶구나."

나는 휘둥그레진 눈으로 나를 보는 펠리사 앞에서 물건들을 전부 주방에 내려놓고 내 방으로 달려가 문을 걸어 잠근다. 그러고는 침대 위로 몸을 던진다. 왜 화를 내신 걸까? 왜? 무척 기뻐하실 줄로만 알았는데.

집에 돌아온 엄마가 슬퍼하는 나를 본다.

"무슨 일이니?"

엄마에게 자초지종을 말하자 엄마는 가방도 내려놓지 않은 채 별채로 간다. 잠시 후 나를 부른다. 나는 물에 젖은 쥐 새끼 같다.

"믿기지가 않네요, 신부님. 애한테 그러시다니요. 마리아나는 아무것도 모르는 애예요."

신부님은 내게 그렇게 강하게 말할 의도가 없었다고, 최근 들어 부쩍 피곤하다고 하면서 나를 블랑카라고 부른다. 내 이름이 불리는 순간, 아르날 양이 들뜬 얼굴을 숨기지 못하며 들어온다. 마치 이 세상의 모든 것이 중요하지 않은 듯한 태도다. 신부님을 통해서 세상을 보고, 신부님만이 중요하다. 아르날 양은 스스로 더 젊고 더 예쁘다고 느낀다. 땅을 밟지도 않는 것 같고 눈은 신부님에게 고정되어 있다. 미소를 억누를 수 없어 입술이 계속해서 열린다. 아르날 양의 안에 무언가 미끄덩거리는 것이 자리를 잡았다. 나는 수련회에서 밤을 새웠던 날, 동급생들이 모두 활짝 핀 달콤한 꽃처럼 보였던 것을, 그 애들이 자기 자신을 온전히 던질 준비가 되어 있었던 것을 막연히 떠올리고, 아르날 양에게는 그러한 헌신이 보이지 않는다는 데서 부끄러움을 느낀다.

엄마와 아르날 양은 어색한 미소로 인사를 주고받는다. 퇴펠은 평범하지 않은 만남을 주선하기를 즐긴다. 성령 안에서 모두를 형제자매로 만들고 싶어 한다.

"루스, 그대가 아르날 양과 친구가 되면 참으로 기쁘겠군요. 아르날 양도 마찬가지입니다. 루스와 친구가 되면 좋겠습니다. 루스가 얼마나 아름다운지 보세요."

신부님은 시야를 확보하려는 듯, 한 걸음 뒤로 물러난다.

신부님이 뒤로 물러나면서 내 발을 밟을 때까지 아무도 내 존재를 알아차리지 못한다.

"아, 블랑카. 블랑카가 있었구나!"

돌연, 엄마는 빛 혹은 비수에 관통당한 것처럼 정원 한가운데서 멈춰 선다.

언젠가부터, 엄마는 매일 밤 자기 전 침대 한쪽에 웅크리고 누워 손으로 얼굴을 감싼다. 나는 복도에서 망연자실하여 엄마를 지켜본다.

엄마는 아침마다 황급히 나가면서 현관에 이르러서야 소리친다.

"미사에 다녀올게."

✝

"퇴펠이라는 작자는 라스푸틴 같아요, 여자들을 홀리고 다닌다니까요." 아빠가 할머니에게 동의를 구하지만, 할머니는 동의하지 않는다. 그저 베개를 베고 누운 자리에서 우리를 볼 뿐이다. 날이 갈수록 할머니는 더 일찍 잠자리에 든다. 할머니의 낮이 짧아진다. 나는 무척 활동적이던 할머니를 기억한다. 고속도로를 탈 때면 도로변에 있는 전망대에 꼭 들르곤 했다. 할머니는 거추장스럽고 거대한 당신의 나라를 좋아하기 때문이다. 톨루카에서, 쿠에르나바카에서, 푸에블라에서, 할머니는 우리에게 말하곤 했다.

"전망대에서 내리자꾸나."

할머니는 눈앞에서 당신의 나라가 치마폭처럼 끝없이 펼쳐지는 광경을 내려다보았다. 밀밭을 들여다보고, 벌집을 발견하면 기뻐했다. "보렴, 녀석들이 꿀을 만들고 있단다." 할머니는 길가에서 파는 것들을 샀다. 월하향과 카네이션과 천수국 다발, 호두, 사과, 산사나무 열매 몇 바구니, 둘세 데 레체를 사는가 하면, 케레타로로 가는 길에는 원석을, 테시우틀란처럼 더운 지역에 갈 때면 오렌지와 히카마를 샀고, 코르도바 혹은 오리사바처럼 더 먼 곳으로 갈 때면 치자나무 열매를 샀다. 할머니는 수놓은 작은 베개를 가지고 다녔다. "다람쥐를 보렴." 그러면 나는 무거워진 머리가 뒤로 넘어가도록 호두를 먹는 다람쥐를 봤다. 자동차가 다시 출발하고, 기사는 할머니의 명령을 따라야 했다. "여기서 내리겠네." "여기에는 전망대를 하나 지어야 할 텐데." 할머니는 당신이 고른 태피스트리처럼 풍경을 천천히 펼쳐보았다. 할머니 손에 들린 색색의 양모, 할머니 손가락 사이로 보이는 들판의 초록색, 저기는 황토색, 여기는 적갈색이구나, 저기 좀 보렴, 하며 할머니는 경이로운 자연 앞에서 중얼거렸다. 인쇄된 듯 보이지만 변하기 쉬운, 아득하고, 정적이고, 땅에 수놓인 경이. 하지만 동시에 약동한다, 들판이 유곡의 바닥에서부터 할머니의 가슴까지 올라오도록 요동치는 까닭에. 할머니의 치마에 뒤얽혀 다리로 스며드는 나무들. 저기 좀 보렴, 하며 가리키는 화살처럼 한껏 당겨진 할머니 품속 우리의 삶. 얼굴에 불어오는 바람에 할머니는 눈을 반쯤 감고, 손으로는 햇볕을 가린다. 풍경을 들이마시고자 하는 열망에, 할머니는 알아차리지 못하는 새 이렇게 혼잣말을 하고 있다.

▲

"보렴, 벨라스코* 그림 같지. 저 멀리 다리를 건너기 직전인 기차를 보렴, 증기가 나오는 것까지 보이는구나."

"여기 교구 카페에는 미스터 칩스와 함께 왔었지, 그이는 더운 걸 좋아했어. 나는 치자나무가 있는 오리사바를 더 좋아했고."

그런가 하면 모캄보 해변에서는 할머니가 타고 있던 배가 거의 공중으로 날아오를 뻔한 사건을 떠올렸다. 엔진의 나무 프로펠러가 만들어내는 바람이 너무 강력해서였다. 포르틴데라스플로레스의 루이스갈린도 호텔의 새하얀 벽이 할머니를 감쌌다. 할머니는 말했다. "착한 사람들이야."

* 호세 마리아 벨라스코. 멕시코의 풍경 화가.

"라구니야 시장에 가서 라탄 의자를 하나 사 오자꾸나."

할머니는 종이 꽃다발을 커다랗게 만들곤 했다.

"타마요가 그러는데 이번 달에는 비단향꽃무를 만들 거래. 타마요가 제일 잘 만드는 꽃이야. 그리로 가보자꾸나."

하지만 내가 할머니에게서 가장 인상 깊었던 점은, 내가 할머니에게서 가장 사랑했던 점은, 들판을 내려다보는 할머니의 생각에 잠긴 시선이었다. 할머니의 눈 속에는 광활함이 담겨 있었다. 그리고 해 질 녘, 자동차 안의 어스름 속에서 지하수를 들이마시듯 깊게 숨을 들이쉬는 할머니의 방식을 사랑했다.

석 달 전부터, 할머니는 이제 당신이 사랑했던 장소들에 돌아가고 싶어 하지 않는다. 급할 때 근처에서 화장실을 찾지 못할까 하는 두려움에 들판으로 나가지 않는다. 부엔토노에서 열리는 미사에도, 레이디 볼티모어 가게에조차도, 꽃 시장에도, 차풀테펙 숲에도 가지 않는다. 그런가 하면 이시드로 파벨라를 만나러 가던 카사델리스코에도 가지 않는다. 그곳에서 할머니는 이시드로와 함께 동물보호법을 제정했다. 멕시코혁명의 혜택이 개와 고양이를 비롯하여 투우장에서 엉성한 몸짓에 죽어 나가는 가여운 소들에게도 적용되길 바랐기 때문이다.

✚

"예전에는 멕시코 전부를 눈에 담고 싶어 하셨잖아요, 할머……."

"그랬지. 이제 네가 그 풍경을 기억할 차례다." 할머니가 대답한다.

할머니는 괴팍해졌다. 할머니의 친구이자 고해신부, 멕시코 성직자 단체장인 토머스 신부가 영성체를 위한 할머니와의 약속에 늦을 때면 할머니는 참지 못한다. 토머스 신부는 성체를 심장 가까이 두려고 가슴에 매는 가방 안에 담아 온다. 신부가 늦는 날이면, 할머니는 그가 떠난 다음에야 개들을 데리고 내려와 아침 식사를 한다. 그리고 할머니가 늦을 때면, 신부는 다 식은 달걀을 앞에 두고 긴 식탁의 상석에 홀로 앉아 할머니를 기다린다. 그러면 할머니는 머리가 아파오는데, 다음 영성체까지 낮이고 밤이고 두통에 시달린다.

더블린에서 온 토머스 신부는 수도회를 설립한 콘치타 카브레라 데 아르미다 부인의 고해신부이기도 하다. 콘치타 부인 앞에서는 헤벌쭉해지는 반면, 내 생각에 토머스 신부가 우리 할머니는 그렇게 좋아하지 않는 것 같다. 왜냐하면, 그가 지난번 아침 식사 후에 이렇게 말한 적이 있기 때문이다.

"너희 할머니가 말씀하시길, 카브레라 부인은 죄가 없어서 고해소에서 지어내는 거라고 하시더구나. 상상이나 가니? 네 생각에는 *'너무 나가신'* 것 같지 않니?"

✠

오늘은 토머스 신부가 집에 점심을 먹으러 왔다. 천 살은 먹은 듯한 그의 눈에서는 불꽃이 튀고, 검은 펠트 중절모 아래 섬세한 용모가 드러난다. 몸이 마른 탓에 넉넉한 옷이 언제나 거대해 보인다. 그는 아일랜드에서 일어나는 다양한 일을 이야기한다. 나는 식사 내내 엄마가 불안해하는 것을 알아차렸다. 돌연, 커피를 마시다가 엄마가 토머스 신부에게 물었다.

"혹시 집을 축복해주실 수 없을까요?"

토머스 신부는 늘 준비가 된 사람으로, 즉각 성수 병을 꺼낸다. 그는 검은 가방에 모든 것을 담아 다니고 바지 주머니에서는 축복과 사면을 위한 성물이 나온다. 성찬식 거행을 위한 제병, 성수가 담긴 작은 병, 로마의 메달, 성인들의 상본, 예루살렘의 묵주를 꺼내더니 적의가 담긴 푸른 눈으로 우리를 보며 하나씩 건넨다. 80세 노인이 엄마의 뒤를 따라 온 집 안을 다니며 집의 오른쪽이며 왼쪽에 성수를 뿌린다. 그 후, 둘은 서둘러 나가더니 별채로 향한다.

엄마가 내쫓고 싶어 하는 악한 것은 무엇일까?

### ✠ 나의 기쁨과 즐거움이신 하느님

날은 덥고 델바예-코요아칸 지구에 도착하려면 멀었다. 하느님께 감사하게도, 우루과이 거리의 역에서 기다리는 승객은 아주머니 한 명뿐이다. 나는 그에게 시간을 묻는다. 시계가 없다고 한다. 버스에서 나는 아주머니의 옆에 앉는다. 후회만큼이나 무거운 짐을 바리바리 들고 있는 그가 말한다. "친구가 애를 낳아서 시내에 턱받이를 사러 왔다가 보름치 생활비를 다 써버렸지 뭐예요. 엔리케가 나를 가만두지 않을 거예요." 이것이야말로 내게 필요했던 일이다. 수련회에서 신부님이 그토록 강조했던 일 아닌가.

"걱정하지 마세요. 무얼 사셨어요?"

"꼭 필요한 것들뿐이에요. 엔리케가 신을 구두랑 딸들 드레스를 만들어줄 천을 조금 샀어요. 파는 드레스들은 정말이지 너무 비싸거든요. 찬장에 채워둘 것도 좀 사고 압력 냄비 뚜껑이 고장이 나는 바람에 그것도 하나 샀어요."

"돈을 어쩜 그렇게 현명하게 쓰세요!"

아주머니는 부끄러운 듯 얼굴을 붉힌다.

"그런데 보세요, 로페스 거리 모퉁이를 지나자마자 너무 예쁜 볼레로를 하나 봤지 뭐예요. 몇 년 전부터 딱 그런 볼레로가 하나 갖고 싶었거든요. 긴 외투는 너무 비싼데 이건 딱 절반 가격이더라고요."

(사랑의 도래로 이어질 거라 생각했던 기적의 날이 자선을 행할 기회로 찾아와 내 앞에서 빛나고 있다.)

"그런 건 중요하지 않아요. 볼레로도 베개나 냄비처럼 중요하다고요. 왜냐하면, 볼레로를 입은 아주머니는 아주 예쁘실 거고 그러면 남편분도 좋아하실 테니까요."

그쯤 되니 궁금하고 우습다는 듯 우리를 바라보는 시선들이 느껴졌다.

"보여줄게요." 아주머니가 자신의 구매는 합리적이었다고 정당화하고 낭비했다는 사실을 잊을 수 있다는 희망에 들떠 말한다. 그러고는 내 대답을 기다리지도 않고 짐을 풀기 시작한다. 상자를 열고 형체를 알아볼 수 없는 물건을 하나 꺼낸다. 각기 다른 색의 고양이 세 마리가 섞인 것 같은 일종의 투우사 재킷이었다.

"진짜 프티그리스*라고 하더라고요, 발음을 어떻게 하는지 모

* 다람쥐 모피를 뜻하는 프랑스어. '프티그리'로 발음한다.

르겠네요……. 마음에 들어요?"

"엄청난데요! 값이 꽤 나갔겠어요."

그 순간 나는 신부님이 거짓말에 관해 말했던 것을 바로 기억해낸다. "거짓말에는 잠정적인 측면만 있을 뿐이다." 볼레로의 흉측함을 마주하는 것으로 거짓말의 값을 치르겠다고 나는 마음속으로 생각한다. 그것이 모피라는 끔찍한 사실을 알자마자, 머리로는 내가 지옥에 떨어지고 말 거라고 생각한다. 그리고 아주머니의 안절부절못하고 겁에 질린 얼굴을 보자 나는 처음으로 신부님의 말에 의문을 품는다.

"아이참, 300페소가 들었어요. 보름치 생활비의 절반도 넘는 돈이지요!"

나는 거짓말이 나를 이끌도록 내버려둔다.

"저도 똑같은 걸로 하나 사게 어디서 사셨는지 알려주세요."

그런 말을 하는 중에 아주머니가 내릴 곳에 도착한다.

"불행한 사실은 남자들은 이해하지 못한다는 거죠." 아주머니가 작별 인사를 하며 말한다.

방금 전 나는 가게의 주소와 아주머니의 집 주소를 받아 적었고, 성탄절에 트리를 가지고 아이들을 보러 가겠다고 약속했다. 상상 속에서 나는 반짝이는 장식을 트리에 건다. 하지만 남은 하루 동안 내 양심에서 도저히 떨칠 수 없는 것이 있었으니, 안 그래도 땅딸막한 몸에 그 볼레로를 걸친 모습이 꼭 고릴라가 작은 망토를 두른 것 같았던 아주머니의 모습과 아주머니를 보았을 때 엔리케가 짓게 될 표정이었다.

**✠ 내 목숨을 노리는 자들이 수치를 당하고 내 불행을 즐기는 자들이 물러나 치욕을 느끼게 하소서**

요즘 엄마는 흐릿해지고, 점점 더 멀리 달아난다. 내가 느끼기에 엄마는 이야기를 하고 싶어 하는 것 같은데, 사람들은 엄마에게 아무것도 묻지 않는다. 그리고 엄마는 누군가 물어보지 않으면 말하지 않는다. 그렇게 교육받았기 때문이다. 아빠는 엄마에게 질문하지 않고, 퇴펠 신부가 없을 때 식탁에서의 대화는 주로 자동차와 투자를 주제로 이루어진다. 별안간, 나는 엄마의 눈에서 불꽃이 이는 걸 본다. 불이 켜지고, 입을 열기 직전이었다가, 얼굴의 긴장이 풀리고, 엄마는 이내 욕구를 삼키고 그저 우스꽝스러운 자세를 유지한다. 기다란 목을 쭉 빼고, 식기를 잡는 손님들의 손과 빅토리나가 주방에서 내온 접시에 시선을 고정한다. 빅토리나가 멀리서 말한다. "데지 않게 조심하세요, 접시가 아주 뜨거워요." 다른 집과 다르게, 미리 따뜻하게 해둔 접시를 내오기 때문이다. 엄마는 식탁의 다른 끝에 닿을 정도로 목을 더 쭉 빼고, 아빠도 빵에 버터를 바르는 데 열심이다. 엄마의 커다란 밤색 눈은 원래의 우수를 되찾는다. 엄마는 그저 듣는다. 다른 사람들로부터 엄마를 분리하고 고립시키는 말들을 듣는다. 엄마는 이제 아무것도 원하지 않는 듯 보이고, 외부 세계와 소통하지 않는다. 엄마는 스스로를 걸어 잠그고, 내게 강한 호기심을 불러일으키는 본래의 상태, 부재로 돌아간다.

엄마는 불평하는 법이 없다. 재미없는 대화도, 자극이 부족한 일상도, 아빠의 신경질도, 사적인 생활의 부족도, 소피아의 소란스러운 변덕도, 그보다 더 능글맞은 나의 변덕도, 아무것도 불평하지 않는다. 엄마는 무관심에서 깜짝 놀람을, 깜짝 놀람에서 무관심을 오간다. 엄마의 저기압은 양귀비처럼 엄마를 수동적으로 만든다. 엄마에게 가닿는 순간 소음은 진정되고, 행동은 부드러워지고, 엄마가 가는 길에 날아오는 돌은 없다. 엄마를 보호하는 솜이 있어, 삶에 들어왔다가 인식하기도 전에 조용히 떠나버린다. 그래서 루스는 자신과는 다른 종족이라는 듯 손님들을 관찰하고 그들에 관한 결론을 내린다. 엄마의 목에서 뛰는 푸른 혈관이 목을 타고 파르르 떨린다. 평온한 겉모습을 교란하는 유일한 것이 바로 그 혈관이다. 나는 엄마의 어깨에 머리를 기대고, 엄마의 목에 내 머리를 포개고, 온기를 느끼고, 엄마에게 물어보고 싶다. "엄마, 엄마에게 발언권이 있다면 엄마는 무슨 이야기를 하실 거예요? 어린 시절에 대해서요? 엄마의 돌아가신 아버지에 대해서요? 퇴펠 신부님과 엄마의 관계에 대해서요?" 차를 마시던 어느 오후, 오렌지빛 햇살에 엄마는 고개를 들고 말한 적이 있다. "미코노스의 햇볕이 꼭 이래. 하얀 벽 위로 아직 따뜻한 석양빛이 내리쬐지……." 나는 들떠서 엄마의 말을 가로채며 물었다. "엄마, 언제 미코노스에 가보셨어요? 엄마, 미코노스에 가본 적 있다고 한 번도 말해주지 않으셨잖아요." 엄마는 미소로 답했다. 그게 전부였다.

그때처럼 오늘도 엄마는 공중에서 미약하게 맴도는 말들을 내뱉고, 말들은 소리 없이 카펫 위로 내려앉는다. 아무도 그 말들을 줍지 않는다. 하인들이 내일의 먼지와 함께 엄마의 말들을 쓸어버리지 않도록 오직 나만이 말들을 주워 담는다.

✪

아침마다 아빠는 복권에 당첨될 거라고 굳게 믿으며 거리로 나선다.

비티토가 말하길, 아빠의 가방 안에 차곡차곡 들어 있는 추첨권이 아코디언처럼 펼쳐진다고 한다.

그 돈이면 온 집안이 풍족하게 살 수도 있을 것이라고.

✝

퇴펠 신부가 우리와 함께 점심을 먹을 때면, 대화는 늘 불꽃이 된다. 신부님은 프랑스 이민자들을 욕한다. 그들은 끔찍한 부르주아들이며, 식탁보를 파는 사람들이다. 신부님은 개인 자택에서 열리는 비밀 집회에 자주 참석하는데, 엄마가 기사를 자처하여 함께 간다. "어른들의 일이란다. 블랑카 양은 일찍 자야지요." 신부님이 변론하듯 말한다. 나는 그가 나를 어린애처럼 대하는 게 싫다. 하지만 고압적인 옆모습에 나는 감히 대들지 못한다. 이튿날, 화장대 앞에서 몸단장하는 엄마에게 무슨 일이 있었는지 묻지만, 엄마는 머리를 땋아서 말아 올릴 뿐이다.

"그런 집회에서는 무슨 말을 하세요?"

"그 사람들한테 식탁보 파는 사람들이라고 하더라."

"그리고 또 무슨 말을 하시는데요?"

"그 사람들을 장사꾼이라고 불러."

"그럴 때 신부님은 어때 보이는데요?"

"아아 마리아나, 모르겠다. 꼭 호통치는 작은 제우스 같아!"

"집회에 참석하는 사람들은 어떤데요?"

"아주 못생겼지."

"프랑스 성당에 나가는 사람들인가요?"

"아니, 성당에서는 한 번도 본 적 없는 사람들이야."

"그러면 그 사람들은 누구죠?"

"사업하는 사람들이겠지, 모르겠구나."

"그렇게 뻔뻔하다고요?"

"부르주아들이니까."

나는 '부르주아'라는 단어에 엄마보다 더 큰 경멸을 담아 말하는 사람을 본 적이 없다.

"그런데 아빠는 왜 안 가세요?"

"퇴펠 신부님은 여기 사시잖니. 보려면 언제든지 볼 수 있지."

"신부님이 엄마한테서 원하는 게 뭐예요? 프란시스카 이모한테서는요?"

"모르겠다, 모르겠어, 모르겠어, 모르겠어."

엄마는 무척 지쳐 보인다. 며칠 전까지만 해도 아주 좋아 보였는데. 아빠 역시 괴팍해졌다. 이따금 이런 말을 한다. "제대로 걷어차주는 걸로 해결 못 할 일은 없어." 나는 아빠가 전쟁에서 돌아왔을 때, 아직 군인의 분위기를 떨치지 못했을 때, 따뜻한 물을 가져오지 않았던 비티토에게 엉성한 스페인어로 했던 말을 기억한다.

"오, 궁둥짝을 걷어차이고 싶나 보군요."

♣

루스와 프란시스카, 하늘에서 내려온 것 같은 날씬한 두 여인. 미세한 근육이 같은 동작으로 실크 장갑 안에 들어간다. 긴 장갑을 한 손에 끼우고 다른 손으로 손가락에 맞추어 채운다. 장갑을 다 끼면, 이제 밖에 나갈 준비가 끝났다는 완벽한 신호이다. 두 여인은 하인이나 요리사에게 명령을 내리거나 그저 행선지를 알린다. 비록 가는 도중에 어디로 가려고 했는지 잊는 바람에 나중에는 예상과 다른 곳으로 가기 일쑤지만 말이다. 걸음이 어찌나 가벼운지 땅을 거의 밟지도 않는다, 땅을 스칠 뿐. 그들에게서 유일하게 무거운 것이라면 과달루페의 성모 마리아가 각인된 메달이 달린 금팔찌다. 다른 친구들에게도 있는 것으로, 엄마와 이모는 같은 팔찌를 차고 있고, 목에는 똑같은 세 줄짜리 진주 목걸이를 걸고 있다.

둘은 나간다. 무얼 하러 나가는 걸까. 자신들조차도 확실히 알지 못한다. 나는 엄마와 이모가 귀가하고 외출하는 방식이 마음에 든다. 둘의 귀가는 사실상 외출이다. 둘은 이제 나갈 거라고 알리기 위해 들어온다. 그래서 일부러 장갑을 끼는 동작을 해 보이며 하인들에게 그날의 명령을 내리는 것이다. 그들의 일과는 때에 전혀 맞지 않는 시간, 분 단위로 엉망이 되는 시간, 내키는 대로 초 단위로 늘어나거나 줄어드는 시간으로 이루어져 있다. 아름다운 여인들의 행복한 시간, 나른한 모슬린 드레스 자락을 펄럭이며 걷는 여인들의 슬픈 시간. 가느다란 목을 악기처럼 곧게 뻗고, 코가 위로 향하게 얼굴을 들고, 시선은 공중에 두는 그들의 따뜻한 밤색 눈은 어느 곳에도 머물지 못한다. 기어를 1단에 두고 모퉁이에서 꺾는 동안 운전석의 차창 밖을 내다보는, 지극히 먼 곳을 바라보는 호박색 눈. 엔진을 데우며 속력을 높여 모퉁이를 돌 때, 더 이상 둘의 모습은 보이지 않는다. 오직 장갑 낀 손만이 보일 뿐이다. 왜냐하면, 이제 그들은 모퉁이를 꺾어서 사라질 것이기 때문이다. 이제 기어를 2단, 3단으로 올릴 것이고, 뜨거워진 엔진만이 그들의 유일한 동행자가 될 것이다. 그들의 불가해한 명령에 따라 불시에 정차하고, 그들이 태평하게 목적지라고 부르는 곳에 데려다주는 유일한 존재가 될 것이다.

♣

나는 카실다에게 전화를 걸어 묻는다.

"어떤 단어가 더 마음에 드니? '500분의 1'과 '강렬한 악취' 중에 골라봐." 그런데 카실다가 나를 놀라게 한다.

"얘, 퇴펠 신부가 너희 집에서 산다는 소문이 돌던데, 사실이니?"

**✠ 그들이 뒤돌아 부끄러움에 얼굴을 붉히게 하시고 하느님의 위대하심을 말하게 하소서**

"잠시만 실례하겠습니다."

아빠의 부하 직원인 이바라가 응접실에 앉아 있고, 동생이 말동무가 되어준다. 밤이 무르익자 전등을 켠다.

시간이 지나며 가족들이 하나둘씩 집에 돌아온다. 처음은 엄마다. 불안정하고 흐릿한 엄마는 구석으로 가 웅크린 채 거의 입을 열지 않는다. 그다음은 나다. 소피아와의 경쟁심에 불타는 나는 이바라에게 커피 한잔하시겠냐고 묻는다.

"벌써 위스키 가져다드렸거든. 주책 하고는."

마지막으로 피곤에 전 사제가 발을 질질 끌며 온다. 편하게 자리를 잡더니 한 치의 망설임도 없이 얼음을 넣은 위스키 한 잔을 부탁한다.

"기운을 차리기 위한 겁니다."

소피아와 이바라는 대화를 이어간다. 소피아는 미소를 지으며 요염한 몸짓으로 고개를 끄덕이고, 눈꺼풀을 내리깔고 깍지 낀 손을 배 위에 올린다.

이바라는 소피아에게 춤추는 걸 좋아하는지, 무슨 운동을 하는지, 쿠에르나바카의 수영장 물이 그렇게 차가운지 따위를 묻고, 우스운 이야기를 늘어놓는다. 하얀 줄무늬가 들어간 초콜릿색 정장, 조악한 넥타이핀으로 고정된 화려한 넥타이, 너무 큰 커프스단추 차림의 그는 소피아가 자기를 좋아해줬으면 하는 거대한 욕망에 금니를 드러내며 웃는다.

사제는 말이 별로 없지만, 소피아를 관찰한다. 소피아가 자리에서 일어나자, 사이 간격이 넓고 작은 가슴과 곧게 뻗은 목이 보인다. 자신의 농담에 소피아가 쉴 새 없이 웃어주자 이바라는 즐거워서 어쩔 줄 모른다. 상사의 딸이 자신을 이토록 친절하게 대해준다는 것은 봉급 인상을 의미했다.

밤 9시 반이 되도록 카시미로가 돌아오지 않자, 이바라는 마침내 돌아갈 채비를 한다. 예의범절의 공식을 따라 고개를 끄덕이며 모든 사람과 힘겹게 악수를 나누고 난 후, 소피아가 문까지 그를 배웅한다. 완전히 새로운 사람이 되어 돌아온 소피아가 어깨와 엉덩이를 흔들면서 걸어오더니 곧장 응접실의 거울 앞으로 가서 이미 완벽하게 손질된 머리를 매만진다. 소피아의 손에는 성숙한 여인의 도발과 수완이 깃들어 있다.

신부님이 무언가에 사로잡힌 사람처럼 벌떡 일어나더니 말한다.

"소피아 양은 존엄을 전부 잃어버리기라도 한 겁니까?"

소피아는 놀라서 몸을 돌린다. 이제 그 애 안에는 방금 전의 성숙한 여인이 없다. 이제 그저 입술을 바르르 떠는 어린애일 뿐이다.

신부님은 엄마에게 가서 우악스럽게 신문하듯 말한다.

"부인, 부인께서는 따님이 부군의 비서와 시시덕거리는 꼴을 어떻게 그냥 두고 보십니까? 부인의 부주의함이랄지 무관심의 끝은 대체 어디입니까! 부인께서는 따님이 손끝으로 모르는 남자의 몸을 건드리는 걸 보고도 가만히 계셨습니다. 부인이 낯설게 느껴지는군요. 내가 만일 소피아의 아버지였더라면, 여기 모두가 보는 앞에서 흠씬 두들겨 패주었을 겁니다."

대답 대신, 루스는 흐느끼는 소피아를 안아주러 달려간다.

"여자들의 몸이란 쉽게 가질 수 있는 것이란 말을 이제 믿기 시작했습니다. 모든 여자가 저 작자에게 길을 터주는군요. 참 쉽군요. 골반을 한 번 튕겨주기만 하면 되지요! 소피아, 더 흔들어 보세요, 어디 몸을 움직여보라니까요! 아까처럼 내 쪽으로 걸어와보란 말입니다."

신부가 팔을 들어 올렸다가, 루스의 시선 앞에서 다시 내린다.

"아니요, 부인. 부인의 따님을 때리려는 게 아닙니다. 보호하지 않으셔도 됩니다. 소피아는 스스로를 보호하는 법을 알 겁니다. 제가 아주 잘 아는 부류의 여성에 속하거든요."

"무슨 소리를 하시는 거예요?"

"자기 몸이 지닌 전지전능한 힘을 믿는 여자들을 말하는 겁니다. 나를 그렇게 보지 마세요, 루스. 언젠가 젊은 여자 한 명이 내게 도움을 청한 적이 있습니다. '신부님, 며칠 전부터 일을 찾고 있어요. 타자수 일이라면 뭐든요.' 나는 그에게 요즘에는 구직에 성공하는 사람이 많이 없다고 대답했습니다. 나는 그 여자가 화가 나서 한 말을 결코 잊지 못할 겁니다. '누가 제 앞에서 문을 닫아버리면, 저는 엉덩이 힘으로 문을 밀어버려요.'"

나는 아연실색해서 사제를 올려다본다. 그의 목소리는 내가 아는 목소리가 아니다. 천박한 목소리에, 입술에 이는 경련은 혐오스럽다. 무슨 일이 일어나고 있는 거지? 엄마가 이번에는 신부님에게 반발한다.

"지금 당신이 어디에 있다고 생각하세요? 우리 집에서 그런 식으로 말하는 건 용납하지 않겠어요."

엄마는 소피아의 어깨를 부축하며 서둘러 침실로 올라간다. 안색이 변한 신부님은 안락의자에 털썩 주저앉았다가, 몸을 일으켜 위스키를 한 잔 따르고는 단숨에 들이켠다. 내가 있다는 걸

눈치채고는 명령한다.

“방으로 올라가세요, 마리아나. 혼자 있고 싶군요.”

입술 안쪽을 어찌나 세게 깨물었는지 피가 혀를 적시고, 찝찔하고 뜨끈한 맛에 더 메스꺼워진다. 신부님의 편에 설 준비가 된 나를 왜 거절하는지 이해할 수 없다. 나는 내 피를 조금씩 맛보며 올라간다.

나는 이전에 신부님이 아랫사람에 관하여 말했던 열정적인 대화를 떠올린다. 이제 이바라는 모르는 작자로 불린다. 신부님에게 무슨 일이 일어난 걸까? ‘신부님에게 그런 질투의 발작을 일으킨 게 왜 내가 아니었을까? 왜 소피아는 되고 나는 안 되는 걸까?’ 자비로운 베타니아의 마르타처럼 나도 하루 종일 신부님의 시중을 들겠다고 분주하게 움직이는데, 신부님의 관심을 끄는 건 소피아다. 왜일까? 나는 옷을 입은 채로 침대에 몸을 던진다. 침대보 위에서 모카신이 쓸데없이 새하얀 천장을 응시한다.

♠

소피아(밤 11시 45분).

♠

날카로운 비명에 루스가 몸서리친다. 두 번째 비명이 들리자, 루스는 소피아의 방으로 달려간다. 침대보가 엉망으로 흐트러진 침대 한가운데서, 남자아이처럼 부스스한 짧은 머리의 소피아가 흐느낀다. 엄마를 보자마자 팔을 내민다.

"우리 아가, 무슨 일이니, 악몽이라도 꿨니?"

흐느끼는 소피아의 길고 가느다란 몸이 반으로 접히고 소피아는 자기 손을 움켜쥔다. 루스가 소피아를 안아준다.

"소피아, 많이 불안해하는구나. 퇴펠 신부가 말한 건 잊어버리렴."

'신부'라는 말을 듣자마자 소피아는 다시 비명을 지르려고 한다.

"소피아, 진정하렴, 온 집 안을 다 깨울 셈이니."

소피아가 숨을 몰아쉰다.

"손수건을 가져다줄까? 무슨 꿈을 꿨길래 이 지경이 된 거니?"

소피아가 다시 울음을 터뜨린다. 엄마는 초조해한다.

실제로 그들은 너무도 불안에 떨고 있다. 휴가라도 다녀와야 할 것이다.

내가 방문을 연다.

"소피아에게 무슨 일 있나요?"

"아무것도 아니다. 바로 네 침대로 갈래? 감기 걸리겠구나."

"근데 소피아가 왜 저러는 거예요?"

"마리아나, 엄마 말 듣거라. 안 그래도 요 며칠간 너무 밤을 새

웠잖니."

오늘은 정말로 나의 날이 아니다. 엄마가 한숨을 쉰다.

"엄마."

소피아의 목소리가 기어들어간다. 여덟 살짜리 아이 같다.

"그래, 아가?"

"엄마, 신부님이 저한테 뼈를 던지는 꿈을 꿨어요."

"뭐라고? 그게 무슨 말이니?"

소피아가 캑캑거린다.

"그러니까 엄마, 꼭 개한테 하는 것처럼요. 신부님이 저기 저 위에서……."

루스는 몸이 얼어붙는다. 딸에게 다른 설명을 요구하지 않는다. 감히 그러지 못한다. 루스는 흐트러진 이불을 조금 정리한다.

"설탕물을 조금 타줄까?"

"네, 엄마."

"지금 가져다줄게."

"아니에요 엄마, 가지 마세요, 가지 마세요."

소피아의 눈에 공포가 서려 있다.

"그럼 네 물은 어쩌고?"

"엄마랑 같이 갈래요."

루스와 소피아는 부엌으로 내려간다. 이제 좀 진정이 된 소피아는 이불을 껴안고 몸을 움츠린다.

"엄마, 조금만 더 있다 가세요. 신부님이 다시 올까 봐 무서워요."

루스가 침대 끝에 걸터앉는다.

"엄마, 불 끄시면 안 돼요."

"안 끌게, 소피아."

"제가 잠들 때까지 계실 거죠?"

"그래, 우리 아가."

소피아가 눈을 감는다. 이따금 간헐적으로 흐느끼다가 엄마가 갔을까 봐 두려운 마음으로 눈을 뜨기도 한다. 동그란 어깨가 전율하다가, 차츰 풀리는 얼굴의 긴장이 소피아가 잠들었음을 알린다.

루스는 전등을 끄고 소리 없이 자기 방으로 돌아간다. 밤새 한숨도 잠을 이루지 못한다. 공포에 질린 소피아의 얼굴을 기억에서 지울 수가 없다.

엄마는 글을 쓰지만 설명을 늘어놓진 않는다. 밤마다 엄마는 방수포로 감싼 공책에 무언가를 열렬히 쓴다. 그게 뭐냐고 물어봤지만 엄마는 대답이 없었다. 나쁜 짓이라는 걸 알지만, 지난밤 나는 공책을 열어보았다. 더 이상 엄마의 거절도 퇴펠 신부의 거절도 참을 수가 없고, 둘이 무슨 일을 벌이는 건지도 모르겠고, 같이 어디를 다니는지도 모르겠다. 신부님을 집에 데려온 건 나인데 나는 안중에도 없다. 내가 나쁜 짓을 했다는 걸 알지만, 용기가 나를 부추겼다. 나는 아빠와 함께 엄마를 비난할 것이다. 아니면 소피아에게 말할 것이다. 소피아는 엄청난 고자질쟁이고, 그 애야말로 정말 모든 것에 거침이 없는 애니까.

읽어본다.

목요일 밤, 나는 그 주에 계속 그랬듯 새벽 2시경 눈을 떴다. 용서해 주세요, 하느님. 제게 말씀을 하시는 줄 알았어요. 목소리는 들리지 않았지만 내적인 확신이 있었고 하느님의 임재를 감히 말하지는 못하겠지만 하느님의 뜻이 있었다고는 할 수 있다.

나는 희생을 받아들이고 싶었을까? 내 감정은 정말 강렬했다. 나는 울었다.

"네." 나는 받아들였다.

그때 나는 나를 희생해야 하는 거라고 이해했거나 이해했다고 믿었다. 그래서 지난번에 에스페란사를 만났을 때, 나는 죽어야 하니 내 하나뿐인 아들을 믿고 맡길 사람은 너라고 말한 것이다. 마치 내 딸들은 걱정하지 않아도 될 것처럼.

나중에야 나는 내 아들 파비안과의 이별이 무얼 의미하는지, 그리고 만일 순진한 파비안이 아니라면 나 대신 누가 떠나게 될지 궁금해했다. 나는 주께서 부르실 이가 나이기를 간청했다. 비록 내가 그럴 자격은 없을지언정, 그분의 자비가 가능케 해주실 것이다.

같은 날 밤, 내가 아직 눈물을 흘리고 있을 때, 악몽에 시달리며 나를 부르는 소피아의 목소리를 들었다. 서둘러 아이의 방으로 갔더니, 아이는 아직 잠이 덜 깬 채였다. "엄마, 엄마, 신부님이, 신부님이." 소피아는 으스스한 공포에 붙들려 있었다. "소피아, 무슨 일이니?" 소피아가 눈을 뜨며 이런 말을 했다. "신부님이 저한테 뼈를 던지는 꿈을 꿨어요." 나는 온몸이 차갑게 얼어붙었다. 그 순간 내게 뼈라는 것은 죽음의 이미지로 느껴졌기 때문이다.

그날 밤, 카시미로의 비서 이바라가 방문했는데, 카시미로를 기다리면서 술을 몇 잔 걸쳤다. 그러더니 소피아에게 시답잖은 소리를 하기 시작했다. 그걸 보고 나는 우리가 피곤하다는 것을 명백히 하는 투로 그에게 잘 가라고 인사했고, 소피아에게 문까지 배웅을 부탁했다. 소피아가 돌아왔을 때 퇴펠 신부가 가여운 소피아 위로 주먹을 들어올리고 욕설을 퍼붓는 모습을 보았지만, 나는 당황하지 않았다. 신부는 소피아가 아버지의 직원과 품위 없이 시시덕거렸고, 만일 자신이 소피아의 아버지였더라면 그 애를 붙들고 그 자리에서 두들겨 팼을 거라고 했다. 가여운 소피아는 눈물을 터뜨렸다. 나는 미동 없이 그 폭

발음을 들었다. 겸허히 고백하자면 나는 반응이 조금 느린 편이다. 소피아에게 장광설을 늘어놓은 다음, 퇴펠은 화가 잔뜩 난 채 이제 내 쪽을 향해 몸을 돌렸다. 내가 반응을 보이길 바라면서. 내 딸을 보호하기 위한 어떤 행동이라도 좋으니, 무슨 반응이라도 보이길 바라면서. 소피아가 품위 없이 행동한 건 분명했다. 하지만 어린아이일 뿐이다. 나는 일어나서 소피아를 품에 안고 위로했다. 너무 심하게 우는 바람에 그 애를 방으로 데리고 가야 했지만, 그러기 전에 신부에게 말했다. "마리아나에게 신경 좀 쓰세요. 그 애는 신부님을 신으로 떠받드니까요."

나는 마리아나와 퇴펠의 토론에 끼어들지 않았다. 퇴펠은 사색이라는 자질을 이해하지 못한다. 마리아나는 토머스 머튼과 자크 마리탱을 인용하며 사색을 옹호했다. 심지어는 관 속에 잠든 카르투하 수도회 수사들 이야기까지 나왔다. 마리아나가 말할 때 나는 그 애의 작은 얼굴에 경련이 일고 못생겨지는 걸 봤다. 무슨 일이지? 소피아는 제 침대 위에 앉아 영혼이 빠져나간 것처럼 울었다.

"내 안에서 무언가 부러진 기분이에요."

나는 그 애가 진실을 말한다는 걸 알았고, 나도 점점 초조해져서 퇴펠 신부가 실수한 거라고 분명히 말해주었다. 하지만 소피아가 끈질기게 물었다.

"그걸 누가 증명해줄 건데요?"

내가 대답했다.

"엄마가 안다, 소피아. 엄마 말이 맞아."

그날 두 번째로, 몹시 강렬한 빛이 나를 관통했는데, 그 빛이 얼마나 강렬한지 내 모든 모공에서 폭발하는 느낌이었다. 소피아가 놀라서 나를 보며 말했다.

"엄마, 거울 좀 보세요."

현상은 지나갔지만, 어쨌든 거울 속 내 모습을 보았다. 거울 안에는 새카만 눈이 반짝이는 무척 하얗고 낯선 얼굴이 있었고 곱슬머리 주위에는 후광이 생겨나 있었다.

소피아는 이제 잠들었다. 나는 다시 응접실로 내려가서 신부가 앉아 있던 소파에 앉았다.

마리아나를 언급하며, 그는 내게 이렇게 말했다.

"마리아나는 아무 문제도 없습니다. 다만 약간 건방질 뿐이죠."

소파의 다른 쪽 끝에 앉아 있던 나는 화가 나서 신부에게 따져 물었다.

"당신은 무슨 권리로 다른 사람들에게 무슨 일을 해야 한다고 말하나요? 무슨 권리로 어느 여인에게 그가 자식을 여덟 명 가질 수 없다고 말하나요? 그 여인을 살릴 여덟 번째 아이도 아니면서, 당신은 어떻게 확신하나요?"

의식적인지 무의식적인지는 몰라도 나는 신부의 언어를 사용했다.

그가 새하얗게 질렸다. 나는 거의 몸과 몸이 맞닿는 것처럼 내 얼굴이 그의 얼굴 위에 있는 것을 느꼈다.

이게 바로 천사와의 싸움이었을까?

**얼마나 따뜻한지, 선하신 예수!**
**얼마나 기쁜지, 나의 예수!**
**내 심장의 기쁨, 내 마음의 위안이 되시는 주님!**
**오 선하신 예수! 오 선하신 예수!**

"이 집구석은 다들 하느님에게 몸과 마음을 바치기 전이 더 재밌었어." 소피아가 계단을 오르며 소리친다.

우리 집안의 두 남자, 아빠와 내 동생 파비안과 더불어 예전과 다름없는 유일한 사람은 소피아뿐이다. 엄마와 나는 똑같은 황홀경에 빠져 있다.

"그래서, 환상을 보는 자들이 오늘은 어디로 발걸음을 옮기시려나?"

나는 신경 쓰지 않는다. 어쨌든 소피아는 신성한 궤도 밖에 있기 때문이다. 소피아는 너무도 상식적인 사람이라 그 애의 표현에 따르면 엄마와 내가 '환상을 보듯' 믿는 천국에 가까이 갈 수가 없다. 소피아는 누누이 이야기한다. "완벽한 한 쌍이네, 웃어봐. 완벽한 몽상가 한 쌍이야, 어쩔 줄 모르는 쥐들 같아!"

♣

나는 승마 수업을 듣지 않는다. 그러다 오늘 승마 연습장에 가게 되었고 단조롭게 느껴진다. 나는 말들을 좋아하는데 특히 말 위에 올라탄 다음이 좋다. 말에 오르면 그제야 안장의 가죽에서 나는 거슬리는 냄새, 손길에 닳은 고삐, 발꿈치가 아래로 가게 발을 디뎌야 하는 등자가 기억난다. 특히 경주마 하일랜드 퀸의 냄새가, 몸에 착 달라붙은 흰 털, 발굽에서 머리까지 타고 올라오는 전율, 거품을 문 주둥이, 진흙투성이가 된 발굽과 먼지로 회색이 된 뒷무릎이 떠오른다. 그러면 나는 물에 젖은 굵은 목을, 풍만한 여자 같은 암말의 둥글둥글한 목을, 버릇없고 당돌하기 그지없는 짧은 목을 끌어안는다. 기마행렬에서 돌아온 하일랜드 퀸이 마구간의 냄새를 맡고 침착히 걸을 때, 나는 등을 대고 누워 내 머리를 말의 등에 기대고, 눈은 하늘에 고정한 채 몸이 흔들리도록 둔다. 노곤한 몸을 퀸의 폭신한 궁둥이 위에 누이고 가는 일이란 얼마나 멋진지! 마부가 내게 경고한다.

"아가씨 머리카락이 더러워지겠어요, 말이 땀을 흘리고 있거든요."

나는 자세를 바꾸지 않은 채 평온하고 짙은 아침 공기를, 퀸의 냄새를 한껏 들이마신다.

엿새 전, 나를 당황스럽게 한 일이 있었다. 나우칼판의 산바르톨로 근방을 산책하던 중, 퀸이 목초지에서 풀을 뜯는 당나귀를 본 일이었다. 갑자기, 그 이유를 누가 알겠느냐만, 녹색 알팔파가 심긴 직사각형 목초지의 구석 끝에서부터 당나귀가 퀸을 향해 다가왔고 퀸은 귀를 뒤로 젖히며 얌전히 누웠다. 당나귀가 악마처럼 다가오자 퀸은 그 자리에서 단숨에 멈췄다. 퀸은 기다렸다. 하지만 그 기다림은 오히려 도전이랄지, 도발에 가까웠다. 당나귀가 가까워졌다는 걸 알아차렸을 때, 퀸은 귀를 한껏 뒤로 젖히고—언제나 하얀 고깔 두 개처럼, 하얀 종이컵 두 개처럼 꼿꼿하게 귀를 세우고 다니던 퀸이—새끼 염소처럼 깡충깡충 뛰기 시작했고, 이빨과 입술 사이에서는 불을 피우기 위한 풀무처럼 아코디언 연주가 흘러나왔다. 그러다 기마행렬의 다른 무리가 멀리서부터 먼지를 일으키며 다가오는 발굽 소리에 당나귀는 깜짝 놀라고 말았다. 당나귀는 빈정거리는 듯 굵직한 소리로 울기 시작했고 축 처져서는 흔들흔들 잰걸음으로 멀어졌다. 모두 웃음을 터뜨렸다.

"아아, 마리아나, 너는 노새가 암말과 수탕나귀 사이에서 나오는 자식이라는 걸 몰랐니?"

"노새는 그렇게 태어나는 거야!"

"그래서 노새들은 불임이지."

새미가 덧붙였다.

"해서는 안 될 교배가 있는 법이야. 안 될 일이지."

토뇨가 콧소리로 의견을 냈다.

"여자들은 모두 어딘가 채털리 부인 같은 면을 갖고 있지. 모든 암말이 저들만의 수탕나귀를 갖고 있는 것처럼, 무의식 속에 자기만의 사냥터지기가 있는 거야."

에밀리오는 잡종이라는 말을 했다. 잡종, 잡종……. 마부의 이름과 비슷하게 들린다……. 잡종(híbrido), 리브라도, 잡종. 잡종 옥수수는 심을 수 없다. 뿌리가 약하다.

나는 조용히 듣고 있었다. 그때부터 나는 새로운 눈으로, 혹시라도 퀸이 다시 그렇게 굴복하듯 몸을 낮출까 봐 걱정스러운 눈으로 퀸을 보게 되었다.

이 사건에 대해 신부님께 말해야 한다. 모든 건 신부님과 관련이 있으니까.

등자를 풀고, 퀸과 나는 흙벽돌집 쪽으로 걸어간다. 그쪽을 지날 때마다 나는 그 집들을 보지 못하거나 못 본 척을 한다. 산바르톨로 근처의 들판은 이제 흙벽돌집 색깔을 띤다. 인디오들은 진흙으로 만든 아도베 벽돌을 땅 위에 줄 세워 늘어놓고 햇볕에 말린다. 기수들이 건조하고 뜨거운 먼지를 일으키며 흙벽돌집을 가로지르자, 인디오들의 얼굴이 지워진다.

어떤 개들은 말들의 발목을 물려고 하고, 말들은 꼬리를 휘두르며 발길질을 한다. 그러면 개들은 아파서 울부짖으며 도망간다. 무기력한 인디오들은 말이 없다. 그들은 벽돌보다도 조용하다. 피로가 깃든 침묵을 지키며 우리를 하나하나 보는데, 그야말로 그들이 내비칠 수 있는 가장 순전한 형태의 경멸이다. 그저 여자들 몇 명이 째지는 목소리로 개들을 부를 뿐이다. 개들은 언제나 몸을 웅크린 채 집에 들어간다. "카차린, 이리 와", "실바토, 실바토", "두케." 개들이 짖는다. 가난한 사람들 근처에는 언제나 앙상한 개들이 있다. 홍역에 걸려 목에 레몬을 걸고 있는 개들, 백내장으로 흐리멍덩해진 눈들, 옴에 걸려 몸을 마구 긁어대는 개들. 이런 절망을 신부님에게 어떻게 이야기할 수 있을까? 크로스컨트리 경기를 나갈 때면 잔뜩 언짢아진 퀸은 이로 제동장치를 깨뜨리고, 퀸에게 전염된 마부 리브라도 역시 골똘히 생각하는 것처럼 입술 안쪽 귀퉁이를 물어뜯곤 한다. 나는 말과 마부 사이에 그토록 닮은 점이 있다는 것을 발견하고는 당혹스러워진다. 프랑스 경마장에 가까워지면서 푸른 목초지가 펼쳐진다.

경마장을 넘어가면 숲이 나오고 그곳에서는 마침내 강가를 따라 자란 유칼립투스 향기를 들이마실 수 있다. 그러면 나는 말에서 내리고 싶고, 강에서 헤엄치고 싶고, 내 몸에 묻은 흙을 씻어내고 싶고, 흙벽돌집에서의 싸늘한 적대심과 인디오들의 비존재(非存在)를 잊어버리고 싶다. 하지만 리브라도가 있으니 그럴 수 없다.

"리브라도, 퀸을 산책시켜주세요. 감기에 걸리지 않게요."

"내리실 거예요?"

"네, 걸어갈래요."

셔츠는 몸에 달라붙었고 부츠는 종아리 언저리에서 끈이 풀렸다. 한 걸음 내디딜 때마다, 별안간 승마복에 질식할 것만 같다. 팔꿈치에 영양 가죽을 덧댄 촘촘한 체크무늬의 양모 카디건, 부츠, 사람들 말로는 나한테 아주 잘 맞는다는 헬멧, 작은 채찍. 광대가 따로 없다! 제발 아무도 나를 보지 못하기를.

"기다리지 마세요, 리브라도. 가세요, 저는 걸어갈게요."

"아가씨를 여기 어떻게 혼자 두고 갑니까. 경마장까지는 아직 한참 더 가야 해요."

"걱정 마세요. 산책 후에는 퀸의 안장을 내려주세요, 아시겠지요? 금방 가서 퀸에게 설탕을 줄게요."

**✠ 하느님, 나를 심판하소서, 거룩하지 못한 사람을 걸러내어 내 소송을 이끌어주시고 거짓된 자들과 악한 자들 가운데서 나를 구하소서**

"신부님." 나는 평소의 버릇대로 강아지처럼 신부님 주위를 폴짝거리며 신부님에게 묻는다. "신부님, 신부님, 만약에 신부님이 승마 챔피언이라면 좋으시겠어요?"

"뭐라고 하셨지요?"

나는 기대에 가득 찬 얼굴로 신부님을 본다.

"그러니까요, 말타기 챔피언 말이에요."

"빗자루를 타는 건 어떻습니까?"

신부님이 갑자기 멈춘다.

"가여운 소녀여, 정말 우습기 짝이 없군요."

신부님은 조금의 공감도 없이 나를 본다.

"대단한 종족이로군! 당연하지, 이건 숨길 수가 없는 거예요, 유전되는 거니까. 대를 거듭하면서 말 타는 법을 배우고, 승마 장비를 사고, 걷는 사람 앞에서 과시하며 지나가는 겁니다. 마리아나 양은 사람들이 굶어 죽는 나라에 산다는 사실을 인지하지 못하는 겁니까?"

신부가 느닷없이 불쾌한 몸짓을 취한다. 오른손의 두 손가락을 왼손의 검지 위에 올리더니 내 얼굴에 대고 휘두르는 것이다.

"말을 타세요, 챔피언. 다른 이들이 마리아나 양 위에 올라타기 전까지 열심히 말을 타세요."

나는 뒷걸음질 친다. 신부의 입에서 일진이 사나운 날이면 들리는 목을 긁는 웃음이, 상처를 주는 웃음이 새어 나온다. 그러고는 돌아서서 나를 정원 한가운데, 무용한 장미와 햇볕에 천천히, 그러나 저 위 구름보다 훨씬 위에서부터 빨아들이는 강력한 힘에 피할 수 없이 사라져가는 이슬 곁에 혼자 두고 떠난다.

**주여, 우슬초로 내 죄를 없애주소서 내가 깨끗하여지리이다**

**나를 씻어주소서 눈보다 더 희어지리이다**

나는 모든 확신을 잃었다. 내 모든 사상(내게 그런 게 있던가?)은 엉망진창이 되어버렸고, 무슨 일이 일어나고 있는 건지 모르겠다. 내 안에서도, 우리 집에서도. 내게 부모님이 있나? 내게 집이 있나? 나는 당혹감을 안고 방들을 오간다. 주방으로 내려가 식탁에서 작은 도자기 잔에 블랙커피를 마시고 있는 펠리사와 빅토리나 사이를 비집고 들어가 앉는다. 저도 커피를 마시고 싶어요, 다른 사람들처럼요. 안 돼요, 아가씨. 안 돼요. 아가씨는 코코아를 마셔야지요. 하지만 저는 이제 열일곱 살이나 먹었는걸요. 그래요, 아가씨. 하지만 아가씨나 동생이나 너무 예민해지니까요, 특히 요즘은 다들 일촉즉발이라니까요. 비티토, 이곳에 오기 전의 삶이 어땠는지 말해주세요. 아가씨, 무얼 말해드릴까요, 이제 다 잊어버린걸요. 이제 지나간 시절이니 중요하지 않아요. 나는 다가가고 싶은데, 그럴 수가 없다. 그들이 허락해주지를 않는데, 나를 심각하게 받아들이지를 않는데, 나는 그들의 안중에도 없는데, 신부님이 말한 벽을 내가 어떻게 무너뜨릴 수 있을까. 어떤 단어로, 어떤 몸짓으로. 자, 자, 아가씨, 거기는 접시 더미가 있어요. 어서요, 아가씨. 주방은 아가씨가 있을 자리가 아녜요. 아가씨들이 어렸을 때 주인마님은 벌로 아가씨들을 주방으로 보냈죠, 여기서 밥을 먹게 했어요. 방에 물건이 그리 많은데 여기서 축 처져서는 뭐 하고 계시는 거예요. 무슨 물건이요. 글쎄, 제가 어떻게 알겠어요, 사람들이 아가씨에게 사주는 것들이요. 책, 장난감, 옷, 재미있는 것들 전부 말이에요. 수영복은 또 얼마나 많고요. 아가씨에게 허락된 그 많은 것들 말이에요. 어서 가세요, 아가씨.

그러고는 케이크를 달라고 했던 우리에게 소리를 질렀을 때와 똑같이 천박하게 웃는다. 그들은 똥 묻은 팬티는 아직도 빨지 않았으면서 케이크는 매일같이 먹고 싶어 한다.

어서요, 종일 이러고 있을 시간 없어요. 가서 고양이 꼬리나 들여다보세요. 비티토는 나를 주방 밖으로 쓸어내려는 듯 빗자루를 집어 든다. 나는 소피아와도 마주치지 않는다. 죄다 회색 바지에 베이지색이나 회색 트위드 재킷을 걸치고 이니셜이 적힌 은벨트를 찬 패거리와도 마주치지 않는다. 파블로, 하비에르, 마우리시오, 후안 마누엘, 두 명의 루이스, 엘 파하로, 엘 치차로, 엘 치차린, 엘 쿠라. 그리고 여자들, 그러니까 그들의 여자 친구들은 손목에 걸고 있는 사포판의 성모 메달이나 과달루페의 성모 메달처럼, 귀에 수화기를 걸고 있다. 그들의 입술은 송화기에 입을 맞추고 있다. 거짓말, 아이 조금만 있다가, 진짜야, 맹세컨대 걔가 그렇게 말했어. 여자 친구들, 성스러운 여자 친구들, 그들의 생각은 드레스 한 벌로 대체되고, 나 역시 내 의심과 불안을 팔라시오데이에로 백화점에서 진정시킨다. 내일은 다른 날이 펼쳐질 것이다. 전화기는 모두 사용 중인데, 신부님께 전화할 수 있도록 자리가 나면 좋겠다. 신부님이 우리 집에서 살게 된 이후로 나는 그분을 보지 못하고 있다. 신부님을 데리고 여기저기 다니는 것은 우리 엄마 루스다. "루스, 혹시 부탁 좀 들어주지 않겠어요……?" 그러면 루스는 헌금을 치르듯 부탁에 응한다. 언제나 몸단장에 시간이 걸리던 엄마가 이제는 날아가듯 밖으로 나간다. 설명회며 강연이며, 뭐 그런 것들이겠지. 잘 모르겠다. 나는 신부님이 마르타 뒤파스키에를, 수사나 베르틀로를, 모니카 메리를, 에스텔라를 나보다 더 자주 보리라고 장담한다.

여하간 신부님이 우리 집에서 잔다는 사실은 아무도 눈치조차 채지 못했지만, 훌쩍 나가서 돌아오지도 않고, 돌아온다 한들 엄마와 프란시스카 이모와 소피아만 찾는데, 대체 내게는 무슨 이득이 있을까. 신부님은 여학교에서 미사를 집전하고, 교구 모임에 참석하고, 진료소에 들르고, 스카우트 회의에 참석한다. 프랑스 사람들 모두가 그를 초대하는가 하면, 프랑스 클럽조차도 집행위원회 모임에, 저녁 식사에, 칵테일파티에 참석해달라고 부탁하는 지경이다. 얼마나 사교적인 사람인지, 프랑스 지구의 교민 전체가 신부님에게 홀려 있다. 그는 존재의 성질을 바꾸는 사람이다. 언젠가는 신부님이 전화기를 빌리겠다고 길에서부터 나를 부른 적이 있다. 전화를 끊으면서 신부님은 이렇게 말했다. "고맙구나, 어여쁜 블랑카야." 그게 하루 동안 신부님이 내게 한 말의 전부다. 그는 집에 돌아오면 곧장 프란시스카 이모네 집으로 가서 이모와 이야기를 한다. 이모가 매력적이란 건 알지만, 이모는 늙었는데. 우리 엄마지만, 나는 가끔 엄마까지도 증오한다. 프란시스카 이모도, 소피아도 증오한다. 망할 늙은이들, 수련회에 가지도 않았으면서. 기억 못 하나 본데, 신부님을 집으로 데려온 건 나라고, 망할 늙은이들아. 신부님이 전화를 걸지도 모르니까 아무도 전화기를 쓰지 않기를. 신부님은 잘 깜빡하는 편이라 내가 필요하다. 나는 그의 전화교환원이다. 카실다라면 그 애의 말도 듣고 싶지 않고 보고 싶지도 않다. 그 잘난 상식하며 꽉 막혀 있는 그 애가 질린다. 우리가 마지막으로 통화했을 때 그 애에게 혹시 신부님이 너희 집에 가지 않았냐고 물었더니, 그 애는 신부님이 왜 왔겠느냐고, 내가 온갖 곳에서 신부님을 찾는다고, 그만 좀 하라고, 그렇게 말했다. 그러고는 조심성 있게 행동하라고, 신부님이 우리 집에서 산다는 사실을 들키지 말라고 했지만, 얼마나 입이 근질근질한지. 그 사실을 알면 다들 부러워 죽을 것이다. 프랑스 교민 전체가 신부님에게 완-전-히 홀려 있으니까. 신부님은 그들의 눈이 뜨이게 해주었고, 귀를 열어주었고, 그들은 열두제자처럼 신부님을 따라 쿠에르나바카에, 틀랄판에, 레가리아에 가고, 포포카테페틀로 함께 나들이를 떠나고, 나만 여기서 혼자 무얼 해야 할지 모르는 채 남아 있다. 손에서는 식은땀이 흐르고, 신부님이 오기만을 기다리면서 집에 틀어박혀 있다. 언제든 갑작스레 돌아오거나 전화를 걸지도 모르니까, 내 머릿속에서 맴도는 집 안의 모든 초인종이며 종소리에 주의를 기울이며 혼자, 외로이 있다. 정원에서 파비안과 놀고 있는 피포조차 데려올 수가 없다. 나도 더 이상 나를 참을 수 없을 지경이라 피포에게 이리 와, 여기서 나랑 있자, 하고 말할 수조차 없다. 나는 내 발톱까지 먹을 수 있을 것 같고, 피가 흘러나올 때까지 나를 때릴 수 있을 것 같고, 머리칼이 다 뽑힐 때까지 머리를 벗을 수 있을 것 같다.

뉴욕에 건설하자던 새로운 사회에 관해서라면, 아무 말도 하지 못하겠다. 무슨 생각을 해야 할지도 모르겠다.

엄마는 한껏 고양된 상태다. 복음서 네 권을 동시에 읽는다. 마음이 다른 데 가 있지도 않고, 식사는 제때 준비되며, 집안일이 바퀴 달린 듯 순조롭게 돌아간다. 할머니는 이제 집에 거의 오지 않는데—정원을 넘어오지 않는다—아무도 할머니를 그렇게 보고 싶어 하는 것 같지는 않다. 할머니가 정원에 앉아 있는 모습을 보고 엄마가 퇴펠 신부에게 할머니를 소개해드린 적이 있는데, 할머니도 신부님도 심드렁했다. 신부님이 엄마에게 말했다.

"어머님이 마음에 들지 않는군요."

"아니, 왜요?"

"저 다이아몬드 목걸이 좀 보세요."

신부님이 좋아하지 않는 사람이 또 있는데, 바로 내 동생 파비안이다. 좋아하기는커녕 오히려 파비안을 거슬려 하는 듯한 모습이 꼭 질투라도 하는 것 같다. 신부님은 엄마가 파비안을 품에 안거나 파비안과 이야기하는 모습을 보기 싫어한다. 예전에 엄마는 파비안을 데리고 시장이며 주유소며 가게며 모든 곳을 다녔다. 언제나 아들을 꼭 붙이고 다니던 엄마였는데. 이제 퇴펠이 파비안을 엄마에게서 떨어뜨린다. 보모 루페를 불러서 파비안을 데려가라고 명령한다. 엄마, 지난번에 주유소에서 파비안의 존재를 잊지 않으셨어요? "아드님이 여기 있습니다." 퇴펠 신부 때문에 엄마가 얼마나 이성을 잃었는지 아들까지도 잊을 지경이다. 신부님은 어린 파비안을 마치 경쟁자처럼 대한다. 한번은 커피를 마시다가 파비안이 정원의 식탁에서 뛰어내리며 노는 모습을 보고 신부님이 이렇게 말한 적이 있다.

"너 말이야, 꼬마야. 너는 지금 아주 '쇼'를 하고 있구나."

"루스, 바람 좀 쐬러 나갑시다."

자크 퇴펠이 엄마에게 차를 타고 한 바퀴 돌고 오자고 한다. 내게 같이 가자고 하는 법은 한 번도 없다. 슈퍼에 갈 때도, 퇴펠은 잽싸게 차에 올라타서 엄마를 따라간다. 둘이 돌아오기까지는 시간이 걸린다.

기사 노릇을 하지 않는 밤이면 엄마는 신부님을 기다린다. 아빠도 기다린다. 음식 하는 걸 좋아하지 않는 엄마는 샐러드나 오믈렛을 만들거나 수프를 데운다. 새벽 2시에 엄마와 아빠가 내려와 신부님과 저녁을 먹으며 이야기를 나눈다. 한번은 나도 낀 적이 있다. 셋은 즐거워 보였지만, 내가 보기에 신부님은 과장하는 것 같았다. 식후에 커피를 마시며 신부님이 말했다.

"루스, 카시미로, 제 말 잘 들으세요. 여러분은 역사에 남을 한 쌍이 될 겁니다."

♠

소피아는 거리를 두지만, 신부님은 소피아에게 큰 관심을 보인다. 소피아에게는 그렇게 다정할 수가 없다. 어제는 수업에서 돌아온 소피아가 두통에 시달리자 신부님이 자기가 치유해주겠다고 나섰다. 엄마가 집에 왔을 때 소피아는 엄마 침대 위에 누워 있었고 신부님이 소피아의 이마를 문지르고 있었다.

엄마는 화장대로 가서 머리를 거칠게 빗기 시작했다. 그런 엄마를 보고 신부님은 엄마의 화를 알아차렸을 것이다.

"제가 두통을 없앨 수 있는 거 모르십니까?"

"진짜예요, 엄마." 이번에는 소피아가 말했다. "이제 머리가 안 아파요."

♣

엄마와 신부님은 무엇을 그토록 할까, 무엇에 대해 그토록 이야기할까? 가족 식사가 끝난 후 둘은 정원에 오랜 시간 머무른다. 서로를 마주 보고 앉아서는, 나더러 산책이나 하고 오라고 한다.

✠

나는 아직도 우리 집에 있는 분이 예수 그리스도라고 생각한다.

✠ **달콤한 감람나무여, 달콤한 짐을 짊어진 달콤한 못들이여,**
**천국의 왕이신 우리 주님을 섬기기에 합당한 유일한 자여**

침대 위에 앉아 있는 엄마를 본다. 늘어뜨린 팔, 살짝 기울인 머리, 무얼 기다리는 걸까? 엄마조차도 모른다. 엄마는 그렇게 앉아 있는 데 익숙하다. 침대 가장자리에 걸터앉아 아무것도 하지 않으면서 얼마나 오랜 시간을 머무를 수 있는지 모른다. 누가 엄마의 주의를 끌거나 전화기가 울려서 하인이 올라와 엄마에게 "나리세스 백작 부인께서 마님과 이야기하고 싶어 하십니다……"라고 하기 전까지 그렇게 앉아만 있다. 그러면 엄마는 "나리세스가 아니라, 나셸리. 나셸리예요" 하고 영혼이 담기지 않은 목소리로 로봇처럼 고쳐준다. 왜냐하면, 우리 집에 전화하는 사람 중에는 납품자가 아니고서야 페레스나 곤살레스, 산체스 씨 혹은 부인 같은 멕시코식 이름은 없기 때문이다. 진주를 꿰는 페레스 양, 목공 산체스, 발 관리사 곤살레스, 은제품을 거래하는 에르난데스 부인. 엄마의 몸에 실크처럼 감긴 꽃무늬 가운 아래로 날씬한 무릎과 긴 다리가 드러나고, 엄마가 다리를 꼬고 앉을 때면 뾰족한 골반이 어슴푸레 보인다. 그리고 무엇보다 엄마의 가슴은 완벽하게 꽉 차 있다. 소피아조차도 그런 가슴은 물려받지 못했다. 우리는 가슴이 거의 없다시피 하다. 엄마의 가슴은 다르다. 놀라운 건 그토록 연약한 뼈대 위에, 갈비뼈가 드러나는 저 몸 위에 새벽녘의 청초한 열매 둘이 걸려 있다는 사실이다. 부러질 듯한 나뭇가지에 매달린 사과가 자아내는 놀라움과도 같다. 나뭇가지는 사과를 어떻게 지탱할까? 사과는 둥글게 여물어가며 춤추고, 바람에 흔들리고, 열매를 반짝이게 하는 빗방울을 그대로 머금고 있는데. 사과는 붉어진 채 아침을 맞이하고, 햇볕에 익어간다. 저 높은 곳에서 이슬과 열기가 사과의 속을 채워주고 달콤하게 자라게 한다. 그러면서도 가지는 구부러지는 법이 없다. 녹색 골수를 가로지르는 얇은 갈비뼈가 몇 개인지 셀 수도 있다. 가느다란 허리에서부터 올라가다 보면 등의 굴곡이 나오고, 몸을 뒤로 돌리면 모양이 잘 잡힌 단단한 가슴이 감탄을 자아낸다.

엄마, 저 좀 보세요, 저 여기 있어요, 엄마, 엄마 딸이에요, 엄마의 밤색 눈으로 저를 봐주세요, 엄마, 가지 마세요, 어떻게 하면 엄마가 머무르게 할 수 있을까요, 저는 엄마를 잡을 수가 없어요, 엄마, 제 말이 들린다고 말해주세요, 제 말이 들리지 않겠죠, 그렇죠? 그 텅 빈 시선으로 엄마는 마음속 누구 말을 듣고 있나요? 엄마 안에는 누가 사나요? 엄마에게 중요한 사람이 왜 제가 아닌가요?

나는 복도에서 엄마를 엿본다. 엄마라기보다는 휘날리는 드레스 자락이다. 드레스는 엄마와 함께 빙 돌고 달아나며 그림자처럼 엄마를 따라다닌다. 엄마는 발소리가 거의 들리지 않을 만큼 한없이 가벼운 걸음으로 걷는다. 나는 뒤에서 새처럼 튀어나온 엄마의 어깨뼈를 본다. 저기서 천사의 날개가 튀어나올까? 나는 오래도록 엄마를 따라 걷지만, 엄마는 내 소리를 듣지 못한다. 엄마, 엄마의 드레스는 바람 그 자체다. 엄마가 걷자, 드레스가 엄마의 다리 주위에서 춤을 춘다. 엄마를 보호하지 못하는 천 조각 아래서 다리가 떨고 있으리라 짐작한다. 엄마의 목덜미는 어찌나 연약해 보이는지, 남자라면 한 손으로 목 전체를 감싸 쥘 수 있을 것이다. 어떤 남자가? 어떤 남자가 그랬을까, 누가? 엄마, 누가요? 엄마, 제 말 좀 들어주세요, 어디 가세요? 엄마.

**✠ 나의 힘이 되시는 나의 주 하느님, 어찌하여 나를 버리시고, 어찌하여 나를 원수의 괴롭힘 가운데 슬피 걷게 하시나이까?**

"신부님은 많은 교민의 삶에 의미를 부여해주셨어."

"프레이리 양 사건처럼?"

"프레이리 양 사건이 뭔데?"

나는 불쾌함을 잘 감추지 못한다. 퇴펠 신부님과 관련된 모든 것이 나를 불안하게 하는데, 다른 사람들은 이 불안감을 질투라고 부른다.

"프레이리 양에게 무슨 일이 있었는데?" 나는 거듭 묻는다.

"무료 진료소에서 열린 회의 중간에 신부님이 프레이리 양을 불러냈어."

"가까이 오세요, 프레이리 양."

프레이리 양이 신부님 앞으로 나아갔다.

"이제 뒤로 돌아보십시오."

프레이리 양을 포함하여 모두가 당황한 가운데 퇴펠은 프레이리 양의 목덜미에 늘 매달려 있던 쪽 찐 머리에서 핀을 네다섯 개 꺼내더니, 새까만 머리칼을 풀어 헤쳤다. 프레이리 양이 반발했다.

"제가 이렇게 다닐 때는 자러 갈 때뿐이에요."

신부는 허리까지 늘어뜨린 검은 머리카락을 보며 웅얼거렸다.

"하루 종일 자러 갈 때처럼 하고 다녀야겠군요."

부인 몇 명이 신부의 말을 들었다. 모두가 한마디씩 얹었고,

그때부터 프레이리 양은 머리를 묶지도 풀지도 않는데, 쪽 찐 머리만 가까스로 푼 모습은 꼭 샤요의 광인처럼 보였다.

나는 어깨를 으쓱 들어 올리며 말한다.

"어쩌면 그게 편한지도 모르지. 신부님은 분별력이 있는 분이셔……. 그런데 두 번 생각해보니까 프레이리 양이 불쌍하다."

"얘, 마리아나, 너 요즘 무슨 일이니? 네 소식 못 들은 지 엄청 오래됐어. 전화기도 맨날 통화 중이고, 간신히 연결되면 너는 집에 없다고 하고."

(카실다의 경찰 취조 같은 질문은 마드무아젤 뒤랑을 떠올리게 한다.)

"정말이지, 마리아나, 걱정돼. 그리고 퇴펠 신부가 너희 집에서 살고 있다는 소문은 더 걱정되고. 그럴 리가 없잖아!"

"내 말이 그 말이야, 그럴 리가 없잖아."

"그러면, 그 소문은 진짜니, 가짜니? 만약 진짜면, 너한테 경고할 게 있어……."

나는 달린다. 카실다에게서 멀어질 때까지 달린다. 듣고 싶지 않다, 카실다에게 거짓말하고 싶지 않다. 스카우트 모임이 내게 너무 과하게 느껴진다. 이럴 줄 알았다면 오지 않았을 것이다. 하지만 신부님이 강연을 할 예정이고, 나는 그분을 사랑하고, 그분의 목소리를 듣고 싶고, 그분을 보고 싶고, 그분을 사랑한다.

그분이 내게 말을 걸어주었으면 좋겠고, 강연이 끝난 후 함께 집으로 돌아가고 싶다. 그분과 나 둘이서, 우리끼리만. 엄마도, 프란시스카 이모도, 소피아도 없이, 카실다의 경고도 없이, 단 한 명의 수련회 동기도 없이.

"스카우트 모임에서 말이에요, 뒤슈맹 신부님, 마리아나는 퇴펠 신부님의 몸짓 하나조차 놓치지 않아요. 어찌나 강렬한 눈빛으로 신부님을 관찰하는지 만일 신부님이 그 애를 보셨으면 깜짝 놀라셨을 거예요."

천사 같은 뒤슈맹 신부 곁에서 걸어가는 동안, 카실다는 자기 친구가 수련원에서 했던 말을 전한다. "내가 곧 신부님이야. 신부님을 빼고는 모조리 사라져도 돼. 만약 신부님이 떠난다면, 나는 이제 더 이상 살 이유가 없을 거야."

"사춘기 여자아이들은 다들 비슷비슷하게 반응하지요, 카실다. 카실다 양이 걱정할 건 없어 보이는군요."

"아니에요, 아니에요, 뒤슈맹 신부님." 카실다가 걱정스레 말한다. "마리아나한테 사랑이란, 사랑하는 사람으로 변하는 거예요. 그래서 그 애가 제게 그 말을 했을 때 저는 웃지 않았던 거고요."

"무슨 말이 하고 싶은 거지요, 카실다?"

"사제를 그런 식으로 사랑할 수는 없는 거라고 설득하려고 했어요. 그러니까 '왜?'라고 묻더군요. '바로 그 이유 때문이야, 그 사람은 사제잖아.' '그래서?' 마리아나는 제 말을 이해하지 못한 듯했어요, 아니, 제 말을 듣지도 않았죠. 그때 깨달았어요, 마리아나는 자기 기질과 다른 의무 같은 건 이해하지 못한다는 사실을요."

"조금 과장하고 있다고 생각 안 하나요?"

"신부님, 마리아나는 죄책감을 느끼는 법이 없어요. 그 애가 늘 순진해 보이는 건 그 애의 모든 게 본능적이기 때문이에요. 마리아나를 보고 나니까 제가 죄책감이 느껴지더라고요. 그 애는 제가 경고하고 싶었던 게 무엇인지 의심도 하지 못하더라니까요……. 뭐라도 해야 해요, 그런데 무얼 해야 할까요?"

프랑스 학교의 책임자인 뒤슈맹 신부는 태연하게 걸음을 이어나가며 말했다.

"카실다, 나는 십대 여자아이들이 어떤지 잘 압니다. 그 아이들이 품고 있는 것이란 죄다 불길처럼 치솟는 정열뿐입니다. 자기들이 읽는 책이나 본 영화를 따라 하지요. 위험해 보이는 일들을 벌이고요. 하지만 그건 그저 청춘의 활력일 뿐입니다. 길을 터주어야지, 억눌러서는 안 됩니다. 너무 걱정하지 마세요, 다 지나갈 겁니다."

"신부님, 제가 보기에 마리아나는 괜찮지 않아요. 그 애가 저를 피할 때는 꿍꿍이가 있기 때문이에요. 그리고 제 생각에 지금 무언가 숨기고 있는데, 그게 그 애를 짓누르는 것 같아요. 또 사람들 말로는 퇴펠 신부가 마리아나네 가족을 와해했다고 하던데요, 마리아나네 가족이 자기를 필요로 하지 않는다는 이유로요. 퇴펠 신부가 오고 난 후로 일어나는 모든 일이 너무도 이상해요, 뒤슈맹 신부님."

젊은 주임신부 뒤슈맹이 걱정스러운 눈으로 카실다를 바라본다. 카실다처럼 확신에 찬 사람들이 기적의 출현을 방해하는 것이다.

### ✠ 의인은 종려나무처럼 번성하고 레바논의 향백나무처럼 널리 퍼지리라

"아니 무슨 그런 말도 안 되는 소리냐!"

"진짜예요, 아빠. 퇴펠 신부님이 엄마를 데리고 뉴욕에 가서 새로운 사회를 건설하고 싶어 해요. 세상을 지배할 사회요, 사회주의 사회, 도약하게 만들 사회……."

"무슨 어리석은 소리를 하고 있는 게냐!"

아빠의 눈이 번뜩인다. 하지만 나를 보는 건 아니고, 앞을 본다. 아빠의 발은 가속페달 위에 올라가 있고 오른손은 열쇠 위에

가 있다. 열쇠를 돌려 엔진을 가열할 준비가 됐다. 현관은 이미 활짝 열려 있었는데 내가 문을 열고 아빠 차에 탄 순간, 아빠의 하루를 망쳐버렸다.

"알아요, 아빠. 그런데 진짜예요……."

내가 아빠에게 말하지 않는 건 엄마보다도 이모보다도 훨씬 더 전에, 먼저 선택받은 사람이 나였다는 사실, 그리고 이제 신부님이 나를 버렸다는 사실이다. 신부님은 할라파 거리의 수련원에서 내게 했던 말 중 단 하나도 다시 입에 올린 적이 없다. 단 하나도. 이제 그 말들은 전부 우리 엄마와 이모를 위한 것이고, 그럴 수 있을 때는 내 동생을 위한 것이다. 신부님에게 나는, 외로움이 무서워 곁에 두는 사람일 뿐이다.

"아빠……."

"그만해라, 마리아나. 차에서 내려! 늦겠구나……."

"하지만 아빠는 출근 보고를 안 해도 되잖아요……."

"그래서 다른 직원들보다 일찍 도착해야 하는 거란다……. 내리겠니? 밤에 너희 엄마와 이야기를 나누면서 이 말도 안 되는 멍청한 오해를 풀어야겠구나."

분노로 가득 찬 단 한 번의 급발진으로 아빠는 이미 대문까지 가 있다. 거리로 나간 아빠는 잔뜩 화가 나서 경적을 마구 눌러댄다. 하인 중 아무나 와서 문을 닫으라는 뜻이다.

……**우리는 몸의 모든 역경에서 해방되고,**

**마음의 악한 생각으로부터 깨끗해지나니**

자크 퇴펠 신부는 그가 뉴욕에 건설할 새로운 사회에 관하여 다시는 내게 말하지 않았다.

✚

제단 앞에 선 신부님은 인체 실험을 하는 듯한 인상을 준다. 찬란하게 방출되어 넘쳐흐르며 그의 얼굴을 비추는 기운이, 그의 눈과 손과 입에 불처럼 나타난 선 때문에 찰나의 순간이지만 감지된다. 현실감각이 투철한 카실다까지도 신부님의 얼굴에서 일어나는 빛의 변화를, 내부에서 분출되거나 오른쪽에서 왼쪽으로 이동하는 빛을 눈치챈다. 몇 초 만에 갑자기 전압이 오르고, 팔을 벌리고 오므리는 동작이 커진다. 늘 그러듯 비틀거리며 성호를 긋는 순간, 신부님에게 스펙트럼의 형태가 생겨난다.

신부님이 이 세상의 것이 아닌 하얀 빛을 뿜어내며 주문을 건다. 뚱뚱한 들뢰즈 부인이 중얼거리며 말하자, 마술에 홀린 신자들은 고개를 끄덕이며 동의한다.

"대천사셔."

일정하게 반복되는 놀라운 흡수와 방출이 일사병과 비슷한 효과를 내고 있다. 퇴펠 신부의 내부에서 일어나고 있는 전환이 그로 하여금 사람을 끌어당기게 하고, 그를 다른 인류보다 더 매력적으로 보이게 한다. 수련원의 미사부터 프랑스 교민들이 참석하는 여학교의 미사까지 그 현상은 반복된다. 아무도 그 현상을 설명할 수 없는데, 그런 종류의 사건에는 이성적인 설명이 없기 때문이다. 오히려 반대로, 아무도 조사하거나 규명하고 싶어 하지 않는다. 다들 마술에 걸린 채로 머무르고 싶어 한다. 프랑스 교민에게 특권처럼 주어진 시험인 것이다. 마침 그 자리에 있는 교구 신자들이 있다면, 그것은 그들이 그럴 자격이 있기 때문이다. 다른 특권들도 있지만, 이제는 그들만을 위해 예비된 사제가 집전한 미사에 참석했다는 사실까지 더해졌다. 퇴펠 신부 곁에서 다른 사제들은 흐릿한 전구처럼, 소리가 나지 않는 북처럼 생기 없이 꺼져간다.

"신부님의 에너지는 방사성이야. 그분 안에서 일어나는 일들이 너무도 강력해서 그래. 아직 뇌의 무한한 가능성이 전부 밝혀지지 않았잖아. 에너지의 거대한 중심이 바로 뇌인 거야." 미사가 끝난 후 성구 보관실에서 에스텔라 리베가 열정적으로 외친다. 그 애의 과학 지식이 풍부하다는 것을 아는 다른 아이들이 그 주위를 둘러싸고 있다.

늙은 호세 프레네가 화를 내며 완고한 태도를 보인다.

"미친놈이야. 두고 봐, 이제 불 속에서 타버릴 거다. 자기 제자들 말에 따르면 스스로 뿜어내는 불길 속에서 말이다."

경건한 미사가 끝나자, 자크 퇴펠 신부는 다시 어두운 존재로 돌아간다. 그 하강이 마치 폭발처럼 단숨에 일어나는 바람에 모두 충격을 받았다. 반면, 집으로 돌아가는 차 안에서 엄마의 얼굴은 창백하게 질려 있고 눈은 눈구멍 깊숙이 가라앉은 검은 생각 덩어리처럼 보인다. 엄마가 말을 시작하자, 사제는 이제 빛이 꺼진 눈으로 엄마를 바라본다. "우리는 모두 빛이 머무르는 장소예요. 우리는 미립자로 이루어져 있으니까요. 빛은 눈에 보일 수 없어요. 이전에는 없던 별들이 하늘에 갑자기 나타나는 걸 보세요! 만약 제가 무언가를 공부했더라면, 천문학을 공부했을 거예요. 그렇게 우주의 모든 빛을 내 안에 담았겠지요. 빛이 지닌 어마어마한 에너지의 근원을요. 물론, 인간의 관측 체계 때문에 생기는 한계는 정말로 심각하지만요."

엄마는 아직 밝혀지지도 않았고 전산화되지도 않은 뇌의 전기 작용이 일어날 가능성에 대하여, 파장과 화학 작용에 대하여 계속 이야기하는데, 마치 엄마가 아닌 다른 사람이 이야기하는 것만 같다. 집에 거의 도착했을 무렵, 흉흉한 오브레로문디알 대로 근처에서 나는 엄마의 얼굴이 완전히 검어졌다는 것을 알아차린다. 이제 눈뿐만 아니라 언제나 뽀얗게 예뻤던 뺨과 턱까지 검어졌다. 신부님이 내 쪽으로 몸을 돌려 역시 새카만 입술 위에 검지를 올리고 "쉿 쉿쉿쉿"이라고 해 보일 때, 나는 거의 소리를 지를 뻔한다.

나는 엄마가 매일 일기를 쓰는 방수 처리된 공책에서 아래와 같은 내용을 읽는다.

각자 자기만의 궤도 안에 머무르며 내 주위에 있는 이들을 바라본다. 마리아나보다 열네 살이나 어린 나의 작은 파비안까지도 자기만의 궤도 안에 머무른다. 아이는 낙우송 아래서 혼자 논다. 창문 너머로 나는 내 딸이 가던 길을 멈추고 파비안을 쓰다듬는 모습을 본다. 승마 수업을 가던 길이리라. 적어도 내가 알기론 그렇다. 얼마 전부터 우리는 모두 제정신이 아니다. 소피아 역시 아이 옆에 멈추더니 제 과격한 성미대로 아이를 품에 안는다. 하여튼, 저 아이는 어찌나 성급한지! 카시미로는 일찍부터 사무실로 출근했다. 그이 자동차의 엔진 소리가 길에서 잠깐 들리다가 이내 사라졌다. 이따금 보모 루페가 정원으로 나가 아이의 상태를 살피고, 아이에게 몇 가지 충고를 하고는 다시 다림질을 하러 돌아간다. 개는 잔디 위 나비들의 그림자를 뒤쫓는다. 파비안이 하늘에 날아다니는 나비를 아무리 가리켜도 개는 고개를 드는 법이 없다. "피포, 저기야. 저기, 저기." 나비를 가리키며 원을 그리는 아이의 작은 팔을 본다. 목욕을 할지 말지 결정을 미루며 창문 밖을 내다본다. 나는 본다. 정원을 조금씩 내 눈 안에 담는다. 내 모든 삶이 저 정원에, 붉은 자두나무에, 껍질 표면에 금이 간 유칼립투스에, 담장에 쌓인 산사나무 열매에, 부겐빌레아에 들어 있다. 내 모든 삶이, 내 쪽으로 다가오며 창문을 타고 오르는 저 잔디밭에 있다. 카시미로와의 대답 없는 대화들, 서로에게 하지 않은 질문들, 말하지 않은 말들, 이제 우리는 서로에게 할 말이 아무것도 없는 듯 보이는 지경에 이르렀다. 내 생각에 우리 여자들은 언제나 기다리고 있다. 우리는 삶이 우리를 이끄는 대로 내버려두고, 결정을 내리는 데 익숙해지지 않고, 방향을 틀고, 몸을 돌려, 시작점으로 되돌아간다. 나는 단 한 번도 나를 위해 무언가를 원해본 적이 없다. 나는 부탁하는 법을 모른다. 나는 애매모호한 사람이고 특권을 누리는 사람이다. 그럼에도, 가끔 나는 이 집에 사는 게 태어나서 처음인 것만 같고 집안의 모든 관습을 모르겠다는 느낌을 받을 때가 있는데, 그럴 때면 내게 식사 메뉴를 정해달라고 부탁하는 우리 착한 펠리사의 얼굴조차도 낯설게 느껴진다. 나는 아득해지고, 다시 발걸음을 옮기려면 애를 써야 한다. 루페도 다림질을 하다가 잠시 멈춰서 '내가 어디 있는 거지? 내가 누구지? 내가 진정 원하는 건 뭐지?' 하는 질문을 스스로 던질지, 아니면 그저 자기가 하는 일에 만족하며 매일 아침을 맞을지 궁금하다. 펠리사가 수플레를 만들려고 달걀을 휘젓다가 그런 질문을 할지, 또 어린 시절을 회상하며 백일몽에 잠길지 궁금하다. 내가 이 나라에 살고, 내게 아이들이 있다는 사실을 기억해내기까지 오래 걸리는 아침들이 있다. 새날이 시작되었으니 아침을 마주하러 침대 밖으로 나가고, 몸을 씻고, 하인들에게 명령을 내려야 한다는 사실을 기억하고, 한때는 나도 내 딸들 같았던 적이 있었다는 사실은, 어깨에 가방을 걸치고 머리를 휘날리고 다니며 모퉁이에서 왈츠곡 '파도를 넘어'를 연주하던 거리의 악사에게 미소를 보내던 소녀였다는 사실은 생각하지 않아야 한다. 젊음에는 얼마나 큰 비밀스러운 힘이 깃들어 있는지! 어찌나 큰 힘인지! 그리고 나는 여기 창문 옆에서 의문들로만 가득 차서는, 목욕을 하러 가려고 몸을 돌리지도 못하고, 여기 우직하고 새파란 멕시코의 하늘이 만드는 거대한 아치 아래 침묵 속 마법의 공간에서 미동조차 않고 있다.

나는 노래를 부른다.

백설공주는 아주 예뻤어요,
언제나 깨끗하게 다녔기 때문이지요
1 2 3 비누를
날마다 썼기 때문이지요.
그러고는 난쟁이들에게도 가르쳤어요,
언제나 깨끗하게 다니라고요
1 2 3 비누를
날마다 쓰라고요.

나는 또 노래를 부른다.

작은 토마토들이 있었어요
무척 행복했지요
토마토 주스를 만들겠다고
사형집행인이 찾아왔을 때 말이에요.

죽는 게 뭐 대수인가요

타 타 타 타 타

델푸에르테 통조림에 담기는

명예로운 죽음이라면요.

☆

엄마가 신경질을 내며 말한다.

"다른 광고 노래를 부를 순 없겠니?"

그러고는 에스페란사 이모에게 말한다.

"정말이지 너무나 어린애들 같아. 아직도 만화책을 본다니까. 미치겠어. 저 애들이 가장 좋아하는 책은《리틀 룰루》야."

### ✠ 주님, 내 기도를 들으소서

소피아가 일어난다. 모리스 라벨의 '라 발스'다. 소피아가 요구한다. "더 크게, 더 크게." 소피아는 뭐 하나라도 약하게 하는 법이 없다. "이 정도?"

"아니, 멍청이야. 손잡이를 끝까지 돌려, 음량 조절 손잡이 말이야, 바보야."

음악이 창문에 부딪혀 부서지고 창유리가 떨린다. 테라스 전체가 비행기 조종실처럼 진동하고, 소피아가 이륙을 시작한다. 소피아가 뛰어올라 도발적인 시선으로 모두를 본다. 팔을 쭉 뻗고 한 발을 다른 발 앞에 두고, 테라스의 끝에서부터 불새처럼 몸을 던져 테라스를 가로지른다. 그 애의 몸 구석구석이 저마다 호흡한다. 사타구니의 힘줄 두 개가 숨을 내쉬고 팽팽해지면서 소피아로 하여금 도약하게 하고, 공중에 머무르게 한다. 큰 보폭으로 방의 끝에서 끝으로 이동하는 소피아의 얼굴에서 나는 눈을 뗄 수가 없다. 테니스 경기를 보는 관중들처럼 내 머리가 왼쪽에서 오른쪽으로 돌아간다. 나는 내 동생이 턴을 하고, 달려들고, 그랑 주테 한 번으로 공간을 장악하고, 날개나 다름없는 두 팔로 남쪽에서 북쪽까지 자기 것으로 만드는 광경을 본다. 소피아는 내면에 있는 모든 것을 분출하고, 침투하고, 손에 넣는다. 우리는 모두 소피아의 손안에 있다. 소피아는 전지전능하다. 아무도 눈을 깜빡이지 않고, 자석에 끌리듯 홀린 채, 그 애의 골반과 팔과 기다란 아몬드 모양의 겨드랑이를 시야에서 놓칠까 봐 숨조차 쉬지 않는다. 이윽고 할머니가 말한다.

"저 녀석은 안에 악마가 들어 있구나."

프란시스카 이모는 소피아를 안나 파블로바와 견준다. 루스의 얼굴이 밝아진다. 안나 파블로바는 네덜란드의 한 호텔 방에서 눈을 감았는데, 루스가 묵던 방의 윗방이었다. 루스는 시도 때도 없이 복도로 나가서 파블로바의 안부를 물었다. 파블로바는 폐렴으로 죽었다. 당시 루스가 파블로바와 자신을 동일시했었다면, 이제는 공중제비를 돌 때마다 엄청나게 응축된 분노와 삶을 쏟아내는 자기 딸에게서 자신을 본다.

사제 또한 소피아에게서 눈을 떼지 못한다.

"엄청난 여자야! 불이 붙었군."

카시미로가 놀라서 사제 쪽으로 고개를 돌린다. 다른 사람들은 아주 교활한 사람들이라, 사제의 말을 못 들은 척한다.

소피아는 지치지 않는 듯하다. 오히려 그 반대다. 점점 더 높이 불타오르고, 지구상에서 움직이지 못하는 모든 것을 위해 대신 춤을 춘다. 춤을 추고, 춤을 추고, 이 다리 저 다리를 바삐 움직이면서도 숨이 차지도 않는다. 소피아로 인해 테라스에서 무언가 폭발했다. 하인들도 몸을 기울이고 문가에서 조용히 지켜본다. 그들은 마치 경의를 표해야 할 고대의 의식을 목도하기라도 하는 양 존경을 담아 소피아를 바라본다. 소피아는 그들을 보지 않는다. 그 애는 아무도 보지 않는다. 그저 스스로의 모습을 짐작하며 자기만의 힘에 도취된다.

내 눈에 눈물이 차오른다. 소피아가 수문을 열어버리는 바람에, 부끄러운 줄 모르고 삶이 맹렬히 쏟아져 나온다. 별안간 새 한 마리가 유리창으로 날아든다. 정원에서 날아온 새가 길을 잘못 든 것이다. 아무도 그 불쾌한 소리를, 살아 있는 돌팔매질을 알아차리지 못한다. 이제 소피아의 이마에도 땀이 흐른다. 붉어진 빰, 반질거리는 팔다리, 경기에서 이긴 사람처럼 흥분한 얼굴이다. 소피아가 보여준 건 신비한 경험이다. 프란시스카 이모가 작은 소리로 말한다.

"정말 자유분방하다니까! 어떤 남자가 저 애를 감당하려나!"

나는 사람들이 소피아를 보통 사람들과는 다르게 여긴다는 사실을 깨달았다. 검게 회전하며 빛을 발하고 어지럽히면서 토네이도의 근원으로 그 애를 끌고 들어가는 원, 이제 우리 모두를 난파시키고 있는 '라 발스'의 원에 맨몸으로 맞서며, 스스로 침탄하여 단련하는 여자.

### ✠ 오직 주만이 거룩하시니

"어제 오후에 하비에르가 차를 마시러 들렀어. 응접실로 들어오면서 그이의 굵고 짧은 목 뒤로 목깃에 얹힌 머리카락을 봤지. 그런 다음 나는 그이를 마주 보고 앉았고, 화려하게 반짝이는 넥타이가 그이를 두 덩어리로 나누었어. 한 덩어리는 머리, 한 덩어리는 한때 내 눈에 강해 보였던 뚱뚱한 몸통으로 말이야. 그이는 말하는 도중에 4캐럿짜리 다이아몬드 반지를 낀 손을 가만두지 않았어. 이따금 손가락을 꺾기도 하면서 자기가 점심으로 무얼 먹었는지 얘기하더라. 물론 점심으로 무얼 먹었는지 내가 늘 물어보기는 하지만, 대답을 바라고 하는 질문은 아니잖아. 그 사람이 '오렌지를 곁들인 돼지 안심을 먹었는데, 중국 음식처럼 훈제된 고기였어'라고 음식을 묘사하는 동안에도 4캐럿짜리 다이아몬드는 계속 춤을 추더라고. 나는 그이한테 웃어 보이면서 생각했어. '돼지가 돼지를 먹었네, 돼지 두 마리가 하나가 되었구나.' 그런 다음 그이가 작별 인사를 했고, 나는 다시 목덜미를 보면서 생각했지. '꼭 호텔 주차 요원 같네.'"

프란시스카 이모가 늘어놓는 장광설을 엄마는 즐겁게 듣는다. 그들은 가위를 꺼내 왔지만, 이모는 자르는 게 아니라 토막을 낸다. 자매는 퇴펠 신부가 집에 오기 전처럼 수다를 떤다. 폭풍우 한가운데서 한 시간이 즐겁게 지나간다. 나는 엄마와 이모가 하는 말을 들으면서 비판은 그들에게 일종의 자기 긍정이리라고 생각한다. 프란시스카 이모는 가혹한 판단을 내리는 사람이고, 엄마는 그저 흐름을 따라가는 사람이다.

"마리아나, 너는 어떻게 그 남자애와 사귀겠다는 거니? 목덜미가 꼭 주차 요원 같은데? 그래서 내가 하비에르를 묘사해준 거야, 그이가 그 남자애네 삼촌이잖니."

"하지만……."

"하지만은 무슨. 마리아나, 굵은 목은 당나귀 목이고 당나귀는 당나귀란다……. 네 평생 당나귀 눈알 수프나 먹고 싶은 건 아니겠지, 설마?"

웃음이 엄마와 이모의 목부터 발목까지 타고 흐른다. 둘은 행복감에 취해 있다. 잠시 퇴펠 신부에게서 벗어나 이 휴식 시간을 갖기로 한 것도 엄마와 이모고, 아직 종은 울리지 않는다. 나는 웃고 있는 그들을 바라보며 생각한다. '시간이 지나면 저들도 심각하고 현명한 노인이 될까?' 나는 갑자기 겁이 난다. '퇴펠 신부가 엄마를 뉴욕에 데려갈까?' 지난밤 내가 뉴욕 여행에 관해 이야기하는 바람에 엄마와 이모가 놀랐다. 내가 겁을 먹었다거나 사흘 동안 화가 잔뜩 나 있었다는 말은 할 수 없다. 엄마와 이모의 웃음이 어떤 면에서는 내게 기운을 북돋는다. 프란시스카와 루스는 미사를 빼먹는다. 둘이 웃는다. 죄책감이라고는 전혀 찾아볼 수 없다. 오히려 아이스크림을 나눠 먹는 소녀들처럼 충만해 보인다. 둘만이 알아듣는 말을 한다. 지금 퇴펠 신부에게서 달아난 것처럼, 진실의 순간에도 그에게서 달아날 수 있을까? 나는 저들이 멕시코에 왔을 때처럼 하얀 옷을 입고 배의 갑판 위에 있는 모습을 상상한다. 둘의 여행 가방은 연장을 보관하는 방에 있다. 검고 반짝이는 가방. 깨지기 쉬우니 조심히 다뤄주십시오. 가방에는 결혼 전 이름이 하얀 글자로 새겨져 있다. 그렇게 엄마와 이모는 클로시 모자를 귀까지 덮도록 눌러쓰고 버클이 달린 구두를 신고 주름치마를 입은 채 멕시코로 왔다. 가죽으로 장정한 사진첩 속 사진에서 얼굴에 바람을 맞고 있는 루스와 프란시스카는 오늘처럼 행복해 보인다. 작은 얼굴들이 오늘처럼, 여행 전야인 것 같아 보이는 오늘처럼 희망을 향해 열려 있다.

## 주께서 돌아가시기 하루 전……

신부님의 입안에 침이 가득 고여 말이 둔해진다. 냅다 길게 뱉은 침이 영국산 잔디 위로 떨어진다. 나는 경악과 매혹을 반씩 느끼며 가래침을 내려다본다. 마부들 말고는 세상의 어떤 남자도 침을 뱉지 않는다. 고통에 짓눌린 자들의 어머니시여, 그들을 굽어살피소서. 그들 말고는 세상의 어떤 남자도 이를 쑤시지 않지만 신부님은 점심을 먹고 난 후 가방에서 나무 이쑤시개를 꺼내 이를 하나하나 훑는다. 그런 행동을 두고 이모도 엄마도 아무런 말이 없다. 신부님은 말하고, 했던 말을 또 하고, 다시 태엽을 감고, 침묵을 지킬 줄 모르고, 말하고, 말하고, 똑같은 말을 계속하고, 나는 잠시 관심을 기울이다가 그의 목소리에 담긴 분노의 소리보다 도시의 소음에 더 귀를 기울인다. 게다가 집중력 부족은 부르봉 왕가의 주걱턱과 네덜란드 왕가의 비만처럼 우리 가족의 내력이다. 이런 결점들이 우리를 다른 이들과 구별하니, 우리는 결점 안에서 만족한다. 우리를 다른 이들로부터 구별하는 것은 모두 좋은 것이다. 그것이 멍청함일지라도. "얘야, 내 말 듣고 있니?" 나는 "네"라고 대답하지만 사실은 뒤처져 있다. 내 심장에 짧은 문장 하나가 둥지를 튼 이래로 쉬지 않고 되뇌었더니 그대로 고이게 됐다. 사제는 이제 다른 주제들을 이야기하지만, 나는 여전히 "여자가 하는 모든 일에는 모순된 면이 있습니다"라는 문장에 머무른다. 나는 이 문장을 기숙학교와 연관 짓는다.

예수성심수녀원에서, 수녀원장님은 학생들에게 하얗고 긴 잠옷을 입고 목욕을 하라고 시켰다. 젖은 옷 아래에서 몸을 닦기란 어려운 일이라 결국에는 모두 옷을 흠뻑 적시고, 젖은 옷을 벗어 던지고 알몸으로 몸을 씻었다. 어쨌든 수녀님들이 샤워실에 들어오지는 않을 터였다. 하지만 신입생들은 첫 목욕 때 말을 듣지 않는 옷과 고군분투하느라 크게 고생했다. 세 번째나 네 번째는 되어야 그 거적때기를 벗는 법을 터득했다. 한번은, 머리부터 발끝까지 젖어서 옷이 몸에 달라붙어 있는 신입생을 보고 놀란 적이 있다. 젖은 옷에 몸이 드러나는 바람에 거무스름한 가슴의 끝, 다리, 배, 그리고 옷감을 뚫고 나올 정도로 억세고 곱슬거리는 털이 만들어내는 분명하고도 거친 그림자를 볼 수 있었다. 정숙함이 때때로 빚어내는 실수 앞에 아연실색한 채 나는 그 애를 바라보았다. 불쾌해서 소리를 빽 지를 수밖에 없었다. "그거 벗어, 바보야. 누가 목욕을 그렇게 해!"

사제는 '잘사는 사람들'이 머물러 있는 영원한 유년기에 대해서, 부자들의 한없는 진부함에 대해서 계속 말을 늘어놓다가 갑자기 내 쪽으로 몸을 돌려서 평온한 달 같았던 내 얼굴을 놀란 얼굴로 만든다. 분명 평온을 깨뜨리려는 작정이었을 테다. 그러고는 "나는 언제나 경계 태세인 사람들에게 둘러싸여 있는 게 좋으니까"라면서 나더러 커피를 마셔야 한다고 지적한다.

그때부터 나는 커피를 너무 많이 마셔서 고독하고 절망에 찬 올빼미처럼 뜬눈으로 반대편 옷장을 바라보며 밤을 지새우게 됐다. 그리고 나는 어떤 이유로든 잠들지 않을 테다! 빠르게 뛰는 심장이 쿵쾅거리는 소리가 고막까지 들리고, 목구멍에서 압력이 느껴진다. 나는 발전기처럼 온몸에 전기를 흘려보낸다. 수녀원에서도 그런 적이 있는데, 머리를 오래 빗으면 불꽃이 튀었고, 그러면 나는 행복했다. '잠깐 전기가 통했어.' 머리카락은 이상한 기쁨으로 나를 충만케 했다. '나는 중요한 사람이다. 나는 빛을 만들어낸다'라고 스스로 되뇌었다.

이미 침대에 누웠지만 잠들지 못하고, 별안간 내 두 손이 성기 위에 올라가 있는 것을 알아차린다. 나는 얼른 손을 치운다. '이건 죄악이야.' 하지만 손은 용수철처럼 원래 자리로 돌아간다. 다리 사이에서 무언가 활개를 치고, 저릿저릿한 것도 같다. "이런 간질거림은 태어나서 느껴본 적이 없는데. 언제 그랬겠어. 하느님, 저를 도우소서." 나는 혼자 말하고, 침대에서 뒤척이고, 내 손을 허리 뒤로 숨기고, 벌을 준다. 더러운 손들, 나는 이 손들을 알아보지 못한다. 이건 내 손이 아니고, 내게 속한 게 아니다. 불결한 손들, 저리 치워. 손들이 얌전해지고 풀이 죽는다. 그러다 1초 후, 손뿐만이 아니라 내 온몸이 처음의 자세로, 태아처럼 웅크린 자세로 돌아가고, 두 손이 성기 위로 올라가고, 숨겨진 부드러운 곳을 꽉 누른다. '다른 생각을 해야 해.' 다른 사람들도 다 이렇게 불안하게 웅크리고 자나? 남편들은 그래서 존재하는 게 분명해, 아내들이 침대 위에 두 다리를 쭉 뻗고 잘 수 있게 하려고. 이렇게, 궁지에 몰린 짐승처럼 둘로 쪼개지고 머리는 무릎에 댄 채, 내 중심에서 끓어오르는 무언가 때문에 겁에 질린 나처럼 말고.

밤을 지새우면서, 나는 밤의 소리들을 감지하고 구분하는 법을 배웠다. 새벽 4시에 증기를 내뿜으며 울리는 공장의 사이렌,

빗자루를 들고 오가는 청소부와 거리를 꽉 채운 회색 쓰레기통, 트럭의 에어브레이크, 이런 현대적인 도시에 어떤 이유로 살고 있는지 모를 수탉까지. 이 외에도 더 많은 소리들이 내 뇌리에 박혀 있지만, 어린 시절 나를 겁에 질리게 했던 고구마 장수의 소리처럼 내게 깊은 인상을 주는 소리가 있는데, 바로 자정에 한 번, 새벽 3시에 한 번 철문 앞을 지나는 야간 경비원의 애처로운 호루라기 소리다. 거리에서 깔깔거리는 웃음소리가 들린다. '창밖을 내다봐야겠다. 그러면 나쁜 생각을 몰아낼 수 있을지도 모르지.' 그들은 죽어 있던 낮의 창백함을 얼굴에 간직한 채 밤에 활동하는 사람들이다. 그 사람들은 나무 때문에 나를 볼 수 없다. 몇 명인지 세어본다. 남자 둘, 여자 하나, 총 세 명이다. 집 모퉁이에서 여자가 갑자기 무릎을 꿇는데, 여자가 하는 말을 나는 똑똑히 듣는다. "조금만 기다려봐." 남자들은 그저 낄낄거릴 뿐이다. "재 좀 봐." 그러고는 여자를 보면서 기다린다. 여자가 천천히, 길게 오줌을 누면서 만들어진 웅덩이가 하수구 쪽으로 흘러간다. 어찌나 야만적인지. 용변을 다 본 여자는 치마도 제대로 내리지 않고 일어서더니 다시 갈 길을 간다. 나는 그들이 오브레로문디알 대로를 가로지를 때까지 눈으로 따라간다. 아스팔트 위에는 여자가 남긴 축축한 얼룩이 여전히 자리를 지키고 있다. 비통한 마음이 된 나는 생각한다. '너무도 흉하다, 허리 아래서 일어나는 일은 죄다 어찌도 이렇게 흉한 걸까?' 나는 얼음장 같은 침대로 돌아와 묵주를 꺼낸다. 어느새 묵주도 다리 사이 한가운데로 가게 되었지만, 알아차리지도 못하고 깊은 잠에 빠져들었다.

이튿날 가족들이 나를 보더니 대체 왜 그렇게 눈 밑에 그늘이 졌냐고 묻는데, 가장 충격을 받은 건 아빠다. 집안 여자들이 모두 그의 통제를 벗어나고, 이제 아무도 그의 꿈속에 들어오지 않으며, 왜 나가는지, 어디로 가는지 말도 없이 나가고, 떠나고, 증발한다. 가족 모두가 옷을 차려입고 거리로 나가고, 그들을 자석처럼 끌어당기는 불길한 사제를 중심으로 움직이고, 주님의 더 큰 영광을 위해 움직이고, 카시미로의 눈에 보이는, 그들 머리 주위를 맴도는 나비처럼 파닥이며 다닌다. 새로 보수한 집의 아치도 견고함을 잃고 나비들과 함께 날아다닌다. 하얀 나비 떼가 되어 떠다니는 벽은 조금씩 허물어진다. 집이 하늘로 떠오르려고 하고, 빙빙 돈다. 넋이 빠진 카시미로는 시선을 하늘로 향한 채 사건이 일어나길 기다린다. 하늘에서 기적이 내려올 것이다.

### ✠ 주여, 내 영혼을 흉악한 자들과 함께 거두지 마소서

루스가 정원을 뛰어서 가로지른다. 계단도 한 번에 두 칸씩 뛰어서 내려왔다. 이제 루스는 거리로 향한다. 소피아와 나는 서로를 바라본다.

"완전히 미쳤어."

루스가 철문까지 갔다가 천천히 돌아온다. 고개는 푹 숙인 채고 머리칼이 눈을 덮고 있다.

"무슨 일일까?"

"닥쳐 멍청이야! 이제 이리로 오잖아."

루스가 자기 침실로 들어간다. 꽃무늬 가운은 진흙으로 더러워졌다. 우리를 보지 못한 것 같다.

"엄마, 무슨 일이에요?"

"아무것도 아니다, 소피아."

소피아가 화장대 앞에 앉아 머리를 빗기 시작한다. 거울을 통해 루스를 본다.

"안 추워요, 엄마?"

"안 추워."

"옷을 좀 걸치는 게 어때요?"

"네가 화장대에서 비켜주면 엄마가 머리를 빗고 옷을 입을 수 있겠지."

루스가 권위를 되찾는다. 소피아는 꽁해져서 일어난다. 그 애는 엄마의 거울 앞에서 머리 빗는 걸 좋아한다.

"마리아나, 제발 손톱 좀 물어뜯지 말거라. 보는 내가 다 정신이 사납구나."

소피아와 나는 똑같이 혼난 공범이 되어 침묵 속에 서로를 본다. 소피아는 '그럼 엄마를 보는 우리는 어떨 것 같아요?'라고 분명히 해두고 싶지만, 그러지 않는다. 루스가 커다란 빗 두 개를 꺼내 머리를 거칠게 빗기 시작한다. 처음에는 오른손으로, 그러다 힘들어지면 왼손으로 온 힘을 다해 머리를 빗는다. 정전기 때문에 일어난 머리카락이 머리 주위에 잔혹한 후광을 만든다. 나는 엄마가 머리 빗는 모습을 보는 게 좋다. 하루에 빗질 백 번. 숲처럼 무성한 머리카락이 곤두섰다가 가라앉은 후에 아래로 밀어내듯 빗으면, 윤을 낸 마호가니처럼 따뜻한 후광을 되찾는다. 갑자기, 루스의 오른손 엄지 부근에서 삼각형 모양의 커피색 얼룩이 보인다.

"엄마, 손에 그거 뭐예요?"

루스가 빗질을 바로 멈추더니 흥분한 눈으로 우리를 돌아보며 말한다.

"성령께서 내게 만들어주신 거야."

세상에!

나는 경이로운 마음으로 엄마의 얼룩을 본다. 두려움마저 느낀다. 나는 언제나 엄마의 말이라면 귀담아들었고 단 한 번도 의

문을 품어본 적이 없다. 성령이 엄마의 오른손에 삼각형 빛의 표지를 남기기로 했다면, 그건 엄마가 하느님께 선택받은 존재이기 때문이다. 소피아는 믿을 수 없다는 듯 큰 발을 질질 끌며 방을 오가면서 묻는다.

"성령이라고요, 엄마?"

엄마의 편을 들면서 내가 대답한다. "당연하지. 엄마, 그 얼룩이 언제 생긴 거예요?"

루스는 대답이 없다.

소피아는 인사도 하지 않고 기운 없이 미끄러지듯 문으로 향한다. 대마를 피우고 할 법한 엄마와 나의 이런 대화를 소피아는 지긋지긋해한다. 소피아가 대화에 끼는 유일한 주제는 개인적인 이야기지, 성령에 관한 건 아니다. 언제나 옆모습만 보여주는 성령의 비둘기는 멀리 있는 데다 무책임하기 때문이다. 내 동생은 내가 이런 질문을 하는 것을 좋아한다.

"엄마, 만약에 우리가 엄마 딸들이 아니었다면요, 엄마가 어디선가 우리를 봤다면 우리를 좋아했을까요?"

엄마는 한결같이 그렇다고 대답한다. 그다음에 나는 다른 가능성들을 만들어낸다. "만약에 엄마가 아빠랑 결혼하지 않았더라면 이그나시오가 우리 아빠가 됐을까요?" 그러면 소피아는 이제 귀를 기울인다. 그런 대화는 즐겁다고, 적어도 평범하다고 느끼기 때문이다. 하지만 내가 열광적으로 귀를 기울이는, 일생 동안 단 한 번 보이는 녹색 광선이나 계시, 거미 같은 것들에 대한 이야기라면 그 애는 싸늘해진다.

엄마에게는 나를 매혹하는 특별한 힘이 있다. 나는 온통 마음을 빼앗긴다. 엄마는 주위에서 일어나는 일들을 견딜 만한 것으로 만들어줄 계시가 자기 안에서부터 생겨나기를 기다리며 환각에 빠진 사람처럼 세상을 배회한다. 무엇이 엄마의 관심을 끄는지 아무도 모른다. 엄마의 부재는 거기서부터 생겨난다. 엄마는 어디로 가는 걸까? 가없는 침묵 또한 거기서부터 생겨난다. 그래서 엄마의 입에서 나오는 말이라면 무엇이든, 아주 작은 몸짓조차도 수수께끼의 단서가 된다.

"이것 보렴, 마리아나……."

"네, 엄마. 제게 말해주세요, 엄마."

종이 바구니 앞에 웅크리고 앉아, 루스가 '오늘은 잔칫날'이라는 광고가 실린 신문지 하나를 꺼낸다.

"보렴, 보이니?"

나는 접혀 있던 신문지를 펼친다. 세제를 원래 가격의 반값에, 빵 두 봉지를 한 봉지 가격에 판다는 광고다. 커다란 글자들이 이렇게 외치고 있다. '여러분 가정의 잔칫날입니다.'

"이해하겠니, 마리아나?"

"노력하는 중이에요, 엄마."

그러자 루스는, 설명하기 어려운 빛의 움직임이 안에서 일어나 당신을 깨운다고, 그건 분명 하느님께서 이 가정에 임재하신 것이라고, 투명하게 꿰뚫는 빛이 당신을 태워버린다고 말한다.

"얼마 전, 아직 잠에 취해 몽롱할 때였는데, 고개를 들었더니 창문 커튼을 관통하는 빛이 보이더구나. 삼각형 모양의 빛이었어."

루스가 유리 항아리처럼 두 손을 모아 위로 올린다.

"그때 나는 생각했지. 자동차 헤드라이트 빛이 커튼을 뚫고 들어오는구나, 하고. 다시 잠들려고 침대보와 이불을 끌어당겼는데, 베개에 머리를 얹자마자 들었던 생각이, 내 방에는 빛이 들어온 적이 단 한 번도 없었다는 사실이야. 우선 길에서 멀리 떨어져 있고, 둘째로 이 방 커튼은 이중 커튼이니까. 그러면 그 빛은 어디에서 왔던 걸까? 나는 두려움과 기대감에 사로잡혔어. 다시 창문 쪽으로 머리를 돌렸지만, 안타깝게도 빛은 이미 사라지고 없었고, 어둠에 싸인 내가 있을 뿐이었지. 그래서 전등을 켜고 침대에 앉아 그 빛이 무슨 의미였을까 생각을 해봤어. 그날 밤부터 복음서 네 권을 쉬지 않고 읽고 있는 거란다."

"빛은 어떻게 됐어요, 엄마?"

"어젯밤에, 별채에서 아르날 양에게 인사하면서 다시 느꼈단다. 그런데 이번에는 빛이 내 안에서 나온 거지. 퇴펠 신부가 알아차리고 아르날 양에게도 말한 걸 보면, 무언가 비쳐 보였던 게 분명해."

"그런데 엄마, 무슨 느낌이에요? 무얼 느끼세요?"

루스는 아무것도 분명히 밝히는 법이 없다.

"엄마, 제발요."

"빛들이 죽음의 징조처럼 느껴져. 내가 잘 때면 빛들이 나를 깨우지. 불로 만들어진 빛들이 내 가슴을 관통하는 거야. 어느 날 밤은 내 어깨가 너희 아빠의 어깨에 닿았는데, 얼른 몸을 떼지 않으면 그이가 죽으리란 걸 알았어. 그 느낌이 너무도 강력해서 반사 신경이 반응했지. 빛이 내 몸에서 세 번에 걸쳐 빠져나가리란 걸 아주 분명히 알았어. 안도와 아쉬움을 동시에 느꼈지……. 그런데 팔베개를 하고 누워 있었던지라, 남아 있던 약간의 빛이 내 팔을 타고 뇌로 흘러들어가는 걸 느낄 수 있었단다."

루스가 갑자기 멈춘다.

"이런 이야기들은 해서는 안 되는 이야기들이겠지, 그렇지? 네 얼굴만 봐도 알겠구나."

"아아, 엄마!"

"아무 말도 하지 말렴, 엄마도 안다. 이런 일은 오로지 스스로를 위한 것이라서 말로 표현할 수 없는 일이야. 지금 네게 이야기하고 보니, 내가 그 일을 빈약하게 만들고 일그러뜨리고 말았다는 게 느껴져. 밖으로 꺼내면 안 되는 일이야. 너를 태워버리는 내면의 불처럼, 네 마음 깊숙이 있는 비밀스럽고 깊은 열정이야말로 큰 행복이란다."

우리는 입을 다문다. 창문을 바라보는 엄마의 가느다란 목, 섬세한 옆모습, 저 부드러움, 엄마의 숱 많은 머리칼이 엄마와 함께 밖을 내다본다. 엄마는 낮은 목소리로 말하고, 나는 엄마를 관찰한다. '우리 엄마는 정말 젊어, 어쩜!' 엄마의 뺨은 어린아이처럼 매끈하다.

엄마가 서랍을 하나 열고 뒤적이더니 서랍을 왜 열었는지 기억하지 못한다.

"이제 됐다, 마리아나. 어서 나가거라. 할 일 없이 여기 있지 말고. 이제 옷을 입어야 하니까 나가렴."

### ✠ 고통받는 자에게 위로가 되시니

엄마를 본다. 엄마에게서 한 색깔이 빠져나가고, 다른 색깔이 들어온다. 지난 며칠 내내 엄마는 지독하게 창백해진 얼굴에 아무도 모를 생각으로 새카매진 눈을 하고는 유령처럼 집 안을 떠돌았다. 지금 엄마는 일생일대의 혼란에 빠진 듯하다. 말할 때 목소리는 떨리고, 사제를 올려다볼 때마다 눈은 애원한다. 엄마는 신부님에게 무얼 바라는 걸까? 나는 엄마의 손을 잡는다. 팔끝마저 아름답고 작은 주먹에는 거의 투명한 꽃잎처럼 새하얀 피부를 가로지르는 정맥 다발이 튀어나와 있다. 엄마는 손에 힘을 빼고 내 손에 맡기는데, 사실 자각하지 못한 행동이다. 나는 바로 손을 뗀다. 엄마의 손이 얼음장 같다. 이마에도 진주 같은 식은땀 방울이 반짝인다. '죽은 사람의 손이다, 죽은 사람의 손이야.' 엄마에게 무슨 일이 일어나고 있는 걸까? 나는 하인들의 온기를 찾아 주방으로 달려간다. 그들은 라디오로 음악 방송을 틀어두고 난로 옆에서, 설거짓거리 옆에서, 빨랫줄 옆에서 일하면서 늘 이야기를 나눈다. 그런데 이상하게도 라디오는 켜져 있지 않고, 펠리사가 빅토리나에게 이야기하는 소리가 들린다. "내가 소리쳤어. '신부님! 신부님!' 그랬더니 베개 위에서 머리를 움직이긴 하는데, 정신 차리라고 내가 아무리 애를 써도 나를 보지도 못하더라고. 열이 펄펄 나서 불덩이가 되어서는, 정말이지 헛소리를 하는데, 빅토리나, 신부님은 싫다고 말하기 시작했어. 떠나지 않을 거라고. 그러다가는 좋다고, 만일 그것이 하느님의 뜻이라면 좋다고 했어. 목덜미가 흠뻑 젖었길래 알코올을 가져와서 관자놀이와 목덜미에 발라드렸더니 조금씩 정신을 되찾았어. 나를 보자마자 소리를 지르더라. '어디 있죠? 벌써 왔다 갔나요?' 그래서 누구 말씀이시냐고 물었더니, 의식을 되찾고 싶어 애쓰는 것 같았어. 그러더니 이제 나한테 묻지 않더라고. 그 분께 차를 가져다드리고, 마리아의 노래를 함께 기도드렸어. 새벽 4시였는데, 그때서야 반쯤 잠이 드시더라고. 내 생각에 에스페란사 부인께 말씀드려서 어떻게 하실지 봐야 할 것 같아. 부인은 머리가 좋으시니까." 빅토리나가 투덜거린다. "내가 보기엔 주인마님도 상태가 영 좋지 않으셔." 그러다 내 존재를 알아차리고는 설거지에 매진한다. 마그디타도 갑작스러운 일이 생겼다며 사라진다. 설상가상으로 산미겔리토 축제 때문에 고향에 가야 한다고 한다. 주방에서 거부당한 나는 내 방으로 돌아가기로 한다. 계단에서 엄마가 내 옆을 지나간다. 스쳐 지나가면서도 나를 보지 못한 채 앞으로 가는 엄마의 눈에는 눈물이 가득 고여 있다. 엄마, 하고 소리쳐봐도 엄마는 대답이 없다. 엄마 뒤로 펼쳐진 복도에서 침실로 들어가는 엄마를 보고, 곧이어 문을 잠그는 소리를 듣는다. 나는 계단을 달려 내려가 낙우송 그늘 아래 멈춘다. 잔디에 등을 대고 누워 나뭇가지를 올려다본다. 불변의 나무다. 나무 그늘의 선선함이 나를 진정시킨다. 내 잡념들이 잡념 외에는 아무것도 존재하지 않는 지경이 될 때까지 나를 괴롭히지만, 그 나무 아래에서는 숨을 쉴 수 있다. 집 안에서 일어나는 폭력이, 여기 낙우송 곁에서는 멈춘다. 새벽녘 물을 한껏 머금은 나무가 졸린 듯 나를 내려다본다. 햇볕이 나뭇가지 사이를 정확하고 강하게 비집고 들어간다. 하지만 언젠가 바람에 춤을 추던 젊은 나무였을, 까칠까칠하고 주름진 외피를 입은 이 거대한 나무 역시 강대하다.

(루스, 아침 7시.)

격렬한 폭발이 온 집 안을 뒤흔들었다. 계단을 네 칸씩 뛰어서 주방까지 내려가보니 우리의 펠리사가 아파서 신음하고 있다.

"제 눈이 타버렸어요, 제 눈이 타버렸어요."

가스가 펠리사의 얼굴 앞에서 폭발한 것이다. 루스가 펠리사의 눈꺼풀을 열어 안약을 넣어주었다. 루스는 불운한 상황에서 냉정을 잃는 법이 없다. 위험 앞에서 오히려 힘이 솟는다. 안약을 넣은 후, 다른 하인들이 달걀노른자와 기름을 섞어 만든 팩을 펠리사의 얼굴에 붙여주었다. 펠리사에게는 이제 눈썹도 속눈썹도 남지 않았다. 엄마가 하인들에게 상처를 어떻게 처치하면 되는지 알려주고 있었고, 주방에서 지시를 내리는 엄마를 우리는 존경하는 눈으로 바라보았다. 상황이 진정된 후 엄마는 아직 토머스 신부님이 집전하는 추수감사절 미사에 갈 시간이 있다고 말했다. 엄마가 너무도 약해 보였지만, 아무도 엄마의 말을 거역할 생각을 하지 못했다.

자동차에 시동을 걸기 전에 엄마는 근엄한 목소리로 말했다.

"화상 때문에 흉터가 남지는 않을 거예요."

카시미로는 아침 일찍부터 이미 떠나고 없었다.

별채에 있던 신부님도 아무것도 모르고 지나갔다.

오늘 오후, 엄마는 퇴펠 신부님을 소개하러 에스페란사 이모네 집에 다녀왔다.

돌아왔을 때, 엄마는 차분해 보였다. 신중함 그 자체인 에스페란사 이모는 법 없이도 살 사람이다.

"엄마, 무슨 일이에요?"

엄마는 내게 말하고 싶지 않아 하며 잠자리에 들었지만, 나중에 엄마의 공책에서 읽은 바로는 이렇다.

놀랍게도 아무 일도, 아니 거의 아무 일도 일어나지 않았다. 우리는 서재에 앉아 있었는데, 평소와 달리 신부는 공격적으로 굴지 않았다. 에스페란사는 자기의 제본 작업실과 산사나무 위로 화산이 보이는 테라스를 보여주겠다고 했다. 거기서 사제는 에스페란사에게 딱 한 가지 질문을 던졌다.

"부인께서는 키가 늘 이렇게 크셨나요?"

나는 신부가 무슨 말이 하고 싶던 건지 완벽히 이해했지만, 에스페란사는 이렇게 대답했다.

"1미터 76이요. 열일곱 살 때부터."

우리는 서재로 돌아갔고, 할 말이 아무것도 없었다. 신부는 핑계를 댔다. "돌아가봐야겠습니다. 약속이 있어서요." 나는 신부가 택시를 타고 가게 했다. 내 안에서 급격한 전환이 일어났다. 그와 함께 가고 싶은 마음이 조금도 들지 않았다. 그와 함께 있기 위해 살던 나인데.

둘만 있을 때 나는 에스페란사에게 내 마음에 담고 있는 것을 말했어야 했다. 어떤 생각이 내 머리를 관통했다. '그는 누구였을까?' 어린 시절 이후 처음으로 내 마음에 한 단어가 돌아왔다. '악마.'

해 질 녘, 에스페란사가 내게 집에 데려다준다고 했다. 차에 올랐을 때, 달아나는 그림자가 우리 앞을 지나가는 듯한 인상을 받았고, 에스페란사의 불안한 목소리를 들었다.

"너 뭐 못 봤니?"

에스페란사는 대답도 기다리지 않고 출발했다.

☎

나는 카실다의 전화번호를 누른다.

"카실다, 신부님이 뉴욕에 데려갈 사람은 엄마야. 실패한다면 프란시스카 이모를 데려가겠지. 나는 이제 아니야."

카실다가 수화기에 대고 소리를 빽 지른다.

"너 대체 왜 그러니? 단체로 미쳤니? 당장 우리 집으로 와."

"못 가."

"그럼 내가 갈게."

카실다가 뭐라고 웅얼거리는데 꼭 이렇게 들린다. '타락자 집단이네.'

"아니야 카실다, 오지 마."

나는 전화를 끊는다.

**어린 양이여**

**누가 그대를 만들었나요?**

**생명을 주고**

**풀을 먹이나요?**

하느님은 어째서 내게는 엄마에게처럼 계시를 주지 않으실까? 퇴펠 신부를 데려온 건 나인데 왜 내게는 모습을 나타내지 않으실까? 나는 신부님의 블랑카인데. 엄마가 가진 게 뭐길래 하느님의 선택을 받았을까? 엄마가 없는 동안 나는 엄마의 침실을 뒤진다. 단서는 어디에 있을까? 나는 붉은색 가죽으로 제본된 책을 찾는다. 증조할머니의 물건이었다고 한다. 엄마는 대체 뭐를 읽으려나? 복음서다. 달랑 이것뿐인가? 나는 맥이 빠진다.

다른 무언가가 있을 줄 알았다.

철문 옆에 가느다란 그림자 하나가 보인다.

"엄마."

얇은 꽃무늬 가운을 입은 루스가 무언가를 기다리면서 문에서 떨어질 줄 모른다. 평소보다 짙은 눈 밑의 그늘이 얼굴을 집어삼키고, 손에는 묵주가 존재감을 과시하며 무겁게 들려 있다.

"엄마, 무슨 일이에요?"

나는 사슬을 걸어 가까스로 대문 자물쇠를 잠근다. 엄마는 뿌리라도 내리려는 듯 여전히 같은 자리에 서 있다. 달도 뜨지 않은 추운 밤이다.

"엄마, 엄마, 엄마한테 말하고 있잖아요."

나는 엄마에게 한 걸음 다가간다. 우리는 정문을 향해 난 길로 정원을 가로지른다. 엄마의 손이 떨린다.

"엄마, 제 외투를 입으세요."

"아니다, 마리아나. 괜찮아."

루스가 근엄한 목소리로 말한다.

"마리아나, 신부님은 떠났다."

무도회에 대해, 엄마가 즐거운 시간을 보냈는지에 대해, 엄마에게 춤을 신청한 남자들에 대해, 빅토르에 대해 전부 이야기하려던 내 기대가 공중으로 흩어진다.

"내일 돌아오신대요?"

루스가 초조해한다. "아니, 얘야. 안 올 거야. 집에 왔지만 내가 들여보내지 않았다."

나는 마비된다.

"무슨 말씀이세요?"

"들은 대로야."

"신부님을 쫓아내신 거예요?"

"그래."

"제정신이세요, 엄마? 하느님의 사람을 내쫓다니요?"

"아니, 마리아나. 그 사람은 하느님의 사람이 아니야."

엄마의 가라앉은 목소리가 아프고, 말들은 삽으로 흙을 퍼내는 소리처럼 들린다. 나는 벽에 기댄다. 엄마의 손은 아직도 떨리고 있다. 얼음장 같은 집에서는 음식 쓰레기 냄새가 난다.

"이리 오렴, 올라가자꾸나."

우리는 불을 켜지 않는다. 계단에서 발이 걸려 넘어지지만, 다른 때라면 멈췄을 테지만, 우리는 걸음을 멈추지 않는다. 엄마는 인지하지도 못한 채 빠르게 말을 시작한다. 엄마 입안의 말들이 혼란 속에서 부서지며 떨린다. "나는 우리 가정을 지켜야 해. 너와 네 동생을 보살펴야 하고. 그 남자는 아픈 사람이야. 입원해서 치료를 받아야 해. 진작 내보내야 했는데. 우리한테 꽤나 큰 상처를 입혔지……. 무언가에 씐 사람이야." (그리고 작은 소리로 말한다.) "악마가 보낸 사람이야."

"어떻게 악마일 수가 있어요? 그분은 사제인데요."

"사제가 아니야."

"사제가 아니라니요?"

우리는 약속이라도 한 듯 욕실로 들어갔다. 다른 사람들을 깨우지 않고 이야기를 나눌 수 있는 유일한 곳이다. 질문할 목소리조차 거의 나오지 않는다.

"어째서 사제가 아니라는 거예요?"

루스의 눈이 불덩이처럼 타오른다. 나는 욕조 끝에 걸터앉았다. 드레스 자락이 시든 꽃부리처럼 다리를 덮는다.

"여자들이 있었어."

루스가 침실로 뛰어가더니 파란 봉투 다발을 들고 돌아온다.

"그 사람의 연인이 보낸 편지들이야. 마르셀라라는 여자야. 자, 가져가서 보렴."

목소리가 날카로워진 루스가 코웃음 치며 말한다. 나는 어떻게 반응해야 할지 모르겠다.

여자들이 있었다는 게 무슨 말이지? 사제들은 절대 결혼하면 안 되는 건데. 저 편지들은 사랑에 빠진 여자가 평범한 남자에게 쓴 편지들이다. 나는 감히 읽어볼 엄두를 내지 못한다. 다만 수신인을 볼 뿐이다. '나의 자크.' 그리고 발신인의 서명도. '당신의 마르셀라.'

아니야, 이럴 수는 없다. 놀란 내 눈앞에, 뼈와 살을 입은 신부님의 형상이 나타난다. 오만한 그가 한 여인에게 빠져 있다. 갑자기 그는 패자가 되고, 애원하는 사람이 되고, 절절하고 나약한 얼굴을 가진 남자가 된다. 그 얼굴이 점점 팽창하더니, 욕실을 뒤덮을 만큼 커지면서 생김새를 갖춘다. 정육점에 걸린 돼지머리처럼 뚱뚱하고 허여멀건 얼굴이다. 혐오스러워라! 신부님이 냉혹함을 잃어버릴 수 있다니, 그 점이 내 눈에는 언제나 그분의 가장 큰 힘이었는데. 신부님은 이제 떠나버렸다. 어디로 갔을까? 잠은 어디서 자려나? 루스는 여전히 말하고 있고, 똑같은 말을 쉬지 않고 반복한다. 손의 떨림도 멈추지 않는다. 돌연, 엄청난 냉기가 나를 관통하고, 수도관에 흐르던 물이 얼어버린 듯하다. 엄마의 뼈가 얼어버린 수도관 같다.

"엄마, 여기서 나가요. 이리 오세요. 욕실이 너무 추워요."

벽에서 몸을 떼는 루스는 불안해 보인다. 묵주의 무게 탓에 몸이 쇠약해지기라도 한 듯 팔을 축 늘어뜨린다.

"엄마, 묵주 놓으세요."

"싫다."

"다들 자고 있을까요?"

"그럼, 마리아나. 내가 밖에서 너를 기다리는 동안 파비안의 보모가 네 침실에서 잠들었더구나. 그러니 너는 프란시스카네 집으로 가야겠다. 이리 오렴, 데려다줄 테니. 잘 시간이야."

"정원 건너가는 것쯤은 혼자 할 수 있어요."

"안 된다, 아가."

어둠 속에서 우리는 계단을 향해 간다. 더듬더듬 정원으로 내려가, 프란시스카 이모와 엄마가 각각 소유한 두 목초지를 연결하는 작은 나무 문을 연다. 별채를 지나는 순간 갑자기 엄마가 겁먹은 듯 내 손을 잡는다. 내 손안에서 엄마의 손가락이 경련을 일으킨다.

"엄마, 왜 그러세요?"

엄마가 손을 뺀다. 그때 나는 엄마가 겁을 먹었다는 사실을 알았다. 공포에 가까운 두려움. 돌풍이 엄마의 머리칼을 흩트리고, 부들부들 떠는 어깨를 구부러뜨리고 마구 흔든다. 나는 믿을 수 없어 계속 중얼거린다. "엄마가 겁을 먹었다, 엄마가 겁을 먹었다." 기뻐하는, 다정한, 화가 난 엄마는 봤지만, 겁을 먹은 엄마는 단 한 번도 보지 못했다. 똑같은 전율이 우리의 등을 훑고 지나간다.

"엄마, 무서워요."

루스가 용수철처럼 몸을 똑바로 일으킨다. 프란시스카 이모네 집 대문을 열자 공기가 세차게 들어오고, 자기 자신을 되찾은 루스는 "프란시스카" 하고 이모를 부른다. 내가 무섭다고 한 건 단지 엄마에게 용기를 주려고 한 것뿐이라는 사실은 알아차리지 못한다.

집 안에 들어서자 2층 저 위에서 엉망이 된 얼굴의 프란시스카 이모가 기다리고 있다. 이모는 내 뺨에 입을 맞추면서 무도회에서 재밌었냐고 묻는다. 이제 그런 건 하나도 중요하지 않다.

그런 건 대체 왜 물어보는 걸까? 모든 일이 아득하다. 모든 일이 낡았다. 지금은 그저 추울 뿐이다.

"잠옷 가져왔니?"

"아니요, 이모."

"칫솔은?"

"없어요."

루스가 설명한다.

"아무도 깨우기 싫었어."

"그래, 괜찮아."

프란시스카 이모가 자기 잠옷을 내게 건넨다. 가슴골이 파이고 레이스가 잔뜩 달린 비치는 잠옷으로, 평소라면 좋아서 춤을 췄겠지만 지금은……. 나는 겁에 질린 채 잠옷을 입는다. 잠옷이 신부님으로 느껴진다. 지금 이 순간 어린애 같은 내 플란넬 잠옷이 나를 얼마나 달래줬을까! 올린 머리를 풀고 머리핀을 하나하나 뺀다. 내 머리카락도 한 올 한 올 옷을 벗으며 어깨 위로 몸을 드러내는 것 같다. 모든 게 미묘하게 달라졌다. 루스와 프란시스카는 침대 끝에 걸터앉아 있다.

"얘야, 너는 침대에 누워야지."

나는 차가운 침대보 사이로 기어들어가지만, 눕지는 않는다. 앉은 자세로 두 여인이 쉬지 않고 말하는 걸 듣는다.

"언니, 이 모든 일을 왜 한 번도 말하지 않았어?"

"너희 가족이 다들 너무 변한 걸 보니까……."

"하지만 나한테는 말할 수 있었잖아."

엄마와 이모는 나도 그들 중 하나란 듯 내 앞에서 다툰다. 감정을 억제하기에는 너무 흥분해서, 마음과 머리 안에 있는 모든 것을 쏟아내겠다는 듯 입에서 말이 들끓는다.

내 눈앞에, 자크 퇴펠이 알아볼 수 없는 형태로 서 있다. 내가 누워 있는 바로 이 방에서 이모는, 당신처럼 화끈하고 당장이라도 떨어져 나올 법한 입술을 가진 여자에게는 남자가 필요하다고 말하는 사제를, 무서워죽을 지경이 되어 내쫓았다. 자크 퇴펠의 말에 따르면, 이모가 남자의 품으로 파고들지 않는 여자라는 점이 프란시스카 이모의 유일한 문제였다. 그럴 리가! 세상 모든 여자는 남자를 원한다고. 누굴 속여. 말해봐, 매일 밤 나를 원하지 않는다고 말해보라고. 퇴펠은 욕정에 사로잡힌 남자라기보다는 머리부터 발끝까지 덜덜 떨며 눈알이 튀어나올 듯 분노한 미치광이처럼 보였다. 그는 절규하며 말했다. 협박하는 동시에 애원했다. 반쯤 옷을 벗은 그의 얼굴은 뒤틀렸고, 일그러졌고, 여자의 저항 끝에 마침내 굴복하여 단념했다. 이모는 양손으로 머리를 쓰다듬으며 그를 달래주었다.

나는 몸서리친다. 신부가 한 짓은 이해할 수 없는 일인데, 그보다 더 설명할 수 없는 일은 우리 이모의 반응이다. 그런 일이 벌어지고 난 후에 대체 왜 머리를 쓰다듬어준단 말인가? 어째서?

"이모, 그 사람이 이모를 해치려고 했는데 왜 달래준 거예요?"

"끔찍이도 무서웠거든. 진정시키고 싶었어. 나중에는 안쓰럽더구나. 가여운 사람! 내 몸을 어떻게 지켜야 할지 모르겠다가도, 무너진 그 사람을 보니 딱하더라고. 가여운 사람! 때때로 남자를 대하는 유일한 방법은 연민뿐이란다."

나는 이모의 논리를 이해하지 못한다. 이미 자신의 손으로 무릎 꿇린 사람을 어떻게 쓰다듬어줄 수 있지? 처음에 그를 거절했던 바로 그 손으로 새로운 협정을 맺다니. 그 사람을 어떻게 만질 수나 있지?

"마리아나, 너는 아직 어려서 여자에게 거절당한 남자가 어떤 기분을 느끼는지 모르는 거란다."

"다들 제정신이 아니에요, 다들 이상해요. 그 사람이 이모한테 하려고 했던 짓이 있는데, 그런데도 머리를 쓰다듬다니요! 이해하지 못하겠어요."

"마리아나, 너무 무서워서 어떻게 해야 할지조차 모르는 순간들이 있는데, 그럴 때 우리의 행동은 예측할 수 없는 거란다. 스스로 통제할 수가 없거든. 너는 아직 인생을 몰라. 그래서 이해하지 못하는 거란다. 우리가 할 수 있는 게 있다면 타인과 자기 자신을 연민하는 것뿐이란다. 자, 이제 가서 자거라. 그 사람은 아픈 사람이야. 떠나서 다행이지, 그러지 않았더라면 우리 모두를 망가뜨렸을 거야! 너만 해도 예전 같았으면 이모한테 감히 이런 말을 못 했겠지만, 신부가 너를 오만하게 만든 거야. 너는 지금처럼 우쭐거리는 자그마한 공작새가 아니었는데. 네가 아직 젊다는 걸 기억하렴, 아직 가야 할 길이 많아. 앞으로 네가 겪을 일들을 이모보다 잘 헤쳐나가기를 열렬히 바란다. 누군가 불행한 시절을 지나고 있을 때 그들을 이해해야지, 판단해서는 안 된다. 퇴펠은 바닥을 치고 있었어. 어쩌면, 네가 내 입장이었다면 너도 똑같이 행동했을지도 모르겠구나."

침대보 안으로 들어가 있는데도 춥다. 잠옷이 내 몸 위에서 두려움에 미약하게 떨린다. 다른 생각을 해야 한다. 나는 손을 뻗어 머리맡 탁자에서 집히는 대로 책을 꺼낸다. 란차 델 바스토의 책이다. 그 옆에는 다른 책이 있다. 드리외라로셸의 책이다. 프란시스카 이모는 고대 이집트의《사자의 서》에 대해서, 러시아의 철학자 구르지예프와 그의 제자이자 영적 교사 우스펜스키에 대해서, 사람은 행복만큼이나 고통도 사랑한다는 사실에 대해서, 사도 토마스에 대해서, 내면의 힘에 대해서 자주 이야기한다. 다른 책장에는 신지학 창시자 헬레나 블라바츠키의 모든 책이 정렬되어 있다. 어느 오후,《베일 벗은 이시스》를 읽으려고 해본 적이 있다. 나는 하나도 이해하지 못했다. 이모의 서재는 세상의 어두운 힘에 관한 책, 영혼에 관한 책, 무의식에 관한 책으로 가득하다. 딸깍 소리가 들린다. 이모가 자기 방의 불을 껐다. 이모는 어떻게 잠을 청할 수 있을까? 나는 무서워서 몸을 웅크린다. 폭풍이 지나고 나니 무도회 장면이 떠오른다. 빅토르와 춤췄던 노래들이 빙빙 돈다. '둘만을 위한 차'와 '정열'. "그대가 나만을 위해 살기를 바라요." 색소폰, 심벌즈, 트럼펫, 바이올린, 귀로와 마라카스, 현이 끽끽거리고, 소리가 갈기갈기 찢기고, 이중적 의미를 갖는 문장들. 그 문장들을 태어나 처음으로 이해하려고 해보는데, 쇄도하는 칼날이 나를 해친다. 세상일은 한 면만 지니고 있지 않아서 한 곡의 교향악으로 연주되는 게 아니라 여러 곡으로 연주된다. 꿈에서 우리가 보는 얼굴들이 비틀리는 것처럼. 예수성심수녀원에서 학생들이 화음을 맞추어 불렀던 노래가 갑자기 기억 속에 기세등등하게, 자기를 기억해내라는 듯 떠오른다. 사제와 수녀원장님에 관한 후끈한 노래였다.

신부님과 수녀님
문 뒤에 있네.
수단도 없이
머리쓰개도 없이.

성가를 부르듯 탬버린을 치며 부르던 노래였는데, 지금은 악마 같은 후렴이 머릿속에서 떠나질 않는다. 불가능한 일이다! 사제들이란 지상에 내려온 하느님의 영인데……. 그러다 다시 자크 퇴펠 신부를 떠올린다. 하느님께서 특별히 나와 우리 가족을 위해 보내주신 수도자. '악마'라고 루스는 말했다. "저 남자는 악마야. 처음으로 이 땅에서 악마의 존재를 느꼈다. 그는 악 그 자체야."

머릿속에서 쇠사슬 소리를 듣는다. 검은 쇠붙이들, 돌아가는 나사들, 휘파람 소리를 내는 찻주전자, 모든 소리가 저 깊은 곳에서 울린다. 이가 딱딱 부딪히고 소리가 증폭된다. 대장장이가 모루를 두드린다. 팔이 무거워졌다. 혈관에 납덩이를 달고 있는 것 같다. "잠들면 안 돼. 악마가 계단을 올라올 거야, 사제의 옷을 입은 악마, 지상에 내려온 악." "그대가 나만을 위해 살기를 바라요……. 그대에게 열렬히 입 맞추기를." 허공에 휘날리는 재를 본다. 사제가 게의 집게발처럼 두 팔을 벌리면서, 나를 위협하면서 다가온다. 그의 커다란 검은 치마에서 무슨 냄새가 난다…….

**주의 자비하심은 자손 대대로**

**그를 경외하는 자들과 함께하리니**

신부를 둘러싸고 많은 소문이 돈다. 나는 쓰린 마음으로, 타오르는 눈으로, 믿기지 않아 비틀거리다 발을 헛디디며 소문을 듣는다. 사람이 고통으로 인해 태어나기도 한다면, 나는 방금 태어났다.

신부가 떠난 후로 루스는 심각하게 여위었다. 손에서 물건을 놓치고, 반응하지 않고, 하얀 레이스가 수놓인 베개 위에 창백한 얼굴을 누인 채 커다란 눈은 우리를 향하지만 우리를 보고 있지는 않다. 의사가 와서 칼슘 정맥주사를 처방했다. 루스가 투명하리만치 하얀, 죽은 듯한 팔을 맥없이 뻗자 간호사가 정맥을 찾아바늘을 넣는다. 루스는 침대 주위에서 움직이는 사람 누구도 보지 않는다. 쇠약해진 다른 팔로 파비안의 머리를 쓰다듬으면서도 아이를 보지 않고, 정면만 바라볼 뿐이다.

들려오는 말에 따르면, 청년들이 조직해 포포카테페틀로 떠난 견학에서 신부가 염려할 만한 증상들을 보이기 시작했다. 스카우트 대장이 모닥불에 불을 붙인 후 쉬는 시간에, 신부가 그 중 가장 예쁜 두 젊은 지도자 사이에 눕더니 그들에게 자기 어깨를 베고 누우라고 했다. 한 어깨에 한 명씩, 그렇지, 그렇지, 편하게 누워요. 셋이서 하늘을 올려다봅시다. 그들이 떠났을 때 신부는 제정신이 아니었다. 태양에 반짝거리는 눈보다도 하얗게 질린 채 고산병으로 기절 직전이던 신부는 신도들의 머리 위 높은 곳으로 올라갔고 그의 매끄러운 검은 옷이 장관을 배경으로 도드라졌다. "아등바등하는 풍뎅이 같네." 카실다가 말했다. 숨을 쉬려고 걸음을 멈출 때마다 신부는 그리스도를 따라 하면서 팔을 벌리고 고개를 쳐들었는데, 허수아비 같은 꼴이 넝마 조각 같았다. 빅토르가 그에게 너무 빨리 걷지 말라고 조언했을 때는 이렇게 소리 질렀다. "나를 뭐로 보고, 내가 남자냐 아니면 고자냐? 나를 뭐로 보는 거냐고, 어? 나를 뭐로 보는 거야, 내가 고자야?" 그러고는 몸을 반으로 접더니 소시지와 마시멜로를 토하고, 소매로 입을 훔친 후 미친 사람처럼 비틀거리며 다시 걷기 시작했다. 스카우트 대원들은 노래를 부르고 있었다. "높이, 언제나 더 높이. 언제나 더 높이." 그러면 사제는 검고 여윈 팔을 하늘로 치켜들며 울부짖었다. "우리의 목표는 정상."

정상에 오르고 난 후, 사제는 분화구의 얼음장 같은 물에 몸을 담그러 내려가려고 했는데, 정화하기 위해서가 아니라 사람들의 시선을 끌기 위해서였다. 적어도 나중에 스카우트 대장이 한 말에 따르면 그렇다. 그는 손짓을 해가며 명령했다. "옷을 벗읍시다. 다들 옷을 벗으세요. 하느님 앞에서, 우리 자신 앞에서 알몸이 됩시다. 자연이 우리를 그렇게 빚었으니. 우리는 자연의 일부입니다, 자연으로 돌아갑시다. 서로를 사랑합시다. 다 벗어 던지십시오. 우리를 속박하는 것들로부터 자유로워지십시오. 우리 태초의 어머니 대자연을 보십시오. 그가 숲으로 이루어진 자신의 성기를 부끄러워합니까?" 그러고는 거친 나무껍질에 몸을 내던져 거기에 자기 피부 조각을 남기며 눈을 피로 물들이는 바람에 사람들이 구속복으로, 그러니까 관료주의의 상징인 검은 껍데기이자 그가 매일 입는 사제복으로 그를 칭칭 감아서 틀라마카스 보호소로 데려가야 했다. 사제를 제압하는 일은 고역이었다. 스카우트 대장이 그를 때려눕혀야 했고, 그 충격에 우는 이가 많았다. 포포카테페틀 화산은 자신의 갈라진 틈새에서 미쳐 날뛰는 인간을, 사납고 새카만 쥐새끼를, 침과 콧물을 흘리고 피부의 안팎을 뒤집어 까 보이며 대중의 눈앞에서 자신을 제물로 바치고 싶어 했던, 인간의 모습을 입은 악마를 추방한 것이었다. 아브라함은 자신의 아들을 높은 산 위로 데려가 그의 가슴에 칼을 내리꽂을 준비가 되어 있었다. 퇴펠이라면 자비로운 하느님께서 과연 그를 찾아오실지 보기 위해, 하느님의 연민이 얼마나 큰지 보기 위해, 자신의 배짱을 보여주기 위해 그 자리에서 자신의 신장을 도려내 하늘에 대고 휘두르며 하느님에게 소리를 지르고, 피를 보여주기 위해 직접 손을 넣어 쥐어짠 내장과 흐물흐물한 간을 들어 보이고, 저 자신이나 다름없는 그 핏덩이를, 취하고 썩은 저 자신을 제물로 바치고자 했을 것이다.

하지만 아슬아슬하던 잔을 넘치게 했던 사건은 그 견학이 아니라, 대단한 사업가이자 프랑스 성당에 돈을 대는 거물, 돈 이폴리토 베르틀로에게 대들었던 일이었다. 신부는 예전에도 프랑스 대사관의 일등 서기관 데시데리오 퐁타넬과 입씨름을 벌인 적이 있다.

어쨌든 갓 도착한 외지인에 불과했던 퇴펠은 분노에 길길이 날뛰면서, 구더기가 생길 때까지 빵 한 덩이를 보관하다가 그제야 이를 상하게 할 위험을 무릅쓰고 빵을 자르는 탐욕스러운 농부보다 나을 것 하나 없는 사람이라면서 베르틀로에게 달려들었다.

"당신이 침대 매트리스 아래에 돈을 보관한다는 데 내 손을 걸지." 신부가 중얼거렸다.

베르틀로가 아무 반응이 없자, 퇴펠은 자신은 자선가를 믿지 않는다고 말했다. 사실 그들이 바라는 유일한 것이란 사업의 규모를 키우고, 사업을 성장시키고, 확장하고, 타인의 희생으로 말미암아 자신의 배를 불리는 것이기 때문이다. 베르틀로 같은 사람들이 말하는 이상적인 인류애란 그런 것이라고 말했다. 사포딜라의 즙을 모조리 쓸어 담고, 키 작은 인디오들을 착취하고, 자신의 방식을 멕시코에 온 프랑스인들이 따라야 할 모범으로 만들려는 목적은 아주 잘 달성했으니 축하드린다며 하, 하, 하, 웃었다. 하지만 자신은, 자크 퇴펠은 가장 약한 자들의 희생을 바탕으로 성장하는 것이 어떤 의미인지 너무도 잘 알기 때문에 그런 함정에 빠질 수 없다고 했다.

어쩌면 아무도 감히 그를 비난하지 않은 지 오래되어서인지, 베르틀로는 자신에게 싸움을 거는 멍청이에게 대꾸를 해주었다. 아랫사람을 겁에 질리게 하는 강철 같은 시선과 얇디얇은 입술로 자신이 살아온 이야기를 하는 것, 그것은 그의 취미였다. 몇 해 동안 하지 못했던 그 일을 베르틀로는 천천히, 스스로의 말에 귀를 기울이며 시작했다.

"신부께서는 나를 옥양목 장사꾼이라고 하는군요. 맞습니다.

내 부모는 멕시코에 왔을 때 집집마다 문을 두드리며 옥양목을 미터 단위로 팔았습니다. 그러다 다 팔리면 작은 베틀로 피륙을 짰는데, 그 베틀은 아직도 내가 갖고 있습니다. 신부께서 폄하하는 이 공장은 수많은 멕시코 사람에게 일자리를 줬습니다. 공장이 없었더라면 그들은 입에 풀칠도 못 했겠지요. 신부께서는 내가 그들을 동등한 인간으로 대하지 않는다고 하십니다. 나는 다만 그들 중 누구라도 우리가 동등한 인간임을 보여주기를 바랄 뿐입니다. 가끔 공장을 시찰하러 가면 기계 앞에 앉아 있는 흥미로운 얼굴을 발견하기도 합니다. 다른 이들보다 생기 있고 총명한 눈빛에 시선이 머물지만, 다음에 가보면 다시 찾을 수가 없어요. 왜인지 아십니까. 멕시코 사람들은 꾸준하지도 않고 끈질기지도 않습니다. 넘어서려는 의지가 없지요. 그들은 이 일에서 저 일로 옮겨 다니고, 모든 일을 할 줄 알지만 아무 일에서도 전문적이지 못해요. 목표 없이 그저 연명하기 위해 일을 하죠. 영양실조에 걸린 그 사람들의 뇌는 그 이상 기능하지 못해요. 내가 속한 교구, 그러니까 신부께서 미사를 집전하시는 성당을 통해 현지인들을 도왔습니다만, 토요일마다 구내식당에서 봉급을 탕진하는 게으른 자와 내가 동등한 인간이라고 말할 수는 없습니다.

말 끊지 마십시오. 신부께서는 이미 말씀하셨잖습니까. 신부님, 나는 소르본 졸업생이 아닙니다. 내가 가진 건 혼자서 이루어낸 것입니다. 신부님처럼 신학교에 다닐 기회도 없었지요. 나 또한 직공이었습니다. 교대 근무 사이사이에 마늘빵으로 끼니를 때우며 힘을 내서 일했습니다. 일하지 않는 동료들이 음료수에 돈을 쓰는 동안에요. 내 부모께서는 이렇게 말씀하셨지요. '마늘빵을 먹는 건, 삶에는 지불해야 할 대가가 있다는 것을 알기 위해서다.' 나는 단 한 번도, 음료수 한 모금 구걸해본 적이 없습니다. 동료들은 색이 화려한 음료수로 배를 채웠지요. 나는 용기로, 분노로 배를 채웠습니다. 앞으로 나아가기 위해서요. 내 초과근무시간을 따라올 동료는 없었습니다. 그들은 풀어졌고, 색소가 들어간 음료수 안에서 영혼을 잃어버렸지요. 나는 스스로 단련했고 이겨냈습니다. 그건 날 때부터 나에게 승리가 주어졌기 때문이 아니라, 우리의 오줌과 땀이 뒤섞이던 공장에서 착실히 벌어왔기 때문입니다. 신부여, 마음껏 웃으십시오. 하지만 기억하십시오. 잘 기억하셔야 할 겁니다. 멕시코에는 신비신학 같은 게 없습니다. 멕시코 사람들, 그들에게는 무슨 일이든 해야 할 이유가 없습니다. 멕시코조차도 존재할 이유가 없지요. 이 땅 위를 멕시코 사람들이 지나가게 된 것은 순전한 사고입니다. 보상이란 곧 나를 짓누르는 책임이라는 짐인데, 나는 누구에게 보상을 요구해야 합니까? 나는 대단한 사람입니다, 퇴펠. 나는 한 평생 일했고 내 위치쯤 오르면, 아무도 내게 내가 무얼 해야 하는지 말하지 못하지요."

사제에게 처음으로 대항한 돈 이폴리토 베르틀로의 말은 거의 토씨도 틀리지 않고 프랑스 지구에 퍼져나갔다. 퇴펠 신부는 프랑스 사람들이 멕시코 돈으로 바예데우바예에 지은 빌라며, 매년 알프스를 마주 보는 스키 리조트로 떠나는 여행이며, 늘 프랑스식 교육을 고집하는 것이며, 모든 것에 의문을 제기했다. 그에 대한 결과에는 아랑곳하지 않으면서 퇴펠은 공격을 계속했고 프랑스 병원의 의사들까지도 문제 삼았다. 프랑스어는 분리된 언어라는 주장을 펼치며 명백하고도 순전한 차별의 이유에서 프랑스인끼리만 결혼하는 젊은이들을 공격했다. 우습기 짝이 없게도, 그들은 프랑스어를 멕시코에서 배웠다. 아니, 파리에서 태어나기라도 했단 말인가? 원하든 원하지 않든, 그들은 옥수수와 강낭콩과 고추를 먹으며 자랐다. 원하든 원하지 않든, 그들의 눈동자에는 피크뒤미디가 아니라 포포카테페틀과 익스탁시우아틀이 새겨져 있다. 북미 지구, 레바논 지구, 독일 지구, 이탈리아 지구, 유대인 지구 등 멕시코 내의 다른 불행한 이민자 지구에서 그랬던 것처럼, 그들은 스스로를 고립시키면서 자신들의 인종차별주의를 더 분명히 하고, 파멸을 확정 지을 뿐이었다. 이제 그들은 스스로를 먹는 식인종이 되어, 입에 홀로 풀칠을 하며 살아갈 것이다. 아, 자신들의 엿 같은 편견으로 양념하는 것을 부디 잊지 말기를!

자크 퇴펠이 뱃심 좋게 소리 질렀다.

"당신네들은 멕시코 사람들을 유럽 사람들, 그중에서도 프랑스 사람들과 비교하고, 인간 공동체의 구성원이 되고자 하는 멕시코의 야망을 멕시코가 프랑스와 닮아 있는 정도까지만 인정할 겁니다. 이건 정말 심각한 일입니다, 이민자 여러분. 여러분은 스스로 이민자면서, 이제 프랑스에 살지도 않으면서 스스로를 문명의 축에 두고 한 민족을 내려다보며 개화시키려고 합니다. 오, 불평하지 마십시오. 여기서 지내는 동안 매일같이 여러분의 우월감을 봐왔으니까요. 그리고 저는 여러분이 말하는 문명적인 행동이 무엇인지도 잘 압니다. 여러분이 원하는 일을 저들에게 열 시간이고 열두 시간이고 시키는 것, 아직도 인구가 없는 지역이 있는 이 거대한 나라에서 출생률을 규제하는 것, 단지 여러분의 도량이 좁아 이해하지 못하는 까닭에 이교로 취급해버리는 원시종교를 종식하는 것, 그러고는 여전히 그들의 손에서 나오는 순종적이고 값싸고 무지한 노동력을 여러분의 편의에 따라 착취하는 것이지요. 왜냐하면 여러분은 그들의 삶이 개선되지 않기를, 그들이 명령을 내리는 위치에 올라가지 않기를 바라니까요. 오, 그들이 이미 아는 것을 여러분이 가르친

것이라고 말하지 마십시오. 가난한 멕시코 사람들은 여러분과 여러분의 가족처럼 보이지 않는 이상, 여러분의 세계에 결코 끼지 못할 겁니다. 여러분이 구현하는 것은 문명이 아니며 그 어떤 문화도 아닙니다. 여러분은 다만 여러분의 특권을 구현할 뿐입니다."

퇴펠은 한 번의 외침에 모든 말을 쏟아내느라 숨을 헐떡였고, 침방울을 튀겨가며 검지를 위협적으로 휘두르면서 비난을 퍼부었다. "인종차별주의자들, 그것이 당신네들의 실체입니다. 인종차별주의자들이자 착취자들. 그러니 당신네들이 그리스도의 이름 안에서 행동한다고 감히 말하지 마십시오. 그리스도조차 당신네들의 후안무치함을 참을 수가 없을 겁니다!"

오랜 오한에 시달리며 이성을 잃은 신부는 히스테리 발작을 일으켰고 의사들은 '편집증'이라고 진단했다. 그 이후로 그 정신병자가 틀랄판에 있는 요양원에 감금되었다는 소문이 돌았고, 심지어는 과달라하라에 있다는 말도 들렸다. 그런가 하면 스카우트 청년 대원들이 쿠에르나바카에 정원이 딸린 집을 내주었고 프레이리 양이 그곳까지 따라가 그를 보살핀다는, 사흘마다 아르날 양이 그를 방문한다는 말도 들렸다. 마르타 뒤파스키에는 쿠아우틀라에서 그가 걸어 다니는 걸 봤다고 하고, 빅토르가 자기 집과 가게 지하실에서 미사를 집전하도록 그를 초대해서 함께 파추카에서 미초아칸까지 카우보이모자를 쓰고 다닌다는 소문도 들린다. 또 이따금 르메트르 양이 프랑스어로 전화를 받는 것을 들을 때면 사제가 난폭하게 수화기를 잡아채고는 격분에 차서 소리를 질렀다고 한다. "이 가여운 나라를 착취하면서 산 게 몇 년인데 아직도 이 나라 말을 못합니까!" 목구멍 긁는 소리를 내는 퇴펠의 웃음은 혐오감을 자아냈다.

"르메트르 양은 무슨 말을 먼저 했습니까, 프랑스어? 스페인어?"

"스페인어요. 나중에 고등학교에서 프랑스어를 배웠어요."

"그대는 멕시코에서 태어났습니까?"

"네."

"부모님은요?"

"부모님도요."

"자신의 모국어가 뭐라고 생각하십니까?"

"프랑스어요."

"대체 어째서요?"

"제 사람들의 언어니까요."

마침내, 에스페란사 이모가 개입한 덕분에 사태를 인지한 대주교 루이스 마리아 마르티네스는 필요한 조치를 취하기로 했다. 퇴펠을 여러 번 방문했던 발레리아 아르날 양에게는, 신부에게서 방 마흔 개 떨어진 방에 입원시키라는 판결이 내려졌다. 가족들의 비밀스러운 정보에 따르면, 프레이리 양은 술을 마셨고, 프랑스 교구의 사제들은 충격에 빠졌다. 프랑스 대사관의 서기관을 필두로 저명한 프랑스인 무리가 직접 문제를 처리하기로 한 터라 전보가 오갔고, 프랑스 외교부 사무실의 책상에는 메모가 놓여 있었다. 데시데리오 퐁타넬이 그의 송환 수속을 밟는 데 어찌나 열심인지, 어느 아침에라도, 아프든 아니든, 퇴펠은 내무부 부서 어딘가에서 눈을 뜰 수도 있을 터였다.

오직 충격과 소란만이 나를 진정으로 살게 한다. 바닥까지 내려가는 것 같다. 내게 갑자기 용골이 생긴다. 물 위에 있는 줄도 모르고, 느끼지도 못하면서 파도의 리듬을 따라가는 가벼운 배라도 된 듯하다. 얼마나 가볍고 얼마나 우아한가! 예상치 못한 파도에 맞는 바람에, 몇 초간 진실에 손을 댄다. 너무 차가워 놀란 나머지 감기에 걸린다. 너무도 세차게 치는 파도가 나를 놔주지 않다가 질식하기 직전에야 놔준다. 표면으로 올라온 나는 다시 미소 짓는다. 제정신이 아닌 모습으로, 달콤하게, 한 번도 흘려보낸 적 없고 여태 아무도 알아차린 적 없는 나만의 매력을 드러내면서.

내 나약함의 일부는 물려받은 것이다. 아이들은 물려받은 것으로 인해 무의식적으로 정의된다. 물 양동이를 나르는 나귀를 타고 와 자신의 사회계급을 드러낸 강박적인 신부에게 집착하고 그를 지지하는 것은 악취미다. 내가 정말로 원하던 건 무엇이었을까? 정말로 원해야 하는 건 무엇일까?

"*내일 생각해보죠.*"〈바람과 함께 사라지다〉에서 스칼릿 오하라가 머리맡 탁자의 불을 끄기 전에 한 말이다. 이튿날이 되자 고민은 무게를 잃고, 날아가기 시작한다. 쓸데없는 억측을 하며 붙들고 있을 이유가 없고, 속죄도 쓸모가 없다. 모든 것을 새의 눈으로 바라보는 것은 떠오르기 위함이요, 공중에서부터 땅을 내려다보기 위함이다. 인간이란 얼마나 작은 존재인지! 악한 것은 위에서 흩어지고, 묘지의 십자가 사이에 가로막힌 채, 시간의 바깥에 머문다.

**✠ 하느님, 나를 심판하소서, 거룩하지 못한 사람을 걸러내어 내 소송을 이끌어주시고 거짓된 자들과 악한 자들 가운데서 나를 구하소서**

"마리아나, 너 뭐 하니?" 엄마의 침실로 가던 프란시스카 이모가 테라스에 나와 있는 나를 보고 묻는다.

"글을 쓰고 있어요."

"뭐를 쓰는데?"

"교리문답 수업을 준비 중이에요."

놀랍게도 이모가 내게 다가온다. 요 며칠 동안에는 엄마만 살피던 이모였다.

"그러니? 학생들에게 무얼 가르치려고?" 이모가 미소 짓는다.

그러더니 내 손에 들려 있던 종이를 가져간다.

"이건 악마들의 이름이잖니!"

내가 쓴 건 다음과 같다.

루시퍼, 바알즈붑, 엘리스, 아자젤, 아리만, 메피스토펠레스, 샤이탄, 사마엘, 아스모데오, 아바돈, 아폴리온, 아케론, 멜모스, 아스타롯, 아베르누스, 인페르누스, 타르타로스, 하데스…….

"마리아나, 이런 걸 왜 적는 거니?"

"나쁠 게 뭐 있나요?"

"이해할 수가 없구나. 너 무슨 일이니. 다들 무슨 일인 거야. 너희 가족에게 일어나는 일들은 내 이해 밖의 일들이구나."

☎

나는 카실다에게 전화를 건다.

"어떤 단어가 더 마음에 드니? '안개가 자욱한'과 '취화물' 중에 골라봐."

"둘 다 너랑 아주 잘 어울려. 너희 집에 무슨 일 있니?"

"퇴펠 신부가 떠나고 난 후로 특별히 흥미로운 일은 없는데."

"너희 어머니는?"

"의사들 명령으로 침대에만 있어야 해. 거의 보지도 못하게 하더라."

"뉴욕보다는 침대가 낫지, 안 그러니?"

카실다의 상식이 거슬린다.

### ✠ 주께 영광을

이따금, 은행에 서명을 하러 가야 하는 등의 미룰 수 없는 약속이 있을 때면 엄마는 침대에서 나온다.

그럴 때면 나는 수수께끼의 열쇠를 찾아 엄마의 침실을 돌아다닌다. 모두의 관심이 엄마에게 쏠린다. 걸려오는 전화는 전부 엄마의 안부를 묻는 전화다. 문 앞에는 꽃다발들이 놓이지만, 방 안의 산소를 빼앗기지 않도록 펠리사와 빅토리나가 꽃들을 거실로 옮긴다. 루스는 세상의 중심이다. 가족 중 누군가는 내 불안에 답을 해주어야 한다. 소피아는 이제 그놈의 술 취한 파리 새끼 같은 퇴펠 이야기는 그만 좀 하라고 하고, 프란시스카 이모는 작은 소리로 의사들이며 사제들과 이야기를 나누는데, 나는 사제들이 그렇게 많을 거라고는 생각하지 못했었다. 내가 다가가자 이모는 "안색이 영 안 좋구나, 파랗게 질려서는" 하면서 정원으로 나가 햇볕을 쬐거나 내 방으로 올라가 책을 읽으라고 한다. "혼자 있는 법을 배우렴, 내면을 키워야지." 이모를 괴롭히고 싶다. 사제가 떠난 후로 권위를 되찾은 아빠는 연구실에 틀어박혀 강박적인 행동에 탐닉한다. 할머니야말로 진짜로 나를 도와줄 수 있을 사람이지만, 세월이 흐를수록 천국에 날마다 가까워지는 할머니의 눈에는 모든 것이 하찮아 보인다. "다 지나갈 거다, 마리아나. 다 지나갈 거야." "네, 할머니. 다 지나간다는 거, 저도 알아요. 그런데 지나는 동안에는 어쩌죠?" 할머니의 믿음은 나를 달래주지 못한다.

머리맡 탁자에 물컵, 묵주, 파비안과 아빠의 사진, 베개, 추위를 잘 타는 어깨에 걸치는 얇은 숄이 보이고, 침대를 뒤지다 보니 부드러운 가죽 장정의 붉은 책 한 권, 엄마가 매일 읽는 서간집과 복음서가 나온다. 거기에서 답을 찾아야 할 것이다. 나는 가름끈으로 표시된 곳을 열어본다. 삽화로 구분된 페이지들, 나는 그중에서 성 바오로가 로마인들에게 보낸 편지를 읽는다.

'왜냐하면, 나는 내가 바라는 선을 행하고 있지 않기 때문입니다. 오히려 바라지 않는 악을 행하고 있습니다.'

'만일 내가 바라지 않는 일을 행한다면, 그것을 행하는 자는 내가 아니요, 내 안에 거하는 죄일 것입니다.'

'그러므로 선을 행하고자 하던 내가 법칙을 깨달았으니, 악은

내 안에 있다는 것입니다.'

'내 안의 사람은 하느님의 법을 두고 기뻐합니다.'

'그러나 내 몸과 내 지체 안의 다른 법이 있으니, 그 법이 마음의 법을 거스르고 나를 내 지체 안에 있는 죄의 법의 포로로 만드는 것을 봅니다.'

'그러므로 내 마음은 하느님의 법을 섬기지만, 내 육신은 죄의 법을 섬깁니다.'

그러니까 내 안에 천박한 무언가가 있다는 것이다. 내 몸 안에, 그리고 엄마가 밑줄을 그어둔 것을 보니 엄마 안에도, 거룩한 엄마의 행동 안에도 천박한 무언가가 있다. 선과 악은 손을 잡고, 퀸 역시 자기 안의 검은 것을 통제하지 못한다. 퀸의 검은 것은 당나귀를 향한 것이고, 그것은 곧 진흙투성이가 된 무릎에 깃든 충동이다. 나로 하여금 밤에 잠들지 못하게 하는 충동, 성기 위에 올라간 내 손이다. 하얀 말 옆의 검은 말, 고귀한 것 옆의 천박한 것, 두 마리 말이 나와 루스를 잡아끈다. 엄마는 어떤 천박한 일을 저지를까? 엄마는 왜 나갈까, 왜 엄마가 나가게 내버려두는 걸까? 비티토가 아직 정리하지 않은 엄마의 침대 위에 앉아서 미지근하게 남은 엄마의 온기를 느끼고, 엄마의 냄새를, 엄마가 붉은 장정 책을 읽을 때 맡는 냄새를 맡는다. 엄마 안에는 말 두 마리가 있다. 말 두 마리가 엄마의 침대 한가운데서 잔다. 모든 로맨스에서 왕의 소유인 말들은 전부 침대를 가지고 있고, 침대를 물통처럼 쓴다는 말이 맞는다. 엄마의 말들은 침대에서 엄마와 함께 갈증을 해소하는 것이다. 나는 엄마의 침대에 눕는다. 엄마가 침대 안에 들어가는 것처럼 나는 엄마의 안으로 되돌아간다. 엄마의 침대는 곧 엄마의 배 속이다. 새하얀 우윳빛이 모든 것은 엄마의 가슴에서 나오는 것이다. 헝클어진 침대보 위로 희고 커다란 꽃들이 떠다닌다. 꽃들이 잠자리에 든다. 엄마가 눕자, 꽃들도 모네의 수련처럼 길게 드러눕는다. 엄마, 수련들, 엄마, 침대가 수련 위를 떠다녀요. 엄마 다리 사이의 수련, 엄마 침대는 우유로 이루어진 바다예요. 하얀 거품이 터지네요. 엄마 침대는 엄마 같아요. 광활하고 자기 안으로 침잠하죠. 그 안에서 저는 길을 잃는데, 그렇다고 가라앉지도 못하고 사라지지도 못해요. 끔찍하게도 이곳에 살아 있어요. 노래를 부르며 나갈 일은 결코 없겠죠. 엄마, 저는 절대 떠나지 못할 거예요. 결코 길을 나서지 못하겠죠. 엄마한테 매인 채 엄마의 림프와 피부조직과 침 안에서 물을 마시고, 엄마의 분비샘과 막과 세포와 염색체와 근육수축 안에 갇힌 채 엄마 안에서 세포주기가 되겠죠. 저는 엄마에게 기생하고 있어요. 평생 엄마 안에 머무르며 엄마에게 스며들고, 엄마의 모든 계획과 하나가 될 거예요.

✞

이 가정은 **가톨릭** 가정입니다.

개신교 포교는 사양합니다.

다른 종파도 사양합니다.

**주님의 천사가 마리아께 아뢰니,**

**성령으로 잉태하셨나이다**

펠리사와 빅토리나가 소리 없이 계단을 오른다. “가여우신 마님, 이럴 줄 알았어.” 비티토가 투덜거린다. 나는 문 앞을 막고 있는 빗자루와 대걸레, 양동이에 발이 걸린다. 퇴펠 신부가 떠나면서 도취 상태도 사라졌다. 이제 집 안의 모두가 새는 수도꼭지, 쓰레기통에 쌓여가는 쓰레기, 제대로 닫아두지 않아 시큼해진 포도주, 전등에 거미줄처럼 걸려 있는 시간을 알아차린다. 일상이 돌아왔다. 소피아가 산책로에서 콧노래를 부른다. “화성인들이 왔다네, 차차차를 추며 왔다네.”

대청소를 마치고 난 후, 아빠는 별채를 되찾았다. 펠리사와 빅토리나가 별채를 호스로 씻어냈다. 비눗물이 정원의 잔디까지 흘러내렸다. "세상의 죄악이 씻겨 내려가는 거야." 완전히 회복된 프란시스카 이모가 선고하듯 말한다. 소피아는 자신의 과도함을 배출하는 곳, 즉 춤에 더 강력한 기세로 매진한다. 우리는 파비안의 손을 잡고 유치원에 데려다주는데, 파비안은 매주 금요일이면 이마에 황금별을 하나 붙이고 돌아온다. 파비안, 누나는 손이 있다가 없다가 한단다, 왜냐하면 손이 분해되고 있거든! 파비안, 나의 동생아, 지금 우리한테 없는 건 엄마야. 우리는 어떻게 될까, 내 영혼의 동생아. 파비안, 네 작은 입으로 뽀뽀를 해주렴, 나를 봐주렴. 자신도 모르게 파비안은 아기들 특유의 분홍빛 동그란 부드러움을 내게 내어주지만, 내가 찾는 것을 주지는 않는다. 그건 아무도 주지 않는다. 시원한 그늘을 드리우며 우리가 기댈 수 있는 커다란 나무가 되어주었던 할머니는, 나이가 들어가면서 나무와 닮지 않은 모든 것에서부터 멀어지기 시작했다. 아, 담대한 나의 할머니, 제게 축복을 내려주세요. 할머니, 저를 이 모든 악으로부터 구원해주세요! 딩동, 누구세요? 악마다. 딩동, 할머니, 문을 열어주세요. 저를 지켜주세요. 눈동자처럼 저를 지키시고, 제게서 멀어지지 마세요. 선한 것은 들어오고 악한 것은 나가게 해주세요. 프란시스카 이모의 신경은 온통 엄마에게 쏠려 있고 아빠는 연구실에만 정신이 팔려 있다.

정원은 빛과 그림자의 놀이터다. 도냐 블랑카와 그의 금과 은으로 만든 기적의 메달이, 나나 칼리체와 그의 새가, 과일을 팔던 멕시코 여자도, 바다뱀과 동굴의 성모까지도 정원에서 떠나 버렸다. 포옹도, 달콤한 오렌지도, 수박도, 라임도 없다. 후안 피룰레로*가 놀이 방식을 바꾼 탓에 나는 거짓 맹세들 틈에서 빈손으로 정처 없이 걷는다. 휴일을 불명예스럽게 여기는 사람들이 부르는 식대로 말하자면, '영업일'에는 산책로에서 카시미로의 자동차엔진이 윙윙거린다. 전속력으로 나갈 수 있도록 정문은 활짝 열려 있다. 거리로 나선 후에는 문을 닫으라고 경적을 울려 펠리사를 부른다. 한편 루스의 방문은 여전히 닫혀 있다.

"엄마를 볼 수 있을까요?"

"지금은 안 돼요, 마리아나 아가씨. 방금 주사를 놔드렸어요."

"언제요?"

"아가씨들이 여기서 알짱거리면 주인마님을 병원으로 데려가야 할 거예요."

"엄마가 저에 대해서 물어보지는 않으셨어요?"

"제가 알기론 그런 적은 없네요."

"밤에 몇 초만 살짝 들여다볼 수 있을까요?"

* 소설 초반에 등장한 '도냐 블랑카' 놀이에 쓰이는 노래를 부른 가수.

"고집 참 세군요, 고집불통이 따로 없네요. 주인마님을 병원으로 데려가길 바라세요? 그러면 정말로 오랜 시간 동안 만나지 못하게 될 거예요."

"아주 잠깐 1초면 돼요, 잠깐 딱 1초만요……."

"무슨 할 일이라도 없으세요? 오늘은 수업이 없나 보네요?"

빅토리나는 하인들 중 가장 높은 직급이라, 카시미로도 그를 존중한다.

"하는 것도 없이 빈둥대지 마시고, 어서요, 마리아나 아가씨. 버스 타고 곧장 수업에 가세요. 여기서는 방해만 되니까요. 이렇게 꾀를 부리시다니요!"

나는 프란시스카 이모를 보러 가고 싶다. 가서 뉴욕으로 떠나는 계획이 아직도 진행형인지—내 자리가 없다는 건 알지만—신부님을 본 적 있는지, 왜 다른 사제들이 엄마를 찾아오는 건지, 지금 무슨 일이 일어나고 있는 건지 묻고 싶지만, 이모는 내 곁을 스쳐 지나갈 뿐이다. 예의상 뺨에 입을 맞추고 엄마의 침실로 걸음을 재촉하는 이모의 관심은 온통 환자에게 집중되어 있다. 이모는 간호사를 감독하고, 시도 때도 없이 정문을 드나드는 가브리엘 뒤슈맹 신부, 토머스 신부와 비밀스러운 이야기를 오래도록 나눈다. 어찌나 드나들었는지 이제 그들은 올라와도 좋다는 허락이 있을 때까지 현관에서 기다리는 예의를 차리지도 않는다. 그러다 이따금 아빠와 마주치기도 하는데, 그러면 아빠는 언짢게 중얼거린다. "내 집이 신학교가 돼버렸군. 아니, 지옥인가. 둘 중 뭔지 모르겠단 말이지."

우리는 두려움과 불안 속에 산다. 꽃무늬 가운을 걸친 엄마가 간호사가 머리를 빗겨준 모습으로 정원으로 내려오는 날들도 있지만, 방해꾼들이 없을 때뿐이다. 어떤 아이도 루스의 다리를 붙잡고 늘어질 수 없고, 품에 안겨서도 안 된다. 나는 낙우송 아래에서 엄마를 기다리고 싶다. 사실 나는 엄마가 나오는 것을 지켜보려고 나무 아래에 앉아 있었다. 빅토리나가 창문에서부터 나를 꾸중한다.

"아직도 여기 계세요? 가세요, 당장 버스 정류장으로 가세요."

### ✠ 내가 주의 종이오니, 말씀대로 이루어지게 하소서

델바예-코요아칸 지구에서, 내 시선은 머물지 말아야 할 곳에 머무른다. 통제하고, 억누르고, 꾸짖고 싶지만, 어찌할 방도가 없다. 내 눈은 승객들의 다리 사이에 머무른다. 차창 밖으로 보이는 자동차들에 집중하려고, 과달루페의 성모와 색색의 전구를, 영화 〈프라이 에스코바〉를 생각하려고 애쓰지만, 한순간에 내 눈은 다시 자석에 이끌리듯 시발점으로, 남자들 다리 사이의 불룩하게 나온 수수께끼 같은 곳으로 되돌아간다. 버스가 계속 심하게 흔들리고 차체가 삐걱거림에 따라, 흔들림과 급정거에 따라 남자들 다리 사이에 툭 튀어나온 것도 움직인다. 한 남자가 나를 봤다. 탐색하는 듯한 더럽고 뻔뻔한 내 시선을 알아차리고는 방어적으로 두 팔을 겹쳐 무릎 위에 올려 허벅지를 가린다. 그 후로는 내게 눈길 한번 주지 않는다. 그가 하는 말을 들은 것 같다. "뻔뻔한 양키 같으니라고." 나는 도무지 멈출 수가 없다. 계속해서 눈으로 휘젓고 다니고, 할 수만 있다면 저 무방비 상태의 나태한 부드러움을 손으로 더듬어가며 뒤적였을 것이다.

돌아오는 길, 버스 좌석에서 흐물흐물해진 몸이 납작하게 눌린다. 지독한 피로가 나를 비워낸다. 집에서 나설 때는 활처럼 꼿꼿했지만, 지금 내 작은 배는 아래로 늘어지고, 미래의 패배를 예언하며 부풀어 오른다. 이제 나는 거만한 여왕이 아니라, 신부님을 영원히 잃어버린 불운한 여인일 뿐이다.

집에 오자, 참을 수 없을 정도로 익숙한 소음이 들린다. 빅토리나가 개수대에 접시들을 던지고, 문들이 쾅 닫히면서 유리창을 뒤흔든다. 펠리사가 경고하듯 말한다. "정원에서 돌아올 때는 구두를 닦고 들어오세요. 다 진흙투성이가 되어버리니 바닥을 다시 쓸어야 하잖아요." 소피아가 계단 위에서부터 목이 터져라 소리 지른다.

"내 운동화 어디 있어?"

욕실 창문에서는 아빠가 명령을 내린다.

"원목은 이제 됐어요, 부탁입니다."

보일러가 요란하게 울리네요, 물을 끓여야겠어요. 베스 할머니처럼, 아빠도 여성형 명사를 전부 남성형으로 바꿔 말한다.

"내 만년필 누가 가져갔지? 언니가 가져갔지. 내 물건에 손대지 말라고 말했을 텐데."

"오늘 오후에 입어야 하는데 아무도 내 파란 셔츠를 안 다려 놨잖아."

"배가 아파요."

"왜 목욕하고 나서 수건 정리를 안 하는 거야?"

"아스피린을 여기다 뒀었는데, 여기 있을 텐데."

"저한테 온 전화 없었어요?"

빅토리나의 화난 목소리가 상황을 정리한다.

"다들 조용! 어머니께서 아가씨들 소리를 들을 수 있는 거 모르세요? 어머니께서 무척 아프신 거 모르세요?"

사제가 떠났다는 사실이 이제 자명해졌다. 냄비, 기워야 할 양말, 신발이 넘치는 신발장과 함께 삶이 돌아왔다. 깨끗하든 더럽든, 뚫렸든 막혔든, 모든 것은 똑같은 최후를 맞이할 것이다. 결국에는 모두 낡아서 죽을 것이다. 혼자서도 자라는 골짜기의 백합 이야기는 거짓이다. 거짓말이다. 하느님은 아무도 보살피지 않는다.

### ✠ 말씀이 사람이 되어 우리와 함께 계셨고

오늘 밤, 엄마는 다시 악몽을 꿨다. 칼슘 주사 덕분에 악몽이 거의 사라졌었는데, 새벽 2시경 엄마가 내지른 비명에 온 집 안의 벽이 울렸다. 지붕에 번개가 떨어져도 그렇게 큰 충격은 일으키지 못했을 것이다. 주방에 붙어 있는 자기 방에서부터 펠리사가 계단을 뛰어올라갔다. 소피아와 나는 겁에 질린 채 들여다봤다. 아빠는 저 멀리 별채에 있었고 프란시스카 이모는 이모네 집에 있었던 까닭에 펠리사가 양껏 최선을 다해 난관을 헤쳐나갔다. 심지어는 놀람을 진정시켜야 하니 내려가서 차를 한잔 끓여오라고 간호사에게 지시를 내리기도 했다.

"저 혼자 있겠어요. 제가 마님을 잘 아니까요."

그러고는 지체도 없이 우리를 침대로 돌려보냈다. 베개를 베고 누운 창백한 루스가 펠리사에게 고백했다.

"내 아들 때문이에요……. 내 아들. 하느님께서는 아브라함에게 아들을 제물로 바치라고 하셨지만, 제물로 바치려는 순간 아브라함의 팔을 멈춰주셨지요. 하느님께서 원하셨던 건 아브라함의 순종이지, 그가 가장 사랑하는 존재의 죽음이 아니었어요. 하느님께서는 내게도 희생을 요구하셨어요. 내 아들과 떨어질 것을요."

펠리사는 핏기 없이 창백한 루스의 손을 노동으로 굳은살이 박인 자기 손으로 감싸 쥐고 말했다.

"루스 마님, 우리 같은 어머니들은 심장에 칼 한 자루를 갖고 살기 마련이에요. 아이들에게 생명을 준 순간부터 아이들은 우리를 아프게 하지요. 하지만 삶은 강해요. 삶이 우리를 이끌어줍니다. 하느님의 뜻이 있겠지요. 마님께서는 스스로 패배하도록 가만히 계셔서는 안 됩니다. 우리가 할 수 있는 것은 '그분'을 신뢰하고 그분의 손에 우리를 맡기는 거예요." 그러면서 펠리사는 침대에 걸린 목주의 그리스도를 가리켰다.

그제야 루스는 울음을 터뜨렸다. 순수한 순종에서 나오는 겸허한 눈물이었다.

"그래요, 그래요, 펠리사. 네, 맞아요, 나의 착한 펠리사, 펠리사의 말이 맞아요. 어디, 펠리사네 아들 이야기를 들려주세요. 저는 모르니까요."

루스는 어린아이 같은 목소리로 말하며 펠리사를, 오랜 시간을 서서 일하는 여자, 발목이 부어오르는 여자, 밤이면 허리 통증에 시달리는 여자의 다부진 얼굴을 올려다보다가 하얀 손을 뻗어 펠리사의 이마에 붙어 있던 지친 회색빛 머리카락을 떼어 주었다. 루스는 수년간 자신을 위해 일하며 자신을 위로해준, 자기보다 나이가 많은 이 여인 앞에서 큰 부끄러움을 느꼈다.

“내일은 일어나겠어요. 펠리사, 내일 나아진 제 모습을 보실 수 있을 거예요. 내일 일어나서 도와드릴게요.”

펠리사가 슬프게 미소 짓는다.

“괜찮아요, 마님. 걱정하지 마세요. 천천히 하세요, 천천히.”

산처럼 넓고 강인한 펠리사의 몸이 침대 끝에 흔적을 남겼다.

### ✠ 주께서 너와 함께하시니

고독의 한가운데를 지나는 중에, 아픈 엄마의 침대에 앉아 엄마가 하는 말을 듣는다.

“어쩌면 내가 착각했을지도 몰라, 어쩌면 신부는 위대한 성인일지도 몰라.”

나는 용기를 내서 엄마에게 묻는다.

“저도 언젠가는 성인이 될까요?”

“마리아나, 얘야, 너는 오만함으로 부어오른 작은 개구리로구나.”

자정에 가까운 어느 밤, 전화가 울린다. 나는 전화를 받으러 주방으로 달려간다. 수화기를 드는 순간 "좋아요"라고 엄마가 말하는 소리를 듣는다. 뒤슈맹 신부다. 그는 누가 들을까 무서운 듯 작은 소리로 말한다.

"퇴펠 신부를 보고 싶지 않으신가요?" 신부가 만남을 주선한다.

"아니요, 뒤슈맹 신부님."

신부가 고집스레 말한다.

"부인께서는 퇴펠 신부를……."

그 순간까지 무척 불안하던 엄마의 목소리에 힘이 실린다.

"믿음과 사랑을 담아 말하건대, 다시는 그 사람을 보고 싶지 않아요."

"퇴펠은 자기가 프랑스 병원에 입원했다는 사실을 부인께서 알았으면 하더군요……."

엄마는 침묵을 지킨다. 내 영혼이 떨린다. 뒤슈맹 신부에게 대답하는 엄마의 지친 목소리가 갈라진다.

"신부님, 저를 보셔서 아시겠지만, 저 역시 앓고 있어요……."

엄마가 앓고 있는 것이 무엇인지 알고 싶지 않은 탓에, 나는 최대한 조심스레 수화기를 내려놓는다.

## 깨끗하지 못한 모든 영들아, 내가 너희를 쫓아내노라

"엄마, 저 모임에 가야 해요."

"못 가."

"엄마, 가게 해주세요. 제가 안 가면 다른 아이들이 이상하게 생각할 거예요."

"안 돼, 마리아나."

루스가 침대보를 큰 옷장 안에 넣는다. 세탁장에서 하나라도 빼먹지 않았는지 확인하기 위해 하나씩 세어보며 정리한다. 꽃무늬 가운을 입은 루스는 곧 침대로 돌아가, 다시 복음서를 읽을 것이다.

"엄마!"

나는 시무룩한 얼굴로 계속 졸라대며 엄마의 짜증을 돋운다.

"할 말 더 있니?"

"4시에 있을 교양 수업만 다녀올게요. 한 시간 안에 돌아올게요. 신부님은 다른 아이들과 함께 볼 거예요. 무슨 걱정이세요? 이번이 마지막 모임이라서 제가 안 가면 다른 아이들이 의아해할 거예요……."

"지금까지 우리가 네게 해준 말을 듣고 나서도 신부를 볼 필요가 있니? 됐고, 저기 저 커버 개수나 세어보렴. 뭐라도 쓸모 있는 일을 하려무나……."

루스에게는 무언가 심각해질 때 그것으로부터 멀어지는 데 천부적인 재능이 있다. 괴로움을 직면하지 않는 것은 괴로움을 지우는 하나의 방식이다. 선과 악을 크게 구분하지 않는 식으로 언제나 악을 완화할 무언가를 찾아낸다. 상과 벌은 오직 천국에서 오는 것이므로. 만약 내가, 적어도 내게는 중요한 소식을 전하려고 하면 엄마는 이야기 중간에 이렇게 말을 가로막는다. "걷는 모양새 하고는. 손이 더럽구나. 가서 씻고 오렴!"

"엄마, 신부님은 제가 모든 일을 들어서 알고 있다고는 상상도 못 할 거예요. 게다가 엄마가 신부님을 집에 못 들어오게 한 이후로, 저와 둘이서 이야기하고 싶어 하진 않을 거라고 생각해요."

나는 내 모든 꾀를 부려본다. 소피아가 원하는 걸 다 얻는다면, 나 역시 뒤에서 가만히 있지는 않을 것이다. 게다가 지금은 엄마의 의지가 약해진 상태다. 아픈 엄마는 침실을 벗어나는 모험을 무릅쓰지 않는다. 엄마가 침실에서 나갈 때는 목욕하기, 다림질 끝난 옷 보관하기, 펠리사에게 비용 정산하기, 식사 주문하기 등 사소한 일들을 처리할 때뿐이다. 하지만 아래로 내려가지는 않고, 주방에서 쟁반을 위로 올려준다. 엄마는 전화도 받지 않고, 말도 거의 하지 않는다. 그저 파비안, 카시미로, 두 딸들에게만 관심을 기울이고 어떤 제안에도 긍정적으로 답한다. 쉽게 넘어가준다. 평생 다른 사람들이 옳다고 믿어온 까닭이다.

"엄마, 우리 엄마, 걱정 마세요. 저 이제 다 컸어요. 오늘 신부님에게 작별 인사를 하려고 모이는 거예요, 그게 다예요. 뭐가 겁나세요? 저희는 다 같이 모여 있을 거고 만약 제가 안 가면 다른 애들이……."

"그만, 그만해라 마리아나. 벌써 스무 번은 말했잖니."

루스가 앉더니 창백한 이마를 손으로 쓸어내린다. 양심의 가책이 밀려온다.

"엄마, 몸이 안 좋으세요? 그러면 엄마랑 같이 있을게요……."

루스는 완전히 지쳤지만, 무엇보다 혼자 있고 싶다. 단 몇 시간만이라도, 그에게 전적으로 의존하는 아이들과 카시미로에게서 멀리 떨어진 곳에서, 저 자신과 복음서만 있는 곳에서 혼자. 가족들은 루스가 앞으로 나아가지 못하게 한다. 마치 여덟 개의 손이 루스의 등 위에 올라가 있는 것 같다. 가장 작은 손은 넘어지지 않으려고 치맛자락을 꽉 붙잡고 있고, 가장 큰 손은 루스의 손을 잡고 있다. 그 모든 영혼의 무게를 견디며, 루스는 까무러칠 것 같다. '하느님, 제게 계속할 힘을 주세요. 어쨌든 마리아나는 똑똑한 아이이고 이제 다 컸으니…….'

"모임 끝나면 곧장 돌아온다고 약속하겠니?"

"네, 엄마." 나는 격하게 긍정한다.

"그럼 어서 가보렴."

루스는 침대로 돌아간다. 추위를 잘 타는 어깨 위에 분홍색 숄을 걸친다. 저기, 손이 닿는 곳에, 신문 위에 복음서가 있다. 하지만 내가 나가기 전까지는 집어 들지 않을 것이다. 엄마는 내가 수도꼭지를 트는 소리를 듣고 내가 양치를 한 다음 세수를 하고, 그다음에는 손을 닦으리란 걸 안다.

욕실 안에서 나는 소리친다.

"엄마, 엄마 향수 뿌려도 돼요?"

"그래."

루스는 무척 화가 난다. 안 된다고 말을 하려는데, 눈물바다가 펼쳐질 장면은 견딜 수 없다. 사실 내가 향수를 빌리는 게 잘못은 아니다. 예전에도 그런 적이 있으니까. 나는 머리카락에서 물을 뚝뚝 떨어뜨리며 침실에 들어간다.

"사슴 가죽 장갑 좀 빌려주실래요?"

"그래라. (그러고는 습관적으로 덧붙인다.) 코가 번들거리는구나."

나는 코에 분칠을 한다. 그러고는 어디에 입을 맞추는지도 모르고 재빨리 엄마에게 입을 맞춘다.

"다녀올게요, 엄마. 쉬고 계세요. 늦지 않으려면 택시를 타야겠어요."

침대 안에서 루스는 걱정에 빠진다. '보내지 말아야 했는데. 마리아나의 상상력은 끝이 없고 모든 상황을 단순한 진실로 받아들여. 소피아는 최소한 스스로 보호하는 방법은 알지. 그렇지만 그 애는 결과를 예측하지 않고 몸을 던져.' 지쳐버린 루스는 스스로 합리화한다. 대낮에 무슨 일이 일어날 수 있겠어? 마리아나는 신부의 작별 인사를 듣겠다고 모인 열다섯 명의 다른 소녀들과 함께 있을 텐데.

루스가 다리를 뻗는다. 그러고는 혼잣말을 한다. 어릴 때부터 혼자서 이야기를 지어내고, 어릴 때부터 백일몽에 빠지던 루스는 이제 스스로를 비난하고 변호한다. 손을 뻗어 물을 한 입 마신다. 전화기는 선이 뽑혀 있다. 홑이불 안으로 들어가 자리를 잡고 금빛 페이지로 가득한, 부드러운 장정의 성서를 집어 든다. 페이지마다 루스는 자기만을 위한 메시지를 발견한다. 루스가 시편 38편을 읽기 시작한다. '저들이 나로 인해 기뻐하지 않게 하옵소서, 내가 실족할 때 저들의 사기가 높아집니다. 나는 굴복하기 직전이고 내 고통 언제나 내 앞에 있사오니. 내 죄악을 고백하고 내 죄를 슬퍼합니다.' 줄마다 신비하고 개인적으로 읽힌다. 루스는 환희와 은혜로 충만하다. 이제 신약으로 넘어간다. 루스는 이내 밀밭과 갈릴리 길가에서 겸허하게 자라는 풀과 감람나무 가지와 예루살렘의 종려나무 속으로 빠져든다. 마리아 막달레나가 주님의 발을 씻긴다. 계속 읽으려고 기계적으로 전등을 켜면서 갈릴리 호숫가에 도달한 루스는 주님의 부르심에 따라 물 위를 걸을 채비를 한다. 힐끗 들여다본 세상에 대한 생각을 간신히 떨친다. 루스는 긴장한다. "무언가 빠졌어, 무언가 빠졌어……. 어딘가 잘려나간 기분이야!"

마리아나가 집에 들어오지 않았다.

밤 10시, 혼자 남겨진 루스는 미친 사람처럼 여기저기 전화를 걸어 딸의 행방을 묻는다.

✠ **"그대는 마귀와의 관계를 끊어버립니까?"**

**"끊어버립니다."**

**"마귀의 모든 행실도 끊어버립니까?"**

**"끊어버립니다."**

**"마귀의 모든 유혹도 끊어버립니까?"**

**"끊어버립니다."**

신부는 긴 책상 앞 상석에 앉아 있다. 책상 주위로는 의자가 쌓여 있다. 부활절 방학 전 마지막 수업 시간은 그 어느 때보다 꽉 찼다. 신부님의 시선이 학생들을 훑고 지나가다가 나를 발견한다. 나를 보고도 놀라지 않는다. 평소보다 더 나은 행색에 나는 실망한다. 심지어 살이 찐 것 같기도 하고, 머리는 물을 묻혀 뒤로 빗어 넘겼고, 넥타이는 단정히 맸다. 나는 수척한 남자와 마주하기를 기대했는데, 거의 빛이 날 정도로 하얀 방 안에서 미소 띤 사도가 두 팔을 벌리고 나를 맞이한다.

설교는 담백하다. 햇볕이 쏟아져 들어오고 소녀들은 하얀 종이에 필기를 한다. 신부는 고르게 호흡하고, 다정하게 말하고, 진심으로 말한다. 모든 것이 단순하고, 자연스럽고, 이전과는 아주 다르다. 벽에는 용기를 주는 벽보며 격언이며 슬로건이 걸려 있다. '스카우트는 항상 경계하라.' '언제나 더 높이 오르자.' '스카우트 대원은 영원히 순수하다. 스카우트 대원은 조국을 위해 봉사한다.' 프랑스 관광청 포스터는 랑그도크를 홍보하고 있다.

겉만 번드르르한 질서 정연함이 무척이나 거슬린다. 나는 강렬한 감정을 찾으러 왔는데, 저기서 수사나가 소처럼 평온한 눈으로 되새김질하며 책상 아래에서 스웨터를 뜨고 있다. 마르타도 흡족해 보이는데, 긴 혀는 입안에 얌전히 넣어두고 감각적인 검은 입술만 보여줄 뿐이다. 카실다는 오지 않았다. 카실다 생각에, 신부님과 신부님이 주도하는 영성 수련회는 빚 청산과 다름없을 뿐이다. 그 애가 안 와서 얼마나 좋은지! 카실다의 존재는 사건에 다른 형국을 부여하고 감정을 몰아낸다. 모니카 메리, 에스텔라 리베, 수사나 베르틀로, 레티시아 라부아지에, 마르가리타 르메트르는 감동했다. 베르타, 아멜리아, 릴리아는 연대를 결성했고, 지금부터 잠재적 선교사들이 되었다. 다른 아이들의 대답은 단음절에 그칠 뿐이라 들을 가치도 없다. 모두 자유로워 보인다. 저 애들의 팔다리는 근육수축에 시달리지 않는다. 책상에 기대고 다리를 꼬는가 하면, 베르타는 팔을 뻗어 옆 의자의 등받이에 올려두었다. 햇볕에 황금색으로 빛나는 팔이 건강하고 싱싱하다. 눈들이 생기 있게 반짝인다.

5시가 되자 신부는 작별 인사를 한다. 절대 시간을 보지 않던 그가, 이번에는 칼같이 시간을 지킨다. 이토록 실망스러운 정상성이라니! 수련회에서의 긴장된 분위기는 어디로 갔지, 사악함이 감도는 기대는, 계시는 어디로 갔지? 눈 깜짝할 새 악의 세계가 선의 세계로 변모했다. 우리가 겪는 전염병, 밤의 공포, 우리가 스스로와 동일시하는 수많은 타락 천사들 모두 줄지어 사제가 있는 쪽으로 손을 내민다. 몇몇은 작별 인사를 하러 공항에 가겠다고 약속한다. 다른 아이들은 마지막 미사 이후에 교구 성당의 성구 보관실로 신부님을 보러 갈 것이다. 신부님은 손을 하나하나 잡으며 비밀스러운 말을 건넨다. 가까이 있는 아이들은 못 들은 체하지만, 그런 신중함마저도 거짓이다. 그래, 가짜다. 이제 대기 중에 전기가 흐르지 않으니 모든 게 가짜로 보인다.

"부모님 생각은 그만하십시오. 그들은 이미 자신들의 삶을 살았습니다. 지금 중요한 건 그대입니다. 그리고 그대 같은 기질의 여성은 사랑을 위해 태어났다고 할 수 있지요."

그 애는 감사하다고 중얼거리며 갈고리 같은 손에서 자기 손을 뺀다.

"그대는 약속에 너무 큰 중요성을 두지 말아야 합니다. 삶에서는 절대 아무것도 약속해서는 안 됩니다. 행동은 자유로운 것이고, 자유를 얻었으니 누리십시오……."

수사나가 멍청하게 웃다가 실타래를 떨어뜨리자, 신부가 몸을 기울여 주워주며 말한다.

"…… 그리고 부탁하건대 수사나 양, 뜨개질을 너무 하지는 마십시오. 생각들이 뒤얽힐 겁니다."

수사나는 당혹스러워 어쩔 줄 모르지만, 퇴펠은 이미 모니카를 향해 가고 있다.

“육신으로 돌아가십시오, 이론은 버리세요. 결국 우리를 위로하고 우리를 앞으로 나아가게 하는 것은 언제나 우리의 육신입니다. 그대만의 아름다움을 기르세요. 그대는 아름답습니다. 그대의 육신이 요구하는 바를 들어주십시오. 제 말은 지금처럼 옷을 잘 입는 것만을 뜻하는 건 아닙니다.”

모니카는 흠잡을 데 없는 맞춤 정장 소매를 신경질적으로 매만지는 것으로 대답을 대신한다. 에스텔라는 신부에게 요염한 표정을 지어 보인다. 그 애는 눈물을 터뜨리기 직전이다. 내 차례가 왔다. 잠시 나는 도망갈까 생각한다. 5시 40분이다. 내 욕망을 거스르고 모퉁이로 나가 집으로 돌아가는 택시를 탄다면 그것은 나 자신에 대한 멋진 승리가 될 터였다.

퇴펠은 내 손을 잡지 않는다. 다만 내 쪽으로 몸을 기울일 뿐이다.

“마리아나 양과 나눌 이야기가 있습니다. 내 사무실로 올라가 기다리세요.”

다른 아이들이 내게 질투의 시선을 길게 보낸다. 나는 우리 엄마 루스가 나를 기다리고 있고, 그 모든 일이 일어난 후에 더 이상 할 말이 없다고, 신부의 어안을 벙벙하게 할 만한 극적이고

도도한 말로 대답하고 싶은데, 신부는 이미 발레리아 아르날 양과 이야기를 나누고 있다.

나는 천천히 계단을 오른다. 내 좋은 의도는 눈 깜짝할 새 사라졌다. 어쨌든 신부와 단둘이 있게 됐으니 겁이 난다. 엄마와 이모가 전부 다 이야기해줬다고 말해야 할까? 문득 떠오른 생각에 계단을 오르지 못한다. '지금 내게 일어나는 일이야말로 내 인생에서 가장 중요한 일이다. 계시일지도 몰라.'

대기실에서 차례를 기다리고 있는 르클레르 양을 보고 실망한다. 가혹한 상중에 있는 그 역시 기분이 언짢은 듯하다. 그에게는 내가 방해꾼이리라. 르클레르 양은 내가 마치 그를 현행범으로 포착하기라도 한 듯 조심스레 인사를 건넨다. '이 마녀야, 나는 네가 모르는 걸 알지. 내가 더 유리해. 나한테는 비밀이 있거든. 너한테 말해주지 못해서 유감이네.'

나는 신부님과 단둘이 있으려는 목적을 숨기지 않는다.

"신부님이 르클레르 양을 먼저 보시겠지요? 저는 급하지 않아요."

"저도 마찬가지예요. 제 일이 길어질 것 같으니까, 마리아나 양이 먼저 들어가세요. 그러지 않으면 부모님이 집에서 기다리실 테니까요."

빌어먹을 르클레르, 왜 나를 자기가 책임져야 할 미성년자로 대하는 거야?

"아니, 아니에요, 정말로, 르클레르 양 먼저 들어가세요. 저보다 먼저 오셨잖아요."

신부의 등장으로 옥신각신이 끝난다. 신부가 미소 짓는다. 나는 그가 그토록 느긋할 수 있을 거라고는 상상도 못 했다. 정말 매력적인 목소리로 말할 때 그는 세속의 남자 같다.

"마리아나, 기다려주십시오. 르클레르 양과 먼저 이야기를 나누겠습니다."

이것 봐, 이것 봐, 르클레르 양이 보고 배워야 할 텐데. 이제 스카우트 대장 마리아 테레사 베시에르가 들어온다. 저 사람도 면담이 잡혀 있나? 이럴 수는 없다! 단둘이 있을 수가 없네. 신부님은 모두를 똑같이 대한다. 스카우트 대장이 왜 여기 있는 거야?

"마리아 테레사, 잠시만 기다려주십시오. 지금은 마리아나 차례입니다."

"네, 그러세요."

사복 차림일지라도 늘 호루라기까지 전부 갖춘 단복을 입은 것 같은 우람한 여자가 의자를 끌어당긴다.

신부님의 말을 듣자 심장이 무척이나 강하게 뛴다.

"나의 어여쁜 블랑카, 어떻게 지냈니?"

나는 더 이상 신부님을 원망하지 않는다. 그의 건강함과 겉으로 보기에는 평온한 모습이 우리 엄마와 이모의 흥분 상태와 대조된다.

"나의 어여쁜 블랑카, 어떻게 지냈니?"

신부님의 목소리가 깊다.

"잘 지냈어요, 신부님. 하지만 중요한 건 제가 아니죠."

잘하는 짓이다, 짜증 나. 마리아나는 자기 자신을 싫어한다니, 멍청이 같으니! 그런 걸 신부님한테 왜 말해? 하지만 신부님은 눈치채지 못한 것 같다.

"블랑카, 너희 집에서 가장 중요한 건 너란다. 그중에 네가 가장 강하고, 가장 건강한 사람이야."

기분이 날아갈 것 같다. 기분 좋은 열기가 내 안으로 밀려온다. 상황에 잘 대처해야 한다. 신부님이 고양이를 쓰다듬듯 내게 아첨하는 말을 하고 나는 짜릿함을 느낀다.

사제가 담배에 불을 붙인다. 피워도 괜찮겠지? 하고는 공모의 미소를 짓는다. 그의 몸짓 하나하나가 허공에 머무른다. 고의적으로 천천히 연기를 내뿜고는 다시 머리부터 발끝까지 마리아나를 훑어본다.

"집에서는, 다들 괜찮고?"

"아니요, 신부님."

"아?"

"신부님이 떠난 후로 엄마가 아프세요."

"그러니?"

"의사를 불러야 했어요."

"아!"

"의사가 엄마에게 침대에서 지내라고 했어요. 신경과 관련된 거랬어요."

"가여운 루스, 불쌍한 여인!"

나는 갑자기 기분이 나쁘다. 아무도 우리 엄마를 불쌍히 여길 수는 없다. 우리 엄마는 아무한테도 아무것도 부탁할 필요가 없다. 우리 엄마는 누구보다 뛰어나다, 우리 엄마는…….

"소피아는 여전히 예쁜가?"

"네, 신부님."

"프란시스카는?"

내 뺨이 타오른다.

"괜찮으세요……. 감사합니다."

신부가 의자에서 일어난다. 창문 쪽으로 가더니 거리를 내다본다. "여러분은 나의 가족입니다. 이제부터 나는 여러분을 내 가족으로 받아들이니, 여러분은 내 존재의 일부입니다"라고 했으면서 예전에 '자기 가족'이라고 부르던 이들의 안부를 어떻게 저토록 뻔뻔하고 습관적으로 물을 수가 있을까? 그리고 무엇보다 어떻게 프란시스카 이모에 대해 물을 수가 있지? 그러더니 지금은 마치 내가 존재하지도 않는다는 듯 창문 쪽으로 가버렸다. 사제의 어조는 경멸적이다. 내 가족들에 대해서는 아무도 그런 어조로 이야기할 수는 없다, 그 누구라도.

마침내 그가 내 쪽을 돌아보며 말한다.

"카시미로는?"

아, 아니, 이건 아니지. 우리 아빠는 건드리면 안 되지. 우리 아빠는 남자고, 사나이야, 전쟁에도 다녀왔다고.

"아빠는 신부님을 죽여버리겠다고 하셨어요."

내 목소리가 어린애처럼 들린다. 신부가 놀리듯이 웃는다. 이걸로 끝이다. 나는 혐오감을 느끼며 생각한다. '웃을 때 얼굴이 얼마나 흉한지. 평범하기 짝이 없네!' 신부가 내게 가까이 온다.

"나의 어여쁜 블랑카, 너를 처음 본 날처럼 꼭 토라진 고양이 같구나. 너희 아버지가 왜 나를 죽이고 싶어 할까? 너희 집 여자들 모두가 공상에 빠져 살고 현실에 발을 들이기만 하면 히스테리를 일으켜서? 아무도 자신이 정말로 원하는 걸 모르기 때문에? 아무도 저 자신은커녕 아이들을 위한 삶의 계획도 없기 때문에? 그들은 무얼 기대하지? 내가 말한 서너 가지 진실 앞에서 바닥으로 고꾸라졌기 때문에? 정처 없이 떠도는 여자들! 그래서 너희 아버지가 나를 죽이고 싶어 하는 걸까?"

사제는 아까처럼 가벼운 어조로 말하고, 겉모습도 그대로다. 나는 이상한 떨림을 느낀다……. 모든 게 가짜다. 이제 아무것도 중요하지 않다. 이제 가야겠다, 가야 한다. 내가 무얼 위해 왔지? 왜 왔지? 사제가 내게 다가오자 나는 참지 못하고 거부의 몸짓을 내비친다. 소피아와 싸울 때처럼, 나는 어린애 같고 상처받은 목소리로 말을 더듬는다.

"신부님은 속이기만 하죠. 사기꾼. 거짓말쟁이. 위선자."

신부가 돌연 걸음을 멈춘다. 나는 움직이지도 못하고 그를 보지만, 내 의지와 상관없이 입술이 자꾸만 말을 만들어내고, 나는 내가 극장 안에 있다고 생각한다. 이건 연극이나 마찬가지다…….

"신부님은 우리 모두를 속였어요. 신부님에게는 여자들이 있죠. 신부님은 영성체 전에 아침 식사로 달걀을 드시죠. 신부님은 신성모독을 하시는 거예요. 신부님은 사제가 되어서는 안 돼요."

흐느끼는 어린애 같은 목소리에 얼이 빠진 신부는 대답도 하지 못한다.

"엄마가 말해줬어요. 마르셀라가 보낸 편지들을 제 손에 들고 읽었어요. 저는 다 알아요. 다 들었어요. 그리고 신부님이 프란시스카 이모한테 하려던 짓도 알아요."

신부가 나를 꿰뚫고 지나갈 것처럼 본다.

"가여운 것. 너한테 왜 그런 짓을 했을까?"

"엄마랑 이모는 저한테 아무 짓도 안 했어요. 신부님이, 신부님이……."

"그래, 안다. 하지만 너희 엄마와 이모가 그 일에 대해 네게 말할 권리는 없었어."

나는 일어선다. 나가야 한다.

"신부님?"

"그래, 말해보렴."

"신부님, 이제 가야 할 시간이에요."

"순수하디순수한 나의 블랑카. 어른들이 너를 왜 오염시켰을까? 그런 일을 네가 알 필요는 없었는데. 내가 세상에 존재하는 건 너 같은 젊은이들을 보살피기 위해서다. 젊은이들이 처한 환경으로부터, 그들을 고립시키는 사회적 마비로부터 그들을 구하러 온 거지. 블랑카, 너와 같은 젊은이들에게 스스로에 대한 믿음을 심어주고, 그들이 삶을 살게 하기 위해 온 거란다……."

"신부님이 한 거라고는 거짓말뿐이에요."

"하지만 마리아나, 생각을 해보렴. 만일 내 육신으로 직접 체험하지 않았더라면, 어떻게 지금만큼 젊은이들의 문제에 관심을 기울이고 도울 수 있겠니?"

“맞아요, 하지만 신부님은 서약을 하셨잖아요.”

“이 땅 위에서 인간의 유일한 서약은 말이다, 마리아나, 삶을 사는 것이란다.”

신부의 음색이 이상하리만치 따뜻하고 은근하다. 소리가 만들어내는 원이 동심원의 파동으로 떨어지며 차곡차곡 쌓인다. 원들은 그물에 싸여 있다. 방은 보이지 않는 종탑 주위를 도는 언어의 비둘기들로 가득하다. 신부는 더 이상 보이지 않고, 내리깔리는 어둠 속으로 신부의 모습이 사라지기 시작한다. 방 안의 물건들, 의자들, 책상을 보호하는 어둠이 망토처럼 뻗어나가고, 오로지 어둠의 목덜미를 잡고, 어둠을 붙드는 떨리는 목소리만이 머무른다.

“삶을 살아야 한다. 죄를 짓지 않고 망신을 당하지 않고 수렁 가까이 가지 않는다면, 그건 사는 게 아니란다. 죄는 참회이고, 죄야말로 진정으로 정화하게 하는 유일한 요소지. 죄를 짓지 않는다면 어떻게 자기 자신을 구원할 수 있단 말이냐? 무엇으로부터 구하지? 죄를 짓지 않음은 곧 살지 않음이라는 것을 이해하지 못하겠니? 살거라, 하느님을 위해 살아. 하느님을 위해서. 구린내 나는 관습 나부랭이에 갇혀 있으면 안 된다. 스스로 족쇄를 만들지 말고, 너 자신의 사형집행인이 되지 말거라. 죄를 인식하고 너 자신을 구제하거라. 죄를 인식하는 것이 구원을 향한 첫걸음이란다. 그리고 타인과 함께함으로써 너 자신을 구원하거라. 거리를 걷는 사람들, 시위하는 사람들, 익명이라 불리는 군중과 함께하며 너 또한 이름 없는 존재가 되어보거라. 군중 속에서, 너희가 가난뱅이라고 부르는 이들 틈에서 걸어보거라. 정해진 질서를 부수고, 덤벼보거라. 그들이 너를 거부한다 할지라도 그들과 함께하거라! 너는 할 수 있어. 너희 가족 중 너만이 족쇄를 부술 수 있어. 새로운 언어에 몸을 던지거라. 죄를 인식하거라. 죄를 인식하는 것이 구원을 향한 첫걸음이란다."

나는 잘 대답한다.

"모르겠어요, 신부님. 하나도 이해가 안 되네요."

사실 나는 무척 심각한 일이 벌어지고 있다는 것을 이해한다. 사실은 이렇게 말하고 싶었다. "신부님, 신부님이 저를 끝장내버리고 싶어 하는 것 같다는 기분이 들어요." 무력감이 온몸을 휘감았다. "엄마, 엄마, 저를 버리지 마세요, 엄마, 제게 와주세요. 신부님은 어떻게 내가 다른 사람이 되기를 바랄 수 있을까요? 이전에는 있는 그대로의 나를 사랑해주었으면서 말이에요. 나를 받아주지 않는 걸 보니 나를 단 한 번도 사랑한 적이 없던 거예요. 엄마, 엄마……." 나를 가장 힘들게 하는 건 심연에 던져진 기분이다.

"우리는 혼자란다, 마리아나, 혼자야. 모든 인간은 혼자고, 우리가 무엇을 하든, 무슨 일이 일어나든, 우리가 써 내려갈 역사는 이미 결정된 거란다……. 오직 하느님만이 네 이야기를 아시지. 하느님은 말 없는 몽상가란다. 하느님이 네 역사를 아신다, 마리아나, 모르겠니? 네 역사를 안다는 것은 네게 형을 선고하는 것이지 달아날 곳을 주는 게 아니란다……. 하느님에게는 세상의 모든 죄에 대한 책임이 있어……."

"이해가 안 돼요, 신부님. 이해 못 하겠어요."

낮에는 작은 사무실 안으로 돌풍처럼 들이닥치던 열기가 지금은 사방의 벽 사이에 정체되어 있다. 음향실처럼 방 안에서 모든 게 증폭된다. 담배꽁초 냄새, 사제의 황폐한 얼굴, 알싸하고 더러운 땀. 말 위에 올라탈 때처럼 드레스가 몸에 달라붙는 걸 느낀다. 끈적끈적한 스타킹이 몸을 죄어온다. 사제가 증기처럼 뜨거운 숨을 내게 내뱉는다. "끓어오르는 가마솥이 따로 없군." 아무것도 모르겠다는 듯 계속해서 재떨이에 담배를 비벼 끈다. 다른 사람들이 괜찮은지에 대한 사제의 무관심은 절대적이다. 여드레 동안 이어지던 수련회에서도 우리가 피곤한지, 혹은 추운지에 대해서는 단 한 번도 신경 쓴 적이 없다. 무심한 그에게 그런 일들은 존재하지도 않는다. 나는 이미 정해진 판결을 기다리고 있다. 죽을 만치 달아나고 싶은 마음과 신부의 말을 계속 듣고 싶은 마음이 가장 최근에 느낀 감각들과 뒤섞인다. 위험, 죄, 승마 경기에서 퀸이 피해가던 장애물, 당나귀의 울음소리, 잡종, 전멸. 창조주에게 할 수 있는 유일한 항의는 전멸하는 것이다. 전지전능한 하느님, 죄가 있는 하느님, 복된 하느님, 사악한 하느님, 모든 것을 아는 하느님, 창조하고 생명을 불어넣는 인자한 하느님, 죄를 야기하는 생명, 구원의 유일한 방식으로서의 죄. 살기, 교배하기, 하느님에게 복수하기, 신부님에게 복수하기, 가혹한 그의 뜻을 따르기, 형벌에서 벗어나기, 고군분투하기, 오, 인간은 얼마나 많은 괴로움을 품고 살아가는지, 오, 이토록 작은 몸에 얼마나 많은 고통이 있는지, 고통은 또 얼마나 굶주려 있는지, 고통은 어떻게 눈 깜짝할 사이에 한데 모이는지.

사제의 뒤에서 그리스도의 얼굴이 하느님의 형상과 모양으로, 경멸하고 조롱하는 가면으로 변한다. 이를 드러내며 비웃고, 텅 빈 눈에서 눈물이 흐른다. 숨을 쉴 수 없는 공기에도 불구하고 퇴펠은 말을 멈추지 않고, 말들은 계속해서 돌고 또 돌다가 벽과 신부의 가슴과 머리와 관자놀이에 속절없이 부딪히고, 빙글빙글 돈다. 살기, 살-기, 살-기, 살-아아야 한다, 전멸하기, 전-멸-살-교-배……. 살아야 한다.

사제가 문밖으로 나간다.

"베시에르 양, 마리아나가 방금 기절했습니다."

"지금 당장 살펴볼게요."

"너무도 살포시 쓰러져서 알아차리지도 못했군요, 게다가 어둠 속에 있었으니……."

"걱정하지 마세요, 신부님. 지금 깨우면 되니까요."

"지독하군요, 심각한 일이 아니길 바랍니다!"

"심각한 일이긴요, 저희는 익숙해요! 이 아이는 밥 먹듯 기절하는걸요. 기절 전문이에요. 캠프란 캠프에서, 야간 파티에서도 매번 그러니 저희는 미칠 노릇이죠……."

"가여운 것!"

"구급상자에 알코올이 있어요, 그걸 줘서 숨을 쉬게 할 거예요. 여학생들이 모두 식단을 관리하고 있는 게 문제예요……. 그다음에는 그 애들의 가족이 문제죠. 애들을 관리하지 않으니까요. 게다가 마리아나네 가족은 더하죠, 과거에 사니까. 애는 분명 빈혈일 거예요."

## 더러운 영이여, 그에게서 나와
## 거룩한 보호자에게 자리를 내주어라

나는 엄마의 일기장을 읽는다.

프랑스로 돌아가기 전에 퇴펠 신부는 우리와 작별 인사를 하고 싶어 했다. 나는 프랑스 성당에서 그가 집전한 9시 미사에 참석했고 그에게 성체성사를 받았다. 그를 태우고 집으로 가는 차 안에서 그는 처음 보는 겸손한 태도로, 내가 자기에 대해 알고 있음에도 불구하고 자기에게 성체성사를 받아주어 고맙다고 말했다. 게다가 그의 말 중에 나를 깊이 감동케 한 문장도 있었다.

"그대와 헤어지기 전에, 내 안에서 그리스도를 다시 확인하게 해준 사람은 누구보다 바로 그대라는 사실을 알려주고 싶습니다."

역설적으로 보이겠지만, 얼마나 기뻤던지 그와 함께 집으로 향하는 차 안에서 행복을 느꼈다. 나는 우리가 괜찮다는 것을, 우정 안에서 함께라는 것을 깨달았다.

집에 도착하자 산책로 한가운데 있는 소피아가 보였다. 소피아는 신부를 보자마자 울음을 터뜨렸고, 신부 역시 감정이 벅차올랐다. 우리는 카시미로를 찾아 별채로 갔다. 그는 욕실의 거울 앞에서 면도를 하고 있었다. 신부가 그에게 작별 인사도 없이 떠나고 싶지 않았다고 말했다. 카시미로는 면도를 멈추지 않았는데, 손이 어찌나 세게 떨리던지 얼굴을 베이고 마는 광경을 신부와 나는 놀라서 지켜봤다.

마리아나는 집에 없었다. 며칠 전, 내가 가지 말라고 했음에도 불구하고 신부를 만나러 스카우트 모임에 갔던 그 애는 신부와 대면했고, 설명을 요구했다. 신부는 다 말해주었을 것이다. 마리아나는 그 면담에 대해 일절 말이 없었지만, 그 사건을 두고 신부는 프란시스카와 내가 그에 대해 아는 사실을 마리아나에게 말한 건 잘못한 일이라고 했다.

"왜죠?" 내가 물었다.

"왜냐하면 마리아나가 품고 있던 사제의 이미지를 망가뜨렸으니까요."

✚

우리가 겪은 일을 두고 프란시스카가 말하길, 살면서 그런 공포를 느낀 건 처음이라고 했다. 전쟁 통에 밀라노의 폭격에서도 살아남은 사람인데. 카시미로로 말하자면, 비밀 작전으로 낙하산을 타고 독일 땅에 침입하여 보름간 실종 상태로 있었던 전쟁 영웅, 노르망디 전투, 몬테카시노 전투 등 전장에서 보여준 용기를 모든 동료가 칭찬해 마지않던 그 역시 예사롭지 않은 두려움을 느꼈다. 나중에는 부정하겠지만.

퇴펠 신부의 작별 인사가 끝난 후에 소피아와 함께 차를 타고 나갔다. 인수르헨테스 대로와 솔라 대로가 만나는 모퉁이를 지날 때 벤치에 있던 한 남자를 봤는데, 외모를 잘 묘사할 수는 없지만 악마처럼 보였다. 나는 입을 다물었고 소피아가 그를 보지 못했기를 바라며 온 힘을 다해 기도했다. 하지만 소피아는 아주 차분한 태도로 내게 물었다.

"엄마, 저 남자 봤어요?"

나중에, 침대에 기대어 있는데 마리아나가 옆에 와서 누웠다. 우리가 이야기를 나눌 때 늘 그렇듯 나는 그 휴식의 순간을 감사히 여겼고, 내 딸이 내 옆에 있다는 행복감을 만끽했다. 마리아나는 퇴펠 신부에 대해 말했다. 신부의 얼굴이 풍기는 명백한 존재감에 대해 이야기하다가 그의 입이 마음에 들지 않는다고 말했다.

내가 말했다. "네 말이 맞아. 미소도 약간 비틀렸지."

바로 그 순간, 마치 거센 바람이 집 안을 관통하는 것처럼, 나는 살면서 가장 끔찍한 두려움을 느꼈다. 그것은 내 안에 자리 잡은 모든 두려움에서 비롯된 공포였다. 마리아나에게는 아무 말도 안 했지만, 그 인상이 너무도 강렬해서 아직 다시 떠올릴 수조차 없다. 나는 마리아나가 언제 침대에서 일어났는지 알아차리지 못했다.

**✠ 악령이여 이 하느님의 종에게서 나가 떠나거라**
**저주받은 자여, 그가 네게 명령하셨으니,**
**가라앉는 베드로에게**
**바다 위를 걸으며 오른손을 내민 자여**

화목한 우리 집으로부터 두 블록 떨어진 모퉁이에서 나는 델바예-코요아칸 지구에 가기를 기다린다. 나는 내가 해야 할 일을 전부 한다. 소피아는 이제 그러지 않는다. 그 애는 결혼을 할 테고 결혼은 곧 세상에서 떠나는 것이나 마찬가지기 때문이다. 소피아가 벌이는 쇼가 우리의 유일한 쇼다. 그 애는 이제 '화성인들이 왔다네'를 부르지 않고, '아바다바다바다바다' 하고 흥얼거린다. 소피아는 뮤지컬 코미디에 열광한다. 〈애니여 총을 잡아라〉에서 보이지 않는 총을 들고 좁은 보폭으로 구두 소리를 내는 에설 머먼처럼, 낭만적으로 '무지개 너머 어딘가'를 부르지만, 소피아가 가장 많이 부르는 노래는 데비 레이놀즈의 노래와 긴꼬리원숭이와 사랑에 빠진 콩고의 행복한 침팬지 노래다.

*…*

*아바다바다바다바 원숭이가 침팬지에게 말했지*

*아바다바다바다바 침팬지도 원숭이에게 말했어*

*밤새 둘은 이야기를 속삭였어.*

*…*

*홍키통크 재즈를 부르고 스윙을 추면서*

*아바다바다바다바 나의 침팬지, 너만을 사랑해*

*바다바다바다바 나의 원숭이, 나도 너를 사랑해.*

*그러던 유월의 어느 밤 커다란 개코원숭이 앞에서*

*결혼식을 올린 둘은 곧장*

*아바다바다바 신혼여행을 떠났다네.*

*…*

*신혼여행을.*

"초록색이 더 잘 어울려."

"진짜야, 언니?"

"진짜야, 동생. 초록색이 더 잘 어울려."

그 말을 하자마자 나는 부끄러워진다. 소피아가 내 앞에서 빙그르 돌고, 삼면거울 앞에 서서 나무랄 데 없는 엉덩이를 요모조모 들여다본다. 눈이 부시다는 말이 딱 맞겠다. 빠, 밤, 빠, 밤, 안에서 북소리가 들린다. 그 애를 보는 모두가 고개를 돌릴 것이다. 아니, 입장하기도 전에 사람들은 그 애의 존재를 느낄 것이다.

"초록색이 더 잘 어울려."

사실이 아니다. 소피아는 빨간색이 더 잘 어울린다. 빨간색은 평소보다도 소피아를 더 여왕처럼 보이게 하지만, 그 애의 아름다움을 조금 덜 돋보이게 하고 싶다. 물을 조금 끼얹어 희석하고 싶다. 그 애 옆에서 나는 사라진다. 지금처럼 태양에 타서 사라지는 것이다. 소피아는 온 우주에서 가장 아름다운 여자애다.

소피아는 내 충고를 따른다. 언니 말이 맞아, 하며 초록색을 고른다. 질투와 더불어 초록색 후회까지 내 이마에 새겨졌다. 눈물로 눈앞이 흐려지고 침대보를 적시면서 소피아에게 거짓말을 했다는 사실을 평생 동안 기억할 테고, 소피아를 속였다는 사실을 죽을 때까지 되새길 것이다. 내일 밤에 열릴 결혼 전 여자들만의 파티에서 어쩌면 내가 완전히 사라지지는 않을지도 모른다. 하지만 소피아와 단둘이 있고 싶지는 않은데. 화장실에 같이 가자고 하면, 거기서 거울 앞에 나란히 서 있는 모습을 보게 된다면, 어떻게 해야 할지 모르겠다.

우리는 스스로를 무척이나 진지하게 여긴다. 비극적인 경향이 있는 우리는 사건을 재앙으로 변모시킨다. 우리의 뇌에 물을 주는 것은 사상이 아니라 숟가락을 입으로 가져가는 방식, 앉는 방식, 냅킨으로 입을 훔치는 방식 따위의 것들이다. 오늘날까지도, 첫인상으로부터 자유로워지기란 그저 불가능한 일이다. 컵을 들어 올릴 때 팔꿈치 높이에 주목하는 것이 내게는 조건반사다. 게다가, 이런 태도가 내 영혼을 채워준다. 타인에 대한 이런 인식이 나로 하여금 비판적 사고를 필요로 하는 임무를 수행했다고 믿게 해준다. 이러한 탐색이 머릿속에서 한 자리를 차지하고 있는 탓에 나는 다른 공간으로 뛰어들 수 없다.

"엄마, 우리 가족은 정말이지 잔인한 것 같아요. 우리가 '자선을 행하는' 방식도 잔인하고, 우리가 보는 빈민가도 잔인해요. 우리는 여기 있는데, 그 사람들은……."

짝, 짝, 짝, 짝, 소피아가 박수를 친다.

"언니, 언니의 꼴불견이 어디까지 가나 보자고!"

소피아에게 초록색이 더 잘 어울린다고 하길 얼마나 잘했는지.

루스와 프란시스카의 눈물샘은 다시 막혔고 나는 다시 이런 저런 수업을 많이 듣고 있다. 예전보다 수업을 하나 더 듣는데, 옥탑에 사는 선생님은 퇴펠 신부만큼이나, 아니 어쩌면 그 사람보다 더 말이 많다. 선생님을 만나려면 콘크리트로 조악하게 만들어진 계단을 올라야 한다. 층계마다 날카로운 경사가 다르다. 꼭대기에서는 창밖으로 비발디의 '사계'가 흘러나오고 집요한 바이올린 소리가 대기를 채운다. 내 가슴속에 풀무처럼 품고 다니는 음악이 그 음악에 반응한다. 말끔한 여자가 옥탑방 문을 연다. 머리는 뒤로 빗어 넘겼고, 물과 비누로 씻은 얼굴은 맑다.

"들어와요, 그이는 안에 있어요."

그이는 손에 빨간 물감으로 피 칠갑을 한 채로 유혹적인 미소를 지으며 말한다.

"잠시만 기다려주세요, 바로 갈게요. 체스를 만들고 있거든요. 마리아나 양이 제게서 말을 섬기는 가장 겸손한 종의 모습을 보실 수 있도록 노력하긴 하지만, 저는 공예가이기도 하거든요."

방은 성 프란체스코 수도원풍으로 휑하다. 빈약한 책장, 벽에 바싹 붙인 간이침대, 선생님이 체스를 칠하고 있는 탁자, 그리고 저 멀리 투명한 물 같은 하늘이, 옥상의 순수한 하늘이 있다.

마그디타는 토마틀란에서 돌아오지 않았고, 나는 마그디타가 필요하다. 집은 이제 불타오르지 않는다. 재를 쓸어 담고 있다고 하는 편이 맞겠다. 이제 소피아의 결혼은 확정된 일이다. 혼수에 대한 이야기가 오간다. 마담 로스탕의 클래식한 웨딩드레스, 팔라시오데이에로 백화점에 등록한 선물 목록, 하객 목록, 프랑스에서 인쇄된 초대장 전송에 대하여, 교회, 꽃—백합, 월하향, 안개꽃, 흰 장미—마이타 파라다 셰프의 옥수수 깜부기 크레이프를 곁들인 메뉴, 엘 글로보의 웨딩 케이크에 대하여 이야기한다. 에스페란사 이모가 엄마의 기분을 달랜다. 소피아는 네가 여태 본 신부들 중 가장 아름다운 신부가 될 거야, 맞지? 이상적이야, 이상적이야, 하고 플리에고 카사수스가 특유의 높은 목소리로 작게 웃음을 터뜨리며 말할 거야. 머리는 올림머리로 해야겠다, 그래야 면사포가 예쁘게 떨어져. 머리칼을 단정히 올려야지, 어쨌든 소피아의 두상은 완벽하니까. 파비안은 복사를 시키면 귀여울 거야. 아빠는 연미복을 입으면 잘생긴 얼굴이 돋보일 것이다. 아빠의 사기가 꺾인 건 사제 때문이 아니라—빌어먹을 정신 나간 노인네들. 머리가 달린 유일한 사람은 에스페란사 이모뿐이다. 그래서 이모가 그렇게 사업 수완이 좋은 것이다—아직도 부패의 벽을 무너뜨릴 방법을 찾지 못해서다. 아빠의 약은 아직도 의약품 목록에 포함되지 않았다. 하얗고 푸른 바탕에 붉은 줄무늬가 그려진 라벨이 신발 상자 안에 쌓여 있다.

더 이상 이 땅에서 자리를 차지하고 싶지 않다는 듯 작아진 할머니는 당신 마음속 슬픈 사진첩 주위를 빙빙 맴돈다. 악을 모르는 어린 파비안은 팔을 들어 정원의 나비들을 가리키고, 그러면 피포가 나비를 잡으려고 곡예사처럼 뛰어오른다. 펠리사가 비토에게 이야기한다. "내 생각에 그 사람은 신부도 아니었어." 모든 것은 집에서 끝이 난다. 집을 떠나거나, 집으로 돌아오거나. 소피아는 사랑으로 빛나고, 불의 섬을 향해 나아간다. 그 애처럼 사랑에 빠진 소녀가 되는 건 멋진 일일 것이다.

**✠ 그러므로 마귀를 저주하고, 네 의견을 바로 세움으로 살아 계시고 참되신 하느님께 영광을 돌릴지니**

눈을 감기만 하면, 기억의 밑바닥에서 마리아나를 찾아낼 수 있다. 젊고, 무모하고, 순진무구하다. 마리아나의 유일한 불안, 앎을 좇는 움직임은 감격적이다. 마리아나의 방황 속에서, 미래에 예정된 고독의 씨앗이 움튼다. 루스와 프란시스카 안에, 언제나 이방인이라서 거의 감지되지도 않는 흔적을 남기는 여자들 안에 움튼 것과 같은 씨앗이다. 한 손에 쉽게 쥘 수 있을 만큼 부서질 듯 가느다란 발목에서 시작되는 작은 새의 다리, 피부에 꽃처럼 비치는 푸른 혈관. 맙소사, 이런 연약함이라니. 이런 생명들을 지구상에 매어두려면 어떻게 해야 할까. 날아다니는 종잇장에 불과한 이런 생명들을, 바람이 많이 불 때면 쉬슈슈슈슈슈츠스스스스 쉬슈슈슈슈슈 쉬쉬슈슈슈슈슈, 하는 속삭임만 들려줄 뿐인 이런 생명들을. 거울에 비친 핼쑥한 마리아나의 얼굴을 볼 때면, 나는 그 애가 얼마나 많은 여자들을 비추고 있는지 궁금해진다. 환멸을 느끼는, 창백한, 정신이 다른 곳에 가 있는, 관자놀이 부근의 머리가 하얗게 세어버린 여자들. 얼마나 많은 여자가 스스로에게 질문을 던지지 않기 위해 스스로를 보지 않으며 서로를 바라보았는지. "무슨 일이 일어난 거지?" "내게 무슨 일이 일어난 거야?" 그래, 이방인 여자들, 그들의 방식을 이해하기란, 사랑을 이해하기란 더더욱 어렵다. 그들이 가벼운 발걸음으로 오간다. 서둘러 계단을 오르고 숨을 헉헉대고, 눈을 아주 크게 뜬다. 전화기가 울리고, 거리로 난 문의 초인종이 울리고, 그 소리는 그 여자들을 바깥세상과 이어주는 신호다. 멕시코시티의 허공에 떠다니는 보이지 않는 가느다란 실, 그들이 베갯잇에, 침대보에, 셔츠와 손수건에 이니셜을 꿰매고 수놓는 실, 그들을 뼈와 살이 있는 남자에게 묶어두는 실. 루스와 카시미로, 프란시스카와 에토레. 카시미로와 에토레는 어떻게 그들을 잡아둘 수 있었을까? 이제 그들은 남자들마저 녹여 없애버렸다. 글글글글글글, 그들은 마음만으로도 태양 아래 바싹 마른 테오

티우아칸의 피라미드마저 글글글글글, 하고 녹여버릴 수 있으리라. 고기를 씹고 먹고 코를 고는 남자, 하품하며 의심스러운 눈초리로 묻는 남자. "무슨 생각 해?" 그리고 수년에 걸쳐 덧붙인, "당신이 생각이라는 걸 한다면 말이야"라는 말로 보아 앙심을 가득 품은 남자. 루스로 하여금 불안한 몸짓을 로봇처럼 반복하게 하는 이런 거리, 이런 부재만큼 수상하고 의뭉스러운 것은 없기 때문이다. 모호함과 실체 없음을 물려받은 마리아나에게도 같은 몸짓이 새겨졌다.

그래서 소피아는 결혼을 한다. 소피아는 집안의 다른 여자들의 손보다 한 남자의 손을 잡고 싶고, 현실에 다가가고, 현실에 속하고 싶다.

### ✠ 영생

계단을 오르는 회색 형체를 슬쩍 엿본다. 한 방에서 다른 방으로 아주 짧은 거리를 걸어가는 형체를 보며 그 걸음 수를 세는 게 나인지, 아니면 걸음 수를 세어보겠다고 내가 가차 없이 축소해버린 다른 누군가인지 궁금하다. 100년 전, 아무도 나의 존재를 예측하지 못할 시절, 다른 세상에서, 다른 계단에서, 다른 여자도 응접실에서 침실로 올라가며 자신의 걸음 수를 세었으리

라. 우리 증조할머니는 독불장군이었다고 하는데, 증조할머니는 남편에게 이렇게 말하곤 했다. "입이 닭 똥구멍에 박혀 있으니, 당신은 할 말이 없어." 증조할머니는 어째서 계단을 오르락 내리락하고, 회색 앵클부츠에 달린 작은 단추를 채웠을까? 내가 그렇게 될 것처럼 할머니도 황천객이 되었는데, 그게 다 무슨 소용이었을까? 작은 계단이 내 머릿속에서 나선형으로 올라가고, 눈썹 위에서 무미건조한 구두 소리가 울린다. 생각들이 무척이나 아파오는 바로 그곳에서 증조할머니는 미로로 끝나는 나선형 계단을 오르고, 마침내 하늘-뇌, 뇌-하늘, 이제는 단 하나의 답조차 찾을 수 없는 더러운 회색 덩어리에 도달한다. 우리의 허리 아래에 있는 똑같은 장기들은 두개골 안 대뇌의 주름이며 게실과 얽혀 있고, 죽을 때 말을 한다. 허리 아래 장기들은 불평하고 말을 내뱉듯 소리를 지른다. 나는 그것들이 성대에서 내는 소리처럼 이이이이이이이, 우우우우우우우우, 하는 소리를 듣는다. 그런가 하면 허리 위의 장기들은 그저 불안을 흘려보내고 지루함을 떨치면서 하루와 의도와 의지를 난도질할 준비가 되어 있는 검과 같다. 장기들이 물컹한 쓰레기 덩어리처럼 눈 위로 떨어지고, 걸쭉한 수프처럼 판단을 가로막는다. 할머니, 증조할머니, 고조할머니, 이게 할머니들의 유산인가요? 거울 속에 비치는 할머니들의 형상 말고, 모호한 몸짓 말고 내게 남겨준 선물

이 이건가요? 미완으로 실패한 할머니들의 몸짓, 무기력, 좌절을 저는 감당할 수 없어요. 지옥에나 가버리세요. 거울 깊숙이 돌아가서 차디찬 머리와 함께 얼어붙어버리세요! 불행의 자매들이여, 가세요. 다이아몬드 빛과 백 번 빗은 머리카락을 가지고 떠나세요. 할머니들의 상아 빗과 상감세공된 가문의 문장 아래에서 제 생각들이 길드는 건 싫어요. 아무도 할머니들이 누구였는지 모를 거예요, 당신들조차 모르셨던 것처럼요. 아무도. 오직 저만이 할머니들의 이름을 부르겠지요. 오직 저만이요. 언젠가는 저 역시 저 자신을 잃어버리겠지만—얼마나 큰 쉼일까요—오직 저만이 단 한 번도 존재하지 않았던 것의 존재를 알겠지요. 우물 바닥에서 돌을 다듬는 망치질 같은 이런 혼란 말고, 퇴펠은 대체 내게 무얼 남기고 간 걸까?

### ✠ 지혜의 소금을 취하라

내 앞날을 모르겠다. 엄마는 나를 프랑스로 보낼 생각이다. 환경을 바꾸려고, 내가 소피아처럼 어린 나이에 멕시코 남자와 결혼하지 않게 하려고. "파리에서 열리는 무도회를 보면 알 거야, 얼마나 멋진지……. 보트든 비행기든 다 태워줄게, 알겠니, 에펠탑 꼭대기에도 올라갈 거야. 그러면 파리가 네 발아래 펼쳐질 거란다. 모자를 쓰고 장갑을 끼고 센강으로 내려가서 바토 무슈를 타는 거지, 알겠니, 또…….”

나는 산후안데레트란 대로에 있는 시넬란디아 영화관 위쪽에서 타자와 속기 수업을 듣는다. 퇴펠에 대한 기억이 마음을 옥죄는 날이면, 알라메다 공원 방면으로 사람들 틈에서 걷는다. 나는 후아레스 기념비 비슷한 반원 안에서 수다를 떠는 중국인들 옆에 앉는다. 듣지 못하고 말하지 못하는 이들이 공중에 새를 그리며 소통하는 모습을 본다. 그들의 침묵에 편안해진다. 뒤이어 누워 있는 여인 조각 옆 벤치를 차지하고 앉아, 조각의 엉덩이를 만지며 지나가는 남자들을 본다. 여자들은 그러지 않는다. 나는 사람들 한가운데서 태양 아래 앉아 있는 게 좋다. 세계의 배꼽에서, 내 나라의 중심에서, 내 도시에서, 이 사람들 틈에서. 연인들이 사랑을 나누려고 숨는 천둥의 벽에서 뿜어져 나오는 열기에 따뜻해진다. 내 나라는 내가 지금 앉아 정오의 풍경을 바라보는 이 하얀 돌의자고, 이토록 느릿느릿한 태양이고, 성체 거양 때 울리는 종이고, 여학교 맞은편에 있는 개구리 분수고, 사나운 감정이고, 루스의 이름을 말할 때 내 숨을 옥죄는 비명이고, 루스다. 루스의 사랑이다. ‘조심해!’ 루스에 대한 이런 생각은 내가 억누르고 있는 유혹이다. 내 나라는 내가 지금 우이차판 거리 17번지에 있는 **아이리스** 타말 가게에 가서 사 올 타말이다. 나는 이렇게 말할 것이다. "살사 베르데 들어간 걸로 하나 주세요."

오후 2시가 될 무렵, 감정을 비우고 집으로 돌아온 나는 창밖으로 델바예-코요아칸 지구를 내려다본다. 눈을 어디에 두어야 할지 모르겠다. 마리아 펠릭스를 닮은 버스 기사처럼 나는 내가 걸어온 거리에 시선을 고정한다. 엄마, 우리는 얼마나 오랜 시간을 혼자서 창밖을 내다보며 보낼까요? 이럴 때면 나는 엄마에게 물어보게 돼요. 엄마, 나의 어머니, 나의 심장, 나의 어머니, 나의 심장, 나의 어머니, 엄마, 내가 느끼는 이 슬픔을, 어디에 두어야 할까요?

어디에요, 엄마?

토비스와 퇴펠

신성모독과 축복

프란시스카와 루스

수녀들과 공중제비

이 모든 것과

다른 것들로

리틀 룰루의

이야기가 넘친다,

리틀 마리아나,

욕조에서 나가다.

(가을호, 1955년)

옮긴이의 말

# 우리는 얼마나 오랜 시간을 혼자서 창밖을 내다보며 보낼까요?

《아이리스》는 작가 엘레나 포니아토프스카의 자전소설이자 주인공 마리아나의 성장소설이다. 마리아나는 귀족 집안의 딸로 프랑스에서 태어나 풍족하기 그지없는 어린 시절을 보낸다. 그러던 중, 제2차세계대전의 발발로 아버지가 프랑스군에 소집되면서 동생 소피아와 함께 어머니의 나라 멕시코로 건너가게 된다.

소피아와 나는 엄마가 멕시코 사람이라는 걸 몰랐다.

마리아나가 멕시코에 대하여 아는 것이라고는 〈내셔널지오그래픽매거진〉을 즐겨 보던 베스 할머니의 끔찍한 말을 통해 들은 게 전부였다. "얘들아 보이니, 이게 멕시코란다"라든가 "여기가 너희 엄마가 너희를 데려가겠다는 곳이란다" 같은 베스 할머니의 말에서 우리는 마리아나가 속한 계급과 그들의 우월감을 엿볼 수 있다. 마리아나는 태어나 처음으로 안전한 울타리에서 벗어나 완전히 새로운 환경에 내던져진다. 새로운 나라, 새로운 언어, 새로운 할머니, 새로운 음식, 새로운 사람들……. 태어나 처음으로 이방인이 되고, 그제야 비로소 자신의 계급을 인식하고, 자신들의 세계가 무언가 단단히 잘못됐음을 깨닫는 여정에서 마리아나는 아픈 성장통을 겪는다.

### 1. 마리아나

과장하기 좋아하고, 보란 듯이 춤을 추고, 시끄럽게 표현하는 동생 소피아와 달리 마리아나는 골똘히 생각하기를 좋아하고, 내면으로 끝없이 파고드는 탓에 밖에서 무슨 일이 벌어지는지 뒤늦게 알아차리거나 알아차리지 못하는, 조용하고 엉뚱한 아이다. 말을 잘 듣는 아이다. 기다리는 아이다. 사실은 누구보다 주목받고 싶어 하지만, 이상한 아이라서, 머릿속이 헛것으로 가득 찬 아이라서 사람들은 마리아나를 얕보거나 없는 사람으로 취급한다. 하지만 마리아나는 가슴에 불을 품은 아이다. 세상을 향한 호기심과 열망으로 타오르는 불에 기름을 붓는 존재가 있으니, 바로 엄마 루스와 퇴펠 신부다. 마리아나에게 그들의 존재는 신과도 같다. 너무도 동경하고 사랑하지만 결코 가까이 다가갈 수 없는 존재 앞에서 마리아나는 절박하고 절망한다.

몇 시간이고 기다리는 아이. 개처럼 기다리는 아이. 문 두 개 사이에서 사랑에 붙들린 채 우두커니 멈춰 서 있는 아이. 계단 위에서 기다리는 아이. 창문에 꼭 붙어 있는 아이. 엄마를 그저 보는 것만으로 내 모든 기다림의 시간이 정당화됐다. 물론 다른 일도 했다. 학교에 다녔고, 공부에 매진했고, 피아노를 쳤고, 원하던 수업을 들었고, 응가를 했고, 목욕을 했고, 이를 닦았지만, 사실은 엄마의 관심을 얻고 싶었고 엄마를 기다렸으며, 단지 엄마를 보는 것, 그것으로 내 모든 노력이 보상받았다. 내가 바라는 건 단 한 가지였다. 엄마와 함께 있는 것. 나는 엄마 앞에서 떼를 쓴 적이 한 번도 없지만, 혼자만의 상상 속에서 엄마에게 떼를 쓰고, 엄마의 등을 돌려놓고, 옷을 입히고, 고무 튜브로 불면 파랗고 노랗고 분홍빛의 거대한 세계를 만들어내는 풍선처럼 엄마가 내 안에서 점점 부풀어 오르게 했다.

특히, 마리아나에게 엄마 루스는 절대적인 존재다. 퇴펠 신부가 마리아나를 각성하게 했다면, 루스는 마리아나의 존재 이유라고 할 법하다. 엄마를 좇는 마리아나의 시선은 집요하고 쓸쓸하다. 마리아나는 언제나 기다리고 견딘다. 기다리고 견디는 것은 마리아나가 관계를 맺는 방식이자 삶을 대하는 태도인 듯하다. 그리고 기다림의 대상은 늘 마리아나를 비껴간다. 오지 않을 것을 기다리며 견디는 마리아나는 슬프다.

엄마, 우리는 얼마나 오랜 시간을 혼자서 창밖을 내다보며 보낼까요? 이럴 때면 나는 엄마에게 물어보게 돼요. 엄마, 나의 어머니, 나의 심장, 나의 어머니, 나의 심장, 나의 어머니, 엄마, 내가 느끼는 이 슬픔을, 어디에 두어야 할까요?

어디에요, 엄마?

소설 초반, 멕시코로 건너온 지 얼마 되지 않았을 때 친할머니인 베스 할머니가 돌아가셨다는 소식을 듣고 마리아나는 슬퍼하지 않는다. 아직 슬픔을 모를 때였던 까닭이다.

우리는 아직 슬픔을 알지 못한다. 슬픔이란 무엇일까. 슬픔은, 배워나가는 것이다.

마리아나는 이제 슬픔에 관해서라면 누구보다 잘 안다. 카실다에 따르면, "마리아나한테 사랑이란, 사랑하는 사람으로 변하는" 것이다. 그리고 마리아나가 사랑하는 사람들은 모두 슬프다. "강물처럼 행복하고 힘차게 시작했다가, 갑자기 무너져" 내리고 연주하던 곡을 바꾸고야 마는 마리아나는 아빠 카시미로의 불안을 꼭 빼닮았다. 그런가 하면 퇴펠의 파괴적인 면모도 마리아나에게서 보인다. 퇴펠이 타인을 파괴한다면 마리아나는 자신을 파괴하는 듯하다. 하지만 무엇보다, 마리아나는 떠나지 못하고 유령처럼 텅 빈 채 맴도는 루스를 똑 닮았다. 퇴펠로 인해 다른 세계를 인식한 마리아나는 "동시에 두 곳에 있고 싶어 하"지만 감히 새로운 곳으로 뛰어들지는 못해서 붕붕 떠다닌다. 무엇이 마리아나를 땅에 매어둘 수 있을까? 아마도 결국에는 사랑이 아닐까?

"왜냐하면, 사랑에 빠지지 않고서는 삶을 이해할 수 없거든."

마리아나는 어쩌면 평생 고독할지도 모른다. 하지만 튕겨 나올 걸 알면서도 쭈뼛쭈뼛 다가가며 세상에서 자기 자리를 찾으려는 마리아나는 용감하다. 그 용기가 마리아나의 강함이 되리라 믿는다.

## 2. 루스

루스는 부재하는 인물이다. 함께 있을 때도 늘 문 뒤에, 창문 너머에, 유리잔 뒤에 숨어 있어서 닿을 수 없는 인물이다. 루스는 불평하지 않는다. 눈물이라면 질색한다. 화는 내도 겁먹는 법은 없다. 루스 역시 가슴에 불을 품고 있는 사람이다. 화르르 타오르는 소피아의 불과 달리, 루스와 마리아나의 불은 조용히 오랫동안 타닥거린다. 마리아나의 불이 서서히 번지는 불이라면 루스의 불은 점멸하는 불이다. 잠깐 불이 켜지는 순간이 있지만, 이내 스스로 꺼뜨리고 만다. 그래서 루스는 초연하다. 하지만 루스의 목에서 파르르 떨리는 푸른 혈관을 보고, 우리는 루스의 평온이 스스로를 누르고 꺼뜨리는 훈련의 결과라는 걸 알 수 있다. 스스로를 걸어 잠그고 "본래의 상태"인 부재로 돌아가는 루스는 부서지는 파도 같다.

루스의 자리는 이중적이라고 볼 수 있는데, 루스에게는 귀족이라는 계급적 신분과 멕시코인이라는 인종적 신분이 있다. 그가 오로지 멕시코인이기에 겪는 모멸감은 프랑스인 손님들과의 식사 장면들에서 여실히 드러난다. 루스는 지워진다.

멕시코는 경작해야 할 거대한 정원이다. 멕시코에서 단 하나 나쁜 것이라면 인종이다. 엄마는 다가올 엄마 삶의 주름을 하나하나 펼치듯 자꾸만 냅킨을 편다.

프랑스인들은 루스를 지워버린다. 아마도 그들은 루스를 명예 프랑스인 정도로 여기는 것 같다. 그들은 칭찬이랍시고 이렇게 말할지도 모른다. '루스? 루스 정도면 프랑스인과 다를 바 없지.' 그런 식으로 루스는 분리되고 고립된다. 하지만 루스는 대꾸도, 반박도 하지 않는다. 그저 듣는다. 아무도 루스에게 질문하지 않고, 누군가 묻지 않으면 루스는 자기 이야기를 하는 법이 없다. 루스가 처음으로 한 자기 이야기조차도 무방비 상태에서 흘러나온 말에 불과하다. "미코노스의 햇볕이 꼭 이래" 하고 말을 내뱉고는 이내 미소로 그 순간을 무마해버린다. 자신은 그런 말조차도 할 자격이 없다는 듯이.

그때처럼 오늘도 엄마는 공중에서 미약하게 맴도는 말들을 내뱉고, 말들은 소리 없이 카펫 위로 내려앉는다. 아무도 그 말들을 줍지 않는다. 하인들이 내일의 먼지와 함께 엄마의 말들을 쓸어버리지 않도록 오직 나만이 말들을 주워 담는다.

우리는 마리아나의 눈과 루스의 일기장을 통해 그가 어떤 사람인지 짐작할 뿐이다. 루스가 자기 이야기를 하는 것은 일기장에서뿐이다.

> 나는 단 한 번도 나를 위해 무언가를 원해본 적이 없다. 나는 부탁하는 법을 모른다. 나는 애매모호한 사람이고 특권을 누리는 사람이다. 그럼에도, 가끔 나는 이 집에 사는 게 태어나서 처음인 것만 같고 집안의 모든 관습을 모르겠다는 느낌을 받을 때가 있는데, 그럴 때면 내게 식사 메뉴를 정해달라고 부탁하는 우리 착한 펠리사의 얼굴조차도 낯설게 느껴진다. 나는 아득해지고, 다시 발걸음을 옮기려면 애를 써야 한다. (……) 내가 이 나라에 살고, 내게 아이들이 있다는 사실을 기억해내기까지 오래 걸리는 아침들이 있다.

아무것도 원하는 것 없이, 눈부시게 아름답지만 창백하기 그지없는 유령처럼 배회하던 루스가 생기를 띠었던 순간은 자신이 신에게 선택받은 사람이라고 느꼈을 때다. 그리고 그것이 좌절되자 루스는 심하게 앓는다. 루스 역시 뒤늦은 성장통을 지독하게 앓았는지도 모르겠다. 하지만 결국 퇴펠을 몰아낸 것도 루스다. "무언가 심각해질 때 그것으로부터 멀어지는 데 천부적인 재능"이 있던 루스는 "괴로움을 직면하지 않는 것"으로 "괴로움을 지우는" 방식의 전문가였다. 마침내 루스는 두려움을 똑바로 마주한다.

### 3. 퇴펠

퇴펠은 이분법적으로 설명하기 어려운 인물이다. 소설에서 가장 모순적인 인물로, 분명 평범한 사제라고는 할 수 없다. 아니, 루스에 따르면 퇴펠은 천사이거나 악마일지도, 둘 다일지도 모른다. 반항적이고 교만한 퇴펠의 모습은 한때 가장 강력한 대천사였던 루시퍼를 연상시킨다. 소설은 그런 암시로 가득하다. 미사를 집전하는 퇴펠의 얼굴에서 보이는 불 같은 빛이라든가 "여성들로 이루어진 정예부대"를 꾸려 반란을 도모하다가 교만함 때문에 기어이 무너지고야 마는 모습에서 볼 수 있듯, 퇴펠은 자신을 파괴하면서까지 다른 이들의 숭배를 바라는 인물이다.

> 퇴펠이라면 자비로운 하느님께서 과연 그를 찾아오실지 보기 위해, 하느님의 연민이 얼마나 큰지 보기 위해, 자신의 배짱을 보여주기 위해 그 자리에서 자신의 신장을 도려내 하늘에 대고 휘두르며 하느님에게 소리를 지르고, 피를 보여주기 위해 직접 손을 넣어 쥐어짠 내장과 흐물흐물한 간을 들어 보이고, 저 자신이나 다름없는 그 핏덩이를, 취하고 썩은 저 자신을 제물로 바치고자 했을 것이다.

퇴펠에게서는 구린내가 풍긴다. 그가 학생들과 일대일로 갖는 면담 역시 수상하고 불쾌한 암시로 가득하다. 닫힌 공간의 후텁지근한 공기, 뿌연 담배 연기, 끈적끈적한 게 들러붙는 기분. 하지만 혐오스러운 것에 자기도 모르게 눈이 가기 마련이듯, 우리는 퇴펠에게 주목하게 된다. 특히 소설 초반 퇴펠의 말은 꽤나 인상적이고 정의롭기까지 한데, 결국에는 전부 오만한 자아도취자의 궤변에 불과했을지 몰라도, 마리아나를 비롯하여 자기들만의 세상에 갇혀 있던 학생들로 하여금 자신이 지닌 것이 특권임을 인식하게 했음은 틀림없다. 퇴펠의 모순적인 면모는 질투를 느끼는 상황에서 투명하게 드러난다.

> 나는 이전에 신부님이 아랫사람에 관하여 말했던 열정적인 대화를 떠올린다. 이제 이바라는 모르는 작자로 불린다. 신부님에게 무슨 일이 일어난 걸까?

열변을 토하며 학생들을 각성시키던 정의로운 사제와 프란시스카에게 폭력을 휘두르려 했던 비열한 미수범은 같은 인간이다. 결국 퇴펠은 천사도 악마도 아닌 모순적이고 나약한 인간일 뿐이다. 퇴펠이 떠난 후, 도취 상태에서 풀려난 마리아나네 가족은 일상을 되찾아간다. 눈물샘이 다시 막힌 루스와 프란시스카,

이런저런 수업을 많이 듣고 있는 마리아나, 결혼으로 집을 떠나기로 한 소피아, 더 이상 이 땅에서 자리를 차지하고 싶지 않다는 듯 작아진 할머니까지, 그들은 타버리고 남은 재를 쓸어 담고 있다.

모든 것은 집에서 끝이 난다. 집을 떠나거나, 집으로 돌아오거나.

**4. 멕시코**

집을 떠나기로 선택한 소피아와 달리 마리아나의 끝은 집으로 돌아오는 것으로 보인다. 그렇다면 마리아나가 돌아갈 집은 어디일까? "뿌리 없이 멕시코를 떠도는" 아이라고 스스로 정의하던 마리아나는 멕시코를 집으로 여기게 된다. 하지만 소설 초반에서도 볼 수 있듯 백인, 무려 귀족을 대하는 주변의 시선은 곱지만은 않고, 적대적이기까지 하다.

"근데 너 멕시코 사람 아니지, 그렇지?" / "멕시코 사람 맞는데." / "멕시코 애처럼 안 생겼어." / "아, 그럼 어떻게 생겼는데?" / "양키처럼." / (……) "어쨌든 너는 멕시코 사람이 아니야." / "나는 멕시코 사람이야, 내가 그러고 싶으니까. 내 나라는 멕시코야."

그도 그럴 것이 멕시코에 거주하는 프랑스인들, 그러니까 마리아나가 속한 세계의 사람들은 멕시코 사람들을 착취하는 데 앞장서고 있기 때문이다. 값싼 노동력을 위해 현지인을 착취하면서 그들에게 일자리를 주었다는 자부심을 갖고 그들의 어깨 위에 올라타 있는 사람들, 그런 사람들이 자기 세계의 사람들이라는 사실을 인지하게 되면서 마리아나는 자신의 계급을 의식하고 스스로에게 끊임없이 질문을 던진다.

집에 돌아가는 버스 안에서 나는 점점 커져가는 혼란을 느낀다. 어떤 손이 내 장기를 꽉 쥐고 흔드는데, 그게 심장인지도 모르겠다. 왜냐하면 식사 시간에 우리는 엄마와 손님들과 함께 식탁에 앉겠지만, 마그다는 주방에서 먹을 것이기 때문이다.
한 설거지통에서 다른 설거지통으로 그릇을 옮기느라 새빨개진 마그다의 손을 본다. (……) 그릇을 닦는 사람이 왜 내가 아닌 거지? 왜 엄마가 아닌 거지? 왜 할머니가 아닌 거지? 미스터 칩스는? (……) 왜 피아노 수업을 듣는 사람이 마그다가 아닌 거지? 우리가 마지못해 연주하는 음악을 듣고 얼굴에 빛이 번지는 게 보이는데?

마그다로 인해 마리아나는 처음으로 자신이 속한 세계에 의

문을 품는다. 그리고 퇴펠과의 면담은 가족들의 편협한 사고를 스펀지처럼 흡수한, 순진하고 무지한 마리아나의 세계를 뒤흔든다.

"그 사람들은 왜 다른 사람이 될 수 없지요?"

"왜냐하면, 그럴 능력이 없으니까요. 그 사람들은 보통 멍청해요, 늘 똑같은 실수를 저지르죠. 프랑스에 계시는 우리 할아버지는, 바보가 아니면 하인이 될 리가 없다고 말씀하셨어요."

"그러면, 좋은 집안의 자제인 그대가 보기에, 한계가 정해진 사람들은 다른 이들의 시중을 드는 것 이상은 꿈꿀 수 없다는 거로군요. 대단한 생각입니다!"

두 세계에 발을 한쪽씩 딛고 서 있는 마리아나는 아마도 아주 오랫동안, 어쩌면 평생 이방인일지도 모른다. 그럼에도 마리아나는 다가가려는 노력을 멈추지 않을 것이다. 세상을 향한 호기심이, 사랑을 향한 열망이 마리아나를 세상에 매어둘 것이다. 부재가 루스의 본래 상태였듯 고독이 마리아나의 본래 상태일지도 모르지만, 그래서 여전히 슬프지만, 마리아나는 이제 자신만의 작은 평안을 찾는 법을 아는 듯하다. 타인의 삶에 발을 들임으로써 "내 나라", "내 도시"의 공원을 거니는 사람들 틈에서 편안함을 느끼는 마리아나는 이제 집을 찾은 듯하다.

*

앞서 말했듯, 이 소설은 작가 엘레나 포니아토프스카의 자전 소설이다. 작가는 멕시코인 어머니와 폴란드인 아버지 사이에서 태어났고, 제2차세계대전 발발로 열 살의 나이에 파리에서 멕시코로 이주했다. 그리고 그 역시 실제 귀족이다. 그것도 무려 왕족이다! 고조부가 폴란드의 마지막 왕이었으니…… 진짜 공주인 것이다. 이러한 배경에서 작가를 부르는 애칭, '빨갱이 공주(la princesa roja)'가 탄생했다. 작가의 정치적 성향과 사회적 신분이 결합되어 이렇게 재밌는 애칭이 붙게 된 것이다. 작년에 90세를 맞이한 그는 여전히 사회 문제에 관심이 많은 활동가다. 60년 이상 기자 생활을 하며 마주한 멕시코 사회의 부조리함과 부조리한 사회에서 소외되고 망각되고 지워지는 이들의 이야기를 들려주고, 그들의 존재를 수면 위로 올리기 위해 작가는 소설의 힘을 빌려온다.

《아이리스》에서 작가는 소위 상류층이라 불리는 사회계층의 무지와 오만을 낱낱이 까발린다. 그러면서 동시에 그 어디에도 속하지 않는 주인공들의 이야기를 들려주는데, 소설 속 주인공—마리아나, 루스, 퇴펠—은 모두 이방인이다. 끊임없이 자신과 불화하고 세상에서 튕겨 나오며, 자신에게 기대되는 사회적 의무라든가 통념 같은 것들을 가뿐히 비껴가는 그들은 너무도 가벼워 금방이라도 공중에서 흩어질 것 같다. 하지만 마리아나는, 마리아나만큼은 흩어지지 않을 것 같다. 어쩌면 아주 오랜 시간을 혼자서 창밖을 내다보며 보낼지도 모르지만, 그래도.

끝으로 마리아나의 여정을 뒤에서 지켜보며 함께할 수 있어 기뻤다. 따라가는 길에 나 역시 셀 수 없을 만큼 길을 잃기도 했고, 그때마다 등대가 되어준 양해인 담당 편집자님께 깊은 감사를 전한다.

2023년 겨울

구유

은행나무세계문학 에세 • 8
아이리스

1판 1쇄 발행 2023년 2월 7일

지은이 · 엘레나 포니아토프스카
옮긴이 · 구유
펴낸이 · 주연선

**(주)은행나무**
04035 서울특별시 마포구 양화로11길 54
전화 · 02)3143-0651~3 | 팩스 · 02)3143-0654
신고번호 · 제 1997—000168호(1997. 12. 12)
www.ehbook.co.kr
ehbook@ehbook.co.kr

ISBN 979-11-6737-273-4 (04800)
ISBN 979-11-6737-117-1 (세트)